Marie Louise Fischer · Und sowas nennt ihr Liebe

M. L. Fischer

Und sowas nennt ihr Liebe

ROMAN

CAESAR VERLAG, WIEN

ISBN 3-7023-3009-7

Lizenzausgabe
Copyright © 1979 by Schweizer Verlagshaus AG, Zürich

Gesamtherstellung Druck- und Verlagshaus R. Kiesel, Salzburg

»Angeklagter, stehen Sie auf, wenn ich mit Ihnen rede!« donnert der Staatsanwalt.
Jürgen Molitor erhebt sich langsam, mit deutlichem Widerstreben. Er spürt, daß die Blicke aller Anwesenden im großen Schwurgerichtssaal des Düsseldorfer Landgerichtes sich an ihm festsaugen, aber es macht ihm nichts mehr aus. Die Zeiten sind vorbei, da er rot wurde, sobald ihn jemand aufs Korn nahm.
Mein Junge, denkt Gisela Molitor, mein armer, großer, dummer Junge! – Und hastig steckt sie ihr tränenfeuchtes Spitzentaschentuch zwischen die Lippen, verbeißt sich darin, um das Schluchzen, das in ihr aufsteigt, zu unterdrücken. Nur durch einen Schleier sieht sie ihn, den schlaksigen, hochaufgeschossenen jungen Mann in dem braven dunkelblauen Anzug, zu dem ihm der Verteidiger geraten hat, in dem weißen, am Hals offenen Hemd. Warum schaut er mich denn nicht an? fragt sie sich verzweifelt. Bin ich denn nicht mehr seine Mutter, daß er mich nicht anschaut?!
Aber Jürgen Molitor sieht niemanden an, weder seine Mutter noch seinen Vater, seine Schwester, seinen Klassenlehrer oder Senta Heinze, das Mädchen, das er liebt. Dennoch ist er sich mit jeder Faser bewußt, daß sie alle auf der Zeugenbank sitzen, daß er sich vor jedem einzelnen von ihnen verantworten muß, vor allem vor den Eltern von Gerd Singer, der sein Opfer wurde.
»Angeklagter«, sagt der Staatsanwalt, durch dessen offensichtlichen Mangel an Respekt gereizt, »ich habe den Eindruck, daß Sie die Bemühungen des Gerichtes als Belästigung empfinden!«
Jürgen wirft sich mit einem heftigen Ruck eine blonde Strähne aus der Stirn. »Ich finde das viele Gerede verdammt unnötig, wenn Sie es genau wissen wollen«, platzt er heraus. »Ich habe Gerd Singer erschossen, ich gebe es ja zu. Was verlangen Sie denn noch weiter? Ich möchte wirklich wissen, wozu die ganze blöde Fragerei noch nötig ist!«

Martina, seine Schwester, schlägt sich die Hand vor den Mund, um nicht hysterisch loszukichern – ausgerechnet im Strafprozeß, bei dem es um Kopf und Kragen ihres einzigen Bruders geht! Nein, daran ist wirklich nichts Komisches, sie braucht sich nur vorzustellen, daß Gerd, der reiche, verwöhnte, sorglose Gerd, seit Monaten unter der Erde liegt. Sie senkt den Kopf, daß ihr blondes, schulterlanges Haar wie ein Vorhang vor ihr Gesicht fällt. Das sieht diesem Bengel wieder mal ähnlich, denkt sie, gibt freche Antworten, statt sich mit dem Richter gutzustellen. Dämlicher kann er's wohl nicht mehr anstellen.

»Sie scheinen den Ernst der Situation immer noch nicht begriffen zu haben«, braust der Staatsanwalt auf, »ich bitte mir einen anderen Ton aus, wenn Sie mit mir sprechen!«

Der Angeklagte zuckt die Achseln, seine Lippen sind weiß und schmal wie ein Strich. Er macht eine Bewegung, als wenn er die Hände in die Hosentaschen stecken wollte, unterläßt es dann aber. Die Ärmel seines dunkelblauen Anzuges und seines weißen Hemdes sind ihm ein ganzes Stück zu kurz, seine kräftigen Handgelenke ragen daraus hervor.

Mein Sohn, denkt Helmuth Molitor, das ist nun mein einziger Sohn, dieser verstockte, trotzige Junge. War denn alles umsonst? Was habe ich denn nicht alles getan, damit ihm so etwas erspart bliebe. Er sollte es besser haben als ich, nicht die Schwierigkeiten durchmachen, die ich hatte. Ich wollte nicht, daß er erfährt, wie hart und gemein das Leben ist. Hatte er nicht alles, was er sich wünschte? Und geht trotzdem hin und macht solche Sachen – ruiniert sein ganzes Leben und unseres dazu? Was hat ihn nur dazu gebracht? Ich kann es nicht begreifen. Ich werde es niemals begreifen. Es muß wohl doch an der Zeit liegen, denkt er, es ist ihm zu gut gegangen, das wird es wohl sein. Und er zupft mit nervösen Bewegungen die messerscharfe Bügelfalte seiner Hose zurecht.

Der Verteidiger hat sich halb zu dem Angeklagten umgewandt. »Entschuldigen Sie sich! Aber sofort!« flüstert er ihm zu. »Hier können Sie keine Lippe riskieren!«

»Entschuldigen Sie, bitte, Herr Staatsanwalt«, sagt der Angeklagte, aber es klingt eher verächtlich als reuevoll.

»Moment bitte!« Der Richter unterbricht die Vernehmung durch den Staatsanwalt. »Jetzt hören Sie mir einmal gut zu,

mein Junge«, sagt er in beherrschtem, fast väterlichem Ton. »Sie haben einen Menschen getötet. Das ist kein Spiel mehr und kein Spaß. Sie können nicht von uns erwarten, daß wir das auf die leichte Schulter nehmen. Sie haben einen jungen, hoffnungsvollen Menschen getötet! Können oder wollen Sie nicht begreifen, was das bedeutet?«
»Und ob!« stößt Jürgen hervor. »Erschießen Sie mal Ihren besten Freund, dann werden Sie wissen, wie einem danach zumute ist!«
»Es tut Ihnen also leid? Sie bereuen Ihre Tat?«
Die Hände des Jungen krampfen sich um die Anklagebank, seine Knöchel werden weiß, seine Nasenflügel beben. »Du lieber Himmel«, preßt er hervor.
»Was heißt das?« fragt der Richter. »Ich muß Sie doch bitten, sich so auszudrücken, daß wir alle hier...«, und er macht eine Geste, die seine beiden Nebenrichter und alle Anwesenden mit einschließt, »daß wir alle hier Sie verstehen können!«
Diese Juristen! denkt Dr. Georg Opitz, Jürgens ehemaliger Klassenlehrer, und streicht sich mit der Hand über Wangen und Kinn. Begreifen Sie denn gar nichts? Sie halten sich für immens gescheit und merken nicht einmal, daß der Junge vollkommen fertig ist! Er ist am Ende. Am liebsten würde er vor Verzweiflung heulen, wenn er sich nur getrauen würde. Kann man denn so mit Blindheit gegenüber den Jungen geschlagen sein? War ich es auch, solange Jürgen noch in meiner Klasse saß? Ihm und auch seinen Kameraden gegenüber?
Der Richter klopft mit dem Kugelschreiber auf den Tisch. »Wir warten auf Ihre Erklärung, Angeklagter!«
»Was hilft es denn, wenn ich es bereue«, sagt Jürgen Molitor mühsam, »davon wird Gerd doch nicht mehr lebendig. Es ist geschehen, daran läßt sich nichts ändern!«
Der Richter lehnt sich zurück, schlägt die Arme übereinander, überläßt dem Staatsanwalt das Wort. Der kann sich eine gewisse Ironie nicht verkneifen. »Sie irren sich, wenn Sie glauben, wir sind hier zusammengekommen, um die Toten aufzuerwecken«, sagt er, »es geht bei diesem Prozeß um Sie, Angeklagter, um eine Beurteilung und Bewertung Ihrer Tat. Sie haben also allen Grund, uns bei der Rechtsfindung zu unterstützen.«
Jürgen sieht vom Richter zum Staatsanwalt und schweigt.

»Sie haben nicht nur getötet«, fährt der Staatsanwalt unerbittlich fort, »Sie haben auch den Menschen, die Ihnen am nächsten standen und stehen, schweres Leid zugefügt!«
Jetzt, zum ersten Mal, gleiten Jürgens Augen ab, zur Zeugenbank hinüber, begegnen Senta Heinzes Blick – nur für den Bruchteil einer Sekunde – außer den beiden jungen Menschen merkt es niemand.
Das Mädchen versucht alles in ihren Blick zu legen, was sie ihm geben möchte: Ermutigung, Zuspruch, Kraft, Verständnis. Unwillkürlich drückt sie beide Daumen, hebt die fest geschlossenen Fäuste vor die Brust.
Dann ist es schon vorbei, er hat sich wieder abgewandt, seine Augen sind gewandert, zu Gerds Eltern hin, die sehr gerade dasitzen, hoch aufgerichtet, fast starr, und in ihrer Bewegungslosigkeit wie Schaufensterpuppen wirken. Sie lehnen sich nicht an, sind darauf bedacht, daß der Abstand zwischen ihnen gewahrt bleibt.
»Reue allein«, sagt der Staatsanwalt, »nutzt wenig, da haben Sie vollkommen recht. Was wir alle hier von Ihnen erwarten, ist ehrliche Einsicht!«
Ich hätte es verhindern müssen, denkt Senta Heinze, ich hätte mich mehr um ihn kümmern, ich hätte ihm Halt geben müssen! Aber hätte ich es gekonnt? Egal, wenn ich es überhaupt nur versucht hätte! Die bräunliche Haut über ihren hochstehenden Backenknochen strafft sich, ihre schwarzen, schräg stehenden Augen sind ganz schmal vor Erregung.
»Ich habe gestanden, was wollen Sie denn noch von mir?« fährt Jürgen heftig auf.
Aber der Staatsanwalt läßt sich nicht beirren. Als er sieht, wie es in diesem weißen, verzerrten Gesicht zuckt, stößt er nach: »Wann haben Sie die Tat zum ersten Mal geplant! Antworten Sie!«
»Geplant?« wiederholt der Junge gedehnt. »Überhaupt nicht. Wie kommen Sie denn darauf? Sie wissen doch genau, daß ich es niemals vorhatte.«
»Es ist bewiesen, daß Sie lange zuvor den Revolver aus dem Schreibtisch Ihres Vaters entwendet haben! Geben Sie nur zu, daß Sie es mit der vollen Absicht taten, Ihren Klassenkameraden zu töten!«
»Nein!« Jürgen Molitor schreit es heraus. »Das ist nicht wahr!«

Der Staatsanwalt beugt sich vor. »Warum haben Sie es getan? Warum? Seit zwei Tagen verhören wir jeden Menschen, der Sie und Ihr Opfer gekannt hat! Keiner hat uns ein einigermaßen plausibles Motiv für diese furchtbare Tat angeben können! Jetzt wollen wir es von Ihnen wissen! Warum haben Sie den jungen Mann getötet, den Sie selber Ihren besten Freund genannt haben?«

Die Stille im Gerichtssaal wird atemlos, alle warten auf die entscheidende Antwort.

Aber sie kommt nicht.

»Wenn ich das wüßte«, sagt Jürgen tonlos und schlägt die geballten Fäuste gegeneinander, »wenn ich das nur wüßte! Ich kann mich nicht erinnern. Nur, daß er lachte ... er lachte mich durch den roten Nebel an! Und ich zielte, zog den Hahn durch. Es gab einen Knall. Dann lachte er nicht mehr. Sein Gesicht wurde ganz erstaunt. Er preßte die Hände auf den Magen. Und dann fiel er um.«

»Sie geben also zu, daß Sie auf ihn gezielt haben?«

»Ja«, sagt Jürgen Molitor leise, »ja, das habe ich. Ich wollte ihn töten. Ich ... ich konnte sein Lachen nicht mehr ertragen.« – Er schlägt die Hände vor das Gesicht, senkt den Kopf, die blonden Haare fallen ihm in die Stirn, sein Körper bebt.

Der Verteidiger springt auf. »Ich beantrage, den psychiatrischen Sachverständigen anzuhören!« Und als er merkt, daß Richter und Staatsanwalt noch zögern, fügt er in einem kollegialen und gleichzeitig beschwörenden Ton hinzu: »So kommen wir doch nicht weiter!«

Nach kurzem Wortwechsel wird seinem Antrag stattgegeben. Der Psychiater, Prof. Dr. Josef Goldmann, wird hereingerufen. Er tritt ein, einen blauen Aktenhefter in der Hand. Er verbeugt sich leicht.

»Hohes Gericht«, beginnt er, »bevor ich mein Gutachten abgebe, möchte ich vorausschicken, daß der Angeklagte Jürgen Molitor während seiner Untersuchungshaft über einen Monat lang in meiner Klinik zur psychiatrischen und psychologischen Untersuchung stationär war und daß ich mich während dieser Wochen täglich mit ihm beschäftigt habe. Ich glaube zu wissen, was in ihm vorgeht, was in ihm vorging, als er die Tat beging.«

Professor Goldmann macht eine kleine Pause, schlägt den Aktenhefter auf, blättert darin. »Zuerst stand auch ich vor einem Rätsel. Ein junger Gymnasiast hat einen anderen Menschen getötet, anscheinend kaltblütig niedergeschossen. Dabei handelt es sich bei dem Täter keineswegs um einen Jungen aus asozialen oder zerrütteten Familienverhältnissen, nein, seine Familie ist intakt, eine ganz normale mitteleuropäische Durchschnittsfamilie. Der Vater hat es durch Fleiß und Strebsamkeit dahin gebracht, seinen Angehörigen einen gewissen Wohlstand zu schaffen. Die Mutter hat, noch bevor der heutige Angeklagte zur Welt kam, ihren beruflichen Ehrgeiz aufgegeben und seitdem nur für ihren Mann und ihre Kinder gelebt. Eine ideale Familie also, möchte es fast scheinen. Auch anlagemäßig ist der jugendliche Täter vollkommen normal, der Grad seiner Intelligenz entspricht seinem Alter, wenn auch eine gewisse Konzentrationsschwäche bemerkbar ist. Zweifellos befindet er sich körperlich und seelisch noch in dem schwierigen Stadium der Pubertät. Aber nichts deutet auf ein gestörtes Triebleben, nichts auf krankhafte Veranlagung. Ist er also für seine Tat voll verantwortlich zu machen?« Professor Goldmann legt eine kleine Pause ein, schlägt den Aktendeckel zu, den Zeigefinger zwischen den Seiten, sieht die Richter nacheinander durch die Gläser seiner randlosen Brille an. »Ja, und auch wieder nein. Eines steht fest, selbst wenn wir diese Frage bejahen, so können und dürfen wir ihm die Verantwortung auf keinen Fall allein zuschieben. Es stimmt, er hat in einer entscheidenden Situation seines Lebens versagt. Aber dazu wäre es niemals gekommen, wenn nicht seine Umwelt, wir alle, am meisten aber die Menschen, die ihm am nächsten standen, ebenfalls versagt hätten, denn nur so konnte es passieren, daß der jugendliche Täter in diese für ihn nicht mehr selbstverantwortlich zu bewältigende Situation geriet.« Er wendet sich dem Staatsanwalt zu, sagt kampfbereit: »Es ist falsch, das Motiv in einer Auseinandersetzung zwischen Jürgen Molitor und seinem Opfer zu suchen, in Rivalität, Eifersucht, einem jäh entflammten Streit, Rebereien irgendwelcher Art, nein, die Ursachen zur Tat liegen tiefer und ... ganz woanders.«

1.

Es war Martina, die an diesem Sonntag den Funken ins Pulverfaß warf, allerdings ohne böse Absicht und vor allen Dingen, ohne zu ahnen, daß sie eine Kettenreaktion auslösen würde.
Die Familie Molitor hatte in dem großen, gemütlichen Zimmer ihrer Altbauwohnung in der Markgrafenstraße in Düsseldorf-Oberkassel friedlich bei einem sehr späten und sehr reichlichen Frühstück zusammengesessen. Noch etwas verdöst vom ungewohnt langen Schlaf und vom eintönigen Rauschen des Frühjahrsregens, der draußen niederging, hatten sie ausgiebig und ziemlich schweigsam gegessen. Nur Martina war mit fröhlichen kleinen Bemerkungen bemüht gewesen, für eine gute Stimmung zu sorgen.
Als die Mutter aufstand, um den Tisch abzuräumen, war sie sofort zugesprungen. »Warte, Mutti, ich helfe dir!«
Ihre Mutter hatte mit leichtem Erstaunen die Augenbrauen gehoben, denn sie war eine derartige Hilfsbereitschaft bei ihren Kindern keineswegs gewohnt. Aber sie enthielt sich jeden Kommentars, sagte nur: »Nett von dir.«
Martina war in die Küche geeilt, mit dem großen Tablett wiedergekommen und hatte eifrig begonnen, es vollzustellen. Als sie es forttragen wollte, hatte es die Mutter ihr abgenommen. »Laß mich lieber!«
Jürgen, in Manchesterhosen und Sporthemd, Sandalen an den bloßen Füßen, hatte sich vor den Radioapparat gehockt und an den verschiedenen Knöpfen herumgedreht. Aber außer kirchlichen Sendungen und klassischer Musik konnte er ihm nichts entlocken. »Immer derselbe Mist«, raunzte er, »ausgerechnet, wenn man mal Zeit hätte...«
Der Vater hatte sich eine Zigarette angezündet, leerte seine Kaffeetasse, stand auf und ging zur Türe.
Martina, die Pfeffer- und Salzstreuer in den Schrank geräumt hatte, war sofort alarmiert. »Was ist los, Papa?« rief sie. »Wo willst du hin?«

»Mir eine Sonntagszeitung besorgen.«
Sie holte ihn mit sanfter Gewalt zurück. »Komm, bleib sitzen. Du mußt nicht selbst gehen, bei dem Regen.« Damit bugsierte sie ihn in seinen Lieblingssessel. »Ich werde sie dir holen...«
Helmuth Molitor sah mit einem kleinen, belustigten Zwinkern zu ihr auf. Es war ihm klar, daß sie etwas im Schilde führte. Aber es gefiel ihm, wie sie ihn umschmeichelte und dabei ihre strahlenden braunen Augen, die sie geschickt durch kühne Lidstriche optisch noch vergrößert hatte, auf kindlichste Weise aufriß, die Lippen zu einem Babymund schürzte. Er fand, daß sie alles in allem recht attraktiv sei, doch in seinem Stolz als Vater mischte sich leises Bedauern darüber, wie groß seine Kinder schon waren – beinahe schon erwachsen –, ein Bedauern, das er jedoch selber niemals eingestand.
Er gab ihr zärtlich einen kleinen Klaps. »Ich dachte, du wolltest deiner Mutter helfen!«
»Mach ich ja auch, aber das hindert mich doch nicht, dir die Zeitung zu holen.« Sie hockte sich neben ihn auf die Sessellehne, legte ihren Arm um seine Schultern und rieb schmeichelnd die Wange an seinem sorgfältig gebürsteten Haar, das sich an den Schläfen und am Hinterkopf bereits zu lichten begann. »Vor allem aber möchte ich mit dir sprechen«, sagte sie.
»Aha«, sagte er, darauf bedacht, sich das Vergnügen nicht anmerken zu lassen, das ihm ihre Zärtlichkeiten bereiteten.
»Ich möchte dir nämlich einen Vorschlag machen«, sagte sie und zauste ihn, bis ihm das Haar in einem Schopf zu Berge stand.
Er drückte seine Zigarette aus, tat so, als wollte er zur Brieftasche greifen. »Wieviel?«
»Tu bloß nicht so ekelhaft überlegen, es muß sich ja nicht immer nur um Geld handeln, oder?«
In diesem Augenblick kam die Mutter wieder herein. Der Anblick Martinas, die mit ihrem Vater schmuste, versetzte ihr einen leichten Stich, über dessen Beweggründe sie sich keine Rechenschaft gab. Sie hatte gerade eben noch im Vorbeigehen in den Garderobenspiegel geschaut und sich jung und anziehend gefunden.
Das kurzgeschnittene blonde Haar saß einwandfrei, und ihre Haut war so glatt und so rein, daß sie sich auch ohne einen Hauch von Make-up und Puder sehen lassen konnte.

Jetzt aber, als sie Martina an ihren Vater geschmiegt fand, die noch etwas zu kompakten Beine in den giftgrünen Häkelstrümpfen sorglos baumelnd, fühlte sie sich auf einmal alt. »Wo bleibst du denn?« fragte sie, schärfer als notwendig gewesen wäre. »Ich warte auf dich!«
Martina lächelte sie mit größter Seelenruhe an. »Gedulde dich, o holdes Weib, dies ist gewiß kein Zeitvertreib ... gut, was? Von mir! Ich hab' noch 'ne Kleinigkeit mit dem Hausherrn zu besprechen.«
Ihr Vater lachte. »Ein bißchen mehr Respekt, junge Dame«, sagte er, aber es klang durchaus nicht ärgerlich.
Seine Frau atmete tief durch, um ihre Gereiztheit zu bewältigen. »Darf ich vielleicht auch hören, um was es geht?«
»Na klar, es ist durchaus kein Staatsgeheimnis. Meine Freundin Senta fährt in den großen Ferien mit ihren Leuten an die Adria, sie haben ein richtiges Haus für sich gemietet...«
Helmuth Molitor runzelte die Stirn. »Was geht uns deine Freundin Senta an?«
»Moment, darauf komme ich schon! Ihr wißt doch, daß Senta jede Menge Geschwister hat, auf einen mehr oder weniger kommt es da gar nicht an, und deshalb war Frau Heinze sofort einverstanden, als Senta ihr vorschlug, mich mitzunehmen...«
Martina hatte diesen langen Satz ohne Atem zu holen heruntergeraspelt, jetzt kam sie nicht mehr weiter.
»Das kann doch nicht dein Ernst sein!« rief ihre Mutter. »Du wirst doch nicht mit fremden Leuten verreisen wollen?!«
»Heinzes sind doch nicht fremd! Schließlich ist Senta meine beste Freundin!«
»Und unter der unübersehbaren Schar ihrer Geschwister«, sagte ihr Vater in gutmütigem Spott, »wird sicher auch ein Junge sein, der gern bereit ist, dein bester Freund zu werden!« Martina sprang von der Sessellehne. »Ihr habt Begriffe! Wolfgang, Sentas Bruder, ist siebzehn, ein gutes halbes Jahr jünger als Jürgen! Ihr werdet doch wohl nicht glauben, daß so etwas Unausgegorenes für mich überhaupt in Frage käme!«
Der Vater betrachtete seine Tochter mit deutlichem Wohlgefallen. »Hoffentlich«, sagte er, »aber wie dem auch sei, wenn diese Frau Heinze dich tatsächlich einladen will, so muß sie sich an uns wenden, an mich und an deine Mutter. Falls sie uns eine gewisse Garantie dafür geben kann, daß du...«

»Oh, Boy!« schrie Martina. »Das wirst du mir doch nicht antun, Vati! Damit würdest du mich in Grund und Boden blamieren!«
»Womit? Das kann ich durchaus nicht einsehen!«
»Aber, Papa, verstehst du denn nicht!?« Martina griff zum letzten Mittel, sie zauberte Tränen in ihre weit aufgerissenen Augen. Helmuth Molitor stand entschlossen auf. »Nein«, erklärte er energisch, »ich denke nicht daran, mich auf weitere Debatten einzulassen. Jetzt werde ich endlich das tun, woran du mich bisher gehindert hast, ich werde mir meine Sonntagszeitung holen. Schließlich habe ich wohl ein gewisses Recht, nachdem ich die ganze Woche für euch gearbeitet habe, mein freies Wochenende zu genießen.« Er warf einen Blick zum Fenster, an dem noch immer der Regen herunterlief. »Soweit das bei diesem Wetter möglich ist.«
Jürgen hatte dem Gespräch bis jetzt schweigend, aber mit wachsender Aufmerksamkeit gelauscht. Er hatte auf ein günstiges Stichwort gewartet, das nie kam, hatte im Geist blendende Sätze formuliert, mit denen er bei jeder Diskussion Erfolg hätte haben müssen. Doch als die Auseinandersetzung sich zuspitzte und er nur noch die Wahl hatte, entweder den Mund zu halten oder alles zu riskieren, da fehlten ihm plötzlich die Worte.
»Wenn ich auch mal was sagen darf...«, begann er ungeschickt.
Aber Helmuth Molitor hörte nicht auf ihn. Er mußte gegen den Impuls ankämpfen, seine Tochter zurückzuhalten und tröstend in die Arme zu nehmen, die, als sie merkte, daß auch ihre Tränen nicht nutzten, schluchzend aus dem Zimmer stürmte.
»Vater!« stieß Jürgen rauh und fordernd heraus.
Helmuth Molitor blieb stehen, drehte sich zögernd zu dem großen Jungen um, den er nicht mehr übersehen konnte. Wie immer, wenn er gezwungen war, sich mit Jürgen zu befassen, empfand er ein Unbehagen, das ihm den Magen zusammenzog, seine Kehle verkrampfte. Niemandem, nicht einmal sich selbst, hätte er zugegeben, daß er sich seines eigenen Sohnes schämte, dieses langen schlaksigen Bengels mit den unfertigen Gesichtszügen, dem finsteren Ausdruck und, was für ihn das Schlimmste war, dem üppigen Haar, das genauso golden war

wie das seiner Schwester und, wie es ihm schien, fast genauso lang.
»Wann gehst du endlich zum Friseur?« fragte er.
Jürgen zuckte bei dieser Frage, die er nur zu oft und bei jeder Gelegenheit zu hören bekam, zusammen. »Das auch«, sagte er, »aber...«
»Also, wann?«
»Mußt du immer wieder mit diesem alten Quatsch anfangen?« brach es aus Jürgen heraus.
»Können wir denn wirklich nicht einmal vernünftig miteinander reden?«
»Jürgen, bitte!« mahnte seine Mutter und trat zu ihm hin, als wenn sie ihn vor dem Zorn des Vaters schützen müßte.
»Ich kann mich nicht erinnern, je etwas Vernünftiges aus deinem Mund gehört zu haben«, sagte dieser scharf.
»Weil du mich nie zu Wort kommen läßt!«
»Ah, wirklich? Nun, wenn's daran liegt, sollst du Gelegenheit haben.« Helmuth Molitor lehnte sich mit übereinandergeschlagenen Armen gegen den Wohnzimmerschrank. »Sprich dich nur aus. Du hast volle Narrenfreiheit.« Er wußte, daß sein Verhalten dem Sohn gegenüber nicht gerecht war, und das machte ihn noch zorniger.
»Ich will ebenfalls nicht mit euch verreisen!« platzte Jürgen heraus.
»Sieh mal an! Und darf ich fragen, welche Pläne du für deine Ferien verfolgst?« fragte der Vater mit zynischer Gelassenheit.
»Ich will arbeiten!«
»Gar keine schlechte Idee.« Helmuth Molitor löste die Arme, klopfte Jacke, Weste und Hose auf der Suche nach seinen Zigaretten ab. »Du willst also versuchen, deine Wissenslücken durch eisernen Fleiß während der Ferien aufzufüllen«, sagte er, seinen Sohn absichtlich mißverstehend.
»Nein. Ich will arbeiten, um Geld zu verdienen!« Jürgen richtete sich kerzengerade auf, suchte den Blick seines Vaters. Aber Helmuth Molitor tat ihm den Gefallen nicht, er hätte ja zu dem Jungen, der einen halben Kopf größer war als er, hinaufsehen müssen. »Du bist also der Meinung, daß du zu wenig Taschengeld bekommst?« fragte er provozierend.
»Nein, das nicht. Für Kleinigkeiten reicht es. Aber ich werde

im Juni achtzehn, Vater!« Jürgen sagte das so beschwörend, als wenn es sich um eine magische Zahl handelte.
Doch Helmuth Molitor wollte ihn nicht verstehen. »Na und?« fragte er und griff nach dem Zigarettenpäckchen, das auf dem kleinen Tisch neben dem Sessel lag.
»Dann kann ich endlich meinen Führerschein machen, Vater! Und für ein paar hundert Mark kriege ich ein gebrauchtes Auto. Soviel kann ich mir leicht in den Ferien verdienen, wenn ich ein bißchen Glück habe und einen guten Job erwische!«
»Aber, Jürgen«, sagte Gisela Molitor, »für was brauchst du denn ein Auto?«
»Um in die Penne zu fahren! Weil ich es satt habe, mich dauernd immer bloß mitnehmen zu lassen!«
Sein Vater hatte sich eine Zigarette angezündet. »Auf die Idee, daß man auch mit der Straßenbahn fahren kann, bist du wohl noch nicht gekommen, was?«
»Natürlich kann man, Vater! Ich bin doch schließlich kein Idiot! Aber die ist immer so überfüllt und außerdem... was würdest du sagen, wenn du mit der Straßenbahn zu deiner Bank fahren müßtest?«
»Ich würde es tun, wenn es sein müßte. Ich habe noch ganz andere Unbequemlichkeiten auf mich genommen, als ich so jung war wie du. Aber davon hast du ja keine Ahnung! So etwas lernt ihr ja nicht in der Schule, deshalb seid ihr auch alle solche eingebildeten Besserwisser geworden!« Er verlor die Nerven, wurde laut. »Achtzehn Jahre alt, und da muß der Bengel unbedingt ein Auto haben! Weißt du, was los war, als ich achtzehn war? Ich hätte meinem Vater mal mit so etwas kommen sollen...«
»Aber darum geht es doch gar nicht!« gab Jürgen zurück. »Es interessiert mich einen Dreck, was in deiner Jugend los war! Das sind doch alles olle Kamellen, die du uns auftischst, damit wir dir dauernd dafür danken sollen, wie gut wir es haben! Aber ich brauche einfach ein Auto! Ich bin für die anderen der letzte Mensch, wenn ich kein Auto kriege!«
»Daß du der Letzte bist, das glaube ich dir gerne! Aber daran ist nicht die Tatsache schuld, daß du kein Auto hast, sondern daß deine Leistungen unter aller Kritik sind! Setz dich gefälligst erst mal auf den Hosenboden und zeig uns, daß du etwas

kannst, bevor du Forderungen stellst! Achtzehn Jahre und ein Auto, das ist wirklich der Gipfel!«
»Aber es würde dich doch gar nichts kosten, im Gegenteil, ich will mir das Geld ja selbst verdienen!«
»Das möchte ich erleben!« Helmuth Molitor verschluckte sich am Rauch seiner Zigarette, mußte husten, drückte sie wütend aus. »Herrgott, warum bin ich mit einem solchen Idioten von Sohn geplagt! Wenn du wenigstens rechnen könntest! Aber nein, bei dir reicht es nicht einmal, zwei und zwei zusammenzuzählen! Sonst würdest du nämlich wissen, daß es mit den Anschaffungskosten nicht getan ist! Ein Auto kostet Steuern, Versicherung, braucht Benzin, Öl, Reparaturen! Darf ich fragen, womit du das bezahlen willst?«
Jürgens Gesicht war krebsrot angelaufen. »Von meinem großartigen Taschengeld natürlich!« konterte er mit erstickter Stimme.
Helmuth Molitor holte aus und schlug seinem Sohn ins Gesicht. »So, das ist die Antwort auf deine Frechheit!« brüllte er. »Dir werde ich die Unverschämtheit noch austreiben, du... du...«
Jürgen starrte seinen Vater den Bruchteil einer Sekunde mit schwimmenden Augen an. Dann machte er eine jähe Bewegung, als wenn er sich auf ihn stürzen wollte – wandte sich aber ab und rannte aus dem Zimmer. Die Türe schlug krachend hinter ihm zu.
Gisela Molitor war ganz blaß geworden. Unter ihren Augen zeigten sich bläuliche Schatten. »Das hättest du nicht tun dürfen, Helmuth«, sagte sie tonlos.
»Verlangst du etwa von mir, daß ich mir die Frechheiten deines Herrn Sohnes einfach gefallen lasse?«
Helmuth Molitor rieb sich das Gelenk der rechten Hand, das ihn von dem heftigen Schlag schmerzte. »Ihm vielleicht noch ein Auto schenken? Für seine fabelhaften Schulleistungen?«
»Natürlich nicht, Helmuth. Aber man hätte doch...« Gisela Molitors Stimme zitterte. »Man hätte doch alles in... in Ruhe besprechen können.«
»Ich weiß nicht, was es da überhaupt zu besprechen gibt!«
»Aber, Helmuth... nein, glaube nicht, daß ich das gutheiße... aber es ist doch offensichtlich, daß beide, Martina und Jürgen,

nicht mehr mit uns zusammen verreisen wollen, und da müssen wir uns doch überlegen...«
Er unterbrach sie hart: »Wenn es nach dir ginge, sollten wir ihnen wohl ihren Willen lassen, was? Du hast eine sehr seltsame Auffassung von Erziehung, das muß ich schon sagen. Seit Jahren bin ich es, der darum kämpft, daß die Familie nicht auseinanderfällt. Aber sei ohne Sorge, ich werde es weiter tun, auch wenn ich nicht die geringste Unterstützung bei dir finde.«
»Aber, Helmuth«, sagte sie hilflos, »du weißt doch genau...«
»Daß du unfähig bist, deine Kinder zu erziehen, ja, das weiß ich. Aber solange ich lebe, ich...«, er schlug sich auf die Brust, »...werde ich Gehorsam und Respekt verlangen. Und solange die Kinder nicht erwachsen sind und auf eigenen Füßen stehen, werden sie mit uns verreisen, obwohl ich selber wüßte, was ich lieber täte.«
»Was heißt das?« fragte sie. »Was tätest du lieber?«
»Auch mal allein unterwegs sein wie andere Männer! Bildest du dir ein, es macht mir Spaß, jeden Urlaub die gesamte Familie mitzuschleppen? Glaubst du, das wäre eine Erholung?«
»Helmuth«, sagte sie, »ich dachte... wir haben uns doch immer so auf den gemeinsamen Urlaub gefreut! Das ganze Jahr Pläne gemacht und...« Sie mußte schlucken. »Du bist auch nicht mehr gerne mit uns zusammen? Ist das wahr, Helmuth?« Sie trat auf ihn zu, mit leicht erhobenen Händen.
Er wußte, er hätte sie jetzt in die Arme nehmen und beruhigen müssen. Aber er war noch viel zu gereizt und zu verärgert, unzufrieden mit sich und der Welt. »Ich rede niemals einfach etwas daher«, sagte er kalt, »so gut solltest du mich doch schon kennen.« Er übersah ihre flehende Geste und verließ das Zimmer. Sie stand ganz still, hörte nach einiger Zeit die Wohnungstüre zuschlagen. Dann war nichts mehr zu hören als der Regen, der gegen die Fensterscheiben trommelte.
Der Eßtisch, an dem sie vorhin so friedlich gesessen hatten, war noch nicht ganz abgedeckt. Sie ließ ihren Blick über den hellen Schrank mit der gläsernen Schiebetüre gleiten, den runden weißen Tisch mit den weißen Sesseln, die Stehlampe mit dem goldgelben Schirm, die gemütliche Sitzecke, das Gemälde von Achenbach – ein stark nachgedunkeltes Stilleben, das sie mit in die Ehe gebracht hatte –, und alles, was ihr noch

am Morgen so vertraut gewesen war, schien ihr plötzlich fremd.
Neunzehn Jahre, in guten und in schlechten Zeiten, war sie von Anfang an von der Aufgabe erfüllt gewesen, ihrem Mann und ihren Kindern ein Heim zu schaffen, in dem sie sich wohl fühlen sollten. Neunzehn Jahre lang hatte sie ihre eigenen Wünsche zurückgestellt, hatte sie Befriedigung in der Gewißheit gefunden, geliebt und gebraucht zu werden.
Lange stand sie so. Dann trat sie auf den düsteren Flur hinaus, ging zum Zimmer ihres Sohnes, klopfte an. Nichts rührte sich. Sie drückte die Klinke nieder. Die Türe gab nicht nach. Jürgen hatte sich eingeschlossen.

Montag war immer der unangenehmste Tag der Woche, dieser Montag aber begann besonders lustlos. Nachdem es das ganze vergangene Wochenende ununterbrochen geregnet hatte, klarte es, wie zum Hohn, in der Frühe auf. Als Jürgen das Haus verließ, spannte sich ein fast südlich blauer Himmel über der Stadt am Rhein, die es sich etwas hatte kosten lassen, Industrieanlagen, welche das saubere Bild hätten stören können, an die Peripherie zu verbannen.
An der Ecke Markgrafenstraße – Luegallee wartete er, von Minute zu Minute ungeduldiger werdend, auf seinen Freund Gerd Singer, der ihn hier aufzulesen pflegte. Aber der Strom der Autos rollte vorbei, ohne daß Jürgen das knallrote Vehikel Gerds entdecken konnte. Er fluchte in sich hinein, verwünschte zum tausendsten Mal seine Abhängigkeit. Wenn Gerd verschlafen hatte, wenn er krank geworden war oder sich auch nur in letzter Minute, was bei ihm durchaus drin war, entschlossen hatte, die Schule zu schwänzen, war er geliefert.
Jürgen setzte schon zum Spurt auf die Straßenbahnhaltestelle an, als es neben ihm hupte. Er machte ein Satz, fuhr herum. Sein Freund drückte den Schlag auf, Jürgen warf die Schulmappe nach hinten in den offenen Wagen, ließ sich aufatmend vor Erleichterung auf den niedrigen Sitz fallen.
»Mensch, wo bleibst du denn? Ich hab' mir die Beine in den Bauch gestanden!«
Gerd saß leicht nach vorne gebeugt, wartete auf eine Gelegenheit, in den rollenden Verkehr einzuscheren. Die Spitze der

Autokolonne kam am Luegplatz zu stehen, Gerd konnte einbiegen und sich anschließen. Er fuhr sehr lässig, einen Ellenbogen über den Schlag gelehnt. Jürgen beobachtete ihn von der Seite. An Gerd war nichts Besonderes, wenn man die zwei Jahre, die er älter war als seine Klassenkameraden – eine Folge seines zweimaligen Sitzenbleibens –, nicht in Betracht zog. Er sah nicht einmal gut aus, hatte ein absolutes Durchschnittsgesicht. Und doch wirkte er, wie er da am Steuer saß, in seinem supermodernen Freizeitanzug, auf Jürgen imponierend, der sich daneben quälend als Schuljunge fühlte.
»Ich wollte dir was erzählen...«, sagte Gerd und trat, als sich dicht vor ihnen eine Gruppe junger Leute zur Straßenbahninsel drängte, so heftig auf die Bremse, daß Jürgens Kopf fast gegen die Windschutzscheibe geprallt wäre.
»Verdammt! Muß das sein?« rief Jürgen.
Gerd grinste. »Reg dich ab. Kleiner Betriebsunfall.«
Jürgen verging das Schimpfen. Er hatte Senta Heinze entdeckt, die sich auf die Plattform der stehenden Straßenbahn zu quetschen suchte. Obwohl sie sich mit dem Rücken zur Fahrbahn vorwärts drängte, war sie es unverkennbar. Niemand sonst hatte so tiefschwarzes, glänzendes Haar, so geschmeidige Bewegungen. Ihr schlanker Körper mit den kräftigen Schultern steckte in einem korallenroten Kostüm im Uniformstil, dessen Rock nur eben die Kniekehlen freigab, obwohl sie sich durchaus hätte erlauben können, mehr von ihren Beinen zu zeigen.
Jürgen fuhr hoch. »Senta!« schrie er. Er beugte sich zu Gerd, schüttelte ihn an der Schulter. »Mensch, hup doch mal, da ist Senta!« Der Freund tat ihm den Gefallen.
Aber da hatte Senta sich schon einen Platz erobert. Sie drehte sich zu den Jungen um, hob die Hand, lächelte, machte jedoch keine Anstalten, wieder auszusteigen.
Statt dessen sprang Martina ab, die Jürgen, fasziniert wie er war, völlig übersehen hatte, sie schlängelte sich durch die stehende Kolonne, kletterte ungefragt auf den Hintersitz, bevor Gerd wieder anfuhr.
»Tag, Gerd«, sagte sie unbekümmert, »nett von dir, auf mich zu warten!«
»Stell dir vor, du warst nicht mal gemeint«, erwiderte Gerd unverblümt.

Martina zuckte die Schultern, die in einem ihrer bevorzugten, quergestreiften kleinen Pullover steckten. »Glaubst du, das macht mir was aus? An dir ist ja auch bloß dein Auto interessant, und das wird schön langsam reif für den Schrotthaufen.«
Sie wirkte jung und sehr frisch, zumal sie für die Schule auf den dicken schwarzen Lidstrich verzichtet hatte und sich damit begnügen mußte, die Wimpern leicht zu tuschen.
»Wenn es deinen Ansprüchen nicht genügt, kannst du jederzeit aussteigen«, versetzte ihr Gerd.
Martina schlug die Arme übereinander, rutschte in die bequemste Stellung. »Das könnte euch so passen.«
Jürgen hüllte sich in verbissenes Schweigen, während das Auto über die Rheinbrücke rollte und in die Innenstadt fuhr. Daß ihm aber auch alles schiefgehen mußte. Er haderte mit seinem Schicksal, und das mehr als leichtfertige Wortgeplänkel, mit dem sich Gerd und seine Schwester gegenseitig aufzogen, war nicht dazu angetan, seine Stimmung zu verbessern. Er war noch verärgert, als sie Martina endlich losgeworden waren.
Gerd Singer warf ihm einen forschenden Blick zu. »Paßt dir etwas nicht?«
»Die Art, wie du mit meiner Schwester sprichst.«
»Bildest du dir etwa ein, sie sei unberührbar?«
Jürgen wurde rot. Dabei schämte er sich seiner Verlegenheit. »Wie soll ich das denn beurteilen«, knurrte er.
»Ich meine ja nur«, sagte der andere gelassen, »nämlich selbst wenn sie es wäre, würde es bestimmt nicht mehr lange dauern, bis sie es überstanden hat. Die ist überfällig, glaube mir.«
Jürgen brauste auf. »Halt die Schnauze! Du redest immerhin von meiner Schwester!«
»Na, wenn schon. Sie ist deswegen nicht einen Deut besser als die anderen. Du hast keine Erfahrung, Kumpel, sonst wüßtest du, daß die Bienen alle nichts taugen. Man kann sich einen Spaß mit ihnen machen, aber mehr sind sie nicht wert.«
»Es gibt auch andere«, behauptete Jürgen.
»Es soll ja auch Zeichen und Wunder geben«, erwiderte Gerd unbekümmert, »mir ist jedenfalls noch keine andere über den Weg gelaufen.«
Sie bogen in den Hof des Gymnasiums ein, von dem eine erhebliche Fläche als Parkplatz für die Autos der Lehrer und der

älteren Schüler, für Motorräder, Mopeds und Fahrräder abgetrennt war.
Die Schulglocke ertönte.
Gerd warf einen Blick auf seine flache goldene Armbanduhr.
»Verdammt, so spät schon! Wegen deiner süßen Schwester bin ich nicht mal dazu gekommen, dir das Wichtigste zu erzählen.«
»Was?« fragte Jürgen und schlug die Wagentür hinter sich zu.
Gerd trat dicht zu ihm, ließ die Mappe aufspringen. »Da sieh mal!« sagte er vertraulich.
Jürgen traute seinen Augen nicht. »Was ist das?«
»Eine Armeepistole, ziemlich veraltetes Modell, aber bestimmt noch brauchbar.«
»Menschenskind, woher hast du die?« Jürgen war tief beeindruckt. »Du hast Mut, die mit in die Schule zu bringen!«
»Warum nicht?! Du wirst mich doch nicht verraten.« Gerd stützte die Mappe auf das Knie, drückte das Schloß wieder zu. »Meine Regierung war übers Wochenende mal wieder geplatzt. Da habe ich ein bißchen rumgestöbert und das Ding gefunden. Du weißt doch, der Chef war Offizier im letzten Krieg, mit Ritterkreuz und allem Drum und Dran. Ist immer noch mächtig stolz darauf. Brauche ihn bloß ganz doof danach zu fragen, wenn ich ihn in Stimmung bringen will.«
Sie liefen zwischen den anderen Schülern die breite Treppe hinauf.
»Tu das Ding bloß weg!« sagte Jürgen.
»Hast du etwa Angst?«
»Das nicht...«
»Dann hab' dich doch nicht so. Wenn ich deswegen mit der Regierung aneinandergerate, ist das mein Bier. Ich werd' die Kanone heute nachmittag mal ausprobieren. Aber wenn du keine Lust hast...«
»Mal sehen!«
Dabei blieb es, weil in diesem Augenblick Studienrat Müller die Klasse betrat und mit dem Unterricht begann...
Jürgen Molitor gehörte zu jenen Schülern, die im Mündlichen wesentlich besser sind als im Schriftlichen. Er konnte zuweilen überraschend intelligente Fragen stellen, die die Lehrer immer wieder für ihn einnahmen. Aber er besaß nicht die Konzentration, eine Arbeit wirklich einwandfrei abzuschließen.

An diesem Vormittag war er im Unterricht gar nicht bei der Sache. Der gestrige Zusammenstoß mit dem Vater saß ihm noch in den Knochen. Alles, was in der Klasse vorgetragen und diskutiert wurde, schien ihm blaß und theoretisch, völlig belanglos gemessen an seinen eigenen Problemen. Er duckte sich hinter seinen Vordermann, beschränkte seine Bemühungen darauf, nicht aufgerufen zu werden und nicht aufzufallen, und hatte damit auch Erfolg bis zur letzten Stunde, Mathematik bei Studienrat Dr. Opitz.
Die Schüler behandelten ihre Lehrer im allgemeinen nicht gerade übertrieben respektvoll oder höflich. Aber im Moment, da Dr. Opitz vor die Klasse trat, wurde es totenstill. Er trug einen Stoß schwarzer Hefte unter dem Arm, den er auf seinen Schreibtisch absetzte.
»Na also, meine Herren«, sagte er und rieb sich die langen, ausdrucksvollen Hände, »da hätten wir es mal wieder. Ich muß sagen, die Arbeiten sind ganz leidlich ausgefallen. Damit wir uns recht verstehen: Meisterleistungen sind keine darunter. Aber immerhin, es hätte schlimmer sein können.«
Dr. Opitz rückte seine Brille zurecht, sah die großen Jungen, einen nach dem anderen, aufmerksam an, blickte in erwartungsvolle, ängstliche, neugierige, selbstzufriedene und gleichgültige Augen. Er war sich ihrer Spannung bewußt, widerstand jedoch der Versuchung, den Moment noch länger auszukosten. »Dann wollen wir mal«, sagte er und begann die Hefte zu verteilen.
Er hatte sie nicht geordnet, wie es einige seiner Kollegen taten – die beste Arbeit zuoberst, die schlechteste zuunterst –, weil er wußte, daß das für die schwächeren Schüler zu einer wahren Qual werden konnte. Aber er war auch nicht so gleichgültig, daß er die Hefte von irgendeinem der Jungen hätte verteilen lassen. Er rief die Namen auf, gab jedem einzelnen Schüler einen Kommentar zur Arbeit und zur Benotung.
Jürgens Magen krampfte sich zusammen, während er darauf wartete, an die Reihe zu kommen. Für ihn hing viel von dieser Klassenarbeit ab, unter Umständen Versetztwerden oder Hängenbleiben. Er war schwach in Latein, und wenn er in Mathematik diesmal auch auf ein Ungenügend kam... Er vergrub die Zähne in der Unterlippe, während er auf den Lehrer starrte.

Dr. Opitz war ein schlanker Mann, der fast hager wirkte, weil er seine Anzüge aus Bequemlichkeitsgründen stets etwas zu groß wählte. Aber die Jungen, die ihn im Turnzeug kannten, wußten, daß diese schlotternde Kleidung einen sportlich durchtrainierten, fast jugendlichen Körper verbarg. Dr. Opitz hatte eine besondere Art, ernst und durchdringend zu blicken, auch wenn er lächelte – und zu lächeln, auch wenn er etwas recht Unangenehmes sagte.
»Molitor!«
Jürgen fuhr hoch, wollte nach vorne stürzen, beherrschte sich aber und schlenderte gelassen zum Schreibtisch des Lehrers. Dr. Opitz hielt das Heft abwägend in der Hand, sah ihm durch seine leicht getönten Brillengläser entgegen. »Tut mir leid, Molitor, Sie haben auch diesmal danebengehauen. Wie kaum anders zu erwarten war.«
Es war sein Lächeln und sein Ton, der Jürgen rasend machte.
»Na wenn schon«, sagte er aufsässig.
»Ich sehe, Sie nehmen es leicht, Molitor. Nun ja, Sie waren an einer akademischen Laufbahn wohl ohnehin nie interessiert.«
»Stimmt haargenau«, sagte Jürgen wild, »ich kann mir was Besseres vorstellen!«
Dr. Opitz verlor nicht für eine Sekunde seine ironische Gelassenheit, wegen der er von seinen Schülern bewundert und gefürchtet wurde. »Was zum Beispiel?« fragte er. »Wollen Sie Ihrem Vater nacheifern und ins Bankfach einsteigen? Dazu müssen Sie aber rechnen können. Nein, ich sehe keine andere Karriere für Sie, denn als ... Berufssportler! Wie wäre es damit? Dazu brauchen Sie nur Ihre Muskeln, und die sind ja soweit in Ordnung.«
Einige Jungen lachten, und Jürgen fuhr herum. »Ihr habt's gerade nötig!« fauchte er. »Ihr!«
Dr. Opitz hob abwehrend die Hände. »Nicht handgreiflich werden, Molitor, bitte, nicht! Sparen Sie Ihre Kräfte für später, bei uns am Gymnasium wird man dafür nicht bezahlt.«
Jürgen riß das Heft an sich, drehte sich um und stapfte auf seinen Platz zurück. Er knallte es auf seinen Arbeitstisch, ließ sich auf seinen Stuhl fallen, stemmte die Ellenbogen auf, stützte das Kinn in die Hände, starrte blicklos vor sich hin und versuchte, sich zu beruhigen.

»Sie sollten sich Ihre Arbeit ruhig einmal ansehen«, stichelte Dr. Opitz, »es lohnt sich, wenn vielleicht auch nur zur Abschreckung. Lassen Sie sich von den roten Strichen nicht irritieren, es handelt sich um die Spuren meiner unzulänglichen Bemühungen, Ihre Fehler zu verbessern.«
»Wenn du jetzt nicht sofort die Schnauze hältst«, murmelte Jürgen, »bringe ich dich um!«
Dr. Opitz hatte schon den nächsten Schüler aufgerufen, er wurde dennoch aufmerksam. »Haben Sie etwas gesagt, Molitor?«
Jürgen biß die Zähne aufeinander, seine Wangenmuskeln arbeiteten.
»Nein?« fragte Dr. Opitz freundlich. »Dann muß ich mich getäuscht haben. Wenn ich Ihnen dennoch einen unmaßgeblichen Rat geben darf: Bereiten Sie Ihre Eltern darauf vor, daß Ihre Versetzung gefährdet ist. Es wäre schlecht, wenn der blaue Brief sie völlig überraschend träfe. Vielleicht nehmen sie die Sache nicht ganz so leicht wie Sie selbst.«

Als sie nach Schulschluß nebeneinander die breite Treppe hinuntergingen, sagte Gerd: »Ehrlich, Jürgen, ich verstehe dich nicht! Daß du immer wieder auf die öden Witze von Opitz hereinfällst. Der legt es doch nur darauf an, einen hochzunehmen. Das solltest du doch inzwischen wissen.«
»Weiß ich auch. Ich bin ja kein Idiot. Ich hatte einfach eine Wut im Bauch.«
»Na und?«
»Wenn ich hängenbleibe ... du ahnst ja nicht, was das zu Hause für ein Theater gibt. Dann bin ich bei meinem Vater vollkommen unten durch.«
Sie waren auf dem Hof bei Gerd Singers rotem Sportauto angekommen.
Er schloß die Türe auf. »Macht dir das was aus?«
Jürgen flankte über die andere Türe, plumpste auf den Sitz. »Angenehm wäre es mir jedenfalls nicht.«
Der Freund ließ den Motor an. »Bürgerliche Vorurteile. Sieh mich an, ich bin schon zweimal sitzengeblieben, aber das kann mich nicht erschüttern.«
»Wenn du's diesmal nicht schaffst, mußt du von der Schule.«
»Kann mir nicht passieren. Meine Regierung hat einen erheb-

lichen Batzen für neue Geräte in der Turnhalle gestiftet. Da getrauen sie sich nicht mehr, mich backen zu lassen.«
»Ach so«, sagte Jürgen verwirrt.
Gerd steuerte durch das Tor. »Mit Geld, mein Sohn, schafft man alles. Geld haben ist besser als Genie.«
»Eigentlich ist das doch eine ganz große Gemeinheit!«
»Ist es, alter Junge, ist es. Es geht auf dieser Welt nicht gerecht zu, das erwarten nur die Kinder. Fang endlich an, die Menschen so zu sehen, wie sie sind!«
Gerd fuhr nicht geradewegs nach Oberkassel, sondern schlug einen Umweg ein. Er gönnte sich und seinem Freund das Vergnügen, gemächlich, vom Graf-Adolf-Platz her, die Königsallee hinunter zu fahren. Die Kastanien hatten schon dicke Knospen, und einige Cafés hatten bereits Tische und Stühle ins Freie gestellt. An den Schaufenstern vorbei flanierten modisch gekleidete Frauen und Mädchen.
Gerd blickte ihnen nach und pfiff durch die Zähne. »Sollen wir uns zwei aufreißen?« fragte er. »Du, ich bekäme direkt Lust!«
»Doch nicht jetzt«, sagte Jürgen, »ich muß nach Hause.«
»Weiß schon: Mutti wartet mit der Suppe!«
»Jeder hat's eben nicht so gut wie du!«
»Bist du sicher, daß ich es so gut habe?« fragte er überraschend ernst.
»Na, du hast jedenfalls deine Freiheit.«
»Aber mehr auch nicht.« Gerd wechselte auffallend eilig das Thema. »Wie ist das jetzt, soll ich dich heute nachmittag zum Schießen abholen? Ja oder nein?«
»Aber sicher«, sagte Jürgen, »warum denn nicht?«

Als Jürgen am frühen Nachmittag mit zum Grafenberger Wald hinausfuhr, war ihm denkbar unbehaglich zumute. Ihm lag gar nichts an der ganzen Schießerei, er war nur mitgekommen, weil er fürchtete, sich durch eine Absage eine Blöße zu geben, und weil es ihn reizte, etwas zu tun, was die Eltern, die Lehrer und all diese verdammten überheblichen Erwachsenen bestimmt schockieren würde. Aber während sie die Stadt durchquerten, stand er Todesängste aus, sie könnten in einen Unfall verwickelt werden und man würde die Pistole bei ihnen entdecken.

Doch auch diese Angst hatte einen gewissen prickelnden Reiz, und als sie unbeschadet den Wald erreichten, kam das erhebende Gefühl dazu, allen Aufpassern ein Schnippchen geschlagen zu haben. Die Suche nach einem für die geplanten Schießübungen geeigneten Platz war aufregender als das Indianerspiel längst vergangener Kindertage.
Gerd fuhr das Auto in eine Schneise, und sie gingen zu Fuß weiter. Jürgen trug ein paar alte Blumentöpfe, die der Freund von zu Hause mitgenommen hatte. Sie arbeiteten sich zu einer kleinen Lichtung durch, die dicht von Tannen und Unterholz umgeben war, und Gerd erklärte, hier sei es richtig. Er wies Jürgen an, einen der Tontöpfe auf die Spitze einer jungen, etwa zwei Meter hohen Tanne zu setzen. Dann spannte er den Hahn, während Jürgen sich in Sicherheit brachte.
Es gab einen betäubenden Knall. Der Blumentopf fiel von der Tanne. Jürgen rannte hin. Ein Stück war herausgesplittert.
»Streifschuß!« rief er und steckte den Topf wieder auf.
»Es ist gar nicht so einfach«, gestand Gerd, »das reißt einem ja fast den Arm weg. Willst du mal?«
Jürgen zögerte, die schwarze, glänzende Waffe zu nehmen, griff dann aber doch zu. Die Pistole war kalt, wog schwer in der Hand.
»Sonderbar«, sagte er nachdenklich, und ein Prickeln lief ihm den Rücken hinunter, »mit so etwas kann man also einen Menschen auslöschen.«
»Ohne weiteres«, sagte Gerd, »das ist ein ganz schweres Kaliber.« Er zeigt ihm den Sicherungshebel und wie die Pistole zu spannen sei.
Jürgen streckte den Arm ganz gerade aus, kniff das linke Auge zu, zielte.
Plötzlich kam ihm der Einfall, sich statt der Tanne mit dem Blumentopf Dr. Opitz vorzustellen, sein lächelndes Gesicht mit diesen Augen, die einen zu durchschauen schienen. Diese Vision erregte ihn. Er zielte in das verhaßte Gesicht, mitten hinein, drückte ab – er hörte den Knall, spürte den Rückstoß wie einen Schlag gegen die Armkugel. Das rote Gesicht vor ihm zerbarst. Dies alles zusammen, der Knall, der Stoß, das Zersplittern bereiteten ihm ein solches Gefühl der Befriedigung, daß er am liebsten laut geschrien hätte. Aber aus seiner Kehle kam kein Ton.

Statt dessen rief Gerd: »Donnerwetter! Das war ein Volltreffer! Aber ich wette, du hast nur Glück gehabt! Versuch es noch einmal!«
Nur wenige Minuten dauerte der ganze Spaß, denn es zeigte sich, daß nicht mehr als fünf Kugeln im Magazin gewesen waren. Sie hantierten noch eine Weile mit der leeren Waffe herum, probierten aus, wie sie zu laden war und wie sie funktionierte. Dann steckte Gerd sie endgültig in seine Schultasche zurück. Er machte sich anheischig, auch ohne Waffenschein neue Munition besorgen zu können, nach seinem bekannten Motto: Für Geld kriegt man alles.
Sie ließen die restlichen Blumentöpfe auf der Lichtung, bahnten sich ihren Weg zurück zum Auto. Der Wagen rumpelte über den Waldweg auf die asphaltierte Straße. Gerd redete, Jürgen warf nur hin und wieder ein Wort ein, ohne wirklich zuzuhören. Er fühlte sich so entspannt wie seit langem nicht mehr, nahezu glücklich.
In der Papierfabrik war Schichtwechsel. Mädchen und Frauen strömten ins Freie. Sie gingen in Gruppen, manche untergehakt, zu zweien oder dreien, nur wenige allein.
Gerd nahm Gas weg, ließ den Wagen im Schritt-Tempo dahinrollen. »Schau dir das an!« sagte er und blies die Luft durch die Zähne. »Die sind zwar nicht so zuckrig wie die heute früh von der Kö, aber ich sag dir ... mit denen kann man was erleben. Von denen kannst du noch was lernen. Die beiden da vorne zum Beispiel ...«
Jürgen betrachtete die beiden Mädchen, die Gerd meinte. Die eine hatte blond gefärbtes Haar, die andere war dunkel, sie trugen Strickjacken und gerade geschnittene kurze Röcke. Ihre Figuren waren nicht umwerfend. Die Blonde hatte zu dicke Beine. Aber sie waren jung und straff und schaukelten beim Gehen mit den Hüften.
»Nicht schlecht«, sagte Jürgen. »Pech, daß ich keine Zeit mehr habe.«
Gerd warf ihm einen raschen Seitenblick zu. »Was heißt das?«
»Daß ich verabredet bin. Zu deutsch: Ich habe was Besseres vor! Ich habe mich nur mit Mühe und Not für die Schießerei freimachen können.«
»Du willst nach Hause? Na schön, ich kann dich nicht hin-

dern. Aber du erwartest wohl nicht, daß ich mir von dir den Spaß verderben lasse.« Gerd trat auf die Bremse, langte an Jürgen vorbei und öffnete die Autotüre. »Dann bis morgen! Mit der 12 kommst du direkt zum Schadowplatz.«
Jürgen wußte, noch hatte er die Wahl. Es war verdammt unbequem, mit der Bahn nach Oberkassel zurückzufahren. Zorn gegen den Freund stieg in ihm auf, ein Zorn, den er selbst als ungerechtfertigt empfand.
Er stieg wortlos aus, knallte die Türe zu. »Na denn, amüsier dich gut«, sagte er mit schmalen Lippen.
»Worauf du dich verlassen kannst!« Mit einem Satz schoß der rote Wagen voran, fuhr erst wieder langsam, als er die Mädchen erreicht hatte.
Jürgen wartete nicht ab, ob eine der beiden auf die Annäherung einging. Er wandte sich ab und ging zur nächsten Haltestelle zuück.
Sein Glücksrausch war verflogen, dafür empfand er Ernüchterung und Ekel.

2.

Martina verließ am Mittwochabend kurz vor acht Uhr das Haus, angeblich, um in den Jugendklub zu gehen, tatsächlich aber hatte sie etwas ganz anderes vor. Sie war mit einem jungen Mann verabredet, den sie in der vorigen Woche kennengelernt hatte. Schon seit Tagen hatte sie dem Wiedersehen mit diesem augenblicklichen Schwarm entgegengezittert.
James Mann verdiente sich sein Geld als Autoverkäufer in einem erstklassigen Salon in der Graf-Adolf-Straße, ein Job, dessen zusätzlicher Reiz darin bestand, daß er Gelegenheit bot, mit den schicksten Wagen, ob nun günstig erstanden oder nur entliehen, durch die Gegend zu brausen. Aber nicht das allein war es, was Martina an ihm faszinierte, sondern sein ganzes Auftreten, seine selbstsichere überlegene Art, ganz abgesehen davon, daß er bereits achtundzwanzig Jahre alt war, ein wirklicher Mann, kein grüner Junge mehr, eine Eroberung, wie sie keine ihrer Freundinnen und Klassenkameradinnen aufweisen konnte.
Senta Heinze hatte sie zwar gewarnt: »Der ist viel zu alt für dich, und außerdem, er wirkt doch irgendwie schmierig, merkst du das denn nicht?«
Aber Martina hatte sich nicht beeinflussen lassen. »Aus dir spricht der blanke Neid«, hatte sie erwidert, »mir gefällt James, und ich werde ihn mir anbändigen, auch wenn du platzest.«
Er hatte sie gleich am ersten Abend, als er sie in seinem amerikanischen Straßenkreuzer nach Oberkassel brachte – nur bis zum Luegplatz, denn sein Aufkreuzen in der Markgrafenstraße hätte verräterisch werden können –, geküßt. Aber wie! Von einem Jungen hätte sie sich das nicht so rasch gefallen lassen, aber bei diesem Mann imponierte es ihr. Sein Tempo raubte ihr den Atem, und sie fand es sehr schmeichelhaft, daß sie es war, die ihm solche Leidenschaft entlockte.
Am liebsten hätte sie sich gleich am nächsten Tag wieder mit

ihm getroffen, aber als er den Mittwoch vorschlug, hatte sie nicht gewagt, ihre Ungeduld zu verraten.
Und nun stand sie da, vor dem Opernhaus, wohin er sie bestellt hatte, und wartete, eine Palette in Grün und Orange. Sie trug einen grünen Regenmantel, orangefarbene Strümpfe und grüne Schuhe, und ihr honigblondes Haar bildete die Krönung dieser Skala. Sie hatte reichlich Make-up benutzt, um ihrem jungen, noch kindlichen Gesicht eine interessante Note zu verleihen: schwarze Wimperntusche, Augenbrauenstift und Lidstrich, grüne Lidschatten, gelbroter Lippenstift...
Junge Männer, die vorüberschlenderten, sprachen sie an, warfen ihr anzügliche Worte zu, pfiffen anerkennend. Das kümmerte sie nicht. Immer ungeduldiger blickte sie die Alleestraße hinauf und hinab, aber im Licht der hohen Bogenlampen waren nur noch die Fahrzeuge zu erkennen, die chromblitzend und lackglänzend die Rampe zur Rheinbrücke hinauf fuhren, die Insassen waren nicht mehr zu erkennen.
Martinas freudige Erwartung verebbte, wandelte sich in Unsicherheit und Enttäuschung. Sie war fast schon überzeugt, daß James Mann sie versetzt hatte, wehrte sich aber noch, sich diese Niederlage einzugestehen, als ein Jaguar rechts vom Opernhaus einbog. Die Türe wurde von innen aufgestoßen, und Martina lief hin -- schwankend zwischen jäh aufflammender Hoffnung und der Angst, sich einem Fremden gegenüber zu sehen und unsterblich zu blamieren.
Aber es war James, der ihr die Türe aufhielt. »He, Küken!« sagte er und entblößte seine weißen, auffallend regelmäßigen Zähne.
»Ich habe gar nicht gewußt ... ich meine ... voriges Mal hattest du einen anderen Wagen!«
Er wendete schwungvoll, mit großer Routine. »Kann schon sein. Du kennst ja meine Devise: lieber öfter mal was Neues.«
Auch bei Mädchen? hätte sie fast gefragt, aber sie unterdrückte diese Bemerkung, weil sie um keinen Preis kleinlich erscheinen wollte. »Wohin fahren wir?« fragte sie statt dessen.
Er stoppte, weil er warten mußte, bevor er einbiegen konnte. »Bedaure, nirgends. Mir ist was dazwischengekommen, ich wollte dir bloß Bescheid sagen. Aber immerhin, nach Hause kann ich dich bringen.«

Daraufhin konnte sie sich nicht zurückhalten. »Du hast eine ... andere Verabredung?« fragte sie und hätte sich im gleichen Augenblick wegen dieser Frage und mehr noch wegen des leichten Zitterns in ihrer Stimme selbst ohrfeigen können.
Er lachte. »Schäfchen«, sagte er gönnerhaft, »glaubst du, ich hätte schon die Nase voll von dir?«
»Das nicht, aber ... ich verstehe nicht ...«
»Ganz einfach. Eine berufliche Sache. Ich muß nach Hause, weil ich ein Ferngespräch aus London erwarte. Es geht um ein ganzes großes Geschäft.«
Sie schluckte, ohne es zu merken, den Köder. »Aber dieses Gespräch«, sagte sie, »kann doch nicht so lange dauern.«
»Stimmt haargenau. Du bist ein kluges Kind. Die Frage ist eben nur, wann es kommt. Unter Umständen...« Er unterbrach sich, fragte, als wenn ihm das gerade erst einfiel: »Wie wäre es, wenn ich dich irgendwo absetzen würde? Vielleicht haben wir Glück, und das Gespräch kommt rasch, dann könnte ich nachher wieder zu dir kommen.«
Sie überlegte, zog die Unterlippe zwischen die Zähne. »Und wenn nicht?«
»Na, dann gehst du eben schön nach Hause!«
Die Autokolonne kam zum Stehen, er wollte nach rechts, in Richtung Oberkassel einbiegen, da legte sie ihm beschwörend die Hand auf den Arm.
»Halt, James, noch nicht! Einen Augenblick! Wäre es nicht viel praktischer, wenn ich mit zu dir käme!?«
Er schaute sie unter seinen langen, dichten Wimpern hervor von der Seite an, der Blick seiner dunkelblauen Augen war ganz ausdruckslos. »Praktischer schon«, sagte er gleichgültig, »ich hätte dir selber schon den Vorschlag gemacht...«
»Warum hast du es dann nicht getan?«
Er zuckte die Achseln, betätigte den linken Blinker. »Ich dachte, du wärst von der altmodischen Art, könntest es falsch auffassen.«
»Ich bin doch nicht blöd.«
»Das merke ich!« Er gab Gas, es gelang ihm gerade noch im letzten Moment, die Alleestraße zu überqueren, er bog nach links ein, sie fuhren in Richtung auf die Innenstadt...
James Mann wohnte im siebten Stock eines großen, modernen

Apartementhauses am Brehmplatz. Sie fuhren im Lift nach oben, er schloß die Türe auf, während Martina hinter ihm wartete.

»Ich darf doch vorgehen«, sagte er, half ihr aus dem Mantel, ging weiter in den sehr großen Hauptraum, knipste die Stehlampe und die Schreibtischlampe an.

Sie blieb beeindruckt auf der Schwelle stehen. »Das ist ja eine Wucht!«

Das Zimmer war äußerst komfortabel eingerichtet. Eine richtige Junggesellenwohnung mit einer riesigen Couch, die mit Bergen von bunten Seidenkissen bedeckt war, mit modernen schwarzen Ledersesseln, einem langen gläsernen Tisch, einem einzigen überdimensionalen, abstrakten und sehr farbenfreudigen Gemälde an der Wand.

»Freut mich, daß es dir gefällt«, sagte er.

»Gefallen ist gar kein Ausdruck.«

»Mach's dir bequem.« Er stellte den Plattenspieler an, und Sekunden später rieselte aus einer Stereoanlage der seidenweiche Sound der Ray Anderson Band auf Martina herab.

Sie kuschelte sich in einen der Sessel, zog die orangebestrumpften Beine an. Sie wirkte sehr süß und aufreizend in dem ärmellosen sonnengelben Tangentenkleid, das unter dem Regenmantel zum Vorschein gekommen war. Aber er schien es nicht zu bemerken. Sein dunkles Gesicht zeigte einen abwesenden und verschlossenen Ausdruck. Er mischte an der Hausbar einen Whisky mit Eis und viel Wasser für sie, einen Whisky pur für sich selber.

»Einen Long Drink für dich«, sagte er, als er das Glas vor sie hinstellte, »du kannst ihn ruhig trinken, ich habe ihn ganz dünn gemacht.«

»Hältst du mich für ein Baby?«

Er nahm einen tiefen Schluck aus seinem Glas, sah sie mit einem seltsamen Ausdruck an. »Eigentlich nicht.« Er wandte sich ab. »Entschuldige, wenn ich mich einen Augenblick mit meinem Papierkram befasse.« Er nahm einen Aktenhefter vom Schreibtisch, streckte sich auf der Couch aus, viele Kissen im Rücken, die Beine halb angezogen, das Whiskyglas griffbereit neben sich auf dem Tisch.

Er sprach kein einziges Wort mit ihr, ließ die Atmosphäre des Zimmers, den Alkohol, die stimulierende Musik und Martinas

eigene Ungeduld wirken. Es dauerte gut zehn Minuten, dann hielt sie es nicht mehr aus.
»James...?«
»Hm...«, murmelte er.
»James, bitte, mußt du denn unbedingt dieses blöde Zeug jetzt lesen?« Sie stand auf, setzte sich, ihr Glas in der Hand, neben ihn auf die Couch.
»Was soll ich denn sonst tun?«
»Mit mir sprechen.«
Er ließ den Hefter sinken, sah sie an. »Fällt dir nichts Besseres ein?«
Sie errötete unter seinem Blick. »Nein, was denn?«
»Nun, zum Beispiel...« Er legte den Hefter neben sich auf den Boden, nahm ihr das Glas aus der Hand, stellte es auf den Tisch. »Du hast mir heute noch gar keinen Kuß gegeben. War das Absicht?«
»Aber nein ... ich ...«
Er zog sie an sich, so daß sie fast auf ihm lag. Seine Zunge öffnete ihre Lippen, er küßte sie berechnend, beobachtete unter den dichten Wimpern hervor, wie sie die Augen schloß. Seine Hand tastete zu ihrem Rücken, zog den langen Reißverschluß ihres sonnengelben Kleides auf.
Sie stemmte ihre Hände gegen seine Brust, bog ihr Gesicht zur Seite. »Nein ... bitte, nein!«
»Also doch altmodisch?«
»James, bitte, ich...«, stammelte sie.
»Nun behaupte bloß, daß ich der erste bin«, sagte er verächtlich.
»Das ist doch schließlich keine Schande!«
»Das nicht gerade, aber reichlich unbequem. Oder glaubst du etwa an all den Quatsch, daß Männer das gern hätten? Barer Unsinn. Wie alt bist du?«
»Sechzehn«, murmelte sie verwirrt.
»Dann wird's aber Zeit für dich, das rate ich dir im guten. Wenn du jetzt niemanden findest, der sich deiner annimmt, hast du den Anschluß verpaßt.«
»Das glaube ich nicht!« begehrte sie auf.
»Warum auch. Denk, was du willst. Ich habe es nur gut mit dir gemeint, später einmal wirst du das schon einsehen. Aber wer nicht will, der hat schon gehabt. Aber dann laß mich auch in

Ruhe und setz dich schön wieder auf dein Plätzchen. Für Teenagerspielereien bin ich nicht mehr jung genug.«
Sie richtete sich auf, ihre blonden Haare waren zerzaust, ihre Wangen glühten. »Bist du jetzt böse?« fragte sie zaghaft.
»Woher denn. Ich hätte wissen sollen, daß du in der Beziehung etwas zurückgeblieben bist. Ich hätte mich gar nicht erst mit dir einlassen sollen. Aber du gefielst mir eben.«
»Soll das heißen, es ist aus zwischen uns?«
»Was erwartest du denn? Bildest du dir ein, ein Mann wie ich könnte sich mit Händchenhalten und Wange-an-Wange-Tanzen begnügen? Das kann doch nicht dein Ernst sein. Tut mir leid, daß ich dich jetzt nicht nach Hause bringen kann, du weißt doch...«
Sie sah all ihre Felle davonschwimmen, die Knie wurden ihr weich. »Oh James«, flüsterte sie, »begreifst du denn nicht? Ich ... ich will ja. Aber ich habe Angst...«
»Doch nicht etwa vor einem Baby? Sei nicht dumm. So etwas kann einem Mann mit Erfahrung gar nicht passieren.«
Er küßte sie, seine Hände streichelten sie, ihr kurzes Kleidchen verschob sich. Diesmal wehrte sie sich nicht mehr...

3.

Die Zeiten, da Helmuth Molitor noch hinter dem Schalter seiner Bank in der Innenstadt saß, waren seit Jahren vorüber. Jetzt arbeitete er in einer Bankfiliale in Düsseldorf-Oberkassel, dem Vorort, in dem er wohnte, hatte ein geräumiges, fast elegant eingerichtetes Büro zur Verfügung – viel Teakholz, ein dicker roter Spannteppich, ein großes Fenster und zwei Ölgemälde – und beschäftigte sich vorwiegend mit der Betreuung und Beratung der wichtigen Kunden.
Es war nichts Ungewöhnliches, daß eines Morgens seine Sekretärin, eine Visitenkarte in der Hand, zu ihm hereinkam und ihm meldete, daß ein Herr ihn zu sprechen wünsche.
»Ein Herr Schmitz...« sagte sie.
Er zuckte zusammen. So häufig der Name Schmitz auch im Rheinland ist, nie konnte er ihn hören, ohne daran erinnert zu werden, was vor fast zwanzig Jahren geschehen war, und daß seine Sekretärin »Ein Herr...« sagte, verriet ihm, daß es sich nicht um einen Kunden des Hauses handelte, denn sonst hätte sie sich präziser ausgedrückt.
Sie hielt ihm die Visitenkarte so hin, daß er sie lesen konnte: U. O. C. Hannes Schmitz, Repräsentant der U. O. C. Er nahm ihr die Karte nicht ab, denn er wollte nicht, daß sie sah, wie seine Hände zitterten. Hannes Schmitz, nein, das konnte kein Zufall mehr sein, oder doch? Schließlich war auch Hannes kein so ausgefallener Name.
»Wahrscheinlich ein Vertreter«, sagte er, »dafür bin ich nicht zuständig.«
»Er sagt, daß er ein Konto eröffnen will...«
»Das kann er in der Halle... oder, bitte, verweisen Sie ihn an Direktor Meier.«
Sie ließ sich nicht aus dem Konzept bringen. »...und daß er sich von Ihnen persönlich beraten lassen möchte.« Es entging ihr nicht, daß er sehr blaß geworden war. »Aber wenn Sie wollen«, sagte sie besorgt, »wimmle ich ihn ab.«

Eine Sekunde lang fürchtete er, sie könne ihn durchschauen. Er blickte zu ihr auf. Wie sie da vor ihm stand, in ihrem schottischen Faltenrock, der blütenweißen Hemdbluse, das aschblonde Haar mit einem blauen Band aus der Stirn gehalten, war sie ein Bild jugendlicher Frische und eifrigen Bemühens, es recht zu machen. Ihre wachen Augen blickten ganz arglos. Nein, sie ahnte nichts, es war lediglich sein schlechtes Gewissen, das ihn unsicher machte.
»Nett von Ihnen, Fräulein Körner«, sagte er mühsam, »aber ich werde mir doch lieber anhören, was ihn zu uns führt.«
Sie legte die Visitenkarte vor ihm auf den Schreibtisch, lächelte ihm zu, schritt quer über den dicken roten Teppich zum Vorzimmer. Er blickt ihr nach, ohne wirklich etwas zu sehen. Als ihm einfiel, daß er sie hätte auffordern sollen, ihm wenigstens ein paar Minuten Zeit zu lassen, war es schon zu spät.
Sie hatte die Türe weit geöffnet: »Herr Schmitz, wenn ich bitten darf...«
Er hätte ihn erkannt, auch wenn er nicht darauf gefaßt gewesen wäre, ihn wiederzusehen. Der Freund aus längst vergangenen Tagen hatte sich verändert, sein dunkles Haar war an den Schläfen weiß geworden, er trug es anders frisiert, seine Gesichtszüge waren schärfer geworden, sein betont korrekter Anzug und die schwarze Aktentasche unter dem Arm verliehen ihm den Anschein einer gewissen Seriosität, aber seine grünen, intelligenten, sehr gefährlichen Augen waren unverkennbar.
Er lächelte, blieb mitten im Raum stehen, während sich Helmuth Molitor sich langsam hinter seinem Schreibtisch erhob. Beide Männer sahen sich an, sprachen kein Wort, bis die Sekretärin die Türe hinter sich zuzog.
»Guten Tag, Helmuth«, sagte der Besucher dann, »ich sehe, du bist nicht überrascht, mich wiederzusehen. Du warst ja niemals dumm. Du hast damit gerechnet, daß ich dir eines Tages die Rechnung präsentiere.«
»Ich schulde dir nichts«, erwiderte dieser. Jetzt, da das Schlimmste eingetroffen war, zitterte er nicht mehr. Sein gut geschnittenes Gesicht war unbewegt, seine Stimme klang beherrscht. Nur seine Finger, die unaufhörlich an seiner ohnehin tadellosen Weste zupften, verrieten Nervosität.
Der Besucher lächelte, während seine grünen Augen ihn ohne

zu blinzeln beobachteten. »O doch, du hast doch bestimmt noch nicht vergessen...«
Molitor hob die Hand, als wenn er auf den Alarmknopf drücken wollte. »Ich lasse mich nicht erpressen!«
Der andere trat näher, stellte ungeniert seine Aktentasche auf den Schreibtisch. »Aber, aber, wer denkt denn an so etwas! Wir sind doch Freunde, oder...?«
»Das ist längst vorbei!«
»Für mich nicht!« Schmitz setzte sich, schlug die Beine übereinander. »Nimm doch Platz, damit wir in Ruhe sprechen können.«
Aber Molitor blieb stehen, stützte die Fäuste auf den Schreibtisch, beugte sich vor. »Was willst du von mir?«
Sein Gast setzte sich bequem in dem mit Leder bezogenen Besuchersessel zurecht. »Wenn du mich so direkt fragst...« Um seinen häßlichen Mund zuckte ein fast belustigtes Lächeln. »Natürlich Geld.«
Molitor spürte, wie ihm der kalte Schweiß ausbrach. Er setzte zu einer Entgegnung an, brachte aber nur einige unartikulierte Laute über die Lippen.
»Um Himmels willen, alter Freund, reg dich doch nicht so auf«, rief Schmitz mit falscher Besorgnis, »die ganze Sache ist halb so wild, natürlich will ich das Geld von dir persönlich... Setz dich doch endlich, damit wir vernünftig über die Angelegenheit reden können.«
»Von mir bekommst du keinen Pfennig«, sagte Molitor schwach, ließ sich aber doch, gegen seinen Willen, in den Sessel hinter seinem Schreibtisch sinken, weil die Knie unter ihm nachgaben.
»Ich brauche einen Bankkredit, und da ich zufällig erfuhr, daß ausgerechnet du, mein Freund und Kumpel aus alten Tagen, da einigen Einfluß hast, komme ich natürlich zu dir. Das ist doch ein ganz natürlicher Vorgang, überhaupt kein Grund, die Nerven zu verlieren.«
»Hast du Sicherheiten?«
Schmitz zog seine schwarze, elegante Aktentasche vom Schreibtisch, ließ die Schlösser aufschnappen. »Aber ja doch. Es handelt sich um ein ganz großes Geschäft, schon fix und fertig, unter Dach und Fach sozusagen, nur die Nahost-Krise... ich arbeite im Import, weißt du, die U.O.C., die United Oil...«

Helmuth Molitor legte die Hand vor die Augen. »Sag mal, für wie dumm hältst du mich eigentlich?«
»Wieso? Was soll das heißen?«
»Wenn die U. O. C. eine seriöse Firma wäre, hätte sie eine feste Bankverbindung.«
»Hat sie natürlich. Aber dies ist ein Geschäft, das ich im Rahmen der U. O. C. auf eigene Verantwortung betreibe. Ich wollte einen ganz großen Schnitt machen und habe den Sums aus eigener Tasche bezahlt, konnte aber nicht voraussehen, daß die drüben die Ausfuhrgenehmigung verweigern würde. Jetzt stecke ich in einer Klemme, momentaner Engpaß. Was mir fehlt, ist das nötige Schmiergeld, um die Ware drüben loszueisen. Das möchte ich von eurer Bank haben. Sieh dir doch nur mal die Verträge an, sie sind eindeutig und ganz und gar goldrichtig bis auf die letzte Unterschrift.«
Molitor nahm ihm die Papiere nicht einmal ab. »Solche Geschäfte machen wir nicht.«
»Ich weiß, daß das nicht das Übliche ist. Aber da wir beide uns doch so gut und persönlich kennen...«
»Ich kann dir nicht helfen, selbst wenn ich es wollte, könnte ich es nicht. Über die Vergabe größerer Kredite kann ich nicht allein entscheiden.«
Schmitz blieb ganz unbeeindruckt. »Wie du das einfädelst, alter Junge, ist mir völlig gleichgültig. Von eurem internen Bankkram verstehe ich nichts. Aber ich bin sicher, du wirst schon einen Weg finden...«
»Nein!«
Schmitz klopfte auf die Papiere. »Damit wir uns richtig verstehen. Da liegt ein großes Geschäft für euch drin. Ich hätte es viel lieber ganz allein gemacht, mir tut es in der Seele weh, daß ich den Profit mit euch teilen soll.«
»Es ist sinnlos.«
»Das sollst du nicht sagen. Ich bin ganz sicher, daß du das in Ordnung bringen wirst. Ich lasse dir die Verträge hier.«
»Wozu? Es hat keinen Zweck, Hannes! Begreifst du das denn nicht? Du kannst nicht verlangen, daß ich meine Position, die ich mir mühsam genug aufgebaut habe, verdammt mühsam, das kannst du mir glauben... daß ich alles, was ich bin und was ich habe, deinetwegen aufs Spiel setze!«
Schmitz lächelte kalt. »Du übertreibst maßlos. Ich versichere

dir noch einmal, das Geschäft ist völlig in Ordnung, da kann gar nichts schiefgehen.«
»Dann wende dich an eine andere Bank, von mir aus auch an unsere Zentrale! Wozu brauchst du dann mich?«
»Wie undankbar du bist, Helmuth! Ich muß schon sagen, du hast dich im Laufe der Jahre nicht ein bißchen geändert, so gar keine menschliche Reife gewonnen. Statt dich zu freuen, daß ich dir Gelegenheit gebe, eine alte Schuld zu begleichen...«
»Ich schulde dir nichts, gar nichts, und wenn du nicht ganz schnell hier verschwindest...«
»Ja? Was dann?«
Molitor holte tief Atem, ballte die Fäuste, vergrub die Nägel in die Handflächen. »Ich bitte dich, Hannes«, sagte er mit erstickter Stimme, »weshalb willst du mich durchaus ruinieren? Ich habe eine Familie!«
»Aber, aber! Verstehst du denn immer noch nicht? Willst du einfach nicht verstehen? Ich helfe deiner Bank zu einem großen Geschäft, du wirst dir eine Beförderung damit verdienen. Oder... du, ich habe noch eine viel bessere Idee! Du hast doch sicher Ersparnisse? Fünfzigtausend würden reichen. Mach das Geschäft auf eigene Rechnung, dann bist du ein für allemal aus allen Sorgen heraus.«
Helmuth Molitor fuhr sich mit allen fünf Fingern durch sein Haar. »Also doch ganz hundsgemeine Erpressung!«
Der andere stand auf. »Also, ich lasse dir die Verträge da«, sagte er zynisch, »du kannst dir dann alles in Ruhe überlegen. Ich lasse dir... na, sagen wir... acht Tage Zeit. Bis dahin wirst du das Geld, so oder so, aufgetrieben haben.«
»Fünfzigtausend Mark?!«
»Was soll dir das schon bedeuten. Ich will es ja nicht geschenkt.«
Er klopfte ihm auf die Schulter.
»Und wenn ich es... nicht habe?«
»Diese Möglichkeit solltest du gar nicht erst in Betracht ziehen.«
»Hannes, ich habe keine fünfzigtausend Mark, und ich kann eine solche Summe auch nicht herbeizaubern.«
»Das sollte mir sehr, sehr leid tun...« Schmitz sah ihn mit einem seltsamen Ausdruck an, mit Augen, die noch grüner als sonst wirkten, weil die Pupillen sich zu winzigen schwarzen

Punkten zusammengezogen hatten. »... für mich, mehr aber noch für dich.«

Molitor erinnerte sich nicht, sich jemals so hilflos gefühlt zu haben. »Soll das eine Drohung sein?« stammelte er. »Du kannst nicht zur Polizei gehen. Du würdest dich selber mit hineinreißen. Und außerdem ... nach zwanzig Jahren! Die Sache ist verjährt.«

»Wer spricht denn von Polizei? Nein, wenn du mir keinen Kredit verschaffst, müßte ich wohl doch mal mit Direktor Malferteiner sprechen, dein Vorgesetzter, wenn ich nicht irre? Glaubst du nicht, er würde sich für gewisse Dinge interessieren?«

»Er würde dir nicht glauben. Du hast keinen einzigen Beweis. Mich dagegen kennt er.«

Schmitz ließ sich nicht aus dem Konzept bringen. »Schon möglich«, sagte er gelassen und drückte die Schlösser seiner Aktentasche zu, »wahrscheinlich hält er große Stücke auf dich, und wer bin ich schon, ein vom Schicksal reichlich zerzaustes Individuum, gegen dich, den ehrsamen Bankprokuristen. Aber wenn ich eure großen Kunden, einen nach dem anderen, ebenfalls von gewissen Tatsachen in Kenntnis setze, dann muß der gute Direktor doch wohl etwas unternehmen. Oder meinst du nicht? Auch gut. Lassen wir es darauf ankommen.«

»Hannes...«

»Leb wohl!« Lächelnd reichte er ihm die Hand. »Du hast es mir reichlich schwer gemacht, aber ich will nicht nachtragend sein. Es bleibt dabei, du hast acht Tage Zeit. Auf Wiedersehen, alter Junge, und nimm's um Himmels willen nicht tragisch!«

Es kostete Molitor Überwindung, den Händedruck zu erwidern. Er tat es, weil er einfach nicht den Mut hatte, ihn noch mehr zu reizen, begleitete ihn zur Türe. Er fühlte sich in die Enge getrieben und zutiefst gedemütigt.

»Oh, Herr Molitor, fühlen Sie sich nicht wohl?« rief seine Sekretärin erschrocken, als sie mit der Unterschriftenmappe ins Zimmer kam.

»Es ist nichts ... es ist gleich vorbei...«

»Soll ich einen Arzt holen?«

»Bitte, Fräulein Körner«, sagte er beschwörend, »machen Sie sich um mich keine Sorgen. Es ist ... gestern abend etwas spät

geworden, das ist alles.« Er zwang sich zu einem schwachen Lächeln. »Wenn Sie nach Hause gehen möchten...«, sagte Fräulein Körner eifrig, »nur noch die Unterschriften, alles andere könnte ich...«
Er sah ihr klares, junges Gesicht. »Sie sind ein gutes Mädchen, aber lassen Sie nur. Ich fühle mich schon wieder besser.«
Aber er log. Die Angst saß wie ein körperlicher Schmerz in seiner Brust. Diese Angst, die ihn schon lange begleitete, jetzt war sie übermächtig geworden – die Furcht, alles zu verlieren, nicht nur seine Stellung und sein Geld, sondern auch Ansehen und guten Ruf.

4.

»Ich muß mit dir sprechen, Mutti!«
Frau Molitor, die vor dem Becken im Bad stand und Pullover wusch, sah zur Türe. Obwohl Jürgens Stimme alarmierend geklungen hatte, war sie eher erfreut als erschrocken. Sie fühlte sich in letzter Zeit so beiseite geschoben, und es tat ihr gut, daß doch einer in der Familie sie zu brauchen schien.
»Jetzt, Jürgen?« sagte sie. »Ich bin in zehn Minuten fertig, dann komme ich zu dir ins Zimmer.« Natürlich war das Unsinn, sie hätte genausogut sofort anhören können, aber es war ihr in Fleisch und Blut übergegangen, es den Kindern und ihrem Mann gegenüber immer deutlich zu machen, wie beschäftigt sie war.
Jürgen durchschaute sie nicht, aber da er ganz in seine eigenen Probleme verstrickt war, kam es ihm gar nicht in den Sinn, auf sie Rücksicht zu nehmen. »Ich kann's dir ebensogut hier sagen.« Er zog die Tür hinter sich ins Schloß, lehnte sich mit dem Rücken dagegen. »Ich will runter von der Penne!«
Frau Molitor ließ Martinas quergestreiften Pullover verstört in die Lauge sinken. »Jürgen!« rief sie.
»Schrei mich deswegen nicht gleich an«, sagte er grob.
»Unsinn, ich schreie nicht ... ich bin nur ... wie kannst du so etwas auch nur sagen!«
Jürgen verzog das Gesicht zu einem schiefen Grinsen. »Wahnsinnige Überraschung, was? Wo ich doch immer so gerne zur Schule gegangen bin, der reinste Musterschüler war ...«
»Was versprichst du dir davon, so mit mir zu reden!« Sie schob sich mit dem Arm eine Locke ihres kurz geschnittenen Haares aus der Stirn.
»Natürlich weiß ich, daß dir all das Lernen keinen Spaß macht. Aber das ist doch kein Grund ... ja, meinst du denn, es wäre für mich ein Vergnügen, von morgens früh bis spät zu putzen und hinter euch herzuräumen? Aber deshalb laufe ich doch auch nicht davon. Ich weiß eben, daß ich meine Pflicht

tun muß. Aber du!« Sie planschte in der Lauge herum, als wenn sie beweisen müsse, wie ernst es ihr mit ihrer Aufgabe sei.

»Pflicht!« stieß Jürgen verächtlich aus. »Fällt dir nichts Besseres ein? Ich verstehe immer nur Bahnhof!«

»Jürgen! Wenn du in diesem Ton reden willst...«

»Na schön, ich wußte ja, du würdest mich nicht anhören.« Er drehte sich abrupt um, hatte die Türklinke schon in der Hand.

Sie ließ den Pullover sein, packte ihn mit ihrer nassen Hand. »Natürlich sollst du mir alles erzählen«, sagte sie, »allerdings wäre es besser in deinem Zimmer. Aber, jetzt hast du angefangen, jetzt bleibst du hier. Da, setz dich auf den Badewannenrand, daß ich dich sehen kann.«

Er gehorchte widerwillig, hockte sich mit gespreizten Beinen und krummem Rücken hin, schob die Unterlippe vor wie ein kleiner Junge.

Seine Mutter wendete sich wieder dem Becken zu. »Also, was ist passiert?« fragte sie. »Warum willst du auf einmal nicht mehr?«

»Auf einmal ist gut!«

»Aber es muß doch irgendeinen Anlaß gegeben haben!«

»Klar«, platzte er heraus, »ich werde hängenbleiben!«

Frau Molitor sah ihn mit großen Augen an. »Das kann doch nicht dein Ernst sein!«

»Traust du mir zu, daß ich mir so etwas ausdenke? Frag Dr. Opitz, der wird dir erklären, wie das gekommen ist.«

»Bist du denn so schlecht geworden?«

»Jetzt schau mich nicht an, als wenn ich ein Ungeheuer wäre! Ich habe ganz einfach eine Arbeit verhauen, das kann jedem passieren!«

»Aber wegen einer Arbeit bleibt man doch nicht sitzen!«

»Na schön, dann also nicht!« Jürgen zog mit den Spitzen seiner Schuhe unsichtbare Linien über den gekachelten Boden. »Was hat's für einen Zweck, dir was zu erklären, wenn du doch immer alles besser weißt.«

Frau Molitor spülte die Pullover und rollte sie in Frottiertücher. »Ich weiß nur, daß du das Vati nicht antun kannst.«

Jürgen sprang auf. »Vati! Immer denkst du nur an Vati! Das ist doch schließlich mein Problem oder...?«

»Es geht uns alle an«, widersprach Frau Molitor, »es wirft einen Schatten auf die ganze Familie. Wie soll Martina denn noch Achtung vor dir haben, wenn du...«
»Achtung!« schrie Jürgen. »Hat sie denn bis jetzt Achtung vor mir gehabt? Für sie bin ich doch nur ein Dorftrottel. Sie ist seit eh und je Vaters Liebling gewesen und hält sich für sooo gescheit!«
Frau Molitor trocknete sich die Hände ab. »Jedenfalls wäre es Wasser auf ihre Mühle, wenn du nun noch sitzenbliebest«, sagte sie, »versuch doch, das zu verstehen, Jürgen! Von mir will ich ja gar nicht reden. Eine Mutter wird mit vielem fertig! Aber versetz dich in Vaters Lage. Alle seine Kollegen haben sich doch ausgerechnet, wann es soweit ist, daß du ins Abitur steigst... und jetzt soll er ihnen sagen, daß du noch ein ganzes Jahr länger brauchst...«
»Eben nicht, Mutti, das soll er ja nicht! Ich bleibe nicht mehr länger auf der Penne.«
»Jürgen«, sagte Frau Molitor und setzte sich neben ihren Sohn auf den Badewannenrand, »laß uns zusammen nachdenken. Es muß doch einen Weg geben, daß du noch aufholst und trotz allem versetzt werden kannst, wenn auch mit Ach und Krach.«
Er war ein gutes Stück größer als sie, und sie mußte sich recken, um ihm den Arm um die Schultern zu legen.
»Ausgeschlossen.«
»Du müßtest dich einfach mal richtig anstrengen. Vielleicht kannst du auch Nachhilfeunterricht nehmen.«
»Zu spät, Mutti... begreifst du denn nicht, daß es zu allem zu spät ist?«
»Das kann ich einfach nicht glauben«, beharrte seine Mutter, »es sind doch fast noch drei Monate bis zur Versetzung. Du müßtest dir nur mal Mühe geben!«
Jürgen sprang auf. »Aber ich will nicht mehr, Mutti, ich habe die Nase gestrichen voll. Wozu denn das alles? In der Schule wird man schikaniert und zu Hause auch. Nicht mal ein Auto darf ich haben, obwohl es Vati keinen Pfennig kosten würde...«
»Liegt dir denn so viel daran?«
»So eine Frage!« Jürgen schüttelte sich mit einem Ruck seine blonden Haare zurecht. »Lebst du auf dem Mond oder wo? Je-

der hat heutzutage ein Auto, als Fußgänger ist man einfach ein Mensch dritter Klasse.«
»Ich habe auch keines, Jürgen«, sagte sie beherrscht.
»Na und? Glaubst du, das macht die Sache für mich besser? Im Gegenteil, wenn die in der Schule erführen, daß wir zwei Autos hätten, stünde ich schon anders da. Und da würdest du mich doch auch fahren lassen, nicht wahr? Du wärest doch nicht so wie Vati?«
»Ich weiß nicht.«
»Warum muß er nur immer so ekelhaft sein!« Jürgen stampfte mit dem Fuß auf. »Dich läßt er nicht fahren, obwohl du einen Führerschein hast...«
»Das stimmt nicht, Jürgen, er hat mich manchmal ans Steuer gelassen!«
»Erzähl mir nichts, das habe ich miterlebt! Dieses Gemecker! Ganz konsequent verekelt hat er's dir!«
Sie wußte, daß sie ihm hätte widersprechen und ihm verbieten müssen, so über seinen Vater zu reden. Aber sie wollte nicht auch noch an ihm herumnörgeln. »Jetzt geht es nicht um mich und meinen Führerschein«, sagte sie, »sondern um deine Versetzung!«
»Und mir geht es um das Auto!«
Seine Mutter fuhr sich nachdenklich mit der Zunge über die Lippen. »Wenn du eines hättest, Jürgen«, sagte sie, »oder eines bekämst ... würdest du dir dann noch mal einen richtigen Ruck geben?«
Jürgens im allgemeinen finster blickende Augen leuchteten mit einemmal auf.
»Für ein Auto«, rief er impulsiv, »würde ich alles tun!« Er packte sie um die Taille, hob sie in die Luft. »Du bist famos, Mutti, wirklich, du bist eine Wucht!«
»Laß mich los, Jürgen, ich bitte dich!« rief sie hilflos zappelnd. Als sie wieder auf beiden Beinen stand, hatte sie rote Wangen bekommen. Sie versuchte ärgerlich zu sein, aber sie mußte lachen. »Was für ein Kindskopf du doch bist!« Sie fuhr ihm zärtlich durch das dichte, lange Haar.
»Du versprichst mir also, daß ich mein Auto kriege?«
»Ich werde zumindest versuchen, was ich tun kann!« Als er sie wieder packen wollte, eilte sie eilig einen Schritt zurück.
»Nicht, Jürgen, nicht noch einmal!«

Er ließ die Hände sinken. »Ich bin froh, daß ich mit dir gesprochen habe«, sagte er, »mir ist regelrecht ein Stein vom Herzen gefallen. Und, nicht wahr, du sagst Vater nichts weiter? Du kennst ihn doch, er würde sich nur unnötig aufregen.«
»Unnötig?«
»Ja, bestimmt. Jetzt, wo Land in Sicht ist, werde ich es bestimmt schaffen.«

Aber zwei Tage später kam mit der Morgenpost die Mitteilung des Städtischen Realgymnasiums, daß die Versetzung des Schülers Jürgen Molitor wegen schlechter Leistungen in Mathematik und Latein sehr gefährdet sei.
Frau Molitor erschrak, obwohl sie darauf hätte vorbereitet sein müssen. Sie lief zum Telefon, um ihrem Mann zu berichten, was geschehen war. Sie hatte den Hörer schon in der Hand, als sie es sich anders überlegte.
Ihr Mann war in der letzten Zeit so schlecht gelaunt gewesen, fast nicht mehr ansprechbar. Und da sollte sie ihm ausgerechnet mit diesem Bescheid von Jürgens Schule kommen? Nicht auszudenken, wie er darauf reagieren würde. Sie hörte schon seine Stimme, die so kalt und verletzend klingen konnte: »Dein Sohn!« und »Von deinem Sohn war das wohl nicht anders zu erwarten!«
Immer, wenn Jürgen in irgendwelche Schwierigkeiten geriet, hieß es, daß er ihr Sohn sei, ausschließlich ihrer! Das war schon so gewesen, als der Junge seine erste Fensterscheibe eingeschlagen hatte.
»Dein Sohn!« – Wenn sie nur daran dachte, stiegen ihr schon die Tränen in die Augen. Sie zog ein Taschentuch aus ihrem Kittel, putzte sich die Nase.
Nein, so ging es nicht. Ihren Mann anzurufen hatte keinen Zweck. Er würde wütend werden, ihr die Schuld geben und Jürgen so verächtlich und herabsetzend behandeln, daß der Junge allen Mut verlieren würde und jede Lust, es doch noch zu probieren. Und selbst wenn ihr Mann sich ausnahmsweise einmal verständnisvoll zeigen sollte, was zu erwarten sie allerdings nicht den geringsten Anlaß hatte, helfen konnte er doch nicht. Es war besser, statt dessen etwas zu unternehmen, was dem Jungen wenigstens nützen würde.

Nachdem sie den Entschluß einmal gefaßt hatte, ging sie zielstrebig auf ihr Ziel los. Das Gefühl, hier Verantwortung zu tragen, die Tatsache, nach langer Zeit der absoluten Passivität endlich wieder einmal aus eigener Entscheidung zu handeln, regte ihre Energie an. Sie fühlte sich stark wie eine Löwenmutter, die sich für ihr Junges einsetzt.

Ja, sie würde Jürgen beistehen – aber wie?
Diese Frage war nicht schwer zu beantworten. In ihrem neu erwachten Elan arbeiteten ihre Gedanken rasch und präzise. Natürlich mußte sie als erstes mit Jürgens Klassenlehrer sprechen. Dr. Opitz hieß er. Jürgen hatte den Namen häufig zu Hause erwähnt. Sie mußte ihn, wenn möglich, dazu bringen, alle beiden Augen zuzudrücken.

Es war jetzt halb zehn. Sie rechnete rasch nach. Es mußte ungefähr die Zeit der ersten großen Pause sein. Wenn sie Glück hatte, konnte sie Dr. Opitz am Telefon erreichen.

Das Sekretariat meldete sich. Es dauerte einige Zeit, bis sie verbunden wurde, dann meldete sich eine tiefe, wie ihr schien, ausgesprochen vertrauenserweckende Männerstimme.
»Opitz...«
Frau Molitor holte tief Atem, sie hatte plötzlich vergessen, was sie sagen wollte, stotterte: »Ich ... ich rufe wegen Jürgen an ... ich bin Jürgens Mutter, Frau Molitor...«
Dr. Opitz begriff sofort. »Sie haben sicher den Brief bekommen?«
»Ja, deswegen rufe ich an! Ich kann mir so gar nicht vorstellen, Jürgen hat mir zwar erzählt ... könnten wir uns nicht einmal darüber unterhalten?«
»Ich stehe Ihnen selbstverständlich zur Verfügung, Frau Molitor...«
»Das ist nett von Ihnen, aber ich möchte nicht, daß Jürgen davon erfährt. Er ist ziemlich empfindlich, Sie verstehen...«
»Wie wäre es, wenn Sie heute nachmittag in die Schule kämen? So gegen vier? Oder ist Ihnen das zu spät? Ich habe allerdings vorher einen Vater, dann käme nur...«
»Nein, nein«, unterbrach ihn Frau Molitor hastig, »vier Uhr paßt mir sehr gut!« – Und dachte gleichzeitig erleichtert: Dann brauche ich meine Anmeldung beim Friseur nicht zu verschieben.

Dr. Georg Opitz empfand für die Eltern seiner Schüler im allgemeinen keine große Sympathien. Er hielt sie grundsätzlich für pädagogisch völlig ungeeignet und war geneigt, den Jungen im Hinblick auf die erzieherische Hilflosigkeit ihrer Eltern manches zugute zu halten. Besonders ärgerte es ihn, daß die meisten es immer erst dann, wenn die Versetzung in beängstigende Nähe rückte, für nötig hielten, sich mit ihm in Verbindung zu setzen, während sie sich das übrige Jahr hindurch nicht im mindesten darum kümmerten, wie ihre Söhne in der Schule standen. Er pflegte dann aus seiner Mißbilligung keinen Hehl zu machen. Aber als er an diesem Nachmittag Jürgens Mutter ins Konferenzzimmer ließ, war er erstaunt.
Frau Molitor wirkte in dem hellen Kostüm, das zwar nicht ganz zur Jahreszeit paßte, dafür aber ihre etwas mollige Figur auf das günstigste streckte, überraschend jung.
Sie bemerkte die uneingestandene Bewunderung in dem Blick des Studienrates – jene impulsive und unberechenbare Anerkennung, nach der sich jede Frau sehnt und die sie bei ihrem Mann so lange entbehrt hatte.
»Sie sind Jürgens Mutter?« fragte Dr. Opitz, und er legte in den kurzen Satz das Kompliment, das er nicht aussprechen wollte: Wie ist es möglich, daß eine Frau wie Sie einen so großen Sohn hat?
Aber sie verstand. Die Röte ihrer Wangen vertiefte sich. »Ja«, hauchte sie.
Er führte sie in das Konferenzzimmer, schob ihr einen Sessel zurecht, setzte sich ihr schräg gegenüber, bot ihr, um die Situation zu überbrücken, eine Zigarette an.
Sie schüttelte den Kopf. »Nein, danke, ich rauche nicht...«
Als er das Päckchen wieder fortstecken wollte, fügte sie hastig hinzu: »Aber es stört mich durchaus nicht, wenn Sie...«
»Ich greife nur im Notfall zur Zigarette. Ich ziehe die Pfeife vor...«
»Aber dann, bitte...«
»Wenn Sie nichts dagegen haben...«
»Nein, bestimmt nicht!«
Während er Pfeife und Tabaksbeutel aus der ausgebeulten Tasche seiner reichlich weiten Tweedjacke zog, beobachtete sie seine kraftvollen, schönen Hände mit den langen, sensiblen Fingern. Merkwürdig, dachte sie, Jürgen hat mir nie erzählt,

daß sein Klassenlehrer so gut aussieht! Oder haben Jungen dafür keinen Blick? Natürlich ist er keine Schönheit, zum Glück nicht, aber er ist der einzige Mann, den ich kenne, bei dem es mich überhaupt nicht stört, daß er eine beginnende Glatze hat. Im Gegenteil, es wirkt direkt interessant ... und sehr, sehr männlich!
»Ich war sehr erschrocken, als heute morgen der Brief kam«, eröffnete sie das Gespräch.
Dr. Opitz drückte den duftenden Tabak mit behutsamer Kraft in den Pfeifenkopf. »Hat Jürgen Sie nicht vorbereitet?«
»Doch«, sagte sie, »er ... er war ganz verzweifelt, wollte von der Schule abgehen. Aber, ehrlich gestanden, ich habe nicht geglaubt, daß es wirklich so ernst steht. Jürgen ist sehr, sehr sensibel, und deshalb dachte ich ... steht es wirklich so schlimm, Herr Doktor?«
»Leider ja.«
»Und ... kann man da gar nichts machen? Ich meine ... ist es wirklich hoffnungslos?«
Dr. Opitz hatte ein Streichholz angezündet, hielt die Flamme an den Pfeifenkopf, zog zweimal, dreimal, bis der Tabak glühte, sah sie dabei aus halb geschlossenen Augen an. »Hoffnung«, sagte er dann, »Hoffnung, meine liebe Frau Molitor, besteht immer.«
Sie atmete auf. »Da bin ich froh! Er hat mir nämlich ganz fest versprochen, sich zusammenzunehmen. Es wäre wirklich entsetzlich für ihn, wenn er durchfiele.«
Der Studienrat lehnte sich zurück, schlug die Arme übereinander, die Pfeife in der rechten Hand. »Tatsächlich?« fragte er.
»O ja! Er war ganz durcheinander, völlig verstört. Er hat mir wahnsinnig leid getan. Noch ein Jahr länger Schule ... nicht auszudenken! Sie wissen doch, wie die jungen Leute sind. Sie können gar nicht schnell genug ins Leben hinaus, selbständig werden, Geld verdienen, das ist ihr großer Traum.«
»Und sein Vater?« fragte Dr. Opitz. »Wie hat er es aufgenommen?« Er zog an seiner Pfeife, stieß ein paar runde, kleine Rauchwolken aus.
Sie nestelte nervös an ihrer Handtasche. »Er weiß es gar nicht«, gestand sie.
Dr. Opitz hob die buschigen Augenbrauen. »Nicht?«
»Nein. Er ... mein Mann ... er ist ... furchtbar nervös, und

dann ... er versteht Jürgen nicht richtig. Die beiden haben sich nie verstanden. Er stellt unmenschliche Anforderungen an den Jungen. So sehr sich Jürgen auch bemüht, ihm kann er es einfach nicht recht machen. Gerade deshalb wäre...« Sie spürte, wie ihre Augen feucht wurden, gab sich keine Mühe, die aufsteigenden Tränen zu unterdrücken. »...es wäre eine Katastrophe, wenn er die Klasse wiederholen müßte.«
Dr. Georg Opitz war Junggeselle, und er war stolz darauf, daß er es, trotz mancher Anfechtungen, geschafft hatte, es bis zum heutigen Tage zu bleiben. Er hielt nicht viel von Frauen, und er liebte seine Freiheit. Aber beim Anblick der hilflosen Tränen dieser Frau wurden alle männlichen Beschützerinstinkte in ihm wach.
Er streckte, fast gegen seinen Willen, die Hand aus, legte sie beruhigend auf ihre Hände. »Es muß schlimm für Sie sein, wenn Sie für diese Sorgen nicht das richtige Verständnis finden.«
Sie schluchzte auf. »Mein Mann würde mir Vorwürfe machen. Wenn irgend etwas danebengeht, bin immer ich schuld...«
»Das tut mir leid«, sagte er und kam sich vor diesen Familienproblemen hilflos vor.
Aber die Frau schenkte ihm einen tränennassen, vertrauensvollen Blick. »Sie werden Jürgen helfen, nicht wahr?«
Der Druck seiner Hand verstärkte sich. »Ich werde tun, was in meiner Macht steht.«
»Ich wußte es ja«, sagte sie seufzend, »ich bin Ihnen sehr dankbar!«
»Aber Sie müssen mir auch etwas versprechen«, sagte er. »Wenn Sie wieder einmal Probleme haben, mit denen Sie nicht fertig werden, wenn Sie einen Menschen brauchen, mit dem Sie darüber sprechen können ... dann wenden Sie sich an mich! Bitte!«
Sie sagte nichts, aber sie lächelte.

Der Rhein strömte träge und bleigrau dahin unter einer trüben, drückenden Wolkendecke.
Jürgen flegelte sich neben dem Bootshaus am Kai, die Ellbogen auf die niedrige Mauer gestützt, und starrte über das Wasser hinweg auf das linksseitige Ufer mit seinen breiten Wiesen und den schlanken Pappeln, die sich im Westwind bogen. Er

hörte die kurzen Befehle und das taktmäßige Eintauchen der Ruder, aber zwang sich, rheinabwärts zu sehen und nicht in Richtung auf das lange Boot mit den Mädchen.
Er wußte auch jetzt noch nicht, wie er Senta erklären sollte, was er ausgerechnet hier, am Düsseldorfer Ufer, schon halbwegs in Kaiserswerth, zu suchen hatte. Auf keinen Fall sollte sie merken, daß er ihretwegen gekommen war und auf sie gewartet hatte. Dabei hatte er sich extra vorsichtig bei seiner Schwester erkundigt und sich danach ausgerechnet, wann sie mit ihrem Training fertig sein würde.
Jetzt sprangen zwei Mädchen aus dem Boot, befestigten es an dem flachen Holzfloß, die anderen folgten, zuletzt der Steuermann, eine kräftige Rothaarige.
Senta hatte ihr langes Haar unter eine Schiffermütze aus verblichenem blauen Leinen gestopft. Sie trug dieselbe Kluft wie ihre Klubkameradinnen – kurze blaue Hose, weißes Trikot mit zwei roten Querstreifen –, und dennoch erkannte Jürgen sie auch von hier oben aus, obwohl er nur einen Blick aus den Augenwinkeln zu riskieren wagte. Keine andere hatte so lange braune Beine wie sie, keine so schmale Hüften, so kräftige Schultern und so anmutige, katzenhaft geschmeidige Bewegungen.
Jetzt konnte es nur noch Minuten dauern, bis sie aus dem Klubhaus kam.
Er wendete dem Rhein den Rücken zu, zündete sich eine Zigarette an, rauchte hastig, obwohl es ihm hier, im frischen feuchten Wind noch weniger schmeckte als sonst. Er wünschte sehr, daß Senta käme und ihn in dieser Pose entdeckte. Aber er hatte wieder einmal Pech. Die Zigarette war ausgeraucht, ohne daß das Mädchen auftauchte.
Sie erschien, gerade als er noch überlegte, ob er sich eine zweite gönnen sollte. Ihr Anblick verschlug ihm den Atem. Sie trug einen dunkelblauen Hosenanzug mit goldenen Knöpfen und tiefliegendem breitem Gürtel, darunter einen apfelsinengelben Pullover. Immer noch hatte sie die verschossene Schiffermütze auf dem Kopf. Sie schob ein Fahrrad neben sich her, wollte aufsitzen, als er sie anrief. »Hei, Senta!«
Sie hielt mitten in der Bewegung inne, sagte erstaunt, aber durchaus nicht unangenehm überrascht: »Hei!« und blieb abwartend stehen.

Er machte einen raschen Schritt auf sie zu. Sie standen sich gegenüber, er mit vor Verlegenheit zornigem Gesicht, sie mit halb geöffneten Lippen und einem fragenden, erwartungsvollen Ausdruck in den schwarzen Augen.
»Kommst du vom Training?« fragte er und war sich im gleichen Moment bewußt, wie idiotisch diese Frage war, da die Antwort doch auf der Hand lag.
»Ja«, sagte sie ruhig.
»War's schön?«
»Ziemlich anstrengend.«
Er hatte das Gefühl, ihr eine Erklärung geben zu müssen. »Ich war zufällig hier in der Gegend, bei einem Klassenkameraden«, sagte er.
Andere Mädchen gingen vorüber, warfen Jürgen neugierige Blicke zu, stießen sich an, kicherten unterdrückt, zogen weiter.
»War nett, dich zu sehen, Jürgen!« Senta hielt ihm die Hand hin. »Auf bald!«
Er nahm ihre Hand, preßte sie verzweiflungsvoll. »Du, kann ich dich nicht ein Stück begleiten?«
»Mach kein Apfelmus aus mir!« sagte sie lächelnd. Als er losließ, rieb sie sich die Hand, die von seinem schmerzenden Zugriff gerötet war.
»Also ... willst du?« fragte er.
»Tut mir wahnsinnig leid«, sagte sie, »aber ich hab's eilig.«
»Ich bin dir wohl nicht gut genug«, stieß er mit hochrotem Gesicht zwischen den Zähnen hervor.
»Rede doch kein Blech!«
»Ist ja wahr! Wenn ich ein Auto hätte...«
»Quatschkopf! Ein Fahrrad würde mir für heute schon genügen, dann könnten wir nämlich miteinander fahren.«
»Schieb's doch!«
»Keine Zeit!« Sie schwang sich halb in den Sattel, drehte sich dann, ein Bein auf dem Boden, noch einmal um. »Wenn ich gewußt hätte, daß du auf mich warten würdest...«
»Habe ich ja gar nicht«, protestierte er trotzig, »reiner Zufall.«
Sie lächelte, aber in ihren schwarzen, schräg geschnittenen Augen über den hohen Wangenknochen stand ein fast mütterliches Verstehen.
»Worüber beklagst du dich dann?«

»Tu ich ja gar nicht.«
»Um so besser.«
Sie trat auf die Pedale, rollte davon. »Ruf mich doch mal an!« rief sie zu ihm zurück.
»Könnte dir so passen«, entgegnete er patzig.
»Dann tu ich's!« rief sie unbekümmert. »Wir müssen mal miteinander sprechen. Über Martina!« Sie war jetzt schon ein Stück entfernt.
Er legte beide Hände wie einen Trichter vor den Mund, damit sie ihn auch bestimmt verstehen konnte. »Interessiert mich nicht im geringsten!« schrie er.
Sie hob die rechte Hand, winkte ihm, ohne sich umzudrehen. »Tschau!«
»Du kannst mich mal«, knurrte er, »verdammte Weiber.«
Er fühlte sich zutiefst gedemütigt. Was fiel dieser Rotznase ein, ihn so von oben herab zu behandeln – »ein andermal« und »sag mir vorher Bescheid!« Schließlich war er fast zwei Jahre älter und gehörte einer anderen Garnitur an. Aber diesen Biestern konnte man ja nur mit Geld imponieren und mit einem Auto, darunter taten sie es ja nicht mehr.
Wahrscheinlich wartete auch Senta nur darauf, sich so einen Playboy an Land zu ziehen wie Martina.
Aber noch während er sich in diese wütenden Gedanken versteifte, wußte er, daß er dieser hier unrecht tat. Die war nicht so, die legte es nicht darauf an. Und trotzdem: Wenn er mit einem schicken Sportwagen aufgekreuzt wäre, dann hätte sie sich bestimmt von ihm nach Hause bringen lassen!
Warum sie ausgerechnet mit ihm über Martina sprechen wollte? Schließlich war er doch nicht für seine Schwester verantwortlich.

Am Freitag, in der vorletzten Stunde, hatte die Unterprima Geographie bei Studienrat Dr. Berkeling.
Dr. Berkeling war ein alter Herr, an die sechzig, den die jahrzehntelange Beschäftigung mit Schuljungen nicht abgeklärt, sondern abgestumpft hatte, obwohl seine Schüler ihm nicht selten Anlaß gaben, sich aufzuregen. Sie saßen einfach da, die langen Beine unter den Arbeitstischen weit vorgestreckt, das Kinn auf den gekreuzten oder aufgestützten Armen, starrten ihn an, oder vielmehr durch ihn hindurch, ohne eine Miene zu

verziehen und ohne auch nur den Bruchteil dessen aufzunehmen, was er vortrug.
Dr. Berkeling besaß allerdings auch die fatale Fähigkeit, selbst den interessantesten Unterrichtsstoff zu einem grauen Brei zu verarbeiten. Alles, was er schilderte, verlor sofort Farbe und Gesicht. Interessante fremde Länder verwandelten sich in nüchterne Fakten – Klima, Bodenschätze, Längen- und Breitengrade, jährliche Niederschlagsmenge und dergleichen trockene Begriffe. So kam es, daß er nur den unentwegten Strebern hin und wieder eine Antwort oder eine Frage entlocken konnte. In dem gleichgültigen Schweigen der anderen sah er bewußte Bosheit, wie er überhaupt dazu neigte, sich ständig als Zielscheibe heimtückischer Grausamkeiten und gemeiner Intrigen zu sehen.
Jürgen arbeitete im allgemeinen in Geographie mit, nicht gerade lustbetont, aber immerhin doch so, daß er, gemessen am Niveau der Klasse, eine glatte Zwei beanspruchen konnte. Er interessierte sich für Geographie, und überdies war es ihm nur zu sehr bewußt, daß er sich Schwächen in Fächern, die ihm keine Schwierigkeiten bereiteten, einfach nicht leisten konnte.
Aber an diesem Freitag war er abgelenkt. Immer wieder schob sich Sentas Bild zwischen ihn und den Lehrer, zwischen ihn und die Landkarte von Innerasien, und immer wieder suchte er es zurückzudrängen. Die monotone Stimme Dr. Berkelings war nicht dazu angetan, ihm die Konzentration auf den Lehrstoff zu erleichtern.
Jürgen versank in Träume.
Zuerst kritzelte er gedankenlos auf den vor ihm liegenden Notizblock, dann entstand wie von selber Sentas Abbild daraus – nicht gerade ähnlich, aber für ihn deutlich zu erkennen: das glänzende, nahezu blauschwarze Haar, die achatschwarzen Augen über den schrägen Wangenknochen, die schmale, ganz leicht gebogene Nase, der volle Mund, das feste runde Kinn. Er zeichnete weiter, ihren schlanken Hals, die geraden Schultern, die schmale Taille, die langen Beine. Aber der Körper blieb unlebendig wie der einer Schaufensterpuppe, er strich ihn, einem plötzlichen Impuls folgend, mit dicken Schrägstrichen aus.
Er saugte die Lippen zwischen die Zähne, blickte nach vorne.

Dr. Berkeling stand immer noch an der Landkarte, aber Jürgen sah ihn gar nicht. Er sah nichts, dachte nichts, sein Bewußtsein war völlig ausgelöscht. Dann senkte er den Kopf und begann zu schreiben, ganz mechanisch, er wußte selber nicht, woher die Worte kamen:
Hüll mich in die schwere Wolke deines Haares,
in der die schwarzen Sterne deiner Augen funkeln!
Zwischen den festen Hügeln deiner Brüste
führt mich der Weg...
Hier stockte er, wußte nicht weiter. Seine Augen überflogen die Zeilen, er wurde sich selber erst jetzt dessen bewußt, was er geschrieben hatte.
Sekundenlang zögerte er. Wenn ein richtiges Gedicht daraus würde? Vielleicht würde Senta beeindruckt sein.
Toll, wenn ihm das gelänge! Er glaubte förmlich, Sentas Stimme zu hören, viel sanfter, als sie in Wirklichkeit je zu ihm gesprochen hatte: »Das ist ja wunderbar, Jürgen! Ich wußte gar nicht, daß du ein Dichter bist!«
Ein Dichter? Ob ihr das überhaupt imponierte? »Geld ist besser«, würde Gerd Singer sagen, und wahrscheinlich hatte er recht. Mit einem Auto machte man mehr Eindruck auf die Mädchen als mit dem schönsten Gedicht. Aber immerhin, es gab Schriftsteller, die enormes Geld verdienten. Es lohnte sich unbedingt, es zu probieren.
Bloß, wie sollte das jetzt weitergehen? – Zwischen den festen Hügeln deiner Brüste führt mich der Weg – wohin zum Teufel führte dieser Weg?
So weit war Jürgen in seinen Träumereien gekommen, als eine Stimme dicht neben ihm ausstieß: »Hab ich dich!« Gleichzeitig schoß eine blasse, blau geäderte Hand an ihm vorbei und nahm seinen Notizblock an sich.
Das geschah mit solcher Geschwindigkeit – Dr. Berkeling war Experte im Überraschungsangriff –, daß Jürgen erst begriff, was passiert war, als der Lehrer schon, den Notizblock wie eine Trophäe hoch über seinem Kopf schwenkend, mit großen Schritten auf seinen Schreibtisch zuschritt.
Jürgen fuhr hoch, stand blutübergossen da.
Dr. Berkeling betrachtete über seine Brille hinweg die Klasse, die aus ihrer Lethargie aufgeschreckt war und ihn nun erwartungsvoll anstarrte. »Meine Herren«, sagte er, »ich habe viel

Geduld mit Ihnen gehabt, sehr viel Geduld, aber es gibt Dinge, die das Maß des Erträglichen überschreiten!«
Gerd Singer packte Jürgen von hinten am Ärmel. »Menschenskind, was ist denn los?« flüsterte er.
Jürgen schüttelte die Hand seines Freundes ab.
»Nicht nur, daß die meisten von Ihnen es nicht für nötig halten, dem Unterricht die nötige Aufmerksamkeit zu schenken, hat sich einer von Ihnen erlaubt, in meiner Stunde...«, er wiederholte, als wenn dies ein Staatsverbrechen sei, »...in meiner Stunde...«
»Nun sagen Sie doch schon, was der Molitor eigentlich getan hat!« rief Gerd dazwischen, der längst aus dem Alter heraus war, wo man sich durch Lehrer einschüchtern läßt.
»Ich verbitte mir...« Dr. Berkeling wurde sich bewußt, daß er im Begriff stand, sich ablenken zu lassen. »Er hat eine pornographische Zeichnung angefertigt!«
»Das ist nicht wahr!« schrie Jürgen, aber seine sich vor Empörung überschlagende Stimme ging im Gelächter der anderen unter.
»Sie haben den Körper... den Körper eines Mädchens... mit einem Schleier von Tinte bedeckt«, verkündete Dr. Berkeling, und seine Stimme triefte geradezu vor Genugtuung, »aber es ist Ihnen nicht gelungen, die zweideutigen Zeilen auszustreichen, die...«
Die Jungen lachten, er kam nicht dazu, seinen Satz zu Ende zu bringen.
Die Ader an seiner Stirn schwoll bedrohlich an. »Bitte, meine Herren, bitte, ich werde Ihnen das stümperhafte Geschreibsel – offenbar eine Art Gedicht – vorlesen, damit Sie selber beurteilen...«
»Nein!« Jürgen trat in den Gang zwischen den Tischen, stürmte nach vorne.
»Wie bitte – wollen Sie mir Vorschriften machen?«
Jürgen hob die Fäuste. »Sie werden es nicht vorlesen! Ich verbiete Ihnen...« Er trat dicht an Dr. Berkeling heran, und sekundenlang sah es aus, als wolle er ihn schlagen. Sein Gesicht war kalkweiß geworden.
Unwillkürlich hob der Lehrer schützend den Arm vor das Gesicht. »Das ist Gewalt! Ich protestiere!«
Mit einer einzigen wilden Bewegung riß Jürgen Molitor ihm

den Notizblock aus der Hand, umklammerte ihn krampfhaft und marschierte zur Tür.
»Jürgen!« rief Gerd. »Bist du verrückt!«
»Kommen Sie sofort zurück, Molitor!« tobte Dr. Berkeling. »Entschuldigen Sie sich auf der Stelle!« Und als Jürgen sich nicht umdrehte, sondern im Gegenteil die Tür aufriß: »Das werden Sie zu bereuen haben!«
Die Klasse genoß den Zwischenfall in höchstem Maße.
Max Scharf, ein dicker Junge mit Brille, schnalzte mit der Zunge: »Da sieh mal einer an! Der Kleine macht in Pornographie! Beachtlich, beachtlich! Hätte ich ihm gar nicht zugetraut!« Die Reaktion der Jungen war wieherndes Gelächter – das hinter Jürgen hertoste, als er den langen Gang zwischen den Türen der einzelnen Klassen und den Fersen entlang rannte.
Erst auf dem Schulhof wurde ihm bewußt, daß er das Schlimmste hatte verhüten können: Niemand, außer Dr. Berkeling, hatte dieses verfluchte, lächerliche Gedicht gelesen!
Er trennte das oberste Blatt vom Block, zerriß es in winzige Fetzen, die er in den großen eisernen Korb zu Butterbrotpapier, Apfelgehäusen und Apfelsinenschalen niederrieseln ließ.
Aber auch danach fühlte er sich nicht besser. Das Schlimmste war ihm erspart geblieben, aber das, was geschehen war, war immer noch schlimm genug.

5.

Es war noch taghell, als Jürgen gegen sieben Uhr mit Senta auf dem Brehmplatz vor dem Apartmenthaus stand, in dem James Mann wohnte.
»Im fünften Stock?« fragte Jürgen.
»Ja«, sagte sie, »aber ich finde, du solltest nicht hinaufgehen!«
Jürgen genoß ihre Angst und fühlte sich überlegen. »Warum hast du es mir dann überhaupt erzählt?« fragte er obenhin.
»Das weißt du. Du solltest mit Martina reden, ihr klarmachen... wenn ich irgend jemand anderen gewußt hätte, der das tun könnte, hätte ich mich nicht an dich gewandt!«
Jürgen wurde steif. »Sehr schmeichelhaft!«
»Nun sei doch nicht gleich beleidigt«, sagte Senta verzweifelt, »so habe ich es doch nicht gemeint! Nur, euren Eltern konnte ich es doch schließlich nicht sagen, und meinen auch nicht. Sollte ich etwa zulassen, daß sie in ihr Unglück rennt?«
»Da hast du es«, sagte Jürgen würdevoll, »also werde ich die Sache in die Hand nehmen. Du wartest hier...«
»Bitte, Jürgen, soll ich nicht besser mitkommen?«
»Wozu?«
»Um... ich weiß selber nicht. Aber ich bin ganz sicher, es wäre besser...! Glaubst du nicht, Jürgen? Ich habe sonst das Gefühl, daß ich dich aufgehetzt hätte, während ich selber...«
»Quatsch«, sagte er grob, »du bleibst hier!« Er riß sich los und schritt auf den Hauseingang zu.
Sie lief hinter ihm her. »Was willst du denn überhaupt sagen?«
»Höchst einfach: daß er seine Finger von meiner Schwester lassen soll.«
Sie seufzte. »Ich fürchte, daß wir das Ganze verkehrt anpacken. Es ist Martina, die wir überzeugen müßten. Schließlich ist sie ja freiwillig...«
Eine Frau kam aus dem Haus.

Jürgen hielt die Tür offen, drückte sich nach ihr hinein, stieg in den Lift, fuhr nach oben. Es war ihm durchaus nicht so wohl zumute, wie er Senta gegenüber vorgegeben hatte.
Noch im Aufzug öffnete er seine Schultasche, nahm die Waffe heraus, die mächtige Armeepistole, die er sich unter einem Vorwand von Gerd geliehen hatte. Er vergewisserte sich, daß der Sicherungshebel vorlag. Als er den Kolben der Pistole umklammerte, fühlte er sich plötzlich sehr stark, unüberwindlich wie der Held eines Westerns.
Der Lift hielt. Er fand die richtige Wohnungstür, klingelte einmal, zweimal und dann, als sich immer noch nichts rührte, ließ er den Daumen auf der Klingel.
Plötzlich wurde die Türe aufgerissen. »Verdammt noch mal, was soll denn das?!« fluchte der Mann. Er stand da, das wellige Haar zerzaust, nur in Hemd und Hose, ohne Strümpfe und Pantoffeln.
»Ich habe mit Ihnen zu sprechen«, sagte Jürgen froh, daß es ihm gelang, seiner Stimme Festigkeit zu geben.
Die Pistole hielt er in der Jacke verborgen. Er drängte sich in die Wohnung. Der Mann wich unwillkürlich zurück.
Hinter ihm tauchte Martina auf, in einen viel zu großen seidenen Hausmantel gehüllt, dessen Ärmel sie hochgerollt hatte. Ihr Lippenstift war verschmiert. Auch sie war barfuß.
Jürgen errötete bei ihrem Anblick.
»Na so was«, sagte Martina, »mein Bruder!«
»Ja«, sagte Jürgen und zwang sich, den Blick auf den Mann zu richten, »ich bin der Bruder. Und ich verlange von Ihnen, daß Sie meine Schwester in Ruhe lassen, haben Sie mich verstanden?!«
»Moment mal! Mit welchem Recht kommen Sie hier herein?«
Jürgen stieß die Türe mit dem Fuß hinter sich zu, zückte die Pistole. »Genügt Ihnen das?« fragte er. »Oder soll ich Ihnen eine Kugel in den Bauch schießen? Bilden Sie sich bloß nicht ein, daß ich Spaß mache ... ich schieße wirklich. – Also, was ist?«
Die Wirkung, die Jürgen erwartet hatte, blieb aus. Weder James Mann noch Martina zeigten auch nur das geringste Erschrecken.
»O Boy, du hast sie wohl nicht alle«, sagte Martina lediglich.

James Mann rieb gelassen seine nackten Füße aneinander. »Moment, junger Mann, lassen Sie mich erst mal meine Strümpfe anziehen!«
Er drehte sich um, schob Martina vor sich her in den Wohnraum. Jürgen folgte ihnen dicht auf den Fersen, die Pistole krampfhaft umklammert. Tatsächlich wußte er nicht, was er jetzt tun sollte. Seine Drohung wahrmachen? Schießen? Das würde den beiden schon Respekt einflößen. Aber dieser elende Playboy hatte ihm den Rücken zugewandt. Er konnte ihn doch nicht gut von hinten niederknallen. Wo blieb denn da seine Vorstellung von Ehre? Wenn er einen ungezielten Schuß in den Fußboden oder in die Decke abgeben würde? Auch das wäre sicher wirkungsvoll, würde aber die Nachbarn alarmieren, und die Einmischung von Fremden, womöglich der Polizei, konnte er im Moment am wenigsten brauchen.
Martinas Freund bückte sich unbekümmert, angelte eine lavendelfarbene Socke unter der zerwühlten Couch hervor, richtete sich auf und drehte gleichzeitig sachte zu Jürgen um. »Machen Sie sich's doch bequem«, sagte er und zeigte mit einem falschen Lächeln seine unwahrscheinlich weißen und ebenmäßigen Zähne, »übrigens, ich glaube, wir haben uns einander noch gar nicht vorgestellt ... ich bin James Mann!«
Er hielt Jürgen die rechte Hand hin – in der linken hielt er die Socke.
Jürgens Verwirrung wuchs. Sekundenlang wußte er überhaupt nicht, was er tun sollte. James Mann wirklich die Hand geben? Dann hätte er die Waffe in die andere Hand nehmen müssen, in der er aber schon seine Schulmappe hatte. Außerdem durfte er nicht vergessen, daß er dem Verführer seiner Schwester gegenüber stand. Er holte aus, um ihm mit der Pistole einen Schlag auf die Finger zu geben.
Aber der Ältere war schneller. Er packte Jürgens Handgelenk, preßte es so schmerzhaft und mit so unerwarteter Kraft, daß der Junge aufschrie und die Waffe fallen ließ. Ehe er sich fassen konnte, hatte der Mann sie aufgehoben, betrachtete sie aus schmalen Augen.
»Geben Sie her!« schrie Jürgen, außer sich vor Zorn und Scham.
»Na, na, na«, sagte der Mann, »nur nicht frech werden, Klei-

ner!« Er wog die Pistole in der Hand. »Nettes Spielzeug ... gehört sie dir?«
Jürgen schwieg, biß sich auf die Unterlippe.
»Raus mit der Sprache! Ich habe dich etwas gefragt!«
»Sie haben kein Recht...«
»Ach, wirklich nicht? Du bildest dir also wirklich ein, du könntest hier hereintoben und mich bedrohen, und ich müßte mir das so ohne weiteres gefallen lassen? Ich muß schon sagen, das sind ganz reizende Ideen, die dein kleiner Bruder da entwickelt, Martina! Ob er damit die Polizei überzeugen kann?«
»Keine Polizei, James«, mischte sich Martina hastig ein, »bitte nicht!«
»Laß dir doch nichts weismachen!« rief Jürgen – er rieb sich noch immer sein schmerzendes Gelenk. »Er denkt ja gar nicht daran, die Polizei hineinzuziehen, darauf kann er es nicht ankommen lassen!«
James Mann trat ganz dicht an ihn heran. »So, und warum nicht, du kleiner Klugscheißer?«
»Weil Sie meine Schwester...« Jürgen schluckte, er war unfähig, den Tatbestand auszusprechen.
»Na wenn schon!« sagte James Mann verächtlich. »Ich habe nicht die entfernteste Absicht, das zu leugnen. Ich habe ihr keine Gewalt angetan. Martina ist sechzehn. Also, was soll's? An dem Jahrgang ist der Staatsanwalt nicht mehr interessiert.« Plötzlich verdunkelten sich seine Augen, er wandte sich Martina zu. »Oder ... hast du mich etwa angelogen!?«
»Nein, James, ich bin sechzehn.« Sie begann nervös zu kramen, hob ihren Pullover auf, den maisgelben Minirock, die Strümpfe, ihre Unterwäsche, die sie achtlos über einen der supermodernen Sessel geworfen hatte.
Jürgen konnte es nicht länger mit ansehen. »Sie ist sechzehn«, gab er mit spröder Stimme zu.
»Na also ... was bildest du dir dann ein, hätte ich zu befürchten? Dich wird man schnappen, mein Lieber, eine saftige Jugendstrafe ... so zwei, drei Jahre Erziehungsanstalt. Hausfriedensbruch, tätliche Bedrohung, das sind schon nicht mehr so ganz kleine Fische.« Der Mann machte eine wohlüberlegte Pause, um diesen Gedankengang erst einmal auf Jürgen wirken zu lassen, öffnete das Magazin der Pistole, ließ die Patronen in die offene Hand rollen. »Wie haben wir es jetzt?« fragte

er. »Soll ich die Funkstreife rufen ... oder wollen wir uns nicht doch lieber friedlich einigen?«
»Lassen Sie meine Schwester in Ruhe!«
James Mann grinste. »Nur keine Bange, ich tu ihr nichts, was sie nicht selber will. Die kann sich schon wehren, die braucht niemanden, der für sie den edlen Ritter spielt. Ich frage zum letzten Mal ... woher hast du die Pistole?«
»Geliehen.«
James Mann klopfte sich ungeduldig mit dem Lauf auf die Hand.
»Los, los, weiter! Einzelheiten ...«
»Von einem Freund«, gestand Jürgen widerwillig, »aber er weiß nicht, wozu ich sie wollte. Sie gehört seinem Vater, der war Offizier im letzten Weltkrieg.«
»Hochinteressant. Nun paß mal auf: Bestell deinem Freund einen schönen Gruß von mir und sag ihm, daß er die Pistole bei mir abholen kann. Abends zwischen sieben und acht bin ich fast immer zu Hause.«
Jürgens empfindsames Gesicht wurde ganz blaß. »Nein«, stieß er hervor, »nein, das werde ich nicht tun!«
»Er hat Angst vor der Blamage«, erklärte Martina.
»Es wäre dir wohl lieber, ich würde die Polizei anrufen?«
»Ja«, sagte Jürgen, »ja, viel lieber!«
James Mann sah ihn kopfschüttelnd an. »Du bist schon ein sonderbarer Heiliger. Irgendwo muß bei dir eine Schraube locker sein.« Er strich sich selbstgefällig über seine hübschen Koteletten. »Na, dann wollen wir mal Gnade vor Recht ergehen lassen.« Er reichte ihm die entladene Pistole. »Nimm das Ding und verschwinde.«
Jürgen riß ihm die Waffe aus der Hand, rannte ohne ein weiteres Wort zur Türe.
»Laß dir das eine Lehre sein«, rief James Mann ihm nach, »oder mach nur weiter solche Sachen, dann kommst du bald in Teufels Küche!«
Jürgen raste die Treppe hinunter, als ob er verfolgt würde. Unten angekommen, war er völlig atemlos – doch mehr von dem überstandenen Schrecken, der ihm immer noch in den Knochen saß. Sein Magen krampfte sich zusammen, ihm war so schlecht, daß er glaubte, sich übergeben zu müssen.
Er riß die Haustüre auf, hoffte, die frische Luft würde ihm gut-

tun. Erst als er Senta gegenüberstand, fiel ihm ein, daß sie die ganze Zeit auf ihn gewartet hatte.
»Jürgen!« rief sie. »Mein Gott! Was habe ich für Angst gehabt!«
»Versteh' ich nicht«, erwiderte er mit unnatürlicher Stimme, »was konnte da schon passieren!«
In diesem Augenblick entdeckte sie die Waffe, die er noch immer offen in der Hand hielt. Unwillkürlich trat sie einen Schritt zurück. Ihre schrägen Augen schimmerten schwarz wie Achat.
»Du hast doch nicht...?« rief sie entsetzt.
»Ach, woher denn...«
»Eine Pistole! Wie konntest du nur! Wenn ich das gewußt hätte!«
»Was dann?«
»Ich hätte dich nie und nimmer hinaufgehen lassen!«
»Bildest du dir etwa ein, du hättest mir etwas zu sagen?« erwiderte er grob und suchte die Waffe in seiner Mappe zu verstauen.
»Wenn du mir nicht glaubst, da, riech am Lauf. Riecht das, als wenn ein Schuß daraus abgegeben worden wäre?« Er hielt ihr die Waffe unter die Nase, steckte sie dann endgültig weg. »Außerdem ist sie überhaupt nicht geladen.«
»Ist bestimmt nichts passiert?«
»Aber dann...«
So sehr er in das Mädchen auch verliebt sein mochte, er war jetzt einfach fertig mit den Nerven, den Tränen so nahe, wie seit Jahren nicht mehr. Er hatte nur den einen Wunsch, niemandem Rede und Antwort zu stehen, endlich allein zu sein.
»Ich wollte dem Heini einen Schrecken einjagen, verdammt noch mal, ist das denn so schwer zu kapieren?«
»Natürlich nicht«, sagte sie so sanft, wie man zu einem Verrückten spricht, »aber ... ist dir das gelungen?«
»Worauf du dich verlassen kannst. Die habe ich ganz schön fertiggemacht«, protzte er.
»Die?« fragte Senta erschrocken, »war Martina etwa da?«
»Ja, ja, ja«, brüllte er, »und jetzt laß mich endlich in Ruhe mit deinen blöden Fragen!« Er drehte sich um und stürmte mit großen Schritten davon.
Aber sie ließ sich nicht abschütteln, sondern folgte ihm, ob-

wohl sie fast laufen mußte, blieb schweigend und bewachend an seiner Seite. Sie ahnte zwar nicht, was geschehen war, nur so viel, daß Jürgen völlig durcheinander war und sie ihn auf keinen Fall in dieser Stimmung sich selbst überlassen durfte...

Oben, in dem Junggesellenapartment, stand Martina, inzwischen wieder in Rock und Pullover, vor dem großen Spiegel im Bad und erneuerte ihr Make-up. James Mann, hinter ihr, war dabei, sein dunkelbraunes Haar mit zwei Bürsten wieder in Form zu bringen.
»Toller Knabe, dein Bruder«, höhnte er, »ich hoffe nur, du hast nicht mehr von dieser Sorte!«
»Nö.« Martina zog sich andachtsvoll die Lippen nach. »Jürgen ist der einzige.«
»Selten blöd von dir, von unserer kleinen Liaison zu Hause zu erzählen!«
Sie fuhr herum. »Unsinn, ich habe kein Wort davon erwähnt!«
»Dann möchte ich wissen, woher er es erfahren hat!«
Martina war ganz in den Spiegel vertieft. »Wahrscheinlich hat er mir nachspioniert. Der hat manchmal so Anwandlungen.«
James Mann legte die Bürsten aus der Hand, fuhr sich mit dem befeuchteten Zeigefinger über die Augenbrauen. »Klingt nicht sehr glaubhaft.«
»Oder eine Freundin von mir hat es ihm gesteckt.«
Kurz blitzte es in den schläfrigen Augen des jungen Mannes auf, dann fragte er mit betonter Gleichgültigkeit: »Die Schwarze? Ist die so?«
Martina bürstete den Puder von ihrem Gesicht. »Neidisch wie verrückt.«
»Dann schick sie doch mal her.«
Sie ließ ihr Puderbürstchen sinken, ihre Augen suchten im Spiegel den Blick des Mannes. »Das könnte dir so passen«, entschlüpfte es ihr.
Er tat harmlos. »Aber wenn du doch selber sagst...«
»Ich weiß, daß dir Senta von Anfang an gefallen hat. Aber sie kann dich nicht riechen, daß du es nur weißt. Sie nennt dich einen Playboy und was nicht sonst noch alles.«
Er lächelte mit schmalen Lippen. »Hört sich interessant an. Ich glaube, ich muß mich unbedingt mal mit der jungen Dame befassen.«

»Untersteh dich!«
Er legte seine Hände auf ihre Schultern, drehte sie zu sich herum. »Eifersüchtig?«
»Gar nicht. Ich will nur nicht ... würde es dir denn passen, wenn ich mit einem deiner Freunde flirten würde?«
»Warum nicht? Wenn dir was daran liegt, kann ich dir gerne einen rasanten Knaben zuführen. Vielleicht könnten wir auch mal zu dreien...«
Sie ließ ihn nicht aussprechen. »Du bist gemein«, schrie sie, »oh, so gemein!« Sie trommelte mit beiden Fäusten gegen seine Brust.
Er ließ es geschehen, ohne sich zu rühren. »Sieh mal an«, sagte er, »du kannst ja sogar Temperament entwickeln. Nur leider nie im richtigen Moment!«
»Warum bist du nur so?« rief sie mit tränenerstickter Stimme. »Dabei solltest du wissen, wie sehr ich dich liebe! Oder bin ich dir schon lästig? Aber ich kann nicht anders, ich finde dich einfach wundervoll! Wie du das eben mit Jürgen gemacht hast! Ich dachte, das Herz bliebe mir stehen und du ... es war unwahrscheinlich!«
»Da hast du ihn erlebt«, sagte er, »den Unterschied zwischen einem Mann und einem grünen Jungen. Sei nur schön brav, daß ich dich nicht wieder zurück zu deinen Boys in den Kindergarten schicke, hörst du?« Er lächelte, während er sprach, aber seine Augen beobachteten sie lauernd.
»Ich tue ja alles«, flüsterte sie.
Er zog sie enger an sich, sein Gesicht kam näher und näher. Noch ehe seine Lippen ihren Mund berührten, spürte sie, wie die Knie unter ihr schwach wurden...

Martina hatte ihren kleinen runden Spiegel vor sich auf den weißen Schleiflackschreibtisch gestellt und war voller Hingabe mit ihrem Make-up beschäftigt, als Jürgen am nächsten Tag zu ihr ins Zimmer trat.
Sie warf ihm nur einen kurzen Blick zu, ließ sich aber nicht weiter vom Spiegel ablenken. »Raus«, zischte sie ihn an, »was fällt dir eigentlich ein? Du hast hier überhaupt nichts zu suchen.«
Aber so leicht war ihr Bruder nicht abzuschütteln. Er kam unbeeindruckt näher. »Martina«, begann er.

»Um Himmels willen, stoß nicht an den Tisch. Oder willst du, daß ich mein ganzes Make-up verwackele?« Sie hatte sich die blonde Haarfülle mit einem Frotteeband aus der Stirn gebändigt, trug über Büstenhalter und Höschen nur einen durchsichtigen Perlonumhang.
»Martina, ich muß mit dir sprechen.«
»Na also, dann tu's schon. Aber bleib mir vom Leib und blas mir nicht deinen Atem ausgerechnet ins Gesicht...«
Er setzte sich auf einen mit buntem Kreton überzogenen Hocker, ließ die Hände zwischen den gespreizten Knien hängen und beobachtete sie schweigend.
Das konnte sie nicht lange aushalten. Sie begann nervös zu werden. Ihre Hand verlor die Sicherheit. »O Boy«, rief sie wütend, »jetzt bin ich ausgerutscht! So eine Schweinerei! Daran bist du schuld!«
Er ließ sie toben.
»Wenn du gekommen bist, um dich zu entschuldigen«, rief sie, »dann tu's doch endlich. Dazu brauchst du nicht stundenlang hier herumzusitzen und mich anzustarren!«
»Entschuldigen ... wofür?« fragte er und verstand sie tatsächlich nicht.
»Als wenn du das nicht wüßtest! Stell dich nicht noch dümmer, als du bist! Aber wenn es dich erleichtert...« Sie drehte sich zu ihm um und zeigte sich sehr gönnerhaft. »Du wirst staunen: Ich habe dir bereits verziehen. Du siehst, ich trage dir nichts nach. Aber nun hau ab, ich habe Besseres zu tun.«
Ihr Mißverstehen war so eklatant, daß es ihm die Sprache verschlug, und er errötete. Sie waren seit dem Vorfall in der Wohnung dieses James Mann nicht mehr allein gewesen, und er hatte angenommen, daß sie sich zutiefst vor ihm schämen müsse.
»Du willst doch nicht etwa trotzdem wieder zu ihm«, fragte er und mußte sich räuspern, weil seine Stimme keinen Klang hatte.
»Und wenn?« gab sie frech zurück. »Geht dich das was an?«
»Doch Martina«, sagte er, »dieser Bursche, er ist ... er ist wirklich nicht wert, daß du ...« Es war furchtbar schwer für ihn. Er hatte Senta versprochen, möglichst taktvoll vorzugehen, und gerade das machte ihm Martina so schwer.

Sie fühlte sich ihm mächtig überlegen. »Bist du sicher, daß du das beurteilen kannst?« fragte sie zuckersüß.
»Ein Mann in seinem Alter, der sich ausgerechnet mit einem sechzehnjährigen Mädchen einläßt...«
»Mit mir!« fiel Martina ihm ins Wort. »Ich bin nicht irgendeine! Ich bin das Mädchen, das er sein Leben lang gesucht hat!«
»Sagt er das?« fragte Jürgen. »Oder bildest du dir das ein?«
Jetzt war es an ihr, unsicher zu werden, denn sie hatte das ausgesprochen, was sie zu hören wünschte, nicht, was sie wirklich zu hören bekam. »Wenn du mir nicht glaubst«, erwiderte sie trotzig, »dann hat es überhaupt keinen Zweck, daß wir uns unterhalten.«
»Warum holt er dich nicht von zu Hause ab?« fragte Jürgen hartnäckig weiter. »Warum stellt er sich nicht den Eltern vor...«
»Weil er kein Spießer ist!« entgegnete sie prompt.
»Quatsch«, sagte Jürgen, »hör doch auf, dir selber was vorzumachen. Du bist bloß ein Spielzeug für ihn, er nutzt dich aus, und eines Tages wird er dich wegwerfen.«
»Da irrst du dich aber gewaltig!«
»Bestimmt nicht. Ich habe den Burschen auf den ersten Blick durchschaut. Eine ganz miese Type. Ich verstehe nicht, wie du auf so etwas hereinfallen konntest!«
»Dafür weiß ich um so besser, warum du ihn nicht leiden kannst! Weil er dir ganz schön heimgeleuchtet hat...! Deshalb hast du eine Wut auf ihn!«
Er verlor die Geduld, stand auf. »Ach was, ich weiß nicht, warum ich mir das überhaupt anhöre. Ich habe es nur noch einmal im Guten versuchen wollen. Wenn du nicht auf mich hören willst, muß ich es eben den Eltern sagen.«
Sie fuhr herum, starrte ihn an. »Was willst du?«
»Tu nicht so, als wenn du mich nicht verstanden hättest!«
»Du willst mich verklatschen?«
»Martina«, sagte er, »wir sind doch keine Kinder mehr. Das, was du da treibst, ist kein harmloses Spiel. Ich fühle mich für dich verantwortlich!«
»Na schön, wenn du es so siehst, bitte.« Sie wandte sich wieder ihrem Spiegel zu, fuhr mit der Quaste in die Puderschachtel und bestäubte sich reichlich das Gesicht. »Tu, was du nicht las-

sen kannst. Aber dann sehe ich mich leider veranlaßt, deiner heißgeliebten Senta die Wahrheit zu sagen. Sie weiß noch nicht, was du James gegenüber für eine klägliche Figur abgegeben hast. Aber, bitte, jetzt wird sie es erfahren. Und beklage dich bloß nicht. Du bist das Tratschweib, nicht ich!«

Sie stäubte sich den überschüssigen Puder vom Gesicht, tat so, als wenn sie an Jürgens Reaktion überhaupt nicht mehr interessiert wäre. Aber sie verschob ihren Spiegel so, daß sie ihn beobachten konnte, und als er wortlos das Zimmer verließ, atmete sie auf. Sie war ganz sicher, daß er den Mund halten würde, in seinem ureigensten Interesse.

6.

Helmuth Molitor, der Vater, hatte eine schreckliche Woche hinter sich.
Seit dem unverhofften Auftauchen des zwielichtigen Herrn Schmitz hatte er keine ruhige Minute mehr gehabt. Tag und Nacht hatte er darüber nachgedacht, wie er den erpresserischen Forderungen ausweichen, oder, besser noch, sie zurückschlagen könnte. Aber ihm war nichts Brauchbares eingefallen. Er saß in der Falle, darüber konnte er sich nicht mehr länger hinwegtäuschen.
Er hatte sich nicht die Mühe genommen, die Verträge über das angeblich große Geschäft, das Hannes Schmitz machen wollte, zu prüfen, hatte sie nur einmal flüchtig durchgeblättert. Danach wußte er genug. Wie nicht anders zu erwarten, handelte es sich um ein riesiges Windei, nichts weiter. Zwar gab es Unterschriften und Stempel arabischen Gepräges in reicher Zahl, aber da keiner der Unterzeichner bekannt war, noch weniger die Firma, die er vertrat, bedeuteten sie nichts. Alle diese eindrucksvollen, in unzählige Paragraphen aufgeteilten Verträge konnten gut und gerne von einem einzigen geschickten Mann am Schreibtisch ausgefertigt sein, und als erfahrener Bankfachmann zweifelte er nicht daran, daß es so war. Er war auch überzeugt, den Urheber zu kennen: Hannes Schmitz.
Lange hatte er überlegt, ob diese gefälschten Unterlagen, die ja offensichtlich zur Durchführung eines groß angelegten Betruges dienen sollten, nicht eine Handhabe gegen Schmitz böten.
Aber er verwarf diesen Gedanken. So sonnenklar für ihn der Fall war, so schwer würde es sein, tatsächlich zu beweisen, daß die Unterschriften nicht echt waren, ja daß diese nahöstlichen Herren überhaupt nicht existierten. Und auch wenn es ihm gelänge, das glaubhaft zu machen, würde die Polizei bestimmt nicht allzu sehr an einer Fälschung interessiert sein, durch die noch niemand zu Schaden gekommen war. Selbst wenn der

Staatsanwalt Anzeige erhob, würde Schmitz auf freiem Fuß bleiben und jede Gelegenheit haben, sich an ihm zu rächen und ihn zu vernichten.
Nein, so ging es nicht.
Molitor spielte sogar mit dem Gedanken, zur Polizei zu gehen und alles, was vor jetzt mehr als zwanzig Jahren geschehen war, wahrheitsgemäß zu schildern. Er hatte oft gelesen, daß die Polizei stets bemüht sei, die Opfer von Erpressern zu schützen, und in solchen Fällen größtmögliche Diskretion wahrte.
Aber wer garantierte ihm dafür, daß nicht doch etwas durchsickerte? Wenn sein Chef etwas von dieser alten Sache erfuhr, war er erledigt. Direktor Malferteiner war ein überaus korrekter Mann, durchaus nicht geneigt, eine Verfehlung zu tolerieren, das hatte er nur Schmitz gegenüber vorgetäuscht.
Was also blieb dann?
Sich zum Komplizen eines Betrügers machen, und das auch noch der eigenen Firma gegenüber, wollte er auf keinen Fall. Diese Möglichkeit schied für ihn völlig aus.
Seine Ersparnisse und ein gutes Gewissen hätte er ohne weiteres geopfert, wenn er sich dadurch Ruhe und Sicherheit hätte erkaufen können. Aber er war klug genug, einzusehen, daß das nicht möglich war. Der Erpresser würde sich mit einer begrenzten Summe nur scheinbar zufriedengeben, später immer mehr und mehr verlangen.
Es gab nur eines: Er mußte diesem Gauner die Stirn bieten, sich standhaft weigern, seinen Forderungen nachzugeben. Wahrscheinlich würde er dann doch davon absehen, seine Drohungen wahr zu machen. Er war ja nicht dumm, mußte wohl oder übel einsehen, daß er keinerlei Gewinn davon haben würde, wenn er den Komplizen von einst ins Unglück stürzte.
Sollte Schmitz sich aber nicht einschüchtern lassen, so blieb ihm allerdings keine andere Wahl, als den Spieß umzudrehen und mit einer Anzeige wegen Erpressung zu drohen. Dazu aber mußte er Unterlagen haben.
Als er am Dienstagmorgen seinen Arbeitsraum in der Bankfiliale Düsseldorf-Oberkassel betrat, war er reichlich nervös. Er hatte eine sehr schlechte, fast schlaflose Nacht hinter sich, immer und immer wieder die vor ihm liegenden Auseinander-

setzung in allen Einzelheiten durchdacht, sich auf jede auch nur mögliche Wendung vorbereitet. Er war so blaß unter der braunen Haut, daß er fast grau wirkte. Seine Augen blickten müde, die Lider waren leicht gerötet.

Inge Körner, seine Sekretärin, bemerkte es, als sie ihm Hut und Schirm abnahm. Sie machte sich schon seit einiger Zeit Sorgen um ihren Chef, aber sie verbiß sich jede Frage. Für sie war seine Nervosität nur durch häusliche Schwierigkeiten zu erklären.

»Guten Morgen, Herr Molitor«, sagte sie lächelnd, »ein wunderbarer Tag heute, nicht wahr?« Sie sah reizend aus in ihrem sportlichen Hemdblusenkleid.

Aber er sah es nicht. »Ja, ja«, sagte er zerstreut, »da werden Sie schon recht haben!« – Er ging, ohne wie sonst nach den Eingängen zu fragen, an ihr vorbei, an seinen Schreibtisch.

»Herr Molitor...«

Er winkte ab. »Lassen Sie mich jetzt allein.« Und als sie stehenblieb, ohne sich zu rühren, und ihn nur ansah, fügte er hinzu: »Ich habe zu arbeiten.«

Er atmete auf. Als sie gegangen war, nahm er den Schlüssel aus seiner Westentasche, schloß die rechte Schublade seines Schreibtisches auf, zog sie heraus.

Das kleine Tonbandgerät stand an seinem Platz, das Mikrophon daneben, das Band war eingespult. Er nahm das Kabel und drückte den Stecker in die Doppeldose an der Wand hinter sich, an die auch die Stehlampe angeschlossen war.

Er ging zur Türe, prüfte zum 'zigsten Mal, wie dieses Arrangement wirkte. Nein, es fiel nicht auf, daß vom Schreibtisch aus zwei Leitungen zu der Wanddose führten. Oder doch? Er wollte – er mußte ganz sichergehen.

Erst als er die Schreibtischlampe ausgestöpselt, die Schnur zusammengerollt und in der einen Spalt breit offenen Schublade mit dem Tonbandgerät untergebracht hatte, war er ganz zufrieden. Nun konnte niemand, der nicht um den Schreibtisch herum ging – und daß das nicht geschah, würde er zu verhindern wissen –, etwas verdächtig finden.

Er setzte sich auf seinen Platz, stellte das Gerät ein, wartete, bis das rote Licht aufglühte, vergewisserte sich, daß es aufnahmebereit war, stellte es wieder aus. Er hatte es auf äußerste Tonempfindlichkeit eingestellt, damit nicht nur das, was er

selber sagte, aufgenommen wurde – viel wichtiger war, daß kein Wort des Erpressers verlorenging.
Jetzt hieß es nur noch – warten!
Er lächelte grimmig, als er daran dachte, daß er ja auch immerhin einiges zu arbeiten hatte. Er wußte, daß es ihm ganz unmöglich war, sich zu konzentrieren. Dennoch nahm er sich die Notizen über ein Gespräch mit dem alten Herrn Wipper vor, der sein Einfamilienhaus, das ihm als Witwer zu groß geworden war, verkaufen und den Gewinn in möglichst sicheren und gewinnbringenden Papieren anlegen wollte.
Als eine Sekretärin eintrat, sah er nur kurz auf, fragte barsch: »Ja? Was gibt's?« Er wollte sie nicht ermutigen, näher zu treten, weil ihren wachen Augen gewiß nicht die elektrische Schnur, die aus der Schreibtischschublade kam, entgangen wäre.
Inge Körner blieb wie angewurzelt stehen. »Eine Dame wünscht Sie zu sprechen, Herr Molitor«, sagte sie sehr beherrscht. Sie verriet nicht mit einem Wimpernzucken, ob sie sich durch den ungewohnten Ton ihres Chefs gekränkt fühlte.
»Name?«
»Hat sie mir nicht genannt...« Ehe er ihn noch aussprechen konnte, kam Inge dem Vorwurf ihres Chefs zuvor. »Ich weiß, ich hätte sie danach fragen sollen! Aber da sie mir sagte, daß es sich um fünfzigtausend Mark handelte, sie deutete eine Erbschaft an, die sie anlegen wollte, dachte ich...«
»Schon gut«, Helmuth Molitor winkte ab. »Führen Sie die Dame herein!« Er hätte sich selber ohrfeigen können. Warum mußte er seine Gereiztheit ausgerechnet an seiner Sekretärin auslassen, die doch gewiß nicht dafür verantwortlich zu machen war? Auch seiner Familie gegenüber war sein Verhalten in letzter Zeit alles andere als ausgeglichen gewesen.
Doch er beruhigte sich rasch: Wenn er den heutigen Tag, die entscheidende Auseinandersetzung mit dem Erpresser, hinter sich gebracht hatte, würde alles anders werden!
So oder so, dachte er, und spürte wieder die würgende Faust, die sein Herz umklammerte.
Inge Körner hielt die Tür auf und ließ die Dame, die sich angemeldet hatte, herein.
Er erhob sich halb, sein Blick wurde magnetisch von dem sehr

großzügigen, herzförmigen Ausschnitt angezogen, mit dem die Besucherin als deutlichen Blickpunkt mehr als die Ansätze ihres üppigen Busens zeigte. Auf der nackten Haut schaukelte ein mit Brillantensplittern gefaßter Amethyst an einer goldenen Kette.
Der Mann mußte sich zwingen, aufzusehen. Sein Blick begegnete den Augen der Dame, die von Natur aus hellbraun waren, aber im Gegensatz zu dem geschickt angebrachten Lidstrich und der tiefschwarzen Wimperntusche fast gelb wirkten, geradezu bernsteingelb und sehr verwirrend.
Sie lächelte wie eine Frau, die genau weiß, wie Männer reagieren. Ein wenig belustigt und ganz ohne Bosheit reichte sie ihm die Hand – eine kleine Hand mit überlangen, silbern lackierten Fingernägeln.
Helmuth Molitor schoß hinter seinem Schreibtisch hervor, stolperte über die ziemlich straff gespannte Schnur des Tonbandgerätes, wäre beinahe gefallen. Der Stecker löste sich aus der Dose, die Schublade sprang ein Stück weiter auf, er achtete nicht darauf, beugte sich mit einer formvollendeten Verbeugung über die Hand der Besucherin.
»Molitor«, stellte er sich vor. »Ich bin der Prokurist der hiesigen Bankfiliale. Womit kann ich Ihnen dienen, gnädige Frau?«
Ihr Lächeln vertiefte sich. »Ich heiße Barbara Fritzen ... aber das habe ich fast schon vergessen. Nennen Sie mich ruhig Babsy, wie alle meine Freunde.«
Er wußte nicht, was er darauf sagen sollte. – Und ich bin für Sie Helmuth? – Das war unmöglich, sie lebten doch nicht in den Staaten. Eine sehr merkwürdige Frau. War sie wirklich eine Dame? Immerhin, die breite Nerzstola, die sie um die Schultern geschlungen trug, dürfte einen ganz schönen Wert darstellen. Aber trug eine Dame so etwas am hellen Vormittag? Und ihr kastanienrotes Haar war bestimmt gefärbt, ihr Teint verriet, daß sie mit dunklen Haaren geboren sein mußte.
»Bitte, nehmen Sie doch Platz, Fräulein Fritzen«, sagte er laut, schob ihr einen Sessel an dem kleinen Tischchen zurecht.
Sie setzte sich, stellte die Beine schräg nebeneinander.
»Babsy«, wiederholte sie hartnäckig, »bin weder Fräulein, weder Frau ... heißt es nicht so bei Goethe?«

Er war froh, ihr darin überlegen zu sein. »Ich weiß, aber es trifft ganz gewiß nicht auf Sie zu! Gretchen sagt zu Faust: Bin weder Fräulein, weder schön...«
Er ließ sich ihr gegenüber nieder.
»O danke!« Sie schenkte ihm einen tiefen Blick ihrer bernsteinfarbenen Augen. »Sie haben eine reizende Art, Komplimente zu machen ... Helmuth!«
Den Bruchteil einer Sekunde glaubte er, sich verhört zu haben. Es verschlug ihm geradezu den Atem. Er wußte wirklich nicht, wie er sich verhalten sollte. Etwas Derartiges war ihm in seiner ganzen Laufbahn als Bankfachmann noch nicht passiert.
Sie half ihm aus der Verlegenheit. »Sie wundern sich, daß ich Sie so gut kenne? Ein gemeinsamer Freund hat mir viel von Ihnen erzählt.«
»Wer?« fragte er mühsam.
Ihr Lächeln hätte nicht freimütiger sein können. »Hannes Schmitz.«
Der Schlag hatte gesessen, traf ihn wie ein unerwarteter Hieb in die Magengrube. Er rang um Luft.
»Ist Ihnen nicht gut?« fragte sie freundlich und legte ihm die Hand auf das Knie.
Aber diese intime Berührung hatte keinerlei animierende Wirkung auf ihn.
»Er ... hat Sie geschickt?« fragte er, als er endlich wieder seiner Stimme mächtig war.
»Ja.«
»Warum haben Sie das nicht gleich gesagt?«
»Ich wollte es Ihnen möglichst schonend beibringen.«
»Das ist Ihnen ja auch gelungen.« Er stand auf und begann, mit großen Schritten auf und ab zu gehen, krampfhaft bemüht, sich auf die veränderte Situation einzustellen.
Babsy nahm sich eine Zigarette aus ihrer Handtasche, hielt sie einen Moment lang spielerisch zwischen den Fingern, aber er dachte nicht daran, ihr Feuer zu geben. Sie ließ ihr eigenes Feuerzeug aufspringen, steckte die Zigarette in eine Elfenbeinspitze, rauchte, wobei sie den Rauch mit leicht gerundeten Lippen ausstieß.
»Sehr raffiniert«, sagte er böse.
»Schmitz ist raffiniert«, sagte sie gelassen, »merken Sie das

wirklich erst heute, Helmuth? Dann sind Sie ein sehr schlechter Menschenkenner!«
So unauffällig wie möglich trat er hinter den Schreibtisch, stöpselte den Stecker wieder ein, drückte auf die Taste des Tonbandgerätes, schob die Lade wieder zu.
»Das hätten Sie sich sparen können, Helmuth«, sagte sie mit einem halben Lächeln.
»Was?« fragte er konsterniert.
»Die Tonbandaufnahme.« Sie streckte die Hand nach ihm aus.
»Kommen Sie, Helmuth, machen Sie nicht so ein Gesicht wie ein ertappter kleiner Junge. Wir sind doch schließlich keine Kinder mehr, setzen Sie sich endlich zu mir.«
Er riß mit einer wütenden Bewegung den Stecker aus der Wand, ging zu ihr hin, ließ sich in einen Sessel fallen, zündete sich eine Zigarette an. »Dann hören Sie auf, mit mir zu spielen wie eine Katze mit der Maus!«
»Das tue ich doch gar nicht«, sagte sie ruhig, »glauben Sie mir, Helmuth, Sie haben meine vollste Sympathie. Ich nehme Ihnen auch den Trick mit dem Tonbandgerät nicht übel. Wie ich darauf gekommen bin? Höchst einfach. Ich habe ihn auch versucht, als Schmitz mich unter Druck setzte. Aber ihm ist nicht beizukommen, so leicht jedenfalls nicht. Wahrscheinlich hat er gerade damit gerechnet und ist deshalb nicht selber gekommen.«
»Er ... erpreßt Sie also auch?«
»Auch?« fragte sie. »Was heißt auch? Erpreßt er Sie? Davon weiß ich nichts. Ich weiß überhaupt nichts, Helmuth, das ist eben der Trick. Schmitz sagte mir, Sie hätten ihm einen Kredit versprochen, und bat mich, Sie nun heute zu fragen, wie es damit steht.«
»Er kriegt keinen Pfennig. Weder von meiner Bank noch von mir persönlich.«
»Großartig«, sagte sie herzlich, »ich finde das ganz wunderbar, daß Sie ihm die Zähne zeigen. Sie sind ein Mann, ein wirklicher Mann. So etwas ist heutzutage sehr selten geworden.« Sie drückte die Zigarette aus, ließ die Spitze wieder in ihrer Handtasche verschwinden, schlug die Nerzstola um die Schultern und stand auf.
»Was wird jetzt geschehen?« fragte er verstört.
»Keine Ahnung«, erklärte sie ungerührt, »ich werde Schmitz

Ihre Antwort übermitteln, und damit ist meine Mission zu Ende.«
Sie reichte ihm abschiednehmend die Hand. »Alles Gute, Helmuth, Sie haben mir ehrlich imponiert!«
Er nahm ihre Hand, klammerte sich daran fest wie ein Ertrinkender. »Ob das wirklich klug von mir ist?«
»Bestimmt nicht. Eine aufrechte männliche Haltung ist selten klug. Allerdings, da ich nicht weiß, um was es wirklich geht, können Sie von mir auch keinen Rat erwarten.«
»Es ist so ... ich habe das Geld einfach nicht. Die Bank würde nie ... es ist ganz ausgeschlossen ...«
Sie entzog ihm ihre Hand. »Und privat? Ein Mann in Ihrer Position sollte doch gewisse Rücklagen haben.«
»Aber keine Fünfzigtausend!«
»Hm«, sagte sie nachdenklich, »so viel will er also haben? Dann scheint er sich seiner Sache Ihnen gegenüber ziemlich sicher zu sein.«
»Er glaubt, mich in der Hand zu haben«, gab Molitor zu.
»Dann bleibt nur die Frage: hat er das wirklich? Wenn Sie überzeugt sind, daß er nur blufft, sollten Sie es darauf ankommen lassen.«
»Was kann ihm daran liegen, mich ins Unglück zu stürzen?« rief er verzweifelt.
»Nichts«, sagte sie ruhig, »es sei denn, er hätte einen Grund, sich an Ihnen zu rächen. Allerdings, wie ich ihn kenne, ist ihm Geld bestimmt viel lieber als eine billige Rache.«
»Ich habe Ihnen schon gesagt, ich habe kein Geld!«
»Für einen Bankfachmann«, sagte sie lächelnd, »sind Sie verdammt ungenau. Sie sagten eben, daß Sie keine Fünfzigtausend haben. Das glaube ich Ihnen sogar aufs Wort. Aber etwas werden Sie doch besitzen oder wenigstens auftreiben können!«
»Das nutzt doch nichts.«
»Wieso denn nicht? Jeder Gläubiger ...«, sie sagte das augenzwinkernd, »... muß sich einverstanden erklären, wenn er wenigstens von Zeit zu Zeit eine Anschlagsrate erhält. Das sollten Sie doch eigentlich wissen.«
»Fünftausend«, sagte sie wie aus der Pistole geschossen, »weniger wäre sinnlos.«
Als er zögerte, fügte sie hinzu: »Wenn Sie das auch nicht haben, ist Ihnen nicht zu helfen. Dann bleibt Ihnen nur noch

eines: dem Schicksal seinen Lauf zu lassen. Jedes weitere Kopfzerbrechen erübrigt sich dann.«
»Fünftausend«, sagte er, »könnte ich aufbringen. Ich müßte dann allerdings die Sparkonten meiner Kinder...«
Babsy fiel ihm ins Wort. »Um Himmels willen, Helmuth, machen Sie kein Melodram daraus. Schmitz würde nur feixen, wenn ich es ihm erzählte, lieber behalte ich es für mich. Also, wann werden Sie das Geld beieinander haben?«
»Frühestens übermorgen.«
»Fein. Dann erwarte ich Sie übermorgen in der ›Prärie-Auster‹. Kennen Sie nicht? Das macht nichts, Sie werden die Bar ohne weiteres finden, sie liegt an der Aderstraße, direkt gegenüber dem Apollo. Fragen Sie nur nach Babsy, ich arbeite dort. Sagen wir um zehn? Dann ist noch nicht so viel los.«
»Ich werde kommen.«
Als sie ging, sah er, daß ihre Beine, die sie genau hintereinander stellte, was ihr den Gang einer Seiltänzerin gab, nicht ganz gerade, sondern leicht nach außen gebogen waren. Er wunderte sich über sich selbst, daß er für eine so nebensächliche Einzelheit Augen hatte. Es war, als wenn ein zum Tode Verurteilter daran dächte, was seine Frau wohl an diesem Tag den Kindern auf den Mittagstisch setzte.
Er war überzeugt, daß er lächelte. Aber als er die Türe zu seinem Waschkabinett aufriß, zeigte ein zufälliger Blick in den Spiegel, daß sich sein Gesicht zu einer grauenhaften Grimasse verzerrt hatte.

Es war für ihn als Bankprokurist nicht schwer, fünftausend Mark flüssig zu machen. Er hatte das sogar in Babsys Anwesenheit gekonnt, wenn sie darauf bestanden hätte. Es war nicht schwer, nur sehr, sehr peinlich.
Denn er mußte dazu tatsächlich die Sparkonten seiner Kinder auflösen, dazu die Rücklage für die Ferien – nun können wir alle trampen, dachte er grimmig – und dazu auch noch das kleine private Konto seiner Frau angreifen. Ihr konnte er allerdings noch etwa hundert Mark belassen und war sehr froh darüber. So würde er noch nicht gleich in die Situation geraten, ihr Rechenschaft ablegen zu müssen. Jürgen und Martina konnten von ihren Konten nichts abheben ohne seine Genehmigung und Unterschrift. Sie würden also lange nichts davon

merken, daß sie keine Ersparnisse mehr besaßen. Es gab Gründe genug, ihnen eine Anhebung abzuschlagen.
Er wunderte sich selbst. Bisher hatte er sich für einen Menschen gehalten, der weit voraus sah und plante, bei dem alles Ordnung und Methode haben mußte. Hatte das vielleicht gar nicht seinem wahren Wesen entsprochen? War es nur aufgesetzt gewesen? Sonst hätte doch nicht ein einziger Anstoß genügen können, um seine ganze Lebensanschauung umzuwerfen. Schon fand er sich damit ab, mit einem kleinen Zeitgewinn zufrieden zu sein, die Probleme, die er nicht lösen konnte, von sich wegzuschieben, in den Tag hineinzuleben.
Der Kollege, den er um die Auszahlung bat, fragte nichts. Aber Helmuth Molitor war sich darüber klar, daß er sich bestimmt wunderte. Deshalb gab er eine Erklärung ab, ohne dazu verpflichtet zu sein.
»Wir haben eine größere Anschaffung vor«, sagte er.
»Neue Familienkutsche?«
Helmuth Molitor war klug genug, nicht nach diesem Strohhalm zu greifen. »So ähnlich.«
»Dann weiß ich's ... ein Motorboot.«
Motorboot war gut, niemand würde von ihm erwarten, daß er mit einem Motorboot in die Bank käme. »Sie sind ein schlauer Knabe«, sagte Helmuth Molitor lächelnd, »Ihnen kann man nichts vormachen!«
Aber als sich dann herausstellte, daß der Kollege selber schon seit langem mit dem Gedanken an eine solche Errungenschaft spielte und sofort begann, sämtliche Vor- und Nachteile aller bekannten Marken aufzuzählen, lächelte er nur, sagte ja und nein und hütete sich davor, sich festzulegen.
Er war froh, als endlich alle Formalitäten erledigt waren und er das Geld in seiner Brieftasche wußte. Als er in sein Büro zurückkam, spürte er den kalten Schweiß, der ihm den Nacken herunterlief.
Er setzte sich hinter seinen Schreibtisch, zählte die Summe noch einmal nach, Schein für Schein, und kalte Wut ergriff ihn. Das war kein Geld, das er im Lotto gewonnen hatte, für jede Mark hatte er ehrliche Arbeit leisten müssen. Die Kinder hatten jahrelang gespart. Es war für die Einrichtung ihrer Zimmer im ›eigenen Haus‹ bestimmt gewesen – dieses Haus, das in allen Plänen und Erwägungen der Famililie eine große Rolle

spielte, obwohl sie bisher nicht einmal ein entsprechendes Grundstück besaßen. Immerhin einen Bausparvertrag.
Aber noch war nicht genügend angezahlt, noch mußten sie auf unabsehbare Zeit in Miete wohnen, aber sie wußten alle schon genau, wie das eigene Haus aussehen sollte: ein langgestreckter Bungalow, mit einer gepflegten grünen Rasenfläche davor, einer Hollywoodschaukel, Gartenmöbel, ein offener Grill, vielleicht sogar einen Swimming-pool, kurzum, es sollte ein repräsentatives Traumhaus werden.
Und jetzt? Wie würde es weitergehen? Mit diesen fünftausend Mark konnte er sich nichts erhandeln als eine Gnadenfrist. Aber er war nicht bereit, sich von dem Erpresser bis aufs Hemd ausziehen zu lassen. Ihm mußte etwas einfallen, ihn loszuwerden – aber wie?
Als Fräulein Körner ins Zimmer trat, zuckte er zusammen und war in Versuchung, das Geld ganz rasch verschwinden zu lassen. Gerade noch rechtzeitig wurde ihm bewußt, wie verdächtig das ausgesehen hätte. Mit Mühe gelang es ihm, sich zu beherrschen. Die Sekretärin trat näher, eine Akte in der Hand.
»Entschuldigen Sie, Herr Molitor...«
Er schob das Geld zusammen, steckte es mit betonter Selbstsicherheit in seine Brieftasche zurück. »Ja...?«
»Darf ich Sie etwas fragen? Ich bin gerade dabei, Ihre Vorschläge für den alten Herrn Wipper ins reine zu schreiben...«
»Ja und? Können Sie meine Handschrift nicht lesen?«
»Doch.« Ganz überraschend wurde das junge Mädchen rot. »Es ist etwas anderes. Sie haben da als Zinsen für die Pfandbriefe 12½ Prozent angesetzt... aber Pfandbriefe, die einen so hohen Gewinn abwerfen, kann ich nicht finden.«
»Zeigen Sie her«, sagte er kurz.
Sie legte ihm den von ihm ausgearbeiteten Plan zur Geldanlage vor, wies mit dem Kugelschreiber auf eine bestimmte Stelle. »Da...«
Er las, was er geschrieben hatte, sah auf und begriff plötzlich, daß sie errötet war, weil sie sich für ihn schämte.
»So ein Wahnsinn«, sagte er, »Sie haben vollkommen recht. Ich begreife nicht, wie mir das passieren konnte!«
Sie lächelte in deutlicher Verlegenheit.
»Macht ja nichts, Herr Molitor, ich wollte mich nur vergewis-

sern. Ich bin da leider nicht so auf dem laufenden...« Sie wandte sich ab.

Er rief sie zurück. »Fräulein Körner«, fragte er mit Überwindung, »habe ich sonst noch Fehler gemacht?«

»Nicht der Rede wert.«

»Also habe ich?«

»Ja. Aber es waren Kleinigkeiten, die konnte ich ohne weiteres in Ordnung bringen.«

»Inge«, sagte er in unbewußter Vertraulichkeit, »ich ... es tut mir leid, ich bin in letzter Zeit nicht ganz auf dem Damm.«

»Das habe ich Ihnen angemerkt, Herr Molitor.«

»Sagen Sie es niemandem weiter, ja?«

»Natürlich nicht, Herr Molitor!«

Seit über einem Jahr sah er sie jeden Tag, aber bis heute hatte er sie eigentlich nie richtig angesehen. Sie wirkte frisch und anständig mit ihren Augen, dem schlichten Hemdblusenkleid, frisch und anständig und jung! Sie mußte etliche Jahre älter sein als Martina, und doch, sie wirkte eigentlich jünger... Unberührter, dachte er, und wunderte sich, wieso ihm gerade dieses Wort dafür einfiel.

»Herr Molitor«, sagte sie, »bitte halten Sie mich nicht für ... für zudringlich...«

Eine Sekunde lang hatte er das peinigende Gefühl, sie wisse etwas von der Art seiner Schwierigkeiten.

Aber dann fuhr sie zu seiner Erleichterung fort: »Ich meine, Sie sollten ausspannen. Ich habe darüber nachgedacht. Sie sollten jetzt gleich Ihren Urlaub nehmen, das wäre durchaus möglich. Sie brauchen ihn jetzt, und im August ist es gar nicht mehr so erholsam. Viel zu viele Menschen unterwegs und viel zu heiß.«

Darauf hätte es so viel zu sagen gegeben, daß er es vorzog, erst gar nicht darauf einzugehen. »Es ist wirklich nett von Ihnen, daß Sie sich Gedanken über mich machen«, sagte er ausweichend, »aber es ist wirklich nicht nötig. Es wird alles ganz von selber wieder in Ordnung kommen.«

Sie widersprach nicht, aber er las in ihren Augen, daß sie durchaus nicht überzeugt war.

Plötzlich war er nahe daran, sich ihr anzuvertrauen. Er hatte das Gefühl, daß sie der einzige Mensch sei, der ihn verstehen würde. Aber er gab diesem Impuls nicht nach, weil er noch

rechtzeitig begriff, daß jeder neue Mitwisser die Gefahr, in der er schwebte, nur vergrößern mußte.
»Jedenfalls danke ich Ihnen«, sagte er abschließend.
Und dann sah er ihr nach, wie sie langbeinig und mit sehr geradem Rücken aus dem Zimmer ging. Danach fühlte er sich noch einsamer.

7.

Der einzige lange Spiegel, in dem man sich wirklich von Kopf bis Fuß sehen konnte, hing im Elternschlafzimmer. Martina schlich sich hinein, schon fix und fertig angezogen, zog den Mantel noch einmal aus, warf ihn über das Bett, betrachtete sich voll Wohlgefallen im Spiegel, drehte und wendete sich. Das neue Kleid, ganz leicht und duftig im Schmetterlingsstil, der wehende Stoff in einem großzügigen Muster, war wirklich eine Wucht. Es war am Hals hochgeschlossen, hatte lange, brave Ärmel, war dafür aber so kurz, wie es überhaupt nur ging. Martinas etwas kompakte Beine steckten in hellroten, dünnen Strumpfhosen. Dazu trug sie einen Ton dunklere Lackschuhe. Sie fand sich selbst hinreißend und drehte eine rasche Pirouette auf der Zehenspitze – und genau in diesem Augenblick kam ihre Mutter ins Zimmer.
»Martina, was machst du hier?«
»Ich hab' nur einen Blick in den Spiegel geworfen...« Sie griff hastig nach ihrem Mantel.
Aber ihre Mutter hatte bereits genug gesehen. »Moment«, sagte sie, »du willst doch nicht etwa in diesem unmöglichen Fähnchen ausgehen?«
Martina ging in Kampfstellung. »Das ist ein sehr, sehr schickes Kleid, und ich habe es mir von meinem eigenen Geld gekauft!«
»Es ist einfach unmöglich, Kind.«
»Aber nein, Mama, das kommt dir nur so vor. Du verstehst eben nichts von Mode.«
»Dreh dich noch mal ... ja, bitte! Martina, das Kleid ist so kurz, daß es wirklich schamlos wirkt.«
»Aber ich trage ja Strumpfhosen, man sieht wirklich nichts, Mutti. Überzeuge dich selbst!« Martina hob den Saum des Kleidchens.
Aber ihre Mutter ließ sich nicht überzeugen. »Es ist unmöglich!«

»Aber alle tragen das jetzt! Alle!«
»Nun gut, es mag Mädchen geben, die sich so etwas erlauben, obwohl ich mir auch das nicht recht vorstellen kann. Du jedenfalls kannst es nicht. Hast du denn überhaupt keinen Geschmack?«
Daraufhin fühlte sich Martina tatsächlich alarmiert. Stimmte das? Ihre Betrachtung wurde plötzlich kritisch. Sie stand vor dem Spiegel, die Füße dicht nebeneinander, hob den Rock, um ihre Beine in ihrer ganzen Länge zu beurteilen. Sie waren tatsächlich ein bißchen dick und wirkten unter dem kurzen Röckchen zudem auch noch ein ganz kleines bißchen krumm. So uneinsichtig sie sich sonst auch gab, in diesem Punkt konnte sie ihrer Mutter nicht so ganz unrecht geben, und das machte sie rasend. Sie fühlte sich in tiefster Seele gekränkt, weil ihre Mutter ausgerechnet auf diesen schwachen Punkt ihrer Figur hingewiesen hatte.
»Glaubst du etwa, daß deine Beine schöner sind?« schrie sie aufgebracht.
»Das auch«, sagte die Mutter trocken, »und trotzdem wäre ich nie auf die Idee gekommen, sie schamlos zu präsentieren.«
»Weil du zu alt bist!« konterte Martina wütend.
Sekundenlang starrten sich Mutter und Tochter fast haßerfüllt an. Da wurde es Martina klar, daß das Gespräch auf ein ganz falsches Geleise geraten war. »O Mami«, sagte sie reuevoll, »entschuldige bitte, ich wollte dich nicht kränken... Bitte, laß mich doch gehen!«
»Das soll dein Vater entscheiden. Wenn er einverstanden ist...«
Der Vater saß vor dem Fernseher im Wohnzimmer, ohne tatsächlich etwas zu sehen oder zu hören. Seine eigenen Probleme waren viel zu schwer, als daß er sich auch nur für Sekunden hätte ablenken können. Aber er genoß das abgeschirmte Licht, die Entspannung, die ihm sein bequemer Sessel bot, seinen abendlichen Cognac – bis die beiden hereinstürmten und ihn gleichzeitig mit einem Wortschwall überfielen.
Die Frau knipste das Licht an, Martina baute sich vor ihm auf, kerzengerade und tunlichst jede Bewegung vermeidend, durch die der allzu kurze Rock etwa hätte hochschwingen können.
»Nun, sieh dir das an!« rief seine Frau. »Was sagst du dazu! Ich

weiß, du nimmst Martina immer in Schutz, aber willst du, daß sie so herumläuft?«
Und gleichzeitig schnatterte Martina: »Mutti ist so gemein, sie gönnt mir einfach nicht, daß ich mich modern anziehe! Dabei ist wirklich gar nichts dabei, alle gehen jetzt so! Du willst doch nicht, daß ich wie ein Aschenbrödel herumlaufe? Außerdem habe ich mir das Kleid von meinem eigenen Geld gekauft!«
Ihr Vater wuchtete sich aus dem Sessel, schimpfte: »Seid ihr verrückt geworden?«
»Aber Helmuth, siehst du denn nicht...«
»Mutti sagt...«
»Könnt ihr euch nicht vorstellen, daß ich Sorgen genug habe? Müßt ihr mir auch noch mit eurem Heckmeck kommen?«
»Siehst du, Mutti, Vati interessiert es überhaupt nicht!« rief Martina triumphierend und war im Nu aus dem Zimmer. Sekunden später hörte man die Wohnungstür zuknallen.
»Ich verstehe dich wirklich nicht, Helmuth«, sagte die Frau, »wie kannst du sie so laufen lassen! Hast du denn nicht gesehen...«
Er fiel ihr ins Wort. »Wenn du nicht einmal imstande bist, mit deiner Tochter fertig zu werden...«
»Aber du bist der Vater«, hielt sie ihm entgegen. »Einmal hättest du dich ja auch um sie kümmern können, ein einziges Mal!«
»Soll das heißen, ich vernachlässige meine Kinder?«
Sie hatte eine sehr treffende Antwort auf der Zunge, aber sie sprach sie nicht aus. Ihr wurde plötzlich bewußt, wie schlecht er aussah – diese Schatten unter den Augen, diese ungesunde Hautfarbe!
»Verzeih«, sagte sie, »es tut mir leid. Ich hätte dich nicht damit belasten sollen.«
Sie kam auf ihn zu, aber er ging an ihr vorbei zur Türe, ohne zu merken, wie sehr er sie damit zurückstieß.
»Helmuth, was ist? Wo willst du hin?«
»Zigaretten holen«, sagte er und verließ die Wohnung.
Sein Auto stand unter der Laterne vor dem Haus. Er setzte sich ans Steuer, gab Gas. Aber als er zum Luegplatz kam, wo es Zigarettenautomaten und Wirtschaften gab, hielt er nicht an, fuhr weiter, ohne sich Rechenschaft darüber abzulegen, was er vorhatte. Er fuhr nicht über die Brücke zur Stadt, deren

schimmernde Lichter sich lockend im Rhein spiegelten, sondern bog nach links ab, die Luegallee hinauf.
Erst als er sich in der Scherlemer Straße wiederfand, wußte er, was ihn hierher gezogen hatte. Im Haus Nummer 7 wohnte seine Sekretärin. Er war nie hier gewesen, und dennoch hatte er das Gefühl, daß er sie sehen und sprechen mußte – jetzt, sofort und ohne Aufschub.
Er wußte, daß es Wahnsinn war, was er tat, aber er konnte nicht anders. Er fand eine Parklücke, die Haustür war offen. Er stieg die ausgetretenen Treppen des alten Hauses hinauf, prüfte die Türschilder. Endlich, hoch oben unter dem Dach, fand er, was er suchte. Er klingelte.
Nicht einen Augenblick lang kam es ihm in den Sinn, daß Inge Körner nicht zu Hause sein, daß sie vielleicht Besuch haben könnte.
Die Tür wurde geöffnet, und das Mädchen stand vor ihm. Und in diesem Augenblick endlich begriffen sie beide.
Sie sahen sich an, sprachlos, ein wenig erschrocken vielleicht, aber im Grunde nicht wirklich überrascht.
Für das Mädchen kam der Besuch unvorbereitet, aber nicht unerwünscht. Sie hatte ihn sich im geheimsten längst erhofft. Nun glaubte sie einen Moment lang zu träumen, während er, der sich bis jetzt lediglich von seinem Unterbewußtsein hatte leiten lassen, auf einmal begriff, was er hier suchte.
Er hob ihr die Hände entgegen, und diese Bewegung löste ihre Erstarrung. Sie trat einen Schritt, zwei Schritte, und – ohne den Blick von seinen Augen zu lassen – sank ihm entgegen.
Er trat auf sie zu, legte die Arme um sie und streichelte ihr den Rücken. Sie hatte es sich für zu Hause bequem gemacht, trug Bluejeans und eine Bluse, die sie unter der Brust verknotet hatte. Ihr Fleisch unterhalb der Bluse war jung und fest, die Haut glatt und weich. »Verzeih mir«, stammelte er, »daß ich gekommen bin. Ich konnte nicht anders ... ich mußte!«
»Ich bin froh darüber.« Sie stieß sich von ihm ab, legte den Kopf zurück und sah ihn an.
Unten im Treppenhaus klappte eine Tür, Stimmen wurden laut. Sie schreckte hoch, blickte einen Augenblick verwirrt, dann zog sie ihn in die kleine Mansardenwohnung.
Sie war beim Bügeln gewesen, jetzt begann sie hastig aufzuräumen. Er hielt sie zurück. »Bitte«, sagte er, »laß das doch.

Komm her zu mir.« Er ließ sich auf ihrem Biedermeiersofa nieder, streckte die Hand nach ihr aus.
Sie schüttelte eigensinnig den Kopf. »Nur einen Moment, ich bin gleich soweit«, und verschwand mit der Wäsche im Schlafzimmer, brachte Brett und Bügeleisen in die Küche.
»Möchtest du etwas trinken?« fragte sie nachher von der Tür her.
»Nein, ich möchte, daß du her zu mir kommst.«
Flüchtige Röte überflutete ihr Hals und Gesicht. Sie folgte seiner Aufforderung nicht, wandte sich statt dessen in die Küche zurück. Der Zauber war gebrochen. Ihre hausfraulichen Hantierungen hatten ihr Gelegenheit gegeben, ihre Beherrschung zurückgewinnen und wieder klar zu denken. Sie winkte ihm zu. »Sofort«, sagte sie und kam nach einigen Augenblicken mit einer Karaffe und zwei Gläsern zurück.
»Eisgekühlter Tee«, erklärt sie, als sie eingoß. »Ist erfrischend und wirkt beruhigend auf die Nerven.«
Ihre grauen Augen blickten ihn völlig unverhohlen an. »Ja«, sagte sie mit deutlicher Betonung, »wir beide!« Sie setzte sich ihm gegenüber auf die andere Seite des kleinen Tischchens in einen kleinen bunt bezogenen Sessel.
»Du meinst also, das hätte ich nötig?« fragte er mit gerunzelter Stirn.
Er drehte das Glas mit dem ihm ungewohnten Getränk unentschlossen zwischen den Fingern. »Du erwartest doch jetzt hoffentlich keine Erklärung von mir?«
»Natürlich nicht, schließlich kann ich mir auch so vorstellen, was passiert ist.«
»So, kannst du das?«
»Dazu gehört nicht viel Phantasie.« – Sie hatte die Beine übereinandergeschlagen, umfaßte das rechte Knie mit den Händen und wippte mit dem schlanken, nackten Fuß, der in einer Holzsandale steckte. »Du hast irgendwelchen Ärger – wahrscheinlich zu Hause – das habe ich schon seit langem bemerkt.«
»Meine Frau ist – sie ist nicht schlecht«, sagte er hastig, »nur – ich kann nicht mit ihr reden. Da sind immer die Kinder... Alles dreht sich um sie. Na, wahrscheinlich sind sie gerade in einem schwierigen Alter. Ich fühle mich wie ein Fremdling dazwischen...«

Sie löste ihre verschlungenen Hände, hob ihr Teeglas auf und nahm einen kräftigen Schluck. »Das Gefühl kenne ich«, sagte sie nachdenklich. »Ich weiß, du wirst glauben, ich sei zu jung dazu. Aber trotzdem. Mir erging es zu Hause bei meinen Eltern ähnlich. Eines Tages waren sie mir so fremd, daß wir nicht mehr miteinander reden konnten. Da bin ich weg von ihnen...«

Er betrachtete sie plötzlich mit ganz neuen Augen. Seit über einem Jahr war er Tag für Tag mit ihr zusammen, aber er hatte in dieser Zeit nur die gut funktionierende Arbeitskraft in ihr gesehen. Es war noch nicht lange her, daß er das ansprechende junge Mädchen in ihr entdeckt hatte, und nun begann er zu begreifen, daß sie daneben auch noch ein Mensch mit eigenen Sorgen und Problemen war. »Und«, fragte er, »hast du diesen Entschluß bereut?«

Sie hielt seinem Blick stand. »Wenn ich noch bei meinen Eltern lebte, hättest du heute nicht zu mir kommen können...«

»Vielleicht sollte auch ich...«

»Nein«, unterbrach sie ihn hastig. »Man kann nicht von heute auf morgen ausbrechen. So einfach ist das nicht.«

»Aber was dann?« Er sprang auf, begann in dem kleinen Raum auf und ab zu gehen. Er wußte nicht mehr, was er sich von seinem Besuch bei Inge Körner erhofft hatte, statt dessen begriff er jetzt, daß keines seiner Probleme dadurch eine Lösung finden würde, im Gegenteil: Es war ein neues hinzugekommen.

Sie ahnte nicht, was in ihm vorging. Sie saß da, trank ihren Eistee und wartete ab, hoffte, daß er sprechen würde. Aber dann kam der Augenblick, wo sie es nicht länger ertragen konnte.

»Hör doch auf, dich zu quälen«, sagte sie und steckte die Hand aus, ihn aufzuhalten. »Ich kann es nicht mit ansehen, wenn du umherrennst wie ein gefangener Löwe im Käfig.«

Er zog sie an den Händen zu sich hoch, preßte sie an sich. »Ich hätte nicht zu dir kommen sollen«, stöhnte er, »es war falsch von mir, dich auch noch mit hineinzuziehen.«

Sie ließ ihn gewähren, hielt ganz still. »Das stimmt nicht«, sagte sie leise mit beschwichtigender Stimme. »Ich bin froh, daß du zu mir gekommen bist – daß ich es bin, zu der du gekommen bist!«

»Ich weiß, du meinst es gut. Aber du kannst mir nicht helfen. Niemand kann mir helfen. Ich glaube, ich bin am Ende.«
»Bitte, sag so etwas nicht.« Sie schüttelte ihn leicht, als müsse sie ihn aufwecken. »Ich liebe dich, Helmuth, hörst du? – Ich liebe dich.«
Für einen Bruchteil einer Sekunde leuchtete es in seinen Augen auf, dann aber verschattete sich sein Blick wieder, und er ließ den Kopf sinken und vergrub ihn an ihrem Hals. »Das macht alles nur noch schlimmer.«
Jetzt aber war sie es, die sich aufgeregt an ihn klammerte. »So darfst du nicht reden. Du tust mir unrecht, denn damit stellst du mich zu den Frauen, die die Schwäche eines Mannes ausnutzen. Ich will dich nicht belasten. Ich will dich weder bedrängen noch Forderungen stellen. Ich will nichts anderes, als dir helfen, wenn du mich brauchst.«
Ihre Jugend, ihr vor Eifer glühendes Gesicht, der frische, herbe Duft ihrer Haut erregten seine Sinne. Es kostete ihn ungeheure Überwindung, sich zu beherrschen.
Sie schmiegte sich an ihn, flüsterte dicht an seinem Ohr: »Ich werde dir keinen Kummer bereiten, meinetwegen brauchst du deine Familie nicht zu verlassen.«
Die Versuchung war sehr groß. Er wußte, daß sie alles gewähren würde.
»Du weißt nicht, was du redest«, sagte er mühsam. Die Kehle war ihm wie zugeschnürt, jedes Wort tat ihm weh.
»Wir sind beide erwachsene Menschen. Ich weiß, was ich tue.«
Er holte tief Atem, stand einen Augenblick wie erstarrt, dann stieß er sie fast grob von sich. »Nein«, sagte er, »gerade deswegen. Ich darf dir das nicht antun.«
Sie hatte sich an der Kante des Tisches festgehalten, stand mit geschlossenen Augen, leicht schwankend.
Er erschrak. »Mein Gott, Inge, was ist...?«
Sie richtete sich auf, öffnete die Augen und strich eine Haarsträhne aus der Stirn. Sie versuchte ein Lächeln, das nur verzerrt gelang. »Nichts«, sagte sie. »Es ist vorbei. Mach dir keine Sorgen. Es ist alles gut so.«
Er trat auf sie zu, nahm ihr Gesicht in seine Hände und küßte sie voll ungewohnter Zärtlichkeit. »Ich liebe dich, Inge«, sagte er, »wirklich, ich glaube, ich liebe dich...!«

8.

Martina hatte sich an diesem Abend mit James Mann in einem Beat-Keller in der Graf-Adolf-Straße verabredet, der zur Zeit bei den jungen Leuten groß in Mode war. Durch den Streit mit der Mutter hatte sie sich verspätet. So kam es, daß sie erst eine knappe Viertelstunde nach dem ausgemachten Zeitpunkt am Eingang des Kellergewölbes eintraf. Dieser war durch einen dicken Vorhang von der Kasse getrennt. Ein paar Jungen lümmelten hier herum, rauchten, gaben an und pfiffen bewundernd, als sie Martina entdeckten. James Mann war nicht unter ihnen, und sie schenkte ihnen keinen Blick.
Sie zahlte dem Mann hinter der Kasse, der gleichzeitig Ordnungshüter war, die üblichen drei Mark fünfzig und erhielt den Getränkebon mit dem Tagesstempel, auf den sie ein Getränk beziehen konnte. Sie zögerte, bevor sie eintrat, blickte noch eimal die Kellertreppe hinauf, in der Hoffnung, James Mann doch noch auftauchen zu sehen.
Ein dicker Junge warf seine Zigarette auf den Zementboden, trat sie aus, schob sich an Martina heran. »Na, Kleine, hat er dich versetzt?«
»Du kannst mich mal...«, erwiderte sie nicht gerade fein, aber durchaus unmißverständlich und wandte sich ab.
Die anderen Jungen grölten vor Schadenfreude. Ihre Schlagfertigkeit imponierte ihnen.
Martina blieb keine Wahl. Sie mußte sich entschließen, den Beatkeller zu betreten, wenn sie sich nicht weiteren unerwünschten Annäherungsversuchen aussetzen wollte.
Schon draußen war die Musik zu hören, wenn auch gedämpft durch eine gepolsterte Tür und den zusätzlichen Vorhang. Drinnen war sie durch mächtige Lautsprecher verstärkt, geradezu ohrenbetäubend. Die Beatgruppe bestand aus vier jungen Musikern, die ihr Haar nach Winnetou-Art auf dem Hinterkopf zu einem Knoten gebunden trugen, von wo aus es lose auf die Schultern fiel. Sie gestikulierten auf dem Podium,

verschmolzen fast mit ihren Instrumenten, rissen die Münder auf, ohne daß man den Eindruck gewann, daß wirklich sie es waren, von denen die Musik ausging, die sich an den Gewölben brach.
Die Menge der tanzenden Teens in dem überfüllten Raum schrie, sang, pfiff, stöhnte dazu und vervollständigte damit auf ihre Weise den ohrenbetäubenden Lärm.
Martina mußte ihre Augen erst an das Halbdunkel gewöhnen, aber dann erkannte sie in der wogenden Masse bekannte Gesichter, Schultern, Beine und Haare. Die jungen Leute tanzten, so gleichartig sie auf Anhieb auch wirken mochten, sehr individuell – manche mit geradezu akrobatischer Gelenkigkeit, andere steif, einige musikalisch, andere dagegen ohne das geringste Gefühl für den Rhythmus, viele leidenschaftlich hingegeben, manche blasiert und einzelne deutlich parodistisch.
Etwa die Hälfte des Raumes nahmen schmale hölzerne Tische und Bänke ein, die für die Veranstalter von großer Wichtigkeit waren, weil hier serviert wurde, von den Besuchern aber kaum benutzt wurden. Mit dem Cola des Eintrittsbons und einem Schnaps pflegte man den ganzen Abend auszukommen.
Auch jetzt, als Martina eintrat, war es bei den Tischen und Bänken verhältnismäßig leer. Es gab keine Mauerblümchen und keine Einzelgänger, weil für ein Mädchen, selbst wenn es keinen Anschluß fand, meist bald irgendeine Freundin einsprang, die es auf die Tanzfläche holte. Hier kam es allen in erster Linie auf das Tanzen an. Tanzen wurde geradezu zum Selbstzweck erhoben.
Martina streifte an Tischen und Bänken vorbei, immer auf der Suche nach James Mann. Sie hatte so gehofft, daß er hier auf sie warten würde, hatte es aber, wenn sie sich selbst gegenüber ehrlich sein wollte, nicht erwartet. Viel eher hatte sie erwartet, er wäre gleich wieder gegangen, als er feststellen mußte, daß sie nicht pünktlich kam.
Wenn sie hätte annehmen können, daß er zu seiner Wohnung am Brehmplatz gefahren sei, wäre sie ihm gefolgt. Aber eben das wußte sie nicht und konnte es sich auch nicht recht vorstellen. Sie streifte ihren Mantel ab, denn die vielen Menschen in dem niedrigen Raum verbreiteten Hitze. Die Luft war dick, obwohl verhältnismäßig wenig geraucht wurde. Dann stand sie da in ihrem funkelnagelneuen Schmetterlingskleid, dessent-

wegen es mit ihrer Mutter zu dieser Auseinandersetzung gekommen war, und es gab niemanden, der sie bewundert hätte – jedenfalls niemanden, auf dessen Bewunderung sie Wert legte.
Sie schob ein Glas beiseite, setzte sich hin, drückte dem Kellner ihren Bon in die Hand, schüttete, als die üblichen Getränke kamen, den Schnaps in das hohe Glas, das Cola hinterher, denn zumindest wollte sie für ihr gutes Geld nichts umkommen lassen. Sie trank, zündete sich eine Zigarette an, die ihr überhaupt nicht schmeckte, starrte in das Gewimmel der Tanzenden. Es waren vorwiegend Leute unter zwanzig und um die zwanzig herum, und so kam es, daß ihr James Mann auch sofort auffiel, als sie durch das Gewühl einen flüchtigen Blick auf seinen Rücken erhaschte.
Sie sprang auf, aber da war er schon wieder verschwunden, sie glaubte, sich getäuscht zu haben, setzte sich wieder. Aber sie drückte jetzt ihre Zigarette aus, saß nicht mehr enttäuscht und gelangweilt da, sondern gespannt wie eine Jägerin auf dem Anstand.
Und dann sah sie ihn wieder, er kam diesmal sehr nahe heran. Er trug eine modisch karierte Hose mit breitem Gürtel, dazu ein korallenrotes Seidenhemd, das sich dem Spiel seiner Muskeln anschmiegte.
Martina sah nur sein Profil, sah die gepflegten Koteletten, den hübschen verwöhnten Mund, das weiche Kinn. Nicht einmal blickte er sich suchend um, er hatte nur Augen für seine Partnerin – und jetzt sah sie es – es war Senta Heinze!
Diese Schlange! – Martina durchzuckte es wie ein elektrischer Schlag. – Na warte, die würde etwas erleben!
Senta, die einen Hosenanzug trug – gelben Pullover mit schwarzen Käntchen zu schockgrüner Hose –, und James Mann waren ein blendend aussehendes Paar, und sie tanzten gut zusammen, einander gegenüber, ohne sich zu berühren, aber Auge in Auge und im gleichen Rhythmus der Bewegung.
Martina hätte schreien können vor Zorn und Eifersucht, und sie schrie wirklich: »James, James, hier!«
Aber der Lautsprecherlärm war so groß, daß ihre gellende Stimme nur ein Ton mehr in der gewaltigen Kakophonie war.

Martina stürzte sich in das Gedränge, gebrauchte Fäuste und Ellbogen, um sich voran zu arbeiten, war atemlos, als sie James Mann und ihre Freundin erreichte, wußte plötzlich nicht mehr, was sie sagen sollte.
Sie zupfte ihn am Ärmel. »James, ich bin hier!«
»Hallo, Kleines«, sagte er, ohne sich stören zu lassen.
Senta warf ihr einen raschen Blick aus ihren nahezu schwarzen, schräg geschnittenen Augen zu. »Hei, Martina!«
Martina beachtete sie gar nicht. »James, bitte...« Sie versuchte, sich zwischen die beiden zu drängen.
Aber er wischte sie mit einer Handbewegung zur Seite. »Was willst du? – Du störst!«
Sie sah nur noch seinen Rücken, schon wurde sie von anderen Paaren beiseite gestoßen.
»James!« schrie sie.
»James«, sagte Senta, »hören wir auf! Kümmern Sie sich um Martina!«
»Was haben Sie gesagt?« Er hielt die Hand ans Ohr, als könne er nicht verstehen, was sie meinte.
»Kümmern Sie sich um Martina!« wiederholte sie fast schreiend.
»Doch nicht jetzt, wo ich Sie endlich einmal erwischt habe.« Er packte sie gegen alle Tanzregeln fest um die Taille und wirbelte sie herum.
Jemand trat Martina auf die schicken roten Schuhe. Tränen stiegen ihr in die Augen. In der Bewegung des Tanzes gerieten die beiden wieder in ihre Nähe. Sie erreichten sie in dem Augenblick, als die Band mit einem wilden Crescendo das Stück beendete. »Ich muß mit dir sprechen, James«, sagte Martina in die schockartige Stille hinein.
Er winkte ab. »Später. Vielleicht später!« sagte er und legte seinen Arm um Sentas Schulter. »Na, wie wäre es, wollen wir den Schauplatz wechseln? Hier in diesem Kindergarten können Sie sich doch nicht wohl fühlen!«
Das Mädchen schüttelte seinen Arm ab. »Wieso nicht? Mir gefällt es!«
Martina drängte sich zwischen die beiden. »Es ist wirklich wichtig, James, ich würde doch sonst nicht...«
Sein Mund verzerrte sich, sein allzu glattes Gesicht wurde plötzlich häßlich. »Hau ab! Laß mich in Frieden!«

Er wollte sie aufs neue beiseite schieben, aber diesmal war sie darauf gefaßt, stemmte ihre Füße auf den Boden, setzte sich zur Wehr. Sie konnte zwar nur Sekunden Widerstand leisten, aber diese Sekunden genügten. Als er sie losgeworden war, war Senta verschwunden.

Martina klammerte sich mit beiden Händen an seinen Arm. »Bitte James, ich...«

»Warum begreifst du nicht, wie lästig du mir fällst«, sagte er wütend. »Hat dir noch nie jemand gesagt, daß man sich billig macht, wenn man sich einem Mann an den Hals wirft?«

Sie ließ ihn los. »Tue ich das?«

»Ja. Genau das. Wenn ich gewußt hätte, daß du dich zu solch einer Klette entwickeln würdest, hätte ich mich nie mit dir eingelassen.«

»Und ich hätte dich bestimmt nicht belästigt, wenn ich dir nicht etwas Wichtiges zu sagen hätte«, behauptete sie trotzig.

»Na, wenn schon? Also, heraus damit, sonst erstickst du noch dran!«

Sie wurden von Jungen und Mädchen, die zu ihren Plätzen und einem lauwarmen Schluck zurückkehrten, hin und her gestoßen.

»Hier doch nicht«, sagte Martina, »könnten wir nicht...« Sie hoffte, wenn er sie nur mit in seine Wohnung nähme, daß es dann sofort wieder zur Versöhnung kommen würde, wollte aber nach der Abfuhr nicht von sich aus den Vorschlag machen, dorthin zu gehen.

»Na schön«, sagte er, packte sie mit schmerzhaftem, fast brutalem Griff am Oberarm und schob sie voran – aber nicht zum Ausgang hin, sondern zur anderen Seite, an den Toiletten vorbei auf den Hinterhof hinaus.

Auch hier waren sie nicht allein. Eine Menge anderer Jungen und Mädchen waren auf die Idee gekommen, frische Luft zu schnappen. Die meisten waren Pärchen, die sich ungeniert küßten. Niemand schenkte ihnen Beachtung.

James drängte sie in eine Ecke, zündete sich eine Zigarette an. »Also los«, sagte er ungeduldig, »was ist?«

Sie hatte sich den Kopf zerbrochen, was sie ihm sagen konnte, es mußte etwas sein, was ihre Aufregung und ihre Aufdringlichkeit berechtigte und entschuldigte und ihn darüber hinaus aufs neue an sie band.

»Ich bekomme ein Kind«, sagte sie tonlos.
Er sah sie durch den Rauch seiner Zigarette an, mit blauen Augen unter dichten, dunklen Wimpern, die mit einem Mal sehr schmal wurden.
»Von wem?« fragte er gefährlich leise.
»James, das kannst du fragen?«
»Von mir, mein Engel, jedenfalls nicht. Ich habe aufgepaßt. Mir kannst du so etwas nicht vormachen.«
»Du weißt doch ganz genau, es gibt keinen anderen Mann«, sagte sie verzweifelt.
»Das hatte ich auch geglaubt«, sagte er kalt, »aber anscheinend habe ich mich geirrt. Also dann, viel Glück! Hoffentlich erwischst du den Anfänger. Er hat einen Denkzettel verdient.«
Er dreht sich um und ließ sie stehen, und sie hatte keine Kraft mehr, ihm zu folgen. Sie lehnte sich gegen die kalte Mauer, wartete, daß eine Ohnmacht sie aufnehmen würde. Aber auch diese Hoffnung täuschte. Sie verlor nicht die Besinnung, mußte ihre Niederlage bis zum letzten, bitteren Bodensatz auskosten.

Mitten in der Nacht schreckte Frau Molitor aus tiefem Schlaf. Im ersten Augenblick glaubte sie, es wäre Zeit aufzustehen, und streckte unwillkürlich die Hand aus, um das Läutwerk des Weckers abzustellen, merkte erst dann, daß der Wecker gar nicht klingelte. Sie riß die Lider auf.
Es war dunkel im Schlafzimmer, nur das Mondlicht fiel in schmaler Bahn durch die nicht ganz geschlossenen Vorhänge. Sie richtete sich auf, sehr behutsam, um ihren Mann nicht zu stören, warf einen Blick auf das Leuchtzifferblatt des Weckers. Es war gerade erst drei Uhr vorbei. Noch viele Stunden lagen bis zum Morgen vor ihr.
Gisela Molitor ließ sich auf ihr Kopfkissen zurücksinken, schloß die Augen, versuchte wieder einzuschlafen. Aber es wollte ihr nicht gelingen. Ihr Herz hämmerte. Sie lag ganz still. In der Stille der Nacht tauchten alle Probleme vor ihr auf, erschienen geradezu erdrückend.
Was sollte sie nur mit Martina machen? Das Mädchen ließ sich nichts mehr von ihr sagen. Vielleicht war ja alles ganz harmlos, möglich, daß alle Teenager von heute sich so benahmen, aber es war schwer zu ertragen, Martina in diesem überkurzen

Röckchen herumlaufen zu sehen. Und wie sie sich schminkte! Das war nicht mehr schön! Nein, alles wies darauf hin, daß Martina in schlechte Gesellschaft geraten war.
Wenn Helmuth sie doch nur einmal bei der Erziehung der Kinder unterstützen wollte! Aber er kümmerte sich um gar nichts mehr, wollte nur in Ruhe gelassen werden. In letzter Zeit war er überhaupt völlig unansprechbar geworden. Und die Art, wie er Jürgen behandelte! Wenn er doch nur ein einziges Mal so streng zu Martina sein wollte, die es ganz gewiß verdiente.
Ein röchelnder Laut riß sie aus ihren Grübeleien. Sie fuhr auf.
»Nein!« keuchte der Mann an ihrer Seite. »Nein!« Und dann schrie er es förmlich heraus: »Nein!«
Ihr Mann sprach im Schlaf. Ihr ging auf, daß eben dieses Geräusch sie geweckt hatte.
»Ich will nicht«, sagte er laut und vernehmlich, dann fügte er etwas hinzu, was sie nicht mehr verstand.
Sie richtete sich auf, stützte sich auf den Ellenbogen. Ein Streifen Mondlicht fiel über sein Gesicht. Winzige Schweißperlen standen auf seiner Stirn. Unruhig warf er den Kopf hin und her.
»Das ist längst vorbei«, murmelte er, »bitte, laß mich in Ruhe...« Seine Stimme überschlug sich: »Das ist ja Erpressung!«
Sie war nahe daran, ihn zu wecken. Offensichtlich litt er unter einem schweren Traum. Aber die Furcht, womöglich etwas Falsches zu machen, die seit so vielen Jahren ihr Handeln lähmte, hielt sie auch diesmal zurück.
Sein Gesicht mit dem halb geöffneten Mund wirkte seltsam nackt und preisgegeben. Seit langem hatte sie ihn nicht mehr so bewußt beobachtet. Sie war ihm so nahe, daß sie den Hauch seines Atems spürte. Und doch wirkte er fremd. Lag es daran, daß sein sonst immer sorgfältig gebürstetes und gescheiteltes Haar vom Schlaf zerzaust war?
Nein, es war mehr, es war etwas anderes, das sie befremdete.
Er war nicht mehr der Mann, den sie geheiratet hatte. Das wurde ihr in dieser Stunde bewußt. Er hatte sich im Verlauf ihrer Ehe verändert, von Tag zu Tag, von Jahr zu Jahr, so unmerklich, daß es ihr gar nicht aufgefallen war. Aber jetzt sah sie, daß der Mann neben ihr eigentlich ein Fremder für sie

war, und sie erschrak. Sie wollte der Szene ein Ende machen, legte die Hand auf seine Schulter.
»Babsy!« schrie er.
Die Erkenntnis, daß er an ihrer Seite von einer anderen Frau träumte, traf sie wie ein Schlag. Sie litt und hatte gleichzeitig das brennende, selbstquälerische Bedürfnis, mehr zu erfahren. Sie zog ihre Hand zurück.
»Liebling«, flüsterte er.
Sie wurde rot in der Dunkelheit, schämte sich wie jemand, der beim Lauschen ertappt wird. »Helmuth«, sagte sie mit zitternder Stimme, »wach auf, Helmuth!«
Sie zog an der Schnur der kleinen Lampe über dem Bett. Licht flammte auf. Seine Lider flatterten. Er wurde wach.
»Was ist?« fragte er verstört.
»Gar nichts«, sagte sie, »du hast schlecht geträumt.«
Er rieb sich die Augen. »Unsinn.« Seine Stimme klang kühl und ärgerlich. »Wie kommst du darauf? – Ich habe tief und fest geschlafen.«
Sie löschte das Licht wieder. »Du hast im Schlaf gesprochen.«
Lange Zeit blieb es ganz still, und sie glaubte schon, daß er wieder eingeschlafen wäre.
Aber dann fragte er lauernd, reihte vorsichtig Wort an Wort: »Und was habe ich gesagt?«
»Ach, nichts Besonderes«, sagte sie, »du hattest wohl einen Alptraum.«
»Was habe ich gesagt?« wiederholte er drängend, ungeduldig.
»Du hast ›nein, nein‹ gerufen und irgend etwas von Erpressung.«
Auch diesmal schwieg er lange. Dann fragte er: »Mehr nicht?«
»Mehr habe ich nicht verstanden«, sagte sie.
Sie lagen nebeneinander in der Dunkelheit, einer versuchte, die Gedanken des anderen zu ergründen. Sie mußte mit der Entdeckung fertig werden, daß es eine andere Frau in seinem Leben zu geben schien; er versuchte die Panik zu unterdrücken, die ihn bei der Vorstellung zu überwältigen drohte, daß er sich im Schlaf verraten könnte.
Ihre Hand tastete zu ihm hinüber. »Helmuth«, sagte sie zaghaft.
»Ja?« fragte er.

Sie nahm es als Ermutigung, schlüpfte zu ihm unter die Decke, schmiegte sich an ihn. Er rührte sich nicht, auch dann nicht, als sie zärtlich und schüchtern über seine Brust streichelte.

»Helmuth«, sagte sie, »wenn du irgend etwas auf dem Herzen hast... wenn dich etwas quält...«

»Ich weiß nicht, was du meinst«, sagte er rauh.

»Vielleicht bin ich gar nicht so verständnislos, wie du glaubst! Wir sind jetzt schon recht lange verheiratet, nicht wahr? Fast neunzehn Jahre...«

»Na und?«

»Ich meine, da kann ich verstehen ... ach, Helmuth, mach es mir doch nicht so schwer! Wenn es eine andere Frau in deinem Leben gibt...«

Er rückte von ihr ab. Inge, dachte er, verdammt noch mal! Laut sagte er: »Du bist ja verrückt!«

Sie versuchte es noch einmal. Es lag ihr so viel daran, zu einer Aussprache zu kommen. »Wir sind doch erwachsene Menschen, Helmuth«, sagte sie, »wir können doch darüber miteinander reden!«

»Über was, zum Teufel?«

»Fluch bitte nicht, du weißt, daß ich das nicht leiden kann!« Sie holte tief und zittend Atem, spielte ihren letzten Trumpf aus. »Über Babsy zum Beispiel!«

Er setzte sich kerzengerade auf. »Was redest du da?«

Auch sie fuhr hoch. »Ich nicht ... du! Du hast von einer Babsy geredet!«

Erleichterung und Schrecken überfielen ihn gleichzeitig. »Ich kenne keine Babsy«, sagte er wütend, »du mußt geträumt haben...«

»Nein, du! Du hast von einer Babsy geträumt...«

»Na schön, du gibst ja selbst zu, daß es ein Traum war! Willst du mich jetzt etwa auch noch für meine Träume verantwortlich machen?«

Sie ballte unwillkürlich die Fäust. »Du kennst diese Babsy, ich weiß es genau! Sonst wärest du ja nicht so erschrocken, als ich...«

»Ich und erschrocken? Das ist ja geradezu lächerlich! Bildest du dir etwa ein, ich hätte Angst?«

»Nicht vor mir, aber vielleicht vor deinem Gewissen!« Sie begann die Beherrschung zu verlieren.

»Jetzt ist es aber genug!« Er sprang aus dem Bett, raffte Kopfkissen und Decken an sich. »Das hält ja kein Mensch aus. Nicht einmal nachts hat man bei dieser Frau seine Ruhe.« Er marschierte zur Tür.
»Helmuth!« rief sie erschrocken. »Wo willst du hin?«
»Ich werde von nun an im Wohnzimmer auf der Couch schlafen, damit du es weißt.«
»Aber Helmuth, ich bitte dich, ich habe es doch nicht so gemeint!« Sie kniete hoch. »Helmuth, die Kinder! Was sollen sie denn denken, wenn sie merken...«
»Die Kinder!« höhnte er. »Als wenn die nicht längst Bescheid wüßten, wie es um unsere Ehe steht!«
»Helmuth!« Aber noch während sie rief, knallte die Tür zu, und sie begriff, daß er sie verlassen hatte.
Sie kauerte in dem zerwühlten Bett, mit hängenden Schultern, biß die Zähne aufeinander und konnte doch nicht verhindern, daß ihr die Tränen über das Gesicht liefen.

Die Mathematikstunde war zu Ende, die Schulglocke hatte zur ersten großen Pause geläutet, die Unterprimaner erhoben sich je nach Temperament pomadig, hektisch oder gelassen von ihren Stühlen, drängten, schoben und schlenderten zur Türe.
Dr. Georg Opitz stand neben seinem Schreibtisch, auf dem er die Aktentasche liegen hatte. Er drückte den Verschluß zu.
»Warten Sie bitte, Molitor«, sagte er, nicht einmal laut.
Aber Jürgen traf diese gleichmütige Stimme wie ein Hieb. Er zuckte zusammen, verhielt im Schritt, entschloß sich dann aber, so zu tun, als habe er nichts gehört, und eilte weiter.
»Molitor«, wiederholte der Klassenlehrer eine Nuance fordernder, »ich habe mit Ihnen zu sprechen!«
»Nun mach schon!« sagte Gerd und puffte dem Freund in die Seite. »Der Alte wird sonst wild!«
Jürgen blieb stehen, ließ die anderen aus der Klasse gehen, drehte sich erst dann um und kam langsam zurück. Er blickte an Dr. Opitz vorbei, hatte die Unterlippe vorgeschoben, die Mundwinkel nach unten gezogen, wirkte mürrischer und unsicherer denn je.
Aber Dr. Opitz blieb ganz ruhig, musterte ihn durch die randlose Brille mit der gleichen freundlichen Aufmerksamkeit wie einen Wassertropfen unter dem Mikroskop. »Ich nehme an,

Sie wissen, daß Sie sich da eine schöne Suppe eingebrockt haben«, sagte er.
Jürgen steckte seine Hände in die Hosentaschen. Er trug einen braunen Anzug vom vorigen Jahr, aus dem er schon wieder ein gutes Stück herausgewachsen war und dadurch doppelt unfertig wirkte.
»Dr. Berkeling war außer sich über Ihr Benehmen, Molitor! Er hat sich nicht nur bei mir, sondern auch beim Direktor über Sie beschwert. Wir hatten gestern eine Konferenz Ihretwegen.« Er machte eine Pause, sah den Jungen erwartungsvoll an.
Aber der zog nur die Schultern hoch, ließ sie wieder sinken, tat, als wenn ihn das alles nichts anginge.
»Um ein Haar wären Sie von der Schule geflogen«, sagte Dr. Opitz.
»Na wenn schon«, stieß Jürgen hervor.
»Ist Ihnen das wirklich gleichgültig?« fragte der Studienrat. »Das nehme ich Ihnen nämlich nicht ab. So dumm sind Sie nicht. Sie werden sicher auch wissen, daß es gar nicht so einfach ist, eine anständige Stelle zu bekommen, wenn man kein ordentliches Zeugnis vorweisen kann. Als herausgeflogener Oberschüler schon gar nicht.«
Jürgen schob das Kinn vor, seine blauen Augen waren dunkel vor Trotz. »Warum erzählen Sie mir das eigentlich?« fragte er. »Ich bin ja nicht geflogen ... oder?«
»Nein. Aber wissen Sie eigentlich, was es mich gekostet hat, es zu verhindern? Es war gar nicht so einfach, den Kollegen Berkeling zu beruhigen. Auch bei einigen anderen Herren haben Sie nicht gerade gute Noten.«
»Ach so!« Jürgen lachte heiser auf. »Und da soll ich Ihnen jetzt dankbar sein?«
Dr. Opitz seufzte, fuhr sich mit der schmalen, schönen Hand über den Kopf. »Sie machen es einem nicht gerade einfach, Junge! Begreifen Sie denn nicht, daß ich Ihnen helfen will?«
»Kann mich nicht erinnern, Sie darum gebeten zu haben«, sagte Jürgen bockig.
Dr. Opitz legte ihm die Hand auf die Schulter. »Molitor«, sagte er, »wie wäre es, wenn Sie abwechslunghalber mal aufhören würden, einen Feind in mir zu sehen? Ich bin es nicht, wirklich nicht. Ich meine es gut mit Ihnen!«

Jürgen wagte nicht, die Hand abzuschütteln, aber er stand stocksteif, jeder Muskel in Abwehr gespannt.
Dr. Opitz ließ ihn wieder los. »Ich kann nämlich sogar verstehen, wie Ihnen zumute war. Ich halte das Vorgehen von Dr. Berkeling für ... na, sagen wir ... zumindest ungeschickt, und ich habe ihm das auch gesagt. Ich kann mir gut vorstellen, wie Ihnen zumute sein mußte, als er Ihre ... Ihre intimsten Empfindungen dem Gelächter Ihrer Kameraden preisgab.«
Jürgen wurde rot, und vor Ärger darüber stiegen ihm Tränen der Scham und des Zornes in die Augen. »Gar nichts können Sie sich vorstellen«, sagte er rauh, »und außerdem ... es war ja nur ein Gedicht.«
Dr. Opitz versuchte, ihm eine Brücke zu bauen. »Ach so«, sagte er, »es handelte sich also gar nicht um einen persönlichen Erguß, sondern eher um eine Art literarische Übung?«
»Na klar, was denn sonst?«
»Um so besser. Dann werden Sie das Dr. Berkeling erklären und sich entschuldigen. Denn immerhin ... in der Geographiestunde sollte man sich mit Geographie befassen und mit nichts anderem.« Dr. Opitz klemmte sich die Aktentasche unter den Arm. »Also kommen Sie, Molitor! Ich werde Sie zu Kollege Berkeling begleiten. Je schneller Sie Ihre Entschuldigung hinter sich bringen, desto besser für Sie.« Er faßte Jürgen beim Arm, wollte mit ihm hinausgehen.
Aber der Junge blieb bockbeinig stehen. »Nein«, sagte er.
Dr. Opitz fuhr zurück. »Ich verstehe wohl nicht recht...«
»Mich werden Sie nicht kleinkriegen!«
»Jürgen«, sagte Dr. Opitz und gebrauchte zum erstenmal in diesem Gespräch den Vornamen, »niemand will dich kleinkriegen. Aber Tatsache ist doch, du hast dich Dr. Berkeling gegenüber sehr ... sehr unbeherrscht benommen. Er ist überzeugt, daß du ihn hast schlagen wollen.«
»Das ist nicht wahr!«
»Natürlich nicht, ich glaube dir das unbesehen. Du bist kein Mensch, der einen anderen mutwillig verletzen würde.«
»Ich ... ich habe bloß den Zettel wiederhaben wollen!«
»Ja, Jürgen«, sagte Dr. Opitz beruhigend, »das habe ich mir gedacht, und so habe ich es auch bei der Konferenz erklärt. Aber man sieht die Sache nun mal anders, und es wäre deshalb gut, wenn du den Tatbestand klären würdest.«

Jürgen schwieg verbissen, grub die Zähne in die Unterlippe.
»Ich habe mich für dich eingesetzt«, sagte Dr. Opitz beschwörend, »willst du mich jetzt im Stich lassen?«
»Immer bin ich schuld«, platzte Jürgen heraus, »immer soll ich es gewesen sein, alle trampeln auf mir herum. Aber ich habe das satt, ich will einfach nicht. Lieber hänge ich mich auf...«
Und er drehte sich auf dem Absatz um und stürmte aus der Klasse.

Dr. Opitz und Gisela Molitor hatten sich im Café Hemesath auf der Königsallee getroffen. Es war ein klarer, heller Vorsommernachmittag, und der Studienrat entschied sich für einen Tisch draußen, innerhalb des weißen Zaunes, der den Bürgersteig für die Gäste von den Spaziergängern abteilte, im Halbschatten einer mächtigen Kastanie.
Er beobachtete die Straße nach beiden Seiten, denn er war nicht sicher, aus welcher Richtung die Mutter seines Schülers kommen würde, und wollte sie nicht verpassen.
So bemerkte er Frau Molitor lange, bevor sie ihn entdeckte. Sie näherte sich vom Corneliusplatz her, sehr eilig, mit kleinen, fast laufenden Schritten, in dem Bewußtsein, sich verspätet zu haben, und gerade diese Hast stand ihr gut und ließ sie jung erscheinen. Sie trug ein kornblumenblaues Kostüm mit weißen, spitzen Pikeeaufschlägen, die ihre frauliche Figur streckten, dazu einen kleinen weißen Hut, weiße Pumps, weiße Handschuhe.
Dr. Opitz fand sie rührend. Das, was ihn zu dieser Frau hinzog, war ihre offensichtliche Unsicherheit und Schutzbedürftigkeit, die an seine männlichen Beschützerinstinkte appellierte.
Er stand auf, winkte ihr zu. Er schob ihr einen der weiß lackierten Stühle zurecht, wartete, bis sie sich gesetzt hatte.
»Was darf ich für Sie bestellen, Frau Molitor?«
»Einen Eisbecher, bitte!« erwiderte sie wie ein kleines Mädchen, das glücklich ist, endlich einmal nach seinen eigenen Wünschen gefragt zu werden.
Er gab die Bestellung an die Servierin weiter. »Ein schöner Tag«, sagte er, »es ist geradezu ein Jammer, daß wir aus keinem fröhlichen Anlaß zusammengekommen sind.«
»Ich bin ja so froh, daß Sie mich angerufen haben«, sagte sie,

»das Schlimme ist ja, daß man so wenig von seinen Kindern weiß. Man macht sich Sorgen und zerbricht sich den Kopf, aber was sie tun, denken und erleben, das erfährt man nicht. Wenn man sie fragt, kriegt man allenfalls ein Ja oder Nein heraus. Dabei zeigen sie einem ganz deutlich, wie lästig ihnen diese unerwünschte Einmischung ist.«

»Sie sind eine gute Psychologin«, sagte er lächelnd.

»Nein, eben nicht«, bekannte sie, »das ist es ja. Als die Kinder klein waren, war alles leicht. Da brauchen sie die Mutter. Da genügte es, sie lieb zu haben ... Aber jetzt? Ich weiß nicht, wie andere Eltern das schaffen. Manchmal komme ich mir ganz besonders dumm vor.«

»Viele Eltern machen sich gar nicht erst Gedanken«, sagte er.

»Wahrscheinlich haben sie auch unkompliziertere Kinder.«

»In einem gewissen Alter sind sie alle schwierig, nur glaube ich...« Er stockte.

»Ja...?« fragte sie.

»Jürgen scheint mir, wenn ich ganz ehrlich sein soll, ein besonderer Fall zu sein.«

Sie wurde so blaß, daß es ihm leid tat, es gesagt zu haben.

»Bitte, regen Sie sich nicht auf, Frau Molitor!« fügte er rasch hinzu. »Was der Junge angestellt hat, ist an sich gar nicht der Rede wert.« Er berichtete von Jürgens Zusammenstoß mit dem Geographielehrer. »Man kann Jürgen beinahe verstehen«, schloß er, »Dr. Berkeling hat ihn durch seine völlig unpädagogische Art tatsächlich gereizt. Deshalb hätte ich Sie nicht belästigt. Was mir zu denken gibt, ist vielmehr Jürgens grundsätzlich ablehnende Haltung allen Erwachsenen, vielleicht auch nur allen Männern gegenüber. Wie steht er zu Ihnen als seiner Mutter?«

»Nun, eigentlich«, sagte sie, »bin ich mit Jürgen immer ganz gut zurechtgekommen.« Sie sah ihn geradezu flehend an. »Ich meine, er ist ein guter Junge. Es ist einfach ... er ist ... in keiner glücklichen Lage.«

Dr. Opitz ließ sie in Ruhe essen, sah ihr zu. Der enge Rock war hochgerutscht. Es fiel ihm auf, daß sie schöne Beine hatte, die sie keineswegs zu verstecken brauchte.

Erst als sie den Löffel aus der Hand legte, fragte er: »Spannungen mit dem Vater?«

»Ja«, sagte sie ganz überrascht, »wußten Sie das?«

»Ich ahnte es.«
»Jürgen kann es meinem Mann einfach nicht recht machen, er ist ständig unzufrieden mit dem Jungen. Manchmal«, sagte sie nachdenklich, »habe ich das Gefühl, daß er ihn geradezu ablehnt.«
»Und können Sie da nicht ein bißchen ausgleichen«, fragte Dr. Opitz. »Ihm den Jungen näherbringen? Jürgen ist schließlich kein schlechter Kerl...«
»Ich«, sagte die Frau beinahe erstickt vor plötzlich aufsteigender Bitterkeit, »ausgerechnet ich!«
Ihr stiegen Tränen in die Augen, sie schüttelte den Kopf mit dem weißen Hütchen, als wenn sie sie so abschütteln könnte.
»Entschuldigen Sie, bitte«, sagte sie in peinlicher Verlegenheit.
Er nahm ihre Hand. »Ich muß Sie um Entschuldigung bitten! Es war sehr taktlos von mir! Bitte, verzeihen Sie!«
Dieser Händedruck gefiel ihr und machte sie gleichzeitig verlegen. Sie wußte nicht, wie sie sich verhalten sollte. Sie sah über seinen geneigten Kopf und sah – Jürgen!
Der Junge stand auf dem Bürgersteig, keine drei Schritte von ihnen entfernt, stand wie angewurzelt, ohne darauf zu achten, daß sein Freund Gerd ihn schob und vorwärts zu stoßen suchte – und starrte sie an.
»Jürgen!« rief sie.
Dr. Opitz fuhr hoch und gab ihre Hand frei. Irgendwie wirkte er wie ein ertappter Sünder.
Jürgens blaue Augen waren weit aufgerissen, sein Mund stand halb offen, seine Lippen zitterten. Er sah sehr jung aus in diesem Augenblick, sehr töricht, sehr verletzlich und verstört mit seinem blonden, überlangen Haar, das das weiche Gesicht wie einen Pagenkopf umgab.
Die Frau rang nach Atem, wollte etwas sagen, die Situation überbrücken, konnte aber vor Nervosität kein Wort hervorbringen, stieß einige unartikulierte Laute aus.
Dr. Opitz faßte sich als erster. »Jürgen«, sagte er ruhig, »komm doch her!«
Aber diese Aufforderung hatte genau die gegenteilige Wirkung. Jürgen wurde erst rot, dann blaß, drehte sich um, prallte gegen seinen Freund, stieß ihn beiseite und rannte los. Sein Freund folgte ihm.

Dr. Opitz schwang sich mit einer eleganten Flanke über das hölzerne Gitter und spurtete hinterher.
Der Zwischenfall begann Aufsehen zu erregen. Gäste sprangen hoch, Fußgänger wichen aus.
Dennoch war Jürgen schon nach wenigen Schritten in der Menge verschwunden. Sein Freund Gerd drehte sich um, zeigte mit einer Handbewegung sein Bedauern und seine Hilflosigkeit an. Dr. Opitz gab auf, kehrte zu seinem Tisch und zu Jürgens Mutter zurück.
»Wie entsetzlich«, stammelte sie, »was Jürgen sich bloß gedacht hat!«
»Ja, das war dumm«, gab Dr. Opitz zu, »aber Sie sollten es nicht so tragisch nehmen. Im Grunde ist ja nichts passiert.«
»Wenn ich ihm bloß gesagt hätte, daß ich ... daß wir ...« Sie führte ihr zerknülltes Taschentuch an die Augen. »Aber ich habe nicht einmal etwas von unserer ersten Begegnung erwähnt!«
»Sie haben sich wirklich keine Vorwürfe zu machen«, sagte er beruhigend, »schließlich, Sie sind Ihrem Sohn keine Rechenschaft schuldig, nicht wahr?«
»Das weiß ich, aber ...«
»Alles, was sie taten, geschah doch nur seinetwegen. Sie haben mich aufgesucht, um ihm zu helfen, um ein gutes Wort für ihn einzulegen. Und ich habe Sie gebeten, mit mir zusammenzukommen, weil ich mir Sorgen um ihn gemacht habe. Na also.«
Sie schenkte ihm ein zitterndes Lächeln. »Wenn Jürgen es nur auch so sähe ...!«
»Genauso hat es sich abgespielt«, sagte er. »Sie dürfen sich nicht in ein Schuldgefühl hineinsteigern, zu dem kein Anlaß besteht.«
»Aber Jürgen! Er ... er hat uns angesehen, als wenn ... als wenn eine Welt für ihn zusammenbräche.«
»Diese Burschen«, behauptete der Studienrat, »haben allerdings eine sehr lebhafte Phantasie. Sie hängen allen möglichen Hirngespinsten nach. Man darf das nicht zu tragisch nehmen. Er wird sich bestimmt sehr rasch wieder auffangen.«
»Hoffentlich«, sagte Gisela Molitor und zerrte an ihrem tränenfeuchten Tüchlein. »Ich mache mir Sorgen.«
»Wie wäre es, wenn wir einen Cognac auf den Schreck trinken

würden?« schlug er vor. »Das beruhigt die Nerven. Ich glaube, wir beide haben eine kleine Stärkung dringend nötig.«
»Nein«, sagte sie, »ich meine ... ich möchte nicht.« Sie stand auf. »Seien Sie mir nicht böse, aber ich bin nervös. Ich muß nach Hause. Wenn Jürgen zurückkommt und ich nicht da bin ... ich muß es ihm erklären...«
»Ich kann mir nicht vorstellen, daß er jetzt sofort nach Hause läuft«, gab Dr. Opitz zu bedenken. »Trotzdem ... natürlich ... ich kann Ihre Unruhe verstehen. Bitte, versprechen Sie mir, rufen Sie mich an, wenn er wieder aufgetaucht ist, bitte!«
»Ganz bestimmt.« Sie reichte ihm die Hand. »Und Sie nehmen ihm sein Benehmen nicht übel?«
»Ach, woher denn! Was kann der Junge dafür? Man darf nie vergessen, daß er doch noch ein halbes Kind ist.«
Die allgemeine Aufregung hatte sich gelegt. Trotzdem folgten ihnen neugierige Blicke, als Dr. Opitz sie durch die Tischreihen begleitete.
Er kehrte, nachdem sie sich verabschiedet hatten, an den Tisch zurück, bestellte einen Cognac, stopfte sich seine Pfeife, dachte nach. Aber es war nicht sein Schüler, über den er nachdachte, sondern er versuchte, sich mit seiner eigenen Situation auseinanderzusetzen.
War es möglich, daß er sich verliebt hatte? Ausgerechnet in eine verheiratete Frau und dazu noch in die Mutter eines Schülers? Das durfte nicht sein, in so etwas durfte er sich nicht einlassen. Schließlich war er ein reifer Mann und kein grüner Junge mehr. Einen Skandal konnte er nicht gebrauchen. Dr. Opitz faßte den Entschluß, es in nächster Zeit nicht wieder zu einem Zusammentreffen mit dieser Frau kommen zu lassen...

Gerd gelang es erst kurz vor dem Corneliusplatz, Jürgen einzuholen. Er packte ihn beim Arm, Jürgen wollte sich mit einer heftigen Bewegung losreißen, aber er war zu erschöpft, um sich noch ernsthaft zu widersetzen.
»Stopp, Mensch, jetzt langt's aber!« keuchte Gerd. »Bilde dir nicht ein, daß ich durch die halbe Stadt hinter dir her rase!«
»Hat dich niemand darum gebeten«, gab Jürgen mürrisch zurück, aber er verminderte doch das Tempo, fiel in den Schritt

des Freundes. Sein Gesicht war hochrot angelaufen vor Anstrengung, das blonde Haar klebte ihm in der Stirne. Er warf einen Blick über die Schulter zurück.
Gerd lachte. »Denkst du etwa, der Opitz ist dir immer noch auf den Fersen? Der hat längst aufgegeben.«
»Das weiß ich sowieso.« Jürgen zog ein Taschentuch aus der Hosentasche und fuhr sich damit über das Gesicht.
»Warum bist du denn so gerannt?« stichelte der andere.
»Das geht dich einen Dreck an«, erwiderte Jürgen grob.
»Hattest du Angst, er würde dich vertrimmen?«
»Ach, halt doch die Schnauze.« Jürgen zog Kamm und Spiegel hervor und bearbeitete im Weitergehen seine Haare.
»Ich verstehe ja, daß es dich aufregt, deine Frau Mama im vertrauten Tête-à-tête mit einem Pauker zu sehen«, fuhr Gerd unbeeindruckt fort, »bloß deine Reaktion ist mir unverständlich. Ich an deiner Stelle wäre auf ihn zugegangen und hätte ihm eins in die Fresse gegeben...«
»So«, sagte Jürgen, »hättest du?«
»Jawohl, das hätte ich!« schrie Gerd plötzlich aufgebracht. »Und wenn du darauf anspielst, daß meine Mutter 'ne Freundschaft mit 'nem Schauspieler hat, so sage ich dir, das ist was ganz anderes, denn mein Vater hat ja auch...«
»Mensch, halt die Luft an!« fuhr Jürgen dazwischen. »Was interessiert mich deine Regierung! Ich kann's bloß nicht vertragen, wenn du so die Klappe aufreißt und mich als Waschlappen hinstellst! Dr. Opitz in die Fresse hauen ... 'nen Dreck hättest du!«
»Jedenfalls wäre ich bestimmt nicht weggelaufen«, behauptete Gerd.
»Was hättest du denn getan? Einen artigen Diener gemacht ... welch angenehme Überraschung, die Herrschaften, wünschen Ihnen auch weiterhin viel Vergnügen ... so in dem Stil etwa?«
»Und warum nicht?« fragte Gerd zurück. »Sie haben sich doch offensichtlich prächtig amüsiert. Hast du gesehen, wie er ihre Finger getätschelt hat?«
»Ach das«, sagte Jürgen wegwerfend.
Gerd sah ihn verblüfft an. »Das regt dich nicht weiter auf?«
»Warum auch?«
»Also, jetzt verstehe ich dich wirklich nicht mehr!«

»Weil du meine Mutter nicht richtig kennst. Die würde niemals ernsthaft mit irgend so einem Heini rumpoussieren. Die ist einfach nicht der Typ dazu.«
Gerd schlug die Augen gen Himmel. »Mensch, Molitor, deine Illusionen möchte ich haben!«
»Meine Eltern meinst du wohl. Die sind nämlich in Ordnung, weißt du.«
»Auf einmal? Ich dachte, du könntest deinen Vater nicht verknusen?«
»Das steht auf einem anderen Blatt.«
»Also bitte, dann sei so gut und erkläre mir mal...«
Jürgen blieb so unvermittelt stehen, daß zwei junge Frauen, die dicht hinter ihnen gingen, beinahe gegen ihn geprallt wären und in einem Bogen ausweichen mußten.
Er sah den Freund böse an. »Wie komme ich denn dazu?«
»Na, erlaube mal...«
»Nichts erlaube ich, gar nichts. Ich habe genug von deinen blöden Fragen.«
»Weil du sie nicht beantworten kannst!« rief Gerd triumphierend.
»Quatsch!«
»Erst rennst du weg wie ein Verrückter, und jetzt behauptest du, du hättest gar nicht gemerkt, daß die Sache zwei Meilen gegen den Wind gestunken hat. Aus dir soll noch einer schlau werden!«
»Nein, du bestimmt nicht!« schrie Jürgen und fuchtelte ihm mit beiden Fäusten unter der Nase herum.
Gerd wich einen Schritt zurück. »Nun reg dich bloß wieder ab«, sagte er versöhnlich, »ich wollte dich nicht hochnehmen, mich hätte es einfach nur interessiert...«
»Ach, rutsch mir doch den Buckel herunter!« Jürgen wandte sich brüsk ab und marschierte mit großen Schritten weiter.
»Halt! Warte auf mich!« rief Gerd. »Diesmal laufe ich dir nicht nach!«
Aber Jürgen blieb nicht stehen und sah sich auch nicht um. Gerd machte keine Anstalten, ihm zu folgen. »Spinner!« sagte er laut, fuhr mit der Hand in die Hosentasche, zählte sein Kleingeld und überlegte, was er jetzt alleine anfangen sollte.
Er hoffte immer noch, daß Jürgen sich eines anderen besinnen und umkehren würde. Erst als er drei Minuten gewartet und

sich angelegentlich mit der Auslage einer Tabakhandlung befaßt hatte, gab er es auf und machte sich auf den Weg zum Parkplatz und zu seinem Auto.
Er war ganz sicher, daß Jürgen Molitor sich von selber wieder beruhigen würde...

Gegen fünf Uhr rief Helmuth Molitor in der Markgrafenstraße an und erklärte, daß er eine Besprechung mit einem Kunden habe und heute nicht zum Abendessen nach Hause kommen könne. Möglicherweise würde es spät werden. Seine Frau solle nicht auf ihn warten, sondern ihm wieder sein Bett auf der Couch im Wohnzimmer machen.
Er hängte ein, ehe sie noch etwas sagen konnte.
Jürgen meldete sich nicht ab, aber auch er kam nicht. Sie wartete bis sieben, ehe sie das Essen auftrug.
Es wurde eine traurige Mahlzeit. Die Mutter war in Gedanken immer noch bei dem Erlebnis des Nachmittags, machte sich Vorwürfe und sorgte sich um ihren Sohn. Martina hatte verschwollene Augen, stocherte lustlos in ihrem Essen herum. Ein Gespräch kam nicht zustande, und Frau Molitor forderte ihre Tochter auch nicht auf, ihr nachher in der Küche zu helfen. Sie zog es vor, mit ihren Gedanken allein zu sein.
Martina zog sich erst auf ihr Zimmer zurück, tauchte aber nach einer Weile, als die Mutter im Wohnzimmer saß und sich ihr Strickzeug vorgenommen hatte, unvermutet wieder auf. Sie zog einige Bücher aus dem Schrank, blätterte unlustig darin, schob sie wieder zurück, warf sich in einen Sessel und räkelte sich darin.
»Du, Mutti...«, begann sie zögernd.
»Bitte, sitz anständig«, sagte Gisela Molitor mechanisch.
Martina setzte sich gerade, versuchte sogar, ihren Minirock so weit wie möglich nach unten zu ziehen. »Du Mutti, du warst doch sicher früher auch mal verliebt, nicht wahr?«
Ihre Mutter zählte erst die Maschen nach. »Warum fragst du das?«
»Ich meine nur.«
Schweigen. Frau Molitor ließ die Nadeln klappern.
»Wenn man einen Mann liebt«, sagte Martina, »ich meine, nicht verliebt, sondern ihn ganz, ganz richtig liebt...«
»Von so etwas hast du doch noch keine Ahnung!«

»Ich frage ja nur!« beharrte Martina. »Wie ist es denn, wenn er ... wenn man das Gefühl hat, daß er...«
»Um Himmels willen«, sagte die Frau nervös, »laß mich bloß mit diesem Unsinn zufrieden!«
»Aber, Mutti, ich wollte doch nur wissen...«
»Wenn du meinen Rat hören willst: Beschäftige dich lieber mit vernünftigen Dingen. Sieh zu, daß du vor den großen Ferien anständige Noten nach Hause bringst und...«
Martina sprang auf. »Das hätte ich mir ja denken können!« rief sie erbost. »Was anderes konnte dir ja nicht einfallen! Ein einziges Mal versuche ich, vernünftig mit dir zu reden, und du...« Sie warf den Kopf mit der blonden Mähne in den Nacken und rauschte aus dem Zimmer.
Frau Molitor ließ sie laufen, dachte nicht darüber nach. Sie hatte genug andere Sorgen.
Die Zeit verging unendlich langsam, aber sie verging. Es wurde acht, es wurde neun, es wurde zehn. Jürgen kam nicht nach Hause.
Endlich hielt sie es nicht länger aus. Sie stand auf, ging zum Telefon und wählte die Nummer von Dr. Opitz. Als sie seine sehr prägnante Stimme hörte, fühlte sie sich etwas besser.
»Entschuldigen Sie«, sagte sie, »es ist ... bitte, seien Sie nicht böse, daß ich Sie störe. Noch dazu um diese Zeit. Aber Jürgen ist ... er ist immer noch nicht nach Hause gekommen!«
»Das ist allerhand...« Dr. Opitz unterbrach sie. »Was sagt ihr Mann dazu, Frau Molitor! Ich nehme doch an, Sie haben mit ihm darüber gesprochen?«
»Ich hatte noch keine Gelegenheit dazu. Er ist ... er hat noch geschäftlich zu tun.«
Eine kleine, lastende Pause entstand.
»Dr. Opitz, bitte«, sagte sie schließlich, »was soll ich tun? Was kann ich tun? Meinen Sie, daß es richtig wäre, die Polizei zu benachrichtigen?«
»Nein«, sagte Dr. Opitz zögernd, »das wäre wohl verfrüht.« Mit größerer Sicherheit fügte er hinzu: »Sie dürfen sich nicht aufregen. Es ist ja noch gar nicht so spät. Sicher wird ihm nichts passiert sein.«
»Meinen Sie?«
»Nein, bestimmt nicht! Jürgen ist doch trotz allem ein vernünftiger Junge. Wer weiß, was ihn aufgehalten hat. Mög-

licherweise nichts, was mit unserer Begegnung heute zu tun hat.«
Sie redeten noch eine Weile hin und her, und obwohl Dr. Opitz natürlich auch nichts Konkretes über den Verbleib Jürgens sagen konnte, fühlte sich die Frau doch auf seltsame Weise beruhigt.

Heinzes wohnten an der Leostraße in einem eigenen Haus. Herr Heinze besaß ein gutgehendes Sportartikelgeschäft und konnte es sich sehr wohl leisten. Außerdem brauchte seine große Familie – Heinzes hatten fünf Kinder – Platz.
Das Haus war ein fast quadratischer Block mit einem tiefgezogenen Dach und lag in einem großen Garten. Jürgen war als Kind öfters hier gewesen, später noch verschiedentlich auf Partys. Er kannte sich ganz gut aus.
Es machte ihm keine Mühe, die Mauer zu überklettern, er mußte nur warten, bis keine Passanten kamen. Zur Straße hin war die Mauer nicht ganz zwei Meter hoch, der Garten lag jedoch erheblich tiefer. Jürgen wagte nicht, hinunterzuspringen, sondern ließ erst die Beine hinab, plumpste in ein Blumenbeet, ohne sich jedoch dabei weh zu tun.
Eine Weile blieb er sitzen, wartete ab, bis er wieder zu Atem kam, vergewisserte sich lauschend, ob niemand im Haus aufmerksam geworden war.
Der Himmel war klar, aber es war fast Neumond. Die schmale Sichel verbreitete keine Helligkeit. Aus den Vorderfenstern fiel Licht in den Garten.
Jürgen rappelte sich hoch, schlich sich zwischen Büschen und Bäumen hindurch, deren Blätter im Nachtwind rauschten. Zweige und Äste knackten und ächzten. Es war ein wenig unheimlich, obwohl ihm sein Verstand sagte, daß nicht die geringste Gefahr bestand.
Er bückte sich, nahm eine Handvoll Steinchen vom Kiesweg auf, stieg die Treppe zur Terrasse hinauf. Schräg über ihm, das zweite Zimmer von links, gehörte Senta. Er warf ein Steinchen gegen die Fensterscheibe, ein zweites, ein drittes, ein viertes.
Endlich wurde das Fenster von innen halb aufgemacht.
Jürgen legte beide Hände wie einen Trichter vor den Mund, rief leise: »Ich bin es, Jürgen!«
»Jürgen!« raunte Senta erstaunt.

Er atmete auf, als er ihre Stimme erkannte. Wie sehr hatte er doch gefürchtet, eine ihrer Schwestern zu wecken. »Komm runter!«
»Was willst du?«
»Komm runter, dann erzähl' ich es dir!«
Senta beugte sich weit zum Fenster hinaus. Ihr langes, glattes Haar fiel über ihr weißes Gewand. »Erzähl's mir morgen!«
»Dann ist es zu spät!«
»Treffen wir uns vor der Schule!«
»Nein, Senta.« Nach einer kleinen Pause, in der er vergeblich auf ihr Nachgeben wartete, gab er es auf. »Leb wohl, Senta!« Schon wandte er sich mit hängenden Schultern ab.
»Warte!« rief Senta halblaut und alarmiert. »Ich komme runter!«
Er schlich die Terrassentreppe hinunter, bezog einen Posten im Dunkel der Büsche, beobachtete, wie Senta geschmeidig wie eine Katze das Spalier herabkletterte, absprang und auf nackten Füßen in den Garten lief.
»Jürgen, wo bist du?«
»Hier!« Er trat vor.
Sie packte ihn beim Handgelenk. »Komm mit!« Er ließ sich willenlos tiefer in den Garten hinein ziehen, erkannte nach wenigen Schritten ihr Ziel: die Geißblattlaube.
Sie ließ sich auf einer der beiden Bänke nieder, zog ihn neben sich. »Also, was ist?« fragte sie.
»Ich muß abhauen!«
»Rede doch keinen Blödsinn!«
»Ich dachte, du wolltest die Wahrheit wissen.«
Sie schwieg einen Augenblick, suchte nach den richtigen Worten.
»Warum willst du fort?« fragte sie dann behutsam.
»Weil ich die Nase voll habe.«
»Das hat jeder mal. Wenn alle gleich auf und davon gehen würden...«
»Du hast ja keine Ahnung!«
»Kann sein«, sagte sie gelassen, »woher soll ich auch, wenn du mir nichts erzählst, sondern dich nur in dunklen Andeutungen ergehst.«
»Also gut.« Er stützte die Ellenbogen auf die Knie, das Kinn in die Hände, zeichnete mit der Schuhspitze unsichtbare Figuren

in den Kies. »Es ist eine ganz große Schweinerei passiert. Meine Mutter und Dr. Opitz ... du weißt doch, mein Klassenlehrer ... sie haben sich hinter meinem Rücken verabredet.«
»Woher weißt du das?«
»Weil ich sie erwischt habe. Ganz zufällig. Sie saßen zusammen im Café Kemesath.«
»Vielleicht haben sie sich zufällig getroffen«, überlegte Senta.
»Das glaubst du ja selber nicht.«
»Und warum nicht? Es ist doch möglich...«
»Eben nicht! Meine Mutter kannte Dr. Opitz gar nicht, sie konnte ihn gar nicht kennen, verstehst du?«
»Vielleicht haben sie zufällig an einem Tisch gesessen, ohne sich zu kennen«, schlug Senta vor.
»Und ganz zufällig hat er ihr die Hand gestreichelt.«
»Unabsichtlich vielleicht«, sagte das Mädchen, aber es war ihrer Stimme anzuhören, daß sie diese Erklärung selbst nicht glaubte.
»Nein«, sagte Jürgen, »es ist eine Verschwörung!« Er hatte selber das Gefühl, daß dieser Ausdruck etwas zu hochtrabend klang, fügte ein wenig verlegen hinzu: »Sie haben sich hinter meinem Rücken zusammengetan, begreif es doch endlich!«
Senta schwieg.
»Jetzt sagst du nichts mehr!« stellte er fest. »Begreifst du also? Mich hat es fast umgehauen, als ich die beiden erwischt habe.«
»Ich denke nur nach«, sagte sie.
»Ich wüßte nicht, was das für einen Sinn haben soll.«
»Doch, paß mal auf. Wahrscheinlich hat deine Mutter sich Sorgen über deine Schulleistungen gemacht ... das kann doch sein, oder meinst du, sie hätte keinen Grund dazu?«
»Ich habe einen blauen Brief bekommen«, mußte Jürgen zugeben.
»Na, siehst du! So etwas hatte ich mir beinahe gedacht«, sagte Senta erleichtert, »deshalb also hat deine Mutter sich mit Dr. Opitz in Verbindung gesetzt.«
»Sie hätte es mir sagen müssen«, beharrte Jürgen.
»Wozu denn? Vielleicht wollte sie erst warten, was bei dem Gespräch herauskam. Also, ganz ehrlich, Jürgen, bei Lichte besehen ist die Geschichte wirklich harmlos. Du hast wieder mal aus einer Mücke einen Elefanten gemacht!«

Jürgen kaute auf der Unterlippe. Er mußte sich eingestehen, daß Sentas Erklärung einleuchtend klang. Trotzdem befriedigte sie ihn nicht. Er hätte nicht zu sagen gewußt, warum. Aber der milde Ton, den Dr. Opitz bei seinem letzten Gespräch angeschlagen hatte, war ihm gleich verdächtig vorgekommen.
Er hatte das Gefühl, daß irgend etwas geschehen sei, was er nicht durchschauen konnte, und das beunruhigte ihn zutiefst. Es fehlte ihm an Worten, dieses Unbehagen Senta verständlich zu machen.
»Du verstehst mich eben nicht«, sagte er unbeholfen.
»Kann sein«, gab sie ohne weiteres zu, »obwohl ich mir redlich Mühe gebe. Aber du bist nun mal ein besonders schwerer Fall.«
»Danke für die Blumen«, sagte er böse und wollte aufstehen.
Sie hielt ihn zurück. »Nun sei bloß nicht gleich eingeschnappt. So habe ich es doch nicht gemeint! Aber du mußt zugeben...«
»...daß ich eine Niete bin, ein Versager!« rief er wild. »Gerade gut genug, daß ihr alle auf mir herumtrampeln könnt!«
»Pscht! Um Himmels willen schrei doch nicht so!« mahnte sie. »Möchtest du, daß mein Vater herauskommt und uns hier erwischt? Na, dann können wir was erleben!«
»Ich sage ja bloß, was wahr ist«, murmelte er.
»Erstens kannst du das auch leise, und zweitens stimmt es gar nicht, und das weißt du auch. Du bist das genaue Gegenteil von einem Blindgänger. Glaubst du, ich würde mich sonst überhaupt mit dir abgeben?«
»Das tust du doch auch wieder nur aus Gnade und Barmherzigkeit...«
»Quatsch«, sagte sie burschikos, »absoluter Blödsinn.«
»Ich glaub' dir einfach nicht, daß du dir etwas aus mir machst.«
»Doch«, sagte sie, »bildest du dir etwa ein, ich wäre zu jedem x-beliebigen Jungen jetzt noch in den Garten hinuntergeklettert?«
Ihre Worte, die Dunkelheit und die Intimität der Situation, die ihm erst jetzt ganz bewußt wurde, gaben ihm Mut, seinen Arm um ihre Schultern zu legen. »Ich... Senta«, stammelte er, »du weißt gar nicht, wieviel du mir bedeutest...«

Sie gab ihm einen zarten Kuß auf die Wange. »Du mir doch auch, Jürgen!«
»Ist das wirklich wahr, Senta?«
Sie lachte leise. »Erwartest du, daß ich es dir beschwöre? Ich würde verrückt, wenn du wirklich von zu Hause wegliefst. Versprich mir, daß du es nicht tust!«
Er spürte ihre warme, glatte Haut, ihr junges, festes Fleisch unter dem Batist ihres Schlafanzuges. »Das war doch nur so ein Gerede«, murmelte er.
»Bei dir kann man das nie wissen ... bitte, versprich es mir! Gib mir deine Hand darauf ... großes Ehrenwort!«
Er schlug ein.
»... daß du von hier aus geradewegs nach Hause gehst!« sagte sie. »Du kannst ja deine Mutter dann fragen ... ja, das ist überhaupt eine Idee! Frag sie, wie sie dazugekommen ist, deinen Klassenlehrer auf der Kö zu treffen!«
Aber das ganze Problem, das ihm vor Minuten noch so quälend erschien, hatte plötzlich an Wichtigkeit für ihn verloren. Das einzige, was galt, war jetzt Senta, das Beisammensein, ihre Nähe, daß er sie im Arm halten durfte. Er suchte ihre Lippen, und als sie seinen Kuß erwiderte, rauschte ihm das Blut in den Ohren, machte in beinahe schwindelig.
»Du hast es mir versprochen«, flüsterte sie ihm zwischen zwei Küssen zu.
»Alles, was du willst!«
Sie versuchte, sich sanft aus seinen Armen zu lösen, aber er hielt sie fest. Seine Küsse wurden leidenschaftlicher, seine Hände fordernder.
»Bitte«, sagte sie, »bitte nicht... Laß mich los!«
»Beweise mir erst, daß du mich wirklich liebst!«
»Das hat doch mit Liebe nichts zu tun!« Sie wandte sich im Bemühen, sich aus seinem Griff zu befreien.
Der Kampf mit ihrem schlanken, biegsamen Körper erregte ihn noch mehr. Er hätte sich nicht beherrschen können, selbst wenn er es gewollt hätte. Er sah sich dem Ziel zu nahe, um noch verzichten zu können. Sein Atem ging in heftigen, keuchenden Stößen.
Eine Weile kämpften sie schweigend und verbissen gegeneinander. Senta, nur mit einem leichten Schlafanzug bekleidet, war entschieden im Nachteil. Aber dann stieß sie plötzlich mit

aller Wucht ihren Kopf gegen sein Kinn. Der Schmerz ernüchterte ihn jäh.
Sie benutzte diesen Moment, da er sie losließ, um aufzuspringen. »Tut mir leid«, sagte sie atemlos, »aber du hast es nicht besser verdient. Und wenn du jetzt wütend auf mich bist, kann ich dir auch nicht helfen!«
»Senta!« Er lief ihr nach, ihr Vorsprung war aber zu groß. Sie jagte mit großen Schritten quer durch den Garten und hatte das Spalier schon erklommen, als er eben den Platz unter ihrem Schlafzimmerfenster erreichte.
»Senta!« rief er noch einmal, denn seine Furcht, sie zu verlieren, war viel größer als seine Angst, erwischt zu werden. Aber sie drehte sich nicht mehr um.

9.

Senta verschlief sich am nächsten Morgen, so daß es ihr mit Mühe und Not gerade noch gelang, ihren Platz vor Beginn des Unterrichts zu erreichen.

Erst in der kleinen Pause hatte sie Gelegenheit, mit Martina zu sprechen, und sie tat es, obwohl die Freundin ihr seit dem Abend im Beat-Keller die kalte Schulter gezeigt hatte. Aber das war ihr jetzt egal.

»Martina«, sagte sie und trat neben den Tisch der anderen, »was ist mit Jürgen?«

Martina antwortete nicht. Sie holte ein Schulbuch aus der Mappe, schlug es auf, stützte das Kinn in die Hände und tat so, als wäre sie voll und ganz damit beschäftigt, sich auf die nächste Stunde – Biologie bei Dr. Pauster – vorzubereiten.

»Martina«, sagte Senta ungeduldig, »ich rede mit dir!«

Aber Martina stellte sich weiter auf beiden Ohren taub.

Senta faßte sie bei der Schulter, schüttelte sie leicht. »Ist Jürgen gestern abend nach Hause gekommen?«

Martina schüttelte ihre Hand fort wie ein lästiges Insekt. »Was geht dich das an?«

»Herrje, sei doch nicht so bockig! Ich mache mir Sorgen um Jürgen, das ist wahrhaftig nicht schwer zu verstehen!«

Martina hob die sorgfältig gezupften Augenbrauen. »Ach so! Du hast wohl vor, ihn in deinen Männerharem einzureihen?«

»Red doch keinen Blödsinn!« sagte Senta nüchtern.

Aber Martina war nicht mehr aufzuhalten, sie geriet in Fahrt. »Es genügt dir wohl nicht, mir James Mann auszuspannen? Jetzt hast du es auch noch auf meinen armen Bruder abgesehen!«

»Bei dir piept's ja!« rief Senta, jetzt ebenfalls aufgebracht. »Wenn Jürgen arm ist, dann bloß, weil ihr ihn zu Hause schlecht behandelt...«

Martina sprang auf, daß ihr Stuhl nach hinten kippte, schrie:

»Jetzt langt's mir aber ... und deinen dämlichen Playboy kannst du dir an den Hut stecken!«
»Was hast du da gesagt? Wie sprichst du über James?«
»Genau, wie ich über ihn denke!«
»Du Lügnerin! Du Heuchlerin!«
Martina stürzte sich auf Senta. »Mir kannst du nichts mehr vormachen, mir nicht!« Sie packte die andere bei den Haaren, riß daran. »Du gemeines Biest, du! Erst hast du ihn mir madig gemacht, und dann... Pfui Teufel, auf deine Tricks falle ich nicht mehr herein!«
»Laß mich los, Martina«, rief Senta, »laß mich sofort los, sonst...«
»Meinst du, ich habe Angst vor dir?« Martina riß mit der einen Hand an Sentas Haaren, mit der anderen fuhr sie ihr in das Gesicht. Senta schrie auf.
Die anderen Mädchen schrien mit, sammelten sich in einem Kreis um die beiden, versuchten sie zu trennen. Aber Martina war wie rasend, und sie wichen zurück.
Senta stieß Martina mit dem Fuß in die Kniekehle. Martina knickte zusammen, stürzte zu Boden, aber sie riß Senta im Fallen mit. Auf dem Boden liegend kämpften die beiden Mädchen verbissen weiter.
Haarbüschel flogen, Martinas kleiner Pullover rutschte in die Höhe, so daß ihr nackter Bauch zum Vorschein kam. Sie riß Sentas Bluse auf, daß die Knöpfe absprangen, kratzte ihr über die Brust.
Keines der Mädchen hatte auf das Klingelzeichen geachtet, niemand hatte bemerkt, daß Dr. Pauster in die Klasse getreten war. Sie fuhren erschrocken auseinander, als er zwischen sie trat. Nur Martina und Senta kämpften fanatisch weiter. Sprachlos starrte Dr. Pauster auf das Bild, das sich ihm bot.
Dr. Pauster war ein rundlicher, kleiner Mann mit spiegelnder Glatze, bei den Schülerinnen beliebt wegen seiner unerschütterlich guten Laune. Jetzt kniff er die Augen zusammen und riß sie wieder auf, als wenn er glaubte, einer optischen Täuschung unterlegen zu sein.
Aber das Bild änderte sich nicht.
Martina Molitor und Senta Heinze wälzten sich immer noch, verbissen miteinander kämpfend, zwischen den Schulbänken über den Fußboden. Martina versuchte, Zähne und Nägel zu

gebrauchen, während Senta ihre durchtrainierten Muskeln einsetzte und sich bemühte, die Gegnerin kampfunfähig zu machen, indem sie ihre Arme und ihren Oberkörper herunterdrückte. Beide sahen wie die Furien aus.
»Hoppla!« sagte Dr. Pauster.
Er äußerte es nicht einmal besonders laut, aber der Klang seiner tiefen, männlichen Stimme, die sich so stark von all den mädchenhaften Schreien, Zurufen und Beschimpfungen abhob, die den Kampf bisher begleitet hatten, genügte, um die Rivalinnen zur Besinnung zu bringen. Sie ließen voneinander ab, starrten hoch.
»Na, wie haben wir es denn?« fragte Dr. Pauster.
Martina und Senta sprangen auf die Beine.
»Entschuldigen Sie, bitte, Herr Doktor...«, stammelte Senta. Sie wollte ihre Bluse schließen, stellte fest, daß einige der Knöpfe abgesprungen waren, hielt sie sich mit beiden Händen zu. Blut von den Kratzern, die Martinas Nägel gerissen hatten, drang durch den weißen Stoff und perlte auch von ihrer Stirne.
»Das war nur... eine Art sportlicher Wettkampf!« behauptete Martina und zerrte an ihrem kleinen Pullover, strich ihren kurzen Rock über die Oberschenkel.
»Ja, wirklich, wir hatten...«, stimmte Senta ein.
»Sparen Sie sich die Erklärungen«, sagte Dr. Pauster gelassen, »Sie werden Ihrer Klassenlehrerin Rede und Antwort stehen müssen. Ich lehne es ab, eine Untersuchung zu führen.«
»Ach, Dr. Pauster, lieber Dr. Pauster...«, versuchte es Martina.
»Nichts zu machen!« Dr. Pausters Lächeln war ohne Freundlichkeit. »Sie bekommen beide einen Tadel ins Klassenbuch... es ist mir völlig egal, warum und wieso Sie mir dieses exorbitante Schauspiel geboten haben! Und nun, bitte, verschwinden Sie aus meinem Gesichtsfeld... Sie alle beide! Irene, bringen Sie Senta in die Hausmeisterwohnung, sie muß verarztet werden!«
»Aber«, protestierte Senta, »ich glaube wirklich nicht, daß das nötig ist...«
Er ließ sie nicht zu Ende sprechen.
»Ruhe!« donnerte er. »Und Sie, Martina, gehen in den Waschraum und erscheinen nicht eher wieder in der Klasse, bis Sie

menschliche Züge angenommen haben! Das gilt auch für Sie, Senta! Keine Widerworte! Wir haben schon viel zu viel von der kostbaren Unterrichtszeit verloren!«

Senta und Martina wechselten einen Blick, dann zuckten sie gleichzeitig, in schöner Einigkeit, die Schultern, wandten sich ab und trotteten zur Türe.

Irene, ein mageres, blondes Mädchen, legte wichtigtuerisch den Arm um Sentas Schultern.

»Darf ich Martina begleiten?« rief Klara, eine andere Mitschülerin.

»Von mir aus«, sagte Dr. Pauster, »achten Sie darauf, daß die beiden Amazonen sich nicht wieder in die Haare geraten.«

Aber in dieser Richtung bestand keine Gefahr. Senta und Martina hatten sich ausgetobt. Sie fühlten sich erschöpft, beschämt und ernüchtert.

Ohne auch nur ein einziges Wort zu wechseln, trennten sie sich.

Martina humpelte mit Klara die Treppe zum Waschraum im Zwischenstock hinunter – sie hatte sich bei der Rauferei das linke Knie verletzt –, Senta und Irene eilten durch den langen Gang zum Vorderhaus.

»Da hast du was Schönes angerichtet«, sagte Irene mit genüßlicher Schadenfreude, »das wird sich bestimmt in deiner Charakterisierung niederschlagen! Diesmal wird's keine erstklassigen Verhaltensnoten geben.«

Senta schüttelte ihren Arm ab. »Na und?«

»Ach nee, wirklich? Du warst doch immer so berühmt als Streberin! Solltest du dich tatsächlich von heute auf morgen geändert haben?«

»Und du warst schon immer berühmt als neidisches Huhn!« fuhr die andere sie an. »Du bist dir ganz gewiß treu geblieben!«

»Also, erlaube mal...«

»Dir erlaube ich überhaupt nichts! Höchstens, daß du die Klappe hältst und dich um deinen eigenen Dreck kümmerst.«

Irene verzog beleidigt die Lippen. »Ich muß schon sagen, du kannst ganz schön ordinär sein. Das hätte ich nicht von dir gedacht.«

Darauf erwiderte Senta nichts mehr. Schweigend liefen die bei-

den Mädchen nebeneinander die Vordertreppe hinunter. Irene klingelte an der Wohnung im Souterrain.
Senta schob sie beiseite. »Damit wir uns gleich richtig verstehen... du bleibst draußen!«
»Ich denke ja nicht daran! Dr. Pauster hat ausdrücklich gesagt...«
»Und ich sage dir, du kommst nicht mit rein. Hier bleibst du stehen und wartest auf mich!«
»Fällt mir ja nicht im Traume ein! Dann laufe ich wieder in die Klasse zurück!«
Senta blitzte sie aus ihren schwarzen, schrägstehenden Augen an. »Tu, was du nicht lassen kannst! Aber in die Wohnung hinein kommst du nicht, oder...« Sie hielt ihr drohend die kleine braune Faust unter die Nase.
In diesem Augenblick wurde die Tür geöffnet, Senta schlüpfte hinein und warf sie rasch wieder ins Schloß.
»Ach, Frau Schmitz«, sagte sie schmeichelnd, »nun schauen Sie sich bloß an, was mir passiert ist!« Sie ließ die Zipfel ihrer Bluse los. »Herr Dr. Pauster dachte, sie können mir helfen!«
Die Frau des Hausmeisters wohnte seit über fünfundzwanzig Jahren in der Schule, sie konnte, was die Mädchen betraf, nichts mehr überraschen. »Na, lassen Sie sich mal ansehen, Senta«, sagte sie unbeeindruckt, »es hat wohl eine Rauferei gegeben?«
»So kann man es nennen.«
»Um einen Jungen?«
Senta zeigte lächelnd ihre weißen, ebenmäßigen Zähne. »Stimmt, Frau Schmitz! Allerdings, genauer gesagt, ging es um zwei.«
Die Hausmeisterin seufzte. »Als wenn das die Kerle wert wären! Na, dann ziehen Sie mal Ihre Bluse aus, wollen sehen, wie wir das in Ordnung bringen.« Als Senta eine Sekunde zögerte, fügte sie hinzu: »Genieren Sie sich nicht! Wir sind allein. Mein Alter kommt bis Mittag nicht.«
Senta schlüpfte aus der blutbefleckten, zerrissenen Bluse, stand mit nacktem Oberkörper in der Diele. Sie trug keinen Büstenhalter. Ihr kleiner Busen war hart und spitz.
»Desinfizieren müssen wir auch noch«, sagte Frau Schmitz und betrachtete stirnrunzelnd die tiefen Schrammen. »Wenn da bloß keine Narben bleiben.«

»Ach wo, so schlimm wird's wohl nicht werden.«
»Wollen es hoffen.« Frau Schmitz wandte sich in Richtung Badezimmer. »Kommen Sie mit!«
Aber Senta folgte ihr nicht. »Einen Moment, Frau Schmitz... ich muß mal eben telefonieren.« Sie war schon beim Apparat, der auf einer kleinen Konsole neben der Haustüre stand. »Es ist wichtig, Frau Schmitz, lebenswichtig! Ich bringe Ihnen das Geld in der nächsten Pause, ganz bestimmt!«
»Von hier aus telefonieren?« murrte die Hausmeistersfrau. »Da könnte ja jede kommen!«
Senta lächelte bestrickend. »Jede tut's aber nicht!« Ohne sich auf ein weiteres Hin- und Hergerede einzulassen, nahm sie den Hörer ab und wählte die Nummer der Molitorschen Wohnung. Frau Schmitz sah ein paar Sekunden mißbilligend und mitleidig zugleich auf Sentas schlanken braunen Rücken, dann schlurfte sie, mit der Bluse in der Hand, ins Bad.
»Guten Morgen, Frau Molitor«, sagte das Mädchen in die Sprechmuschel, »hier ist Senta Heinze... nein, es ist nichts mit Martina, sie ist ganz in Ordnung... nein, deswegen rufe ich nicht an! Frau Molitor, bitte sagen Sie mir... ist Jürgen nach Hause gekommen? – Wie, heute nacht um fünf? Da bin ich froh... nein, das weiß ich nicht, Frau Molitor, wirklich nicht... bestellen Sie ihm recht schöne Grüße, ja?« Sie hängte hastig ein. – Einen Augenblick stand sie aufatmend in der düsteren, kleinen Diele, dann drehte sie sich um, riß mit einem Ruck die Wohnungstüre auf. Irene, die sich von außen dagegen gelehnt hatte, purzelte fast herein.
»Du kannst reinkommen!« sagte Senta überflüssigerweise.
»Nanu«, sagte Irene verblüfft, »du siehst ja aus, als hättest du im Lotto gewonnen?«
Senta lachte. »Du hast's erfaßt, so ähnlich fühle ich mich auch! Ach, du ahnst ja nicht, was mir für ein Stein vom Herzen gefallen ist!« Sie lief zu Frau Schmitz ins Bad. »Aber frag mich jetzt nicht, hilf lieber mit, mich zu verarzten, sonst könnte der gute Dr. Pauster doch noch in die Luft gehen...«

Frau Molitor war in die Küche zurückgekehrt, um ein Frühstückstablett für Jürgen zu richten. Aber sie war nicht mehr ganz bei der Sache. Sentas Anruf wollte ihr nicht aus dem Kopf gehen.

Sie hatte sich mit Jürgen ausgesprochen, noch in der Nacht, als er endlich nach Hause gekommen war, sie hatte ihm erklärt, daß sie sich seinetwegen mit Dr. Opitz getroffen hatte und daß sie ihm nichts davon gesagt hatte, um keine falschen Hoffnungen in ihm zu erwecken.
Obwohl sie es sich niemals selber eingestanden hätte, und bei aller Angst, die sie durchgemacht hatte, schmeichelte es ihr doch ein klein wenig, daß Jürgen ausgerechnet ihretwegen so sehr aus der Fassung geraten war. Sie hatte nicht geahnt, daß bei ihm ein Mädchen im Spiel war. Er hatte ihr heute nacht nichts von Senta erzählt.
Aber das Mädchen mußte eine gewisse Rolle spielen, denn wie wäre sie sonst dazugekommen, anzurufen, noch dazu am hellen Vormittag, wo sie Jürgen doch in der Schule hätte vermuten müssen.
Die Mutter seufzte, warf einen Blick in den kleinen Spiegel, den sie an der Seitenwand des Küchenschrankes befestigt hatte, strich sich mit der Hand über das Haar, das ihr etwas volles Gesicht schmeichelnd umrahmte. Die Schatten unter ihren Augen hatten sich durch all die Aufregungen vertieft. Es war ihr anzusehen, daß sie zu wenig geschlafen hatte. Dennoch konnte sie mit ihrem Aussehen zufrieden sein. Ihre helle Haut war glatt und faltenlos, niemand hätte sie auch nur für einen Tag älter gehalten als höchstens fünfunddreißig Jahre – sie war eine Frau, der man einen so großen Jungen kaum zutraute.
Sie lächelte sich zu, wandte sich ab, nahm das beladene Tablett auf und balancierte es über den Flur. Sie drückte die Klinke von Jürgens Zimmertüre mit dem Ellbogen nieder und trat ein.
Jürgen, der vor sich hin gedöst hatte, fuhr hoch.
»Ich bin's nur, Liebling«, sagte sie. »Ich habe dir etwas zum Frühstück gemacht!« Ohne es selber zu merken, glitt sie in den Ton vergangener Jahre zurück, jetzt, da Jürgen elend im Bett lag und sie ihn pflegen konnte.
Er ließ sich wieder in seine Kissen zurücksinken. »Was gibt's denn?«
»Alles, was du gerne magst! Komm, jetzt setz dich auf, ich schüttle dir die Kissen zurecht... so geht's besser! Jetzt nimm zuerst die Serviette um!«

Er ließ sich ihre Fürsorglichkeit widerspruchslos gefallen, und sie fühlte sich glücklich dabei. Sie setzte ihm das Tablett auf die Knie, nahm auf der Bettkante Platz und sah zu, wie er mit gesundem Appetit zu essen begann.
»Ich freue mich, daß es dir schmeckt.«
»Hm, hm«, machte er nur mit vollem Mund.
»Nachher werde ich dich ein bißchen waschen...«
»Ach laß doch, Mutti«, sagte er unbehaglich.
»Du wirst dich wohler fühlen, wenn du sauber bist.«
»Na schön. Aber waschen kann ich mich schließlich auch selber.«
Sie fühlte sich zurückgestoßen, schwieg. Unentwegt überlegte sie, ob sie ihm die Frage stellen sollte, die ihr auf der Zunge brannte, oder ob es besser war, gar nichts zu sagen. Aber das hätte sie auch bei größter Willensanstrengung nicht fertiggebracht.
»Jürgen«, platzte sie heraus, »was ist mit Senta Heinze?«
Eine Blutwelle überflutete sein helles Gesicht, er blickte sie an, und seine blauen Augen zeigten eine solchen Ausdruck von Verstörung, daß sie erschrak.
»Was mit Senta ist?« Seine Stimme klang rauh.
»Sie hat vorhin angerufen.«
»Na und?«
»Sie wollte wissen, wann du nach Hause gekommen bist.«
»Und warum hast du mich nicht ans Telefon gerufen?«
»Sie wollte dich nicht sprechen, sie wollte nur wissen...«
»Also dann... warum erzählst du mir das?«
»Jürgen«, sagte sie und legte die Hand auf seinen Arm, »verstehst du denn nicht, ich mache mir Sorgen...«
»Und worüber?« fragte er gereizt. »Ich bin ja hier, wir haben uns ausgesprochen, du hast mich sicher... und außerdem habe ich dir hoch und heilig versprochen, nie mehr so spät nach Hause zu kommen.«
»Ich mache mir Sorgen wegen dieses Mädchens!«
Darauf sagte er nichts mehr, sondern begann geradezu mit Verbissenheit, die nächste Scheibe Toast zu vertilgen.
»Jürgen, was ist mit euch beiden?«
Er warf ihr einen schrägen Blick zu. »Was soll denn sein?«
»Ich hatte immer gedacht, sie wäre Martinas Freundin...«
»Ist sie ja auch.«

»Jürgen, bitte sag mir die Wahrheit!«
Er schob sich das letzte Stück Toast in den Mund. »Ich habe keine Ahnung, was du meinst.«
»Senta ist ein hübsches Mädchen, das gebe ich zu«, sagte seine Mutter verzweifelt, »aber du bist doch noch viel zu jung für solche Geschichten!«
Sie wartete auf einen Einwurf, aber er kaute nur und sah sie an.
»Weißt du überhaupt, was dabei passieren kann? Du wirst für dein Leben unglücklich werden. So etwas geschieht schneller, als du glaubst. Jürgen, bitte, mach's mir doch nicht so schwer! Du bist doch nicht... ich meine, du mußt doch schon etwas Bescheid wissen! Oder soll ich Vati bitten, daß er einmal mit dir redet?« Jetzt öffnete Jürgen den Mund. »Das hätte gerade noch gefehlt.«
»Du hast doch bestimmt von solchen Sachen schon gehört und gelesen. Immer tun alle Leute so, als wenn es für die Mädchen nur schrecklich wäre. Zum Teil ist das richtig, das gebe ich zu. Aber glaube bloß nicht, daß es für einen Jungen nicht genauso schlimm wäre. Manch einer ist schon wegen so etwas von der Schule geflogen... und dann das Geld...«
»Was für'n Geld?« fragte er.
»Das so ein Kind kostet!« Als sie sein starres Gesicht sah, hatte sie doch das Gefühl, zu weit gegangen zu sein. »Jemand muß es dir doch einmal sagen«, verteidigte sie sich, »ihr jungen Leute wißt ja nicht, was ihr tut... und was alles passieren kann...«
»Glaubst du wirklich? Dann will ich dir mal was sagen. Wenn Senta ein Kind von mir bekäme... und darauf willst du doch wohl hinaus... dann würde ich sie auch heiraten. Und wenn ich mich auf den Kopf stellen müßte. Sie würde meine Frau.«
»Jürgen!« rief seine Mutter entsetzt. »Jürgen, so etwas darfst du nicht sagen!« Ehe sie es verhindern konnte, stiegen ihr die Tränen in die Augen. »Heiraten! Vater würde dir nie die Erlaubnis geben! Und wovon wollt ihr leben!? Jürgen, nein, darum kann es dir doch nicht gehen!«
»Warum regst du dich so auf?« fragte er trocken. »Ich habe ja nur gesagt... wenn! Du brauchst keine Angst zu haben. Senta will überhaupt nichts von mir wissen.« Um seine Lippen zuckte es. Aber das merkte Gisela Molitor nicht. Sie nahm das

Tablett von seinen Knien und legte ihrem großen Jungen den Arm um die Schultern.
»Ach, Jürgen, mir fällt ein Stein von Herzen. Mein Gott, warum mußtest du mir so einen Schrecken einjagen!«
Sie fuhr ihm mit der Hand durch die vom Schlaf zerzausten Locken. Ihm war dabei sehr unbehaglich zumute. Er hielt sich stocksteif, weil er solche Ausbrüche von mütterlicher Zärtlichkeit haßte, ließ sie aber über sich ergehen, doch war er heilfroh, als sie ihn endlich verließ. Er verbarg sein Gesicht in den Kissen und versuchte, Schlaf und Vergessen zu finden.

Als Martina und Senta mittags die Schule verließen, sahen sie immer noch ziemlich mitgenommen aus. Die Schramme auf Sentas Stirn war verkrustet, die Blutflecke waren aus ihrer weißen Bluse nicht ganz herausgegangen, und Martina hinkte.
Sie gingen getrennt, jede in einer Gruppe anderer Mädchen. Erst an der Straßenbahnhaltestelle stießen sie aufeinander.
»Tut's noch weh?« fragte Senta.
»Ziemlich.« Martina gab sich einen Ruck. »Jedenfalls danke ich dir, daß du nicht gepetzt hast.«
»Das hast du ja auch nicht getan.«
»Stimmt. Aber es hätte mir auch wohl kaum was genutzt.«
»Meinst du mir?«
Die beiden sahen sich an und mußten lachen.
»Na, immerhin haben wir dem guten Dr. Pauster ein Schauspiel geboten, das er lange nicht vergessen wird!« sagte Senta.
»Übrigens, du hast vorhin nach Jürgen gefragt...«, begann Martina.
Senta winkte ab. »Danke, das hat sich schon erledigt! Ich habe vorhin bei euch zu Hause angerufen.«
Martina riß die runden Augen auf. »Liegt dir so viel an dem Bengel?«
»Immerhin entschieden mehr als an James Mann, daß du es nur weißt. Den kannst du dir auf den Hut stecken, für den würde ich mich nicht mal interessieren, und wenn er der einzige Mann auf einer einsamen Insel wäre.«
»Aber neulich hast du doch...«
»Na, was habe ich schon? Mit ihm getanzt, als er mich aufforderte. Ist das ein Verbrechen? Außerdem warst du nicht da,

und ich hatte keine Ahnung, daß er sich gleich etwas davon versprechen würde.«
Martina trat noch dichter auf die Freundin zu. »Ist das wahr, Senta?«
»Aber klar! Nimm ihn und behalte ihn. Allerdings, wenn ich du wäre...«
»Das bist du aber nicht.«
Senta ließ sich nicht unterbrechen. »... würde ich ihn am ausgestreckten Arm verhungern lassen! Das habe ich dir von Anfang an gesagt. Aber du wolltest ja nicht hören. Und wem nicht zu raten ist, ist auch nicht zu helfen.«
Die Straßenbahn hielt, und die beiden Mädchen drängten sich zur Plattform. »Danke«, sagte Martina schnippisch, »zum Glück bin ich auf deine Hilfe nicht angewiesen!«
»Tu bloß nicht so großartig! Dieser Playboy ist so ein Typ, dem nicht über den Weg zu trauen ist. Nimm dich bloß in acht!«
Aber Martina gab nichts auf diese Warnungen. Für sie zählte lediglich, daß Senta es nicht darauf angelegt hatte, ihr James Mann auszuspannen. Sie wußte, daß die Freundin nicht log, und war überzeugt, daß damit ihr Problem gelöst sei.
Beim Abendessen blieb Jürgens Platz leer. Seine Mutter hatte ihn rufen wollen, aber da hatte er so fest geschlafen, daß sie ihn nicht wecken mochte. Sie hatte sich eine Entschuldigung für ihren Mann zurechtgelegt, aber sie kam nicht dazu, sie anzubringen.
»Wo ist Jürgen?« fragte der Hausherr, kaum daß er sich zu Tisch gesetzt hatte, und sein Gesicht wurde hölzern, wie meist, wenn er gezwungen war, sich mit seinem Sohn zu beschäftigen.
»Schläft...«, sagte Martina prompt, wenn auch ohne Bosheit, aus reiner Gedankenlosigkeit heraus.
Ihr Vater hob die Augenbrauen, blickte seine Frau an. »Was soll das heißen?«
Sie errötete, empfand die eigene Verlegenheit als demütigend.
»Er... fühlt sich nicht wohl!« Sie war dabei, Suppe zu schöpfen, streckte die Hand nach Martinas Teller aus.
»Ist er krank?«
»Nicht direkt.«
»Aber du sagtest doch eben...«

»Daß er sich nicht wohl fühlt!« Frau Molitor hatte Martinas Teller gefüllt; als sie ihn zurückgab, zitterten ihre Hände so, daß sie ein wenig der heißen, klaren Brühe auf das weiße Tischtuch verschüttete. »Oh«, sagte sie, »ich werde gleich...«
Sie wollte aufstehen, erleichtert über die Möglichkeit, wenigstens für den Moment dem peinlichen Verhör zu entrinnen.
Aber Martina kam ihr zuvor. »Laß nur, Mutti!« Sie schob ihre noch zusammengefaltete Serviette unter den feuchten Fleck. »Schon erledigt.«
Gisela Molitor ließ sich wieder auf ihren Stuhl sinken. Sie wußte, daß sie eigentlich Martinas hausfrauliche Maßnahme hätte loben müssen, aber kein Wort kam ihr über die Lippen.
Ihr Mann streute, ohne zu kosten, Salz in seinen Suppenteller – eine Angewohnheit von ihm, über die seine Frau schon lange lächelte. Heute aber hätte sie schreien mögen vor Zorn und Nervosität.
Er merkte nichts davon. »Jetzt erinnere ich mich«, sagte er nachdenklich, »heute morgen habe ich ihn auch nicht gesehen...«
»Du weißt doch, daß er erst spät nach Hause gekommen ist!«
»Ach ja, stimmt. Und wo hat er sich herumgetrieben?«
»Das weiß ich nicht.« Sie begann ihre Suppe zu löffeln, ohne etwas zu schmecken. Mit der linken Hand zerkrümelte sie eine Scheibe Weißbrot.
»Allmählich verstehe ich überhaupt nichts mehr«, sagte ihr Mann, »du willst doch nicht etwa sagen, daß Jürgen heute nicht zur Schule gegangen ist?«
Die Frau reckte ihr kleines, etwas zu gut gepolstertes Kinn vor, sah ihm gerade in die Augen. »Doch«, sagte sie, »ich hielt es für richtiger, ihn zu Hause zu behalten.« Als sie merkte, daß seine Augen sich im Zorn verengten, fügte sie hastig hinzu: »Er war so durcheinander, Helmuth, er steckt mitten in... in einer schweren seelischen Krise, glaub mir! Da wäre aus dem Lernen heute sowieso nichts geworden.«
Ihr Mann lehnte sich in seinen Sessel zurück. »Sieh an«, sagte er, »das wird ja immer interessanter.«
»Jürgen ist sehr unglücklich, Helmuth!«
»Dazu«, sagte er mit gefährlich beherrschter Stimme, »hat er

auch allen Grund! Ein Junge in seinem Alter... ein fast erwachsener Mann... und taugt zu nichts und wieder nichts! Das einzige, was er versteht, ist sich lächerlich zu machen mit seiner blödsinnigen Beatlefrisur und seinen albernen Kleiderfetzen! Und du, du unterstützt ihn noch darin! Wenn du ihn nicht immer in Schutz nehmen würdest, wäre es nie so weit mit ihm gekommen...«

»Aber Helmuth«, rief die Frau flehend, »sei doch nicht so ungerecht! Jürgen ist ja noch ein Kind...«

»Ein Kind?! Mit nahezu 18 Jahren! Hast du vergessen, daß ich in diesem Alter schon einen Krieg mitgemacht habe? Daß ich eine Familie ernähren mußte?«

»Damals«, sagte Martina ungerührt, »waren aber auch andere Zeiten!« Sie duckte sich rasch, als wenn sie auf eine Ohrfeige gefaßt wäre.

Aber ihr Vater überhörte ihren Zwischenruf. »Er fühlt sich nicht wohl«, äffte er seine Frau nach, »ich habe ihn zu Hause behalten!« In einem Wutausbruch schlug er mit der Faust auf den Tisch, daß die Teller tanzten, schrie mit veränderter Stimme: »Ja, was zum Teufel, soll das für eine Erziehung sein? Wie kann man von dem Jungen denn auch nur die Spur von Pflichtgefühl erwarten, wenn er eine Mutter hat, die...«

Sie nahm allen Mut zusammen und unterbrach ihn. »Helmuth«, sagte sie, »wir sind nicht allein. Können wir diese Auseinandersetzung nicht auf später verschieben?«

»Nein, ich will jetzt sofort Klarheit haben! Es schadet Martina gar nichts, wenn sie einmal erfährt, daß man ihrem Vater nicht auf der Nase herumtanzen kann! Was ist mit Jürgen los? Was hat er wieder angestellt? Warum ist er heute nicht zur Schule gegangen?«

Die Frau schwieg, einfach deshalb, weil sie kein Wort herausbringen konnte.

»Oder steht er so glänzend?« fragte der Vater sarkastisch. »Haben sich seine Leistungen derartig verbessert, daß er es sich mit gutem Gewissen erlauben kann, mal einfach einen Tag auszusetzen?«

Die Mutter fand immer noch keine Antwort. Sie mußte alle Kräfte zusammennehmen, um die Fassung zu bewahren.

Martina kam ihr überraschend zu Hilfe. »Aber darum geht's doch gar nicht, Vati«, sagte sie.

»Hochinteressant, Fräulein Naseweis! Möchten Sie mir also erklären...«

Martina ließ sich durchaus nicht einschüchtern. Sie warf ihre blonde Löwenmähne mit einem Ruck in den Nacken, starrte den Vater aus ihren großen blauen Augen unerschrocken an. »Das kann ich nicht«, sagte sie, »ich weiß bloß... das Leben ist nicht so einfach, wie du es dir vorstellst!«

Helmuth Molitor legte die Hand ans Ohr. »Bitte, das möchte ich noch einmal hören! Ich, meinst du, stelle mir das Leben einfach vor?« Er lachte böse auf.

»Ja, das tust du«, erklärte Martina. »Für dich ist es ja auch einfach. Du hast deinen Posten bei der Bank, die Arbeit kennst du aus dem Effeff, da kann dir gar nichts passieren! Niemand kann dir Vorschriften machen, auch zu Hause nicht, du bist eben etabliert. Aber für uns sehen die Dinge anders aus, wir müssen uns erst in der Welt zurechtfinden.«

»Wunderbar, einfach wunderbar!« Er schlug mit der flachen Hand auf den Tisch. »Ein Schulkind wie du will mir erklären, wie ich das Leben sehen soll...«

»Du hast es ja hören wollen, Vati! Aber es hat ja doch keinen Zweck. Bei dir ist es ohnehin besser, den Mund zu halten. Du willst uns einfach nicht verstehen.«

»Aha! Und eure Mutter versteht euch?«

»Oh Vati!« Martina stieß einen tiefen Seufzer aus. »Warum mußt du einem jedes Wort im Mund umdrehen? Das ist wirklich nicht fair!«

Er sprang auf. »Seid ihr denn fair zu mir!? Ich komme aus der Bank nach Hause... den ganzen Tag habe ich geschuftet, um Geld zu verdienen... für euch, damit ihr euch einen schönen Tag machen könnt! Und was muß ich erleben? Daß ihr euch gegen mich verschwört!«

»Vati! Vati!« rief Martina. »Das ist nicht wahr!«

Ihr Vater fegte den Einwand mit einer Handbewegung fort. »Aber das könnt ihr mit mir nicht machen! Ich werde jetzt selber mit Jürgen sprechen und die Wahrheit, wenn nötig, aus ihm herausprügeln!« Er stürmte zur Türe.

Seine Frau war schneller als er. Sie sprang so hastig auf, daß der Stuhl hinter ihr umkippte, vertrat ihm den Weg.

»Das wirst du nicht tun! Laß Jürgen zufrieden!«

»Willst du mich etwa daran hindern?!«

»Er hat genug unter dir zu leiden gehabt! Unter deiner Tyrannei, unter deiner Ungerechtigkeit... unter deiner Lieblosigkeit!«
Er hob die Hand, und einen Augenblick sah es so aus, als wenn er sie schlagen wollte. Aber sie rührte sich nicht von der Stelle, stand blaß und bebend, aber zum äußersten Widerstand entschlossen, vor ihm.
Er ließ den Arm sinken. »Danke«, sagte er mit flacher, beherrschter Stimme, »das war wenigstens ehrlich.«
Sie holte zitternd Atem. »Helmuth«, sagte sie, »wollen wir nicht erst einmal zu Ende essen? Nachher können wir doch in aller Ruhe...«
»Danke!« wiederholte er. »Durchaus kein Bedarf.«
»Der ganze Streit ist doch völlig sinnlos«, sagte sie, »es handelt sich doch nur um einen einzigen Tag! Natürlich geht Jürgen morgen wieder zur Schule...«
Er schob sie beiseite. »Das interessiert mit nicht mehr im geringsten. Erzieh du nur deine Kinder, wie es dir paßt. Du wirst schon sehen, was du eines Tages mit ihnen erleben wirst.« Er griff im Vorbeigehen den Mantel von der Garderobe, riß die Wohnungstüre auf und war verschwunden, ehe sie noch ein Argument fand, mit dem sie ihn hätte aufhalten können.
Sie stand einfach da, hilflos, mit hängenden Armen, und die Tränen liefen ihr die Wangen hinunter.
»Nimm's nicht so schwer, Mutti«, sagte Martina, »so ein Krach kommt in den besten Familien vor! Vati hat's bestimmt nicht so gemeint.« Sie schlang tröstend die Arme um ihre Mutter.
Die Frau suchte nach einem Taschentuch. »Schon gut, Martina«, schluchzte sie.
»Im Grunde«, sagte das Mädchen, »hast du dir diesen ganzen Blödsinn selbst zuzuschreiben. Ich verstehe ja auch nicht, warum dieser blöde Lulatsch einen ganzen Tag im Bett bleiben mußte! Du kennst schließlich Vati...«
Die Türe von Jürgens Zimmer öffnete sich langsam, und der Junge streckte vorsichtig spähend seinen Kopf heraus. Erst als er sicher sein konnte, daß die Luft rein war, trat er in die kleine Diele. Sein Gesicht war noch vom Schlaf gerötet, seine blonden Locken hingen ihm zerzaust in die Stirne, und er trug einen Schlafanzug, aus dem er schon ein gutes Stück heraus-

gewachsen war. Er wirkte, als er sich jetzt mit beiden Fäusten die Augen rieb, wie ein überdimensionales Baby.
Seine Mutter löste sich von Martina und lief zu ihm. »Jürgen, Liebling...« Sie umfaßte ihn mit beiden Armen, der sich nicht rührte und einigermaßen unbehaglich und verwirrt auf sie niedersah.
Martinas Gesicht verschloß sich von einer Sekunde zur anderen. »Na, dann viel Spaß«, sagte sie.
Sie verschwand in die Küche, fischte sich mit der Gabel eine Frikadelle aus der Pfanne, aß sie, indem sie sie rundum in kleinen Bissen abnagte, nahm sich eine zweite, verspeiste sie ebenso, holte sich eine Flasche Cola aus dem Eisschrank, öffnete den Verschluß, setzte sie an den Mund und trank. Dann wusch sie sich die Hände am Spülbecken und stakste in die Diele hinaus.
Mutter und Sohn waren verschwunden.
Martina zog sich vor dem Garderobenspiegel die Lippen nach, setzte einen kräftigen grünen Strich über den Augenlieder, tuschte ihre Wimpern, bis sie wie Fliegenbeine zusammenklebten. Dann steckte sie ihre Schönheitsutensilien in ihr Handtäschchen, stolzierte auf ihren Beinen, die in dem Minirock und den giftgrünen Strümpfen etwas zu kompakt wirkten, zur Wohnungstüre.
Die Mutter kam aus Jürgens Zimmer. »Martina, du willst doch nicht etwa fort? Wir haben ja noch nicht gegessen!«
»Ich schon«, erwiderte Martina ungerührt.
Sie öffnete die Wohnungstüre, ließ sie mit einem Knall hinter sich ins Schloß fallen.
Nicht einmal sich selber gegenüber hätte sie zugegeben, wie unglücklich und verlassen sie sich fühlte.

Als sie aus dem Haus trat, fuhr gerade Gerd Singer in seinem offenen Wagen vor. Sie wartete nicht, bis er ausgestiegen war, sondern trat zu ihm an den Schlag, legte die Hand auf die Tür und schenkte ihm ihren schönsten Augenaufschlag.
»Hei, Gerd«, sagte sie mit einer Stimme, die sie für sinnlich hielt.
»Tag, Süße!« Er lehnte sich vom Steuer her zu ihr herüber.
»Führt dich was Besonderes in diese Gegend?« Sie war sich dabei durchaus bewußt, wie sehr seine Blicke von ihren festen,

kleinen Brüsten angezogen wurden, die sich unter dem engen Pullover herausfordernd abzeichneten. Es machte sie durchaus nicht verlegen, im Gegenteil, sie drückte die Schultern zurück und stellte sich bewußt in Positur.
Doch gerade diese Haltung ernüchterte ihn.
»Jürgen war heute nicht in der Schule«, erklärte er, sich zurücklehnend.
Sie ließ die dick getuschten Wimpern halb über die Augen sinken. »Wem erzählst du das?«
»Ist er krank?« fragte Gerd, »oder ist was passiert?«
Martina zuckte die Schultern. »Weder... noch...«
»Also was dann? Nun mach schon den Mund auf.«
Sie trat einen Schritt zurück. »Geh nur rauf. Kannst dich ja selber überzeugen.«
Gerd drückte die Autotüre auf. »Das werd' ich auch tun, da gibt's gar nichts zu grinsen.«
»Finde ich doch.«
Er wollte an ihr vorbei, aber das Mädchen reizte ihn. Er blieb stehen.
»Seit wann kriegt ein Schulschwänzer Krankenbesuche?« sagte sie. »Das ist wirklich der Witz des Jahrhunderts.«
»Du meinst... er hat nur...?«
»Klar. Morgen ist er wieder in der Penne. Da kannst du Gift drauf nehmen.«
»Ach, so ist das also.«
»Ja, so ist das. Geh nur rauf, wenn du nichts Besseres vorhast.«
Ihm kamen die Sorgen, die er sich um den Freund gemacht hatte, mit einem Mal lächerlich vor, und er nahm es Jürgen fast übel, daß nichts Ernstliches vorlag.
Er steckte sich eine Zigarette in den Mund, zündete sie an und betrachtete Martina durch den Rauch. »Wozu denn«, sagte er.
»Tja, das weiß ich auch nicht!« Sie drehte sich langsam, ohne ihn aus den Augen zu lassen, von ihm weg. »Tschau, Gerd...«
»Wo gehst du hin?«
»Zu Senta.«
»Da könnte ich dich hinfahren.«
»Wenn's dir Spaß macht!« sagte sie mit gespielter Gleichgültig-

keit, kletterte aber in sein Auto, bevor er Gelegenheit hatte, sein Angebot zurückzunehmen.
Er ging um den Kühler herum, setzte sich neben sie und ließ den Motor an. »Wollt ihr etwa noch Schularbeiten machen?«
Sie schob das Kinn vor. »O Boy! Seh ich so aus?«
»Eigentlich nicht.«
»Warum fragst du dann so blöd?«
»Ich wußte nicht, daß du einen Anstandswauwau brauchst, wenn du losziehen willst.«
»Das nicht«, sagte sie, »aber Money. Ich bin total blank, darum geht's.«
Er schwieg einen Augenblick. Sie wartete und hatte Mühe, ihre Spannung zu verbergen.
»Und wie wär's, wenn ich dich einladen würde?« fragte er endlich.
Sie wandte ihm ihr kleines Gesicht unter der goldblonden Mähne zu, sagte in kaum verschleierter Begeisterung: »Warum nicht?!«
»Sollen wir Senta mitnehmen?«
Martina lehnte hastig ab. »Ist nicht drin, sie hat keine Zeit. Ich habe schon mit ihr telefoniert, wollte sie nur anpumpen, weißt du.«
Sie lehnte sich in ihren Sitz zurück, sehr zufrieden darüber, wie sie die Sache hingebogen hatte. Sie machte sich zwar nicht das geringste aus Gerd, aber das spielte jetzt keine Rolle. Hauptsache war doch, ein Kavalier mit Auto, der bereit war, sie freizuhalten. Jetzt konnte sie nur hoffen, daß auch James im Beat-Keller sein würde – dem würde sie was aufzulösen geben!
James Mann war da, aber sie entdeckte ihn nicht gleich, obwohl sie mit Gerd tanzte und ihre Augen unentwegt über die wogenden Köpfe der jungen Leute wandern ließ. Währenddessen hatte sie nicht einmal ein Lächeln für ihren Partner. Er rief ihr einen Spaß zu, aber sie ging nicht darauf ein, war dankbar für den ohrenbetäubenden Lärm, der es ihr möglich machte, so zu tun, als wenn sie ihn nicht verstanden hätte.
Dann endlich sah sie ihren früheren Freund. Er trat in den Saal, die eine Hand auf der Schulter eines dürren Mädchens mit weißblondem, kurzgeschnittenem Haar, die er vor sich

herschob. Martina wurde es heiß und kalt, sie hätte am liebsten laut geschrien. Sie erinnerte sich noch zu gut, wie es gewesen war, als sie und nicht die andere auf die gleiche Art herumdirigiert worden war. Sie brauchte nur die Augen zu schließen, um sich den Druck seiner sehnigen, schmalen Hand auf ihrer Schulter vorzustellen.
Sie wußte, er würde jetzt zu den Tischen gehen, seinen Cognac und den des Mädchens trinken, bevor er sich unter die Tanzenden mischte. Und genau so geschah es.
Jetzt, jetzt kam er, und jetzt mußte er sie sehen!
Sie verbot es sich, ihn zu beobachten, warf ihm nicht einmal einen Blick aus den Augenwinkeln zu, aber sie war ganz sicher, daß er sie bemerkt hatte.
Nun würde sie ihre große Schau abziehen!
Sie lachte Gerd zu, bewegte sich mit einer Intensität, als wenn sie auf der Bühne stände, schwenkte die Hüften, streckte die Brust heraus, warf die blonde Haarfülle in den Nacken. Sie tat, als wenn sie sich noch nie so gut amüsiert hätte, und Gerd, der nicht begriff, um was es ging, machte ihr Spiel mit.
»Donnerwetter, Puppe«, brüllte er, »du hast viel mehr Temperament, als ich dir zugetraut hätte!«
»Da staunst du, was?« schrie sie zurück. »Wer hat, der hat!«
Ausgerechnet in dieser Situation stimmte die Band einen Blues an. Gerd Singer legte den Arm um sie, sie lächelte zu ihm auf und drängte sich dicht an ihn.
»Hallo, ganz schön sexy, was?« flüsterte er dicht an ihrem Ohr. »Wenn ich das früher geahnt hätte...«
»Du weißt eben manches noch nicht«, gab sie zurück und hätte etwas darum gegeben, den Ausdruck von James Manns Gesicht zu beobachten. – Er muß vor Eifersucht platzen, dachte sie.
»Aber eine gute Einsicht kommt nie zu spät, was?« fragte Gerd.
»Wer weiß«, sagte sie gedankenabwesend.
Seine Hand schob sich unter ihren Pullover und tastete ihr den Rücken hinauf.
Ihr war diese Berührung von ihm widerlich, sie hätte sich am liebsten losgerissen, aber sie biß die Zähne zusammen, denn sie wollte auf keinen Fall die Szene, die sie so mühsam aufgebaut hatte, verderben.

Sie hob ihren Mund hoch an seine Lippen, blickte ihn von unten her verführerisch an und sagte schmelzend: »Nimm die Pfoten weg, Boy!«
»Kannst du denn keinen Spaß verstehen?«
»Nicht mit so was!«
»Ich wollte ja bloß mal feststellen, ob du einen Büstenhalter trägst!«
»Das werde ich dir später mal zeigen. Aber nur, wenn du dich jetzt benimmst... entweder oder!« Sie atmete auf, als seine Hand zurückkroch.
»Wann?« fragte er. »Wann ist bei dir später?«
»Abwarten!«
»Bilde dir nur nicht ein, daß du mich zum Narren halten kannst.«
»Will ich ja gar nicht!«
»Dein Glück.«
Der Blues verklang, das Pausensignal ertönte, und die Paare schoben sich zu den Tischen zurück. Gerd Singer ging voraus und bahnte ihnen einen Weg. Plötzlich spürte Martina, daß James Mann neben ihr war. Sie sah sein Gesicht nicht, aber sie wußte, daß er es war. Der Geruch seines sehr männlichen Toilettenwassers war unverkennbar, und niemand hier außer ihm konnte es sich leisten, ein maisgelbes Hemd aus reiner Seide zu tragen. – Martinas Herz klopfte vor Erregung so stark, daß es ihr war, als müßte es jeden Moment ihre Brust sprengen. Sie vergrub die Nägel in die Handflächen, um nur ja nicht die Fassung zu verlieren. Sie wollte durchhalten um jeden Preis.
»Hallo, Kleines«, sagte er.
Beim Klang seiner Stimme durchzuckte es sie, aber sie antwortete nicht, sah starr geradeaus.
»Meinen herzlichen Glückwunsch«, sagte er, »wie ich sehe, hast du dich getröstet.«
»Hast du es anders erwartet?« Ihre Stimme klang ganz fremd in ihren eigenen Ohren, schien von weit her zu kommen.
»Aber ganz und gar nicht«, versicherte er, »im Gegenteil. Ich freu' mich für dich... und darüber, daß sich meine Erfahrung wieder mal bestätigt hat.«
Sie sah zu ihm auf. Seine tiefblauen Augen unter den dichten dunklen Wimpern blickten lächelnd auf sie herab, sein hübsches Gesicht war glatt und gelassen.

»Mehr bedeutet es dir nicht?« fragte sie fassungslos.
Er zeigte seine weißen, regelmäßigen Zähne, die zu schön waren, um echt zu sein. »Take it easy, Darling... was vorbei ist, ist vorbei!«
Das war zuviel. Verzweiflung überfiel sie wie ein Sturm, der sie in ihren Grundfesten schüttelte. Sie fühlte, daß sie die Tränen nicht länger zurückhalten konnte, drehte sich um und kämpfte sich gegen den Strom der anderen zurück und gegen den Ausgang zu.
Ehe Gerd sie vermißte, war sie schon im Freien. Sie rannte die Graf-Adolf-Straße entlang, hemmungslos schluchzend, blind vor Tränen überquerte sie die Fahrbahn.
Sie hörte das Quietschen der Bremse, ohne daß es ihr bewußt wurde, spürte den Stoß kaum, der sie auf das Pflaster warf. Dann waren Hände da, die an ihr zerrten, das Gesicht eines alten Herrn über ihr. »Um Himmels willen, Fräulein, ist Ihnen etwas geschehen?«
Und eine Frau zeterte: »Sie ist tot, Fritz, ich habe dir gleich gesagt, daß sie tot ist!«
Martina öffnete die Augen, richtete sich auf. »Nein«, sagte sie, »tot bin ich nicht... wenn dies nicht der Himmel ist.«
»Gott sei Dank!« sagte der alte Herr. »Können Sie aufstehen? Probieren Sie mal!«
Martina richtete sich mühsam auf.
»Sie sind uns direkt ins Auto gelaufen«, zeterte die Frau, »ich kann es beschwören, daß meinen Mann keine Schuld trifft!«
»Fühlen Sie sich besser?« fragte der Mann. »Kann ich Sie irgendwo hinbringen?«
»Danke«, sagte Martina, »das ist nicht nötig. Ich gehe lieber zu Fuß.« Sie setzte mechanisch Fuß vor Fuß, fühlte sich noch immer benommen.
Hinter sich hörte sie die Frau zetern: »Diese jungen Dinger heute. Hast du gesehen, wie die angestrichen war? Und der kurze Rock? Ob die Eltern das wissen? Furchtbar! Die hätte dich beinahe für dein ganzes Leben unglücklich gemacht!«
Blöde alte Schachtel, dachte Martina, dann aber mußte sie aufs neue schluchzen. Aber sie wußte nicht mehr so recht, weshalb sie weinte – um ihre betrogene Liebe oder weil ihr alle Glieder weh taten. Sie wußte nur, daß niemand da war, der sie tröstete.

10.

Vor der »Prärie-Auster« stand ein Portier in elegant taillierter, goldbetreßter Uniform. Er riß mit Schwung die Eingangstüre vor dem Bankprokuristen Molitor auf und ließ ihn in den Garderobenraum eintreten, wo eine nicht mehr ganz taufrische Schönheit seinen Mantel entgegennahm. Aus der Bar tönte müdes Klaviergeklimper.

Die Garderobenfrau bemerkte den Blick, den der Gast auf die leeren Ständer warf, sagte mit einem beflissenen Lächeln: »Noch nicht viel Betrieb im Augenblick, bei uns geht es erst später los. Aber die Damen sind schon alle da, jetzt haben Sie noch die Wahl.«

»Danke«, sagte er trocken, schob den Vorhang zur Seite und betrat die Bar, in der es im gleichen Augenblick lebendig wurde. Der Pianist schlug plötzlich energischer die Tasten. Zwei Mädchen in Cocktailkleidern, die sich an einem der kleinen Tische gegenüber saßen, strafften sich und lachten wie auf Kommando – die eine ließ rasch ein Rätselheft, die andere ein Strickzeug verschwinden. Auch die Bardamen unterließen das Gläserpolieren und warfen sich in Positur.

Die Beleuchtung war sehr intim und erhellte nur halbwegs den Raum mit den zahlreichen Nischen und der runden Tanzfläche. Helmuth Molitor brauchte einige Sekunden, bis er sich zurechtfand und Babsy erkannte. Sie trug ein schillerndes Abendkleid mit einem äußerst gewagten Ausschnitt, der es zuließ, daß man ihr aus einem gewissen Blickpunkt bis zum Nabel hinabsah. Sie saß rechts neben dem Mixer, der ihr gerade Feuer für die Zigarette gab, die sie in die lange Spitze steckte. Sie blickte Molitor aus schmalen Augen, mit einem ironischen Lächeln um die Lippen, entgegen.

»Der Herr ist mein Gast«, sagte sie zu ihren Kolleginnen über die nackte Schulter hinweg, und dann, ihm zugewandt: »Hallo, Helmuth, ich bin froh, daß Sie Ihr Versprechen gehalten haben.«

»Was blieb mir denn anderes übrig«, sagte er unfreundlich.
Ihr Lächeln vertiefte sich. »Auch wieder wahr. Was möchten Sie trinken?«
»Nichts. Ich möchte so schnell wie möglich wieder fort.«
»Aber, aber!« sagte sie in einer Art, die ihn als einen ungezogenen kleinen Jungen abstempelte. »Mit einem Glas in der Hand redet es sich um vieles leichter, und wir haben doch immerhin einiges zu bereden.«
»Ich wüßte nicht, was.«
Sie überhörte bewußt seinen Einwurf. »Ich denke, ein Whisky wird das Richtige sein, Whisky kann man, meiner Erfahrung nach, in jeder Lebenslage trinken.«
Sie gab je einen tüchtigen Schuß in zwei Gläser, ließ Eiswürfel hineinplumpsen. »Das Wasser können wir uns sparen.« Sie stellte die beiden Gläser auf ein Tablett, ein Schüsselchen mit Erdnüssen und eines mit Oliven dazu, trug beides um die Bar herum. »Kommen Sie, Helmuth!«
Er machte keine Anstalten, sie zu begleiten. »Wohin?«
Ihr Lächeln wurde noch eine Nuance belustigter. »Nur keine Angst, Süßer, ich beiße schon nicht.«
Sie wippte vor ihm her auf eine der Nischen zu, und es blieb ihm nichts anderes übrig, als ihr zu folgen. Ihr goldenes Abendkleid war auf dem Rücken tief ausgeschnitten wie ein Badeanzug, schmiegte sich aufreizend eng um die Hüften, reichte bis zu den gläsernen Absätzen ihrer hochhackigen Schuhe und war auf der linken Seite bis hoch hinauf geschlitzt.
Unter normalen Umständen hätte Helmuth Molitor das ganz sicher nicht völlig unbeeindruckt gelassen, aber in seiner augenblicklichen Verfassung hatte er wenig Sinn für weibliche Reize. Sie stellte das Tablett auf den niedrigen, viereckigen Tisch in der nur zur Tanzfläche hin offenen Nische, streifte die Asche von ihrer Zigarette und nahm mit einem Schwenken ihrer Hüfte Platz, schlug die Beine übereinander, so daß der Seitenschlitz des Abendkleides effektvoll zur Geltung kam.
»Na, wie gefällt es Ihnen bei uns?« fragte sie. »Ich weiß, der Laden wirkt jetzt noch ziemlich lahm, aber warten Sie nur... so in einer halben Stunde ist hier was fällig.«
»Bis dahin«, sagte er unfreundlich, »bin ich längst über alle Berge.«

Sie stützte das Kinn in die Hand, betrachtete ihn aus ihren gelben, funkelnden Augen. »Warum sind Sie eigentlich so grob zu mir, Helmuth?«
»Warum sollte ich nicht?«
»Aus Klugheit«, sagte sie ruhig. »Es ist ziemlich dumm von Ihnen, mich wie den lezten Dreck zu behandeln. Ich könnte Ihnen schaden, wissen Sie, wenn ich wollte... und andererseits könnte ich Ihnen behilflich sein.«
Er wußte, daß sie recht hatte, aber es kostete ihn Überwindung, es zuzugeben. »Sie können nicht von mir erwarten, daß mir die Situation Spaß macht.«
»Das tue ich auch nicht. Aber es wäre mir angenehmer, wenn Sie sich trotz Ihrer schlechten Laune an die Spielregeln der Höflichkeit halten würden.«
»Wenn ich das nicht getan habe«, sagte er steif, »bitte ich um Entschuldigung.«
»Na, sehen Sie, Helmuth!« Sie lächelte ihn an. »Das klingt schon besser!« Sie hob ihr Glas. »Cheerio! Und nun einen Schluck auf das, was wir hoffen.«
Der Whisky war gut und stark, er fühlte sich angenehm belebt. »Ich verstehe sehr gut, daß ich in Ihren Augen eine lächerliche Figur abgebe«, sagte er.
»Aber wieso denn?!« Sie legte ihm ihre kleine Hand mit den überlangen, violett lackierten Fingernägeln auf den Arm, »Sie wären ganz mein Typ. Und wenn wir uns unter anderen Umständen begegnet wären, hätte ich Ihnen bestimmt auch gefallen.«
»Kann sein«, stimmte er widerwillig zu.
»Na, sehen Sie, das klingt schon viel besser. Und nun, da wir festgestellt haben, daß wir gute Freunde sind, wollen wir sehen, daß wir das Geschäftliche hinter uns bringen. Ich nehme an, Sie haben das Geld bei sich?«
»Ja«, sagte er.
Sie streckte die Hand aus. »Also...«
Er holte etwas umständlich seine Brieftasche aus dem Jackett, öffnete sie, blätterte fünf Tausendmarkscheine vor sie auf den Tisch. Ohne die geringste Verlegenheit zählte sie das Geld noch einmal nach, betrachtete jeden Schein aufmerksam, bevor sie das Bündel zusammenfaltete und in ihrem Ausschnitt verschwinden ließ.

»Das wäre das«, sagte sie dann, »die nächste Rate ist heute in vierzehn Tagen fällig.«
»Aber... ich habe kein Geld mehr!« rief er verzweifelt.
»Ja, darum läßt Hannes Ihnen ja auch zwei volle Wochen Zeit!«
»Was nützen mir zwei Wochen?! Ich kann das Geld doch nicht aus dem Boden stampfen. Ich habe nichts mehr... nichts!«
»Wirklich nicht?« fragte sie ungerührt. »Dann muß er wohl falsch orientiert sein. Er ist nämlich der Meinung, daß Sie einen Bausparvertrag haben, auf den Sie ohne weiteres 35.000 Mark bekommen können.«
Er wurde blaß und rot. »Aber das«, sagte er, »sind meine letzten Sicherheiten! Ich habe Jahre gebraucht, bis ich soweit war...«
Sie tätschelte wieder seinen Arm. »Ich verstehe durchaus, daß das alles andere als angenehm für Sie ist!«
Er schüttelte ihre Hand ab. »Ich lasse mich nicht erpressen und auspressen wie eine Zitrone!«
»Ich fürchte, es wird Ihnen nichts anderes übrigbleiben!«
Der Pianist spielte »Moon River«, Inge Körners Lieblingslied, und das machte alles noch schlimmer.
»Können Sie dem Kerl nicht sagen, daß er endlich mit seinem verdammten Geklimper aufhören soll?«
Babsy drückte ihre Zigarette aus. »Lieber nicht. Es ist nun mal sein Beruf. Warum soll ich ihn kränken?«
Helmuth preßte beide Hände vor die Ohren.
Sie beugte sich zu ihm herab. »Allerdings, es gäbe schon einen Ausweg...«
Er ließ die Hände sinken. »Was haben Sie gesagt?«
»Daß es einen Ausweg gibt. Wenn ich Sie wäre...«
»Was würden Sie tun?«
»Ich würde das Geld flüssig machen. Fünfunddreißigtausend sind schon ein Anfang. Damit kann man sich eine Weile über Wasser halten oder sogar eine Existenz gründen. Im Ausland natürlich.«
Seine Haltung straffte sich. »Sie meinen...?«
»Klar«, sagte sie, »ehe ich das Geld diesem Menschen in den Rachen würfe, würde ich es doch lieber für mich selber ausgeben. Und kommen Sie mir jetzt nicht damit, daß Sie Familie

haben. Was heißt das schon. Ich wette, Ihre Familie hat schon mehr als genug von Ihnen gesogen.«
Er sah sehr nachdenklich aus, und sie merkte, daß ihre Worte auf fruchtbaren Boden fielen.
»Wenn Sie wüßten, seit wie lange ich auf eine solche Chance gewartet habe«, flüsterte sie ihm zu, »mir nimmt er es ja immer klein ab, dieser Schuft, dieser gemeine Kerl! Aber wir beide zusammen, wir könnten ihm die Suppe versalzen, hauen wir ab, Helmuth, lassen wir alles hinter uns! Nach uns die Sintflut! Fangen wir ein ganz neues Leben an!«
Da er immer noch schwieg, sie nur aus grübelnden Augen ansah, fügte sie stärker drängend hinzu, während sie ihr Knie unter dem Tisch zwischen seine Schenkel schob: »Nun, sag schon etwas...«
»Die Idee«, erklärte er langsam, »ist gar nicht schlecht...«
Während der Druck ihres Beines sich verstärkte, griff er in die Hosentasche und warf einen Schein auf den Tisch. »Wer möchte das nicht, seinen Verpflichtungen entfliehen... ein neues Leben beginnen!«
»Wunderbar«, sagte sie, »ich wußte sofort, du bist der Richtige! Du hast Mumm in den Knochen, mit dir kann man so etwas anfangen! Komm, laß uns gleich die Einzelheiten besprechen...«
»Dein Plan«, sagte er, »hat nur einen Haken. Wenn ich so etwas mache, dann nicht mit dir! Wenn schon, dann ein ganz neuer Anfang, und dazu brauche ich keine abgetakelte Fregatte.« Er stand auf. »Leb wohl, Babsy, und jedenfalls... schönen Dank für den Tip!«
Er ging quer über die leere Tanzfläche auf den Ausgang zu. Sie sah ihm nach, ihre Finger zerknüllten, ohne es zu merken, den Geldschein, den er auf den Tisch geworfen hatte. In ihren gelben Augen funkelte unverhüllter Haß.

Seine Enttäuschung war übermächtig, als ihm auf sein wiederholtes Klingeln an der Tür der Mansardenwohnung nicht geöffnet wurde. Er mußte sich zurückhalten, nicht mit beiden Händen gegen das Holz zu trommeln. Mühsam beherrschte er sich, zündete sich eine Zigarette an. Er lehnte sich gegen das Geländer, starrte in die Tiefe hinab, unfähig, zu einem Entschluß zu kommen, was er jetzt mit sich anfangen sollte.

Dann sah er sie die Treppe heraufsteigen, schmal, schlank und frisch. Zuerst konnte er nur ihr aschblondes Haar erkennen, einen Schimmer ihres hellen Gesichtes und ihre geraden Schultern in dem sommerlichen Chemisekleid. Er wollte sie anrufen, unterließ es aber, weil er sich nicht des Vergnügens berauben wollte, sie so ungestört beobachten zu können.
Sie blickte erst auf, als sie den letzten Absatz erreichte. Ihre Augen leuchteten auf, aber so spontan diese Regung kam, so schnell erlosch sie auch wieder.
»Inge«, sagte er und streckte ihr die Hand entgegen.
Aber sie schlug nicht ein. »Du hattest mir versprochen, Helmuth...«
»...dich nie wieder zu besuchen. Ja, ich weiß. Aber ich mußte einfach kommen. Begreife doch: Ich habe keinen Menschen...«
»Doch – deine Familie.« Sie ging an ihm vorbei, schloß die Wohnungstür auf.
»Das sollte man meinen«, sagte er mit bitterer Ironie. »Aber die kümmern sich keinen Deut um mich. Was mich angeht, ist ihnen vollkommen egal. Ich bin nur dazu da, ihre finanziellen Wünsche zu befriedigen.«
Sie ging, ohne sich nach ihm umzudrehen, in die Wohnung hinein. Er folgte ihr, packte sie bei den Schultern und zwang sie, sich ihm zuzuwenden und ihn anzusehen.
»Inge«, sagte er, »bitte, du darfst mich nicht zurückstoßen!«
Ihr helles Gesicht war dicht vor seinem, ihre Augen schimmerten.
»Mach's mir doch nicht so schwer«, sagte sie, »du weißt doch, es gibt für uns keine Lösung.«
Er ließ sie los, trat in ihr kleines Wohnzimmer. »Vielleicht doch.«
»Wir haben doch alles wieder und wieder durchgesprochen...«
»Stimmt«, sagte er, »aber eine Möglichkeit haben wir außer acht gelassen. Wir können fortgehen. Zusammen. In ein anderes Land. Ein neues Leben anfangen.«
»Du weißt genau, daß das nicht geht«, sagte sie nüchtern. Er fuhr herum, starrte sie an. »Und warum nicht? Ich habe mir alles genau überlegt. Es läßt sich durchführen, wenn wir nur wollen.« Sie lächelte, aber ihre klaren grauen Augen waren

dunkel geworden. »Was für ein Träumer du bist«, sagte sie, »manchmal komme ich mir älter vor als du.«
»Weich mir nicht aus«, sagte er rauh.
»Du kannst nicht von mir erwarten, daß ich deinen Vorschlag ernst nehme.«
Er trat auf sie zu. »Es ist mir ernst, ganz ernst, Inge! Die Welt ist riesengroß! Es muß für uns irgendwo einen Platz geben, wo wir in Frieden leben können.«
»Und deine Frau? Deine Kinder?«
»Ich habe jetzt fast zwanzig Jahre für sie gesorgt, war nur für sie auf der Welt. Aber einmal muß es genug sein. Ich bin überzeugt, daß sie durchaus imstande sind, für sich selbst zu sorgen, wenn ich nicht mehr da bin.«
»Helmuth«, sagte sie, »das redest du dir alles doch nur ein. Das kannst du nicht wirklich meinen.«
»Sie lieben mich nicht, und sie brauchen mich nicht«, sagte er bitter, »weder meine Frau noch Martina, und Jürgen schon gar nicht. Sie haben mich nur ausgenutzt, all die Jahre. Niemand versucht, auf meine Sorgen einzugehen... oder auch nur das zu tun, was gut und richtig wäre. Nein, die Wahrheit ist, ihnen liegt nichts an mir... und mir liegt nichts an ihnen.«
»Wenn das so ist«, sagte Inge Körner, sich abwendend, damit er ihr Gesicht nicht sehen konnte, »dann solltest du dir überlegen, ob nicht eine Scheidung das Richtige wäre.« Sie knipste ein welkes Blatt von einem Alpenveilchen.
»Damit würde meine Frau nicht einverstanden sein.«
»Dann bist du ihr also doch nicht so gleichgültig, wie du behauptest!«
Er ließ sich in den Backensessel fallen, stützte die Ellenbogen auf den Tisch, barg das Gesicht in den Händen. »Wir reden im Kreis«, sagte er erschöpft.
Sie setzte sich auf die Sessellehne, legte den Arm um seine Schultern. »Soll ich mit deiner Frau reden?«
Er blickte zu ihr auf. »Du?!«
»Ja, warum nicht? Bestimmt weiß sie nicht einmal, wie unglücklich du bist.«
»Nein«, sagte er, »sie wird es auch nie begreifen.«
»Du hast zwei Möglichkeiten«, sagte das Mädchen und streichelte seinen Nacken, »entweder du sprichst dich endlich einmal mit deiner Frau aus und versöhnst dich mit ihr...«

»Unmöglich«, sagte er hart.
»Oder du bittest sie, dich freizugeben. Sag jetzt nicht gleich wieder, sie wird's nicht tun. Das kannst du erst wissen, wenn du sie gefragt hast. Vielleicht ... nun, ich meine, wenn du so unter eurer Ehe leidest, dann ist sie womöglich genauso unglücklich und wird froh sein, wenn du ihr einen Ausweg bietest.«
»Dann hätte sie ja auch allen Grund zu lachen«, sagte er böse, »sie wäre mich los, aber zahlen müßte ich weiter ... bis ans Ende meiner Tage.«
Sie stand auf, brachte einige Schritte Entfernung zwischen sich und ihn.
»Das stimmt nicht«, sagte sie, »deine Kinder werden in wenigen Jahren erwachsen sein und dann ...«
»... bin ich alt und verbraucht!« fiel er ihr ins Wort. »Ist es denn so ... so unverständlich, wenn ich noch etwas von meinem Leben haben will? Mit dir zusammen, Inge?«
»Das nicht«, sagte sie leise, »ich verstehe dich sehr gut!«
»Ich habe einen Bausparbrief«, sagte er, »das angesparte Geld kann ich mir jederzeit auszahlen lassen. Es ist kein Vermögen, aber es genügt für den Anfang. Du brauchst keine Angst zu haben. Es ist alles ganz einfach. Wir verschwinden von hier, lassen alles hinter uns und werden sehr, sehr glücklich sein.« Er sprang auf und wollte sie in die Arme nehmen.
Aber sie wich vor ihm zurück. »Es tut mir leid, Helmuth«, sagte sie mit spröder Stimme, »aber ich bin nicht der Typ für solche Sachen. So etwas liegt mir einfach nicht.« Sie sah, wie sein Gesicht sich verfinsterte, und fügte rasch hinzu: »Sag jetzt nicht, daß ich dich nicht liebe! Das wäre zu billig. Noch nie hat mir ein Mann soviel bedeutet wie du. Aber mir liegen nun mal die Hintertüren nicht.«
Er ließ die Hände sinken. »Das hätte ich mir denken können.«
»Ja, das hättest du«, bestätigte sie ruhig, »denn du hättest mich kennen sollen. Ich bin keine Abenteurerin!«
»Glaubst du denn, mir fiele es leicht, dir so etwas vorzuschlagen?« brach es aus ihm heraus. »Mir würde es nichts ausmachen, alles aufzugeben ... meine Karriere im Stich zu lassen?«
»Warum willst du es denn? Sag mir die Wahrheit, bitte, ich

wußte ja gleich, daß mehr dahintersteckt, als ... bitte, sag mir die Wahrheit!«
Er hörte die liebevolle Eindringlichkeit ihrer Stimme, sah den leidenschaftlichen Ernst in ihrem jungen Gesicht und kämpfte mit der Versuchung, sich ihr anzuvertrauen. Der Druck war so stark geworden, daß er ihn keine Sekunde länger ertragen zu können glaubte.
Aber er wollte sie nicht in sein Unglück mithineinziehen.
»Nichts steckt dahinter«, sagte er gepreßt, »was bildest du dir auch ein?!«
»Daß so etwas nicht zu dir paßt ... nicht zu dem Mann, den ich von Anfang an bewundert habe! Du warst für mich immer das Urbild eines anständigen Menschen, korrekt bis in die Fingerspitzen, verantwortungsbewußt...«
»Sieht ganz so aus, als wenn wir uns beide geirrt hätten«, sagte er mit einem Lächeln, das zur Grimasse wurde, drehte sich um und ging zur Tür.
Sie machte eine Bewegung, ihm zu folgen, öffnete den Mund, ihn zurückzurufen – aber dann tat sie nichts dergleichen, stand nur da und ließ ihn gehen.
Er wandte sich nicht ein einziges Mal zu ihr um, und so sah er nicht den Schmerz in ihren Augen.
»Wenn ich dir nur helfen könnte«, flüsterte sie.
Aber dann war er schon gegangen. Die Wohnungstür fiel hinter ihm ins Schloß.

Frau Molitor hatte den ganzen Abend allein vor dem Fernseher gesessen, ohne sich auf das Programm konzentrieren zu können. Immer wieder schoben sich Bilder ihres Mannes, ihrer Tochter, ihres Sohnes davor. Sie konnte beim besten Willen nicht von den Problemen loskommen, die in letzter Zeit auf sie eingestürmt waren.
Nach den Spätnachrichten schaltete sie den Apparat aus. Sie lüftete das Wohnzimmer, machte für ihren Mann das Bett auf der Couch zurecht. Es hatte sich bereits eingebürgert, daß er nicht mehr im gemeinsamen Schlafzimmer schlief. Es gab ihr jedesmal einen Stich, doch er hatte auf keinen ihrer vorsichtigen Versuche, diesen Zustand zu ändern, reagiert.
Aus Jürgens Zimmer drang Radiomusik in die Diele. Natür-

lich Popmusik. Wieder einmal hatte er den Empfänger auf volle Lautstärke gestellt.
Sie wollte ihn zur Ruhe mahnen, besann sich, ging in die Küche und goß Kakao auf. Sie tat reichlich Sahne und Zucker hinein und brachte die Tasse auf dem Tablett in sein Zimmer.
Der Raum war halbdunkel, nur die Nachttischlampe brannte. Jürgen lag auf dem Rücken, die Hände unter dem Kopf verschränkt, und starrte zur Decke. Als sie eintrat, wandte er ihr lediglich die Augen zu.
»Ich habe dir einen Schlummertrunk gebracht«, sagte sie liebevoll.
Er murmelte etwas, was sie für einen Dank nahm.
»Stell doch die Musik etwas leiser«, bat sie.
»Gefällt's dir nicht?«
»Doch, doch«, beeilte sie sich zu versichern, »nur, es ist ein bißchen laut...«
»Kann ich nicht finden.«
»Du hast eben elastischere Trommelfelle«, sagte sie lächelnd, stellte das Tablett auf seinen Nachttisch und drehte am Knopf des Transistorgerätes.
»Jetzt hört man überhaupt nichts«, maulte er.
»Macht nichts, du mußt sowieso gleich schlafen. Komm, setz dich auf, trink deine Schokolade! Du hast sie immer so gern...«
Sie wollte von ihm hören, daß er sich genauso lebhaft wie sie an die Jahre seiner Kindheit erinnerte, die für sie soviel Gemeinsames bargen. Aber er ging nicht darauf ein.
»Ich bin überhaupt nicht müde«, trotzte er statt dessen.
Ein Schatten fiel über ihr Gesicht. »Das kann ich mir lebhaft vorstellen, nachdem du den ganzen Tag im Bett gelegen hast. Aber du wolltest ja nicht zu mir ins Wohnzimmer kommen.«
»Weil ich mich für so 'nen Quatsch, wie im Fernsehen kommt, einfach nicht interessiere!«
»Warum hast du dann nicht wenigstens etwas gearbeitet? Es hätte dir bestimmt nicht geschadet, wenn du deine Nase mal in ein Schulbuch gesteckt hättest.«
Er sah sie über den Rand der Tasse hinweg an. »Jetzt sprichst du genau wie Vater.«

Sie erhob sich. »Langsam komme ich darauf, daß das die einzige Art ist, auf die ihr reagiert. Also, schlaf jetzt.« Sie wandte sich zur Türe.
Er merkte, daß er sie gekränkt hatte, und das lag durchaus nicht in seiner Absicht. »Bleib doch noch, Mama«, sagte er, »leiste mir ein bißchen Gesellschaft!«
Ihr Ärger schmolz sofort dahin. »Na schön«, sagte sie, »bis du deine Tasse leer getrunken hast.«
Er nahm einen tiefen Schluck. »Der Kakao schmeckt prima!«
»Das glaube ich dir gerne.« Sie lachte. »Jetzt hast du einen Schnurrbart!« Mit dem braunen Strich über der Oberlippe, den zerzausten blonden Locken, den sanft geröteten Wangen und den großen blauen Augen sah er aus wie ein kleiner Junge – ihr kleiner Junge! –, und sie genoß diese Täuschung von ganzem Herzen.
Es entging ihm nicht, daß ihre Stimmung umgeschlagen war, und sofort versuchte er, das auszunutzen. »Du Mummsi«, sagte er, bewußt das kindliche Kosewort gebrauchend, »du weißt doch noch, was du mir versprochen hast?«
»Keine Ahnung.«
»Daß ich ein eigenes Auto bekomme!«
»Habe ich das?« fragte sie.
»Ja, ganz bestimmt. Und ich nehme dir auch nicht ab, daß du das wieder vergessen hast.«
»Ich kann dir nichts versprochen haben, was nicht in meiner Macht liegt«, sagte sie, »höchstens habe ich gesagt, daß ich deinen Wunsch unterstützen werde.«
»Und«, fragte er, »hast du das getan? Hast du mit Vater gesprochen?«
Sie zog mit dem Fingernagel eine Linie über den Bettbezug. »Ich habe es mehr als einmal versucht, aber Vater ist so ... so besonders schwierig in letzter Zeit. Das mußt du doch gemerkt haben.«
Jürgen stellte die Tasse klirrend auf den Unterteller. »Und nur weil Vater so schwierig ist, muß ich ...«
»Paß auf, daß du keinen Kakao verschüttest!« sagte sie.
»Weich mir nicht aus!« mahnte er böse.
»Natürlich müssen wir uns nach Vater richten«, erklärte sie, »er ist schließlich ... das Familienoberhaupt. Ja, ich weiß, ihr haltet diesen Standpunkt für hoffnungslos altmodisch, aber

man kann darüber denken, wie man will: Er ist es schließlich, der das Geld verdient, also kann er auch entscheiden, wie es ausgegeben werden soll.«
»Aber ich habe doch schon hundertmal erklärt, daß ich in den Ferien arbeiten will und...«
Sie fiel ihm ins Wort. »Du solltest hin und wieder mal Zeitung lesen, Jürgen. Es ist nämlich gar nicht mehr so, daß euch jungen Leuten die Arbeit und das Geld geradezu nachgeworfen werden. Ferienarbeitsplätze sind kaum noch zu bekommen.«
»Ach was, ich schaffe es schon ... wenn Vater bloß nicht darauf besteht, daß ich mit euch verreise!«
Sie nahm ihm Tasse und Unterteller ab, stellte beides zurück auf das Tablett. »Wäre das wirklich so schrecklich?« fragte sie mit einem wehen Lächeln.
»Aber, Mutti, du weißt doch, wie ich es meine...«
Sie wollte aufstehen, aber er zupfte an ihrem Kleide, hielt sie zurück. »Wenn ich wenigstens den Führerschein machen dürfte!«
»Mal sehen...«
»Nein«, sagte er, »nicht in den Ferien ... jetzt Mutti! Wenn ich nur etwas vorzuweisen habe, würde sich Vati bestimmt viel eher überreden lassen. Und ich ... ich brauche einfach einen gewissen Auftrieb, das mußt du doch verstehen, Mummsi, sonst halte ich es nicht durch!«
Sie zögerte mit der Antwort, und er spürte, daß er schon fast gewonnen hatte.
»Frag von mir aus Dr. Opitz«, stieß er nach, »der wird dir bestimmt bestätigen, was ich sage! Ich brauche ... eine Hoffnung! Damit ich weiß, wofür ich büffle ... ich schwöre dir, daß auch meine Schulleistungen sich hundertprozentig bessern werden, wenn ich ein Ziel vor Augen habe!«
»Ich weiß nicht, was Vati...«
Jürgen ließ seine Mutter nicht ausreden. »Das sagen wir ihm gar nicht! Erst wenn ich die Fahrprüfung bestanden habe, ja? Ich habe doch ein Sparkonto...«
Sie schüttelte den Kopf. »An das kommst du ohne Vatis Unterschrift nicht ran.«
»Ja«, sagte er, »stimmt. Verdammt noch mal. Was ist das bloß alles für ein Mist.«

»Bitte, nimm dich zusammen, nicht solche Ausdrücke«, mahnte sie, aber es tat ihr weh, seine Enttäuschung zu sehen. Er hatte die Ellenbogen auf die Knie gestemmt, die Wangen in die Fäuste gestützt, so daß sie sich hochschoben und seine Augen zu Schlitzen verengten.
»Vielleicht könnte ich das Geld flüssig machen...«, sagte sie. Sofort veränderte er seine Haltung, er hob den Kopf und strahlte sie an. »Wirklich? Kannst du das?«
»Ich habe ja immerhin auch ein Konto. Eigentlich ist es ja für Extraausgaben bestimmt...«
»Aber meine Fahrstunden sind doch eine Extraausgabe!«
»Sieht ganz so aus.«
»Bitte, Mutti!« Er klammerte sich an ihre Hand. »Bitte, versprich mir, daß du nicht nur Spaß gemacht hast, daß du es wirklich tust...«
»Ja, mein Liebling!«
»Gleich morgen...«
»Also, ich weiß nicht...«, sagte sie, weil sie sein Betteln und Bitten noch länger genießen wollte.
»Gleich morgen, versprich es mir, Mama! Gleich morgen gehst du auf die Bank und holst das Geld ab!«
»Na schön. Ich sehe zwar nicht ein, warum es so eilig ist...«
»Doch, das ist es! Dann kann ich genau zu meinem 18. Geburtstag meinen Führerschein machen! Das soll meinetwegen mein einziges Geburtstagsgeschenk sein.«
Sie strich ihm durch die Haare. »Mein bescheidener Junge«, sagte sie mit leichtem Spott, »also abgemacht. Aber jetzt wird brav geschlafen, ja?«
Er stellte sofort den Radioapparat aus. »Ich tue alles, was du willst, Mami!«
»Fein!« Sie beugte sich über ihn und küßte ihn zärtlich. »Dann sieh zu, daß du so schnell wie möglich einschläfst, denn morgen mußt du früh heraus, da gibt es kein Pardon... und vergiß nicht, dir die Zähne zu putzen.«
»Ja, Mutti.« Als sie schon mit dem Tablett an der Tür war, rief er ihr nach: »Aber Vati sagen wir nichts davon, großes Ehrenwort!«
Sie wandte sich noch einmal zu ihm um. »Abgemacht«, sagte sie, »das soll unser Geheimnis sein!«

Schon am nächsten Tag bereute Gisela Molitor, sich mit ihrem Sohn gegen ihren Mann verschworen zu haben.
Sie hatte zwar in den Jahren ihrer Ehe schon öfter Heimlichkeiten vor ihm gehabt – nicht allein wegen der kleinen Mißgeschicke in der Haushaltsführung, sondern hatte auch Streiche und Dummheiten der Kinder, so gut es eben ging, vertuscht – aber noch niemals hatte sie ganz bewußt etwas hinter seinem Rücken unternommen, von dem sie mit Sicherheit wußte, daß er es nicht gutheißen würde. Nie vorher hatte sie von ihrem persönlichen Konto etwas abgehoben, ohne mit ihm vorher darüber zu sprechen, selbst wenn es sich nur darum handelte, daß sie mit dem Wirtschaftsgeld nicht ausgekommen war.
Am liebsten hätte sie beim Frühstück, als Jürgen und Martina schon aus dem Hause waren, das Thema vor ihm angeschnitten. Aber er gab sich so kurz angebunden und abweisend, verschanzte sich völlig hinter seiner Zeitschrift, daß sie den Mut nicht fand.
Als er dann ohne Abschiedskuß die Wohnung verließ, veranlaßten Zorn und Kummer sie, ohne ihn zu handeln. Nachdem sie aufgeräumt hatte, duschte sie und machte sich sorgfältig zurecht – sie wußte, daß sie von den Kolleginnen und Kollegen ihres Mannes unter die Lupe genommen würde – und zog sich ihr schickes weißes Kostüm an. Sie wäre gerne noch zum Friseur gegangen, aber sie verzichtete darauf, weil sie fürchtete, es zeitlich nicht zu schaffen. Wenn sie ihren kleinen weißen Strohhut aufsetzte, sah man ohnehin nicht, daß ihr blondes Haar an den Wurzeln bereits nachzudunkeln begann.
Gisela Molitor besorgte erst ihre Einkäufe, bevor sie die Bank betrat, das gefüllte Netz in der rechten Hand, die Tasche unter den linken Arm geklemmt. Die Filiale war verhältnismäßig klein, es gab nur einen Schalter, der für ihr Anliegen in Frage kam, und sie ging geradewegs darauf zu.
Der Mann dahinter verbeugte sich, lächelte, zwinkerte mit den Augen. »Guten Tag, Frau Molitor ... wie geht's? Herrliches Wetter heute, was?« Er streckte ihr die Hand halb entgegen, zog sie wieder zurück, als wenn er unsicher wäre, wie er sie begrüßen sollte.
Sie reichte ihm die Hand, um es ihm leichter zu machen, sagte verlegen: »Guten Tag ... ja, ich bin lange nicht mehr hier ge-

wesen!« Sie wußte, daß sie den Mann kannte, doch war ihr sein Name entfallen, und sie zerbrach sich vergeblich den Kopf danach.

»Ich nehme an, Sie wollen Ihrem Gatten einen kleinen Besuch abstatten?«

»Nein, eigentlich nicht...« Sie sah das Namensschild, das hinter der Glasscheibe steckte, fügte erleichtert hinzu: »Herr Strasser!« Plötzlich, da sie wußte, mit wem sie es zu tun hatte, war ihr viel leichter zumute. »Ich möchte Geld von meinem Konto abheben«, sagte sie, »zweihundert Mark! Wenn Sie so freundlich sein möchten, mir ein Formular zu geben!«

»Aber mit dem größten Vergnügen, Frau Molitor! Ich hole gleich ihre Kontokante.« Er schob ihr einen Zettel zu. Sie füllte ihn am Schalter stehend aus.

Als sie fertig war, stand er schon wieder vor ihr, nahm den Schein entgegen. »Wir wollen also unser Konto ein bißchen überziehen«, sagte er lächelnd.

Sie stutzte. »Überziehen?«

»Ja«, sagte er, »aber das macht nichts! Als Gattin unseres verehrten Kollegen haben Sie natürlich Kredit! Vor allem, so lange es sich nur um Summen von dieser Größenordnung handelt!« Herr Strasser lachte, als wenn er einen glänzenden Witz gemacht hätte.

»Aber nein«, sagte sie, »ich brauche keinen Kredit! Ich bin ganz sicher, daß noch über dreihundert Mark da sein müssen! Die genaue Summe weiß ich nicht, aber es waren bestimmt über dreihundert Mark.«

Er schüttelte lächelnd den Kopf. »Nein, nein, da irren Sie sich, Frau Molitor! Aber, ich bitte Sie, das muß Ihnen gar nicht peinlich sein, so etwas kommt viel häufiger vor, als Sie glauben.«

»Ich irre mich bestimmt nicht, ich weiß es ganz genau...« Sie merkte, daß ihre Stimme schrill wurde, brach ab, und fügte in bewußt gedämpftem Ton hinzu: »Wenn Sie vielleicht noch einmal nachfragen würden...«

Er wurde ernst. »Selbstverständlich, Frau Molitor...« Er verschwand im Hintergrund des Kassenraums.

Sie wartete, nervös, und dennoch überzeugt, daß es sich um ein Mißverständnis handeln mußte. Sie war ganz sicher, daß sie nichts mehr abgehoben hatte, seit zwei Monaten – einmal

war sie nahe daran gewesen, aber sie hatte sich, mit Rücksicht auf die bevorstehende Sommerreise, ganz bewußt zurückgehalten. Also konnten auch bei der Bank solche Dinge vorkommen. Sie malte sich schon aus, wie sie es ihrem Mann erzählen und ihn damit aus seiner Reserve herauslocken würde.
Herr Strasser kam zurück, stützte den Unterarm auf und beugte sich, ihren Zettel in der Hand, dicht zu ihrem Ohr. »Es ist so, wie ich es gesagt habe, auf Ihrem Konto sind noch genau sechzig Mark. Aber wir werden selbstverständlich...«
Es war ihr, als wenn ihr eine unsichtbare Kraft den Boden unter den Füßen wegzöge, sie klammerte sich an das Schalterbrett. »Aber ... das ist doch nicht möglich!«
Er sagte nichts, blickte sie nur an, und plötzlich verstand sie: Ihr Mann hatte das Geld abgehoben, und Herr Strasser wußte es. Aus seinen Augen sprach so viel Mitleid, daß sie erst blaß, dann rot wurde.
Ihr Mann hatte über ihr Konto verfügt, und hatte es nicht einmal für nötig gehalten, es ihr zu sagen. Er hatte nicht nur ihr Geld genommen, sondern sie auch noch einer so überaus peinlichen Situation ausgesetzt!
»Entschuldigen Sie«, murmelte sie, »bitte ... ich wußte nicht...«
»Das macht ja nichts, Frau Molitor! Wie hätten Sie das Geld denn gerne ... in großen oder kleinen Scheinen?«
»Nein, danke, ich möchte daraufhin lieber nicht ... ich werde erst mit meinem Mann sprechen!«
Sie ging zu der Tür, die den Publikumsraum mit den Schaltern verband. Herr Strasser eilte ihr von innen entgegen, öffnete. Sie brachte kein Wort des Dankes hervor, fühlte Blicke wie Nadelstiche im Rücken, als sie weiterging.
Herr Strasser öffnete vor ihr auch die Türe zu den Büroräumen. »Soll ich ganz kurz nachsehen, ob Ihr Gatte frei ist?« fragte er.
Sie sah an ihm vorbei. »Das wird nicht nötig sein.«
Sie marschierte geradewegs auf sein Zimmer zu, ging ohne zu grüßen an Inge Körner vorbei, die aufgesprungen war und sie nach ihren Wünschen fragte. Sie schob das Mädchen beiseite und riß die Türe zum Arbeitsraum ihres Mannes auf.
Er saß hinter seinem Schreibtisch, in Abrechnungen vertieft. Niemand war bei ihm.

Er hob den Kopf, sah sie an, machte aber keine Anstalten, aufzustehen. »Was willst du?« fragte er. »Du weißt genau, wie ich solche Überfälle hasse.« Er suchte über ihre Schulter hinweg den Blick Inge Körners, die hinter ihr in der Tür stehengeblieben war.

»Verzeihen Sie bitte, Herr Molitor, ich weiß... Bitte, glauben Sie mir, es war nicht meine Schuld...«, stotterte sie als seine Sekretärin verwirrt. Aber konnte man die Gattin des Chefs etwa im Vorzimmer abweisen?

»Danke, es ist gut«, sagte Herr Molitor denn auch mit heiserer Stimme. Seine Frau aber blieb unbeeindruckt. »Bitte, versuche nicht, mir noch etwas vorzumachen. Wenigstens weiß ich es jetzt.«

Ihr Mann wurde blaß, seine Lippen verfärbten sich bläulich, seine Finger umklammerten krampfhaft die Schreibtischkante.

»Herr Molitor, um Gottes willen!« schrie seine Sekretärin auf. Sie riß die Tür zur Wandnische auf und ließ Wasser in ein Glas laufen.

Jetzt war die Frau erst recht überzeugt, einen Schuß ins Schwarze getan zu haben. »Es geht also um eine andere Frau!« warf sie ihm vor.

Das Wasser, das Inge Körner ihrem Chef bringen wollte, schwappte auf den Teppich. Er nahm ihr das Glas aus der Hand und tat einen tiefen Schluck. Sein Gesicht bekam wieder Farbe.

»Du bist ja verrückt«, fertigte er seine Frau ab.

Frau Molitor trat dicht an den Schreibtisch heran. »Nein«, sagte sie, »so leicht lasse ich mich nicht auf die Seite schieben. Ich weiß jetzt Bescheid. Für wie dumm hältst du mich eigentlich?«

Er fiel ihr ins Wort. »Bitte, Gisela, mäßige dich. Wir sind nicht allein.«

»Und wenn schon!« Sie wandte sich nach der Sekretärin um. Ihre Augen sprühten vor Zorn. »Wahrscheinlich weiß dieses Fräulein ohnedies mehr über dich als ich. Auf mich hast du jedenfalls nicht dergleichen Rücksicht genommen. Wer bin ich denn auch schon für dich? – Ich bin ja nur mit dir verheiratet!«

»Fräulein Körner, bitte, lassen Sie uns allein«, sagte er mit schmalen Lippen.
Das Mädchen trat heran und wollte das Glas mitnehmen, das er auf der polierten Schreibtischplatte abgestellt hatte.
Da verlor er die Nerven. »Gehen Sie doch schon«, zischte er unbeherrscht, »was wollen Sie denn noch?«
Inge Körner wurde erst rot, dann blaß. Sie holte Luft, preßte dann aber die Lippen aufeinander und verließ das Zimmer.
Die Frau nahm an ihrer Stelle das Glas, brachte es in die Waschnische zurück, schüttete das restliche Wasser aus und stellte das Glas zurück in den Halter. Dies alles geschah mit äußerster Beherrschung. »Du machst nichts besser damit, indem du herumbrüllst. Deine Sekretärin ist schließlich nicht schuld. Es genügt, wenn du mich blamierst, findest du nicht?« – Sie nahm das Handtuch und rieb den Wasserring weg, den das Glas auf der polierten Platte hinterlassen hatte.
Er zündete sich mit flatternden Händen eine Zigarette an, wartete, bis sie das Handtuch weggehängt und die Tür zum Waschkabinett geschlossen hatte. »Also – weshalb bist du gekommen?« Er hatte seine Stimme wenigstens wieder in der Gewalt. Sie ging mit steifen Beinen zum Besuchersessel und ließ sich darin nieder.
»Ich war am Schalter und wollte Geld von meinem Konto abheben«, sagte sie und sah ihm gerade in die Augen.
»Na und?« fragte er und streifte die Asche von seiner Zigarette, eine Gelegenheit, ihrem Blick auszuweichen.
»Das fragst du?« Sie konnte nur mühsam an sich halten, mußte tief Atem holen, bevor sie weitersprechen konnte. »Dabei weißt du ganz genau, daß praktisch nichts mehr drauf ist, nachdem du dich daran vergriffen hast!«
»Zum Donnerwetter, ich habe mich nicht daran vergriffen, sondern lediglich eine gewisse Summe abgehoben, weil ich das Geld gebraucht habe.«
»Ohne mir etwas zu sagen...?«
Er zerdrückte die Zigarette nervös in der Aschenschale. »Bin ich dazu verpflichtet?«
»Es war immerhin mein Konto!«
Er lächelte böse. »Aber es ist mein Geld!«
Sie ließ sich im Sessel zurücksinken, starrte ihn an wie einen wildfremden Menschen. Und das war er ihr tatsächlich in die-

sem Augenblick, so fremd – als wenn sie diesen Mann noch nie gesehen hätte.

»Jeden Pfennig auf diesem Konto habe ich verdient«, fuhr er sie an, irritiert von ihrem Schweigen. »Seit wir verheiratet sind, bin ausschließlich ich es gewesen, der das Geld heranschaffen mußte und für alles sorgen. Und da wagst du es, mir Vorwürfe zu machen, wenn ich es für richtig halte, über ein paar hundert Mark nach eigenem Gutdünken zu disponieren?«

»Und du hast nicht einen Augenblick daran gedacht, wie ich dastehen würde, wenn ich selbst Geld abheben wollte und erst durch den Kassier erführe...«

»Wozu brauchtest du Geld?« konterte er. »Bisher war es noch immer bei uns Sitte, daß größere Ausgaben zuerst besprochen wurden...«

»Das sagst ausgerechnet du? Du nimmst das Recht für dich in Anspruch, Heimlichkeiten zu haben, von mir aber verlangst du...«

»Und mit Recht! Hätte ich gewußt, daß du plötzlich Geld benötigst...«

»Dann hättest du das Konto schnell entsprechend aufgefüllt, ehe ich etwas davon von deinen Manipulationen gemerkt hätte, nicht wahr?« Ihre Lippen zuckten.

»Zum Teufel«, fuhr er auf, »wessen verdächtigst du mich eigentlich?«

Auch sie erhob sich, stand ihm gegenüber. »Dessen, daß du mich betrügst. In mehr als einer Hinsicht. Glaubst du denn, ich hätte nicht gemerkt, wie sehr du dich in letzter Zeit verändert hast? Für deine Familie bist du kaum mehr ansprechbar. – Du hast also eine Geliebte«, stellte sie abschließend fest.

»Das ist doch alles vollkommener Unsinn.«

»Ach, ist es das wirklich? – Dann bist du wohl auch nur aus unserem Schlafzimmer ausgezogen, weil die Couch um vieles bequemer ist?«

Er griff sich mit beiden Händen an den Kopf. »Das mußte ja kommen! Das hat gerade noch gefehlt!«

Sie trat auf ihn zu. »Du brauchst gar nicht so zu tun, als ob ich verrückt sei.«

»O nein«, sagte er schneidend, »das bist du nicht, ganz und gar

nicht. Du bist mit allem völlig im Recht, und du sollst auch deinen Willen haben. Sage nur, wieviel Geld du brauchst, und ich werde mir dafür einen Vorschuß geben lassen. Und wenn du so darauf bestehst, werde ich auch ab heute wieder neben dir schlafen. Ganz wie du willst.«
»O nein, besten Dank!« Jetzt war sie nahezu außer sich. »Ich brauche dein stinkendes Geld nicht, ich kann mir auch allein verdienen, was ich brauche. Und schlafe du nur weiterhin auf deiner Couch – oder bei deiner Geliebten. Was macht mir das jetzt noch aus...?«
Sie drehte sich um, tastete blind vor Tränen nach der Tür und stürzte hinaus.

Helmuth Molitor blickte seiner Frau nach, ein wenig beschämt und doch fast erleichtert. Dann zündete er sich eine neue Zigarette an, tat ein paar Züge und ging zur Tür, um sie zu schließen. Auf der Schwelle stand er unvermittelt Inge Körner gegenüber. »Entschuldige das von vorhin«, sagte er mit einer vagen Handbewegung, die alles erklären sollte.
Sie schüttelte unwillig den Kopf, als sei das unwesentlich. »Weiß sie etwas von uns beiden?« fragte sie heiser.
»Nein«, beruhigte er sie und legte ihr die Hand auf die Schulter. Unter dem dünnen Stoff ihres Kleides spürte er ihr junges, festes Fleisch.
»Aber weswegen hat sie sich denn so aufgeregt?«
»Wegen nichts.«
Das Mädchen hatte die Augen ungläubig aufgerissen. »Wegen nichts? – Aber dann... dann muß sie krank sein, Helmuth. Das... das ist nicht mehr normal.«
Er ließ sie los. »Nun fang du nur nicht auch noch an, Theater zu machen«, sagte er unwillig.
»Entschuldige«, entgegnete sie mit steifen Lippen und wollte die Türe zuziehen.
Er hielt sie zurück. »Inge...«
Sie blieb stehen, zögerte, kam ihm aber nicht entgegen. »Ja...?«
»Entschuldige, bitte, Inge, du mußt doch verstehen... ich bin ziemlich fertig. Dieser Auftritt eben hat mir den Rest gegeben.« Er ließ sich in den Sessel hinter seinem Schreibtisch sinken.

Sie schloß die Türe, kam näher. »Ich weiß, Helmuth«, sagte sie. Er schenkte ihr ein kleines, schiefes Lächeln. »Dann setze mir bitte nicht so zu!«
Sie streckte die Hand aus und strich ihm über das braune Haar, das auf dem Oberkopf schon schütter wurde. »Ich möchte dir doch nur helfen...«
»Das tust du, wenn du lieb zu mir bist!« Er schob seine Hand in den Ausschnitt ihrer Bluse.
Sie ließ es ohne Widerstand zu. »Weiß sie wirklich nichts von uns?«
»Nein – wenn ich es sage! Sie ist nur mißtrauisch, weil ich aus dem Schlafzimmer ausgezogen bin.«
Sie errötete, legte ihren Kopf auf sein Haar. »Bist du das?«
»Habe ich es dir nicht gesagt?«
»Nein«, flüsterte sie, »kein Wort...«
»Seit ich bei dir war, ging das nicht mehr...«
»Ich verstehe!«
Einige Minuten verharrten sie so, reglos, in zärtlicher Nähe. Dann packte sie sein Handgelenk, drängte ihn zurück, richtete sich auf. »Und wenn du dich wieder... mit ihr versöhnen würdest«, fragte sie mit zitternder Stimme.
Er legte den Kopf in den Nacken, sah zu ihr auf. »Möchtest du das?«
Sie antwortete nicht sogleich. »Nein«, sagte sie dann leise.
Er zog sie auf seinen Schoß. »Dann ist es ja gut, Liebling. Dann wird alles gut!«
Aber auch jetzt konnte er die Drohung, die über seinem Leben schwebte, nicht vergessen.

11.

Jürgen raste nach Schulschluß, ohne sich von seinen Freunden zu verabschieden, aus dem Klassenzimmer, die Treppe hinunter, über den Schulhof und galoppierte in wilden Sätzen zum Graf-Adolf-Platz. Er hoffte, eher an der Haltestelle der Straßenbahn zu sein als die Mädchen, und es glückte ihm wirklich.
Er lehnte gegen den Pfahl, der das Halteschild trug, atmete tief, um sein heftig schlagendes Herz zu beruhigen, als sie herangeschlendert kamen. Senta und seine Schwester Martina gingen eingehakt.
Während er noch überlegte, wie er anknüpfen konnte, hatte Senta ihn schon entdeckt und lächelte ihm zu. »Hei, Jürgen!« Ihre schrägen, schwarzen Augen leuchteten auf.
Er löste sich von dem Pfahl. »Hei, Senta«, erwiderte er mit scheinbarer Gelassenheit.
»Lange nicht mehr gesehen«, sagte sie.
Er konnte den Blick nicht von ihr lassen. »Kann schon sein.«
»He, hört mal!« rief Martina. »Ich bin auch noch da!«
»Wer hat daran gezweifelt?« fragte er, ohne sie anzusehen.
»Dann sprecht auch gefälligst mit mir, tut nicht so, als ob ich Luft wäre!«
»Stell dich nicht so an, Martina«, sagte Senta, »wir waren doch den ganzen Vormittag zusammen, oder etwa nicht? Und schließlich ist Jürgen dein Bruder.«
Martina schob schmollend ihre Lippen vor. »Gerade deshalb könnte er ruhig höflicher zu mir sein.«
Senta drückte ihren Arm. »Das sind Brüder nie.«
»Überhaupt, was hast du hier zu suchen, Jürgen?« fragte Martina. »Sonst fährst du doch immer in Gerds Wagen! Ist er heute krank, oder habt ihr euch verkracht?«
»Weder, noch...«
»Also, was dann?«
»Muß ich dir eine detaillierte Erklärung abgeben, wenn ich

mal wie ein normaler Sterblicher mit der Straßenbahn fahre?«
»Mußt du nicht«, sagte Martina, »aber seit wann bist du normal?«
Der Wagen der Linie 17 näherte sich rasch, hielt mit quietschenden Bremsen. Die jungen Leute an der Haltestelle warteten keineswegs geduldig, bis die Fahrgäste ausgestiegen waren. Sie drängten sich, kaum daß die Türen sich öffneten, die Stufen hinauf und in das Innere des Wagens. Allen voran Martina, die das Geschiebe und Gestoße geradezu zu genießen schien!
Senta strebte ihr nach, aber Jürgen packte sie beim Arm, hielt sie zurück.
Erst als Martina schon die Plattform erreicht hatte, merkte sie, daß sie die Freundin verloren hatte, und drehte sich suchend um. »He, Senta, was ist?« schrie sie über die Köpfe der anderen hinweg. »Kommst du nicht mit?«
»Ich fahre mit der nächsten!« schrie Senta zurück.
Martina schnitt erst ihr, dann Jürgen eine Grimasse. Die automatischen Türen schlossen sich, die Bahn fuhr ab. Jürgen und Senta standen inmitten der anderen Zurückgebliebenen und sahen sich an.
»Wollen wir ein Stück zu Fuß gehen?« fragte Jürgen unsicher. »Oder hast du es sehr eilig?«
»Nein«, sagte sie, »bis bei uns zu Hause alle versammelt sind...«
Seite an Seite setzten sie sich schweigend in Bewegung. Es war, als wenn sie sich jetzt, da sie miteinander allein waren, plötzlich nichts mehr zu sagen hätten.
Er betrachtete sie verstohlen von der Seite, und sie schien ihm reizvoller und interessanter denn je. Sie trug eines jener Kostüme im Uniformstil, die sie offenbar liebte und deren Strenge ihre sehr weibliche Art merkwürdigerweise noch betonte. Ihr schwarzes, schulterlanges Haar wehte in dem leichten Wind. Unvorstellbar, daß sie neben ihm im nächtlichen Garten auf der Bank gesessen hatte, nur mit einem dünnen Schlafanzug bekleidet – daß er sie in seinen Armen gehalten hatte.
Sie lächelte ihm zu, und einen Augenblick war es ihm, als wenn sie seine Gedanken lesen könnte. Aber ihre Worte verrieten nichts davon. »Eine gute Idee von dir, Gerd mal allein

sausen zu lassen«, sagte sie, »mir kommt es vor, als wenn der das Laufen schon ganz verlernt hätte.«
Er spürte sofort einen Stich heftiger Eifersucht. »Seit wann interessierst du dich für Gerd?« fragte er.
Sie warf ihr Haar in den Nacken, wandte ihm ihr Gesicht zu. »Ich interessiere mich für dich!« sagte sie offen.
Er wollte den Arm um sie legen, aber sie wich ihm geschickt aus.
»Jürgen, bist du verrückt! Hier... mitten auf der Kö!«
Sie hatte recht. Sie gingen zwar nicht auf der sehr belebten Geschäftsseite, sondern über den Alleeweg entlang dem Graben. Dennoch waren auch hier genug Menschen unterwegs.
»Du bist genau wie meine Oma«, knurrte er, »du denkst immer bloß daran, was die Leute denken.«
»Nicht ganz«, sagte sie ruhig, »ich denke an meine Eltern und an meine Zukunft. Um ehrlich zu sein... ich möchte nicht wegen solcher Sachen von der Schule fliegen.«
Sein Gesicht verschloß sich. »Danke. Das war deutlich genug.«
Er strebte mit großen Schritten weg von ihr.
Aber sie blieb an seiner Seite. »Menschenskind, Jürgen, sei kein Frosch! Du weißt doch genau, wie ich es gemeint habe...«
Da er nicht auf sie hörte, sie nicht einmal ansah, sondern immer weiterstürmte, verhielt sie den Schritt und ließ ihn laufen.
»Renn ruhig!« rief sie ihm nach. »Laß dich nicht aufhalten! Du kannst dich wieder melden, wenn du vernünftig geworden bist.«
Er wollte los von ihr, brachte es aber nicht fertig. Ihre Anziehungskraft auf ihn war zu stark. Er wurde langsamer, schwenkte zur Seite, blieb beim Geländer stehen und starrte auf das träge fließende Wasser hinab, auf dem eine Entenfamilie entlang paddelte.
Sie kam heran. »Wann wirst du endlich merken, wieviel mir an dir liegt?«
»Du könntest es mir ruhig etwas deutlicher zeigen«, knurrte er.
Sie seufzte. »Tut mir leid, Jürgen. Ich bin nun einmal so. Ich kann nicht über meinen Schatten springen.«
Er ergriff ihre Hand, die neben seiner auf dem Geländer lag.

»Senta«, platzte er unvermittelt heraus, »ich muß dir etwas ganz Tolles erzählen...«
Sie überließ ihm ihre Hand, blickte ihn lächelnd an. »Das habe ich mir gedacht.«
Er öffnete den Mund, schloß ihn wieder und sah einen Augenblick fast töricht aus. »Wieso?«
»Du mußtest schon einen besonderen Anlaß haben, um auf mich zu warten.«
»Ja«, sagte er, »den habe ich auch, wirklich!« Er packte sie an den Schultern, schüttelte sie leicht. »Senta, Mädchen, die autolose, die schreckliche Zeit ist bald vorüber!«
»Wirklich?«
»Du brauchst gar nicht so ungläubig fragen! Jetzt wird es ernst. Meine Mutter wird mich noch heute bei einer Fahrschule anmelden, damit ich bis zu meinem Achtzehnten den Führerschein in der Tasche habe.«
»Das wäre prima.«
»Das wäre nicht nur, das ist. Paß auf, bald werden wir wie alle anderen durch die Gegend brausen...«
»Wenn wir Zeit haben«, versuchte sie, seine Begeisterung zu dämpfen.
»Ach was, wenn man erst ein Auto hat, dann gewinnt man doch jede Menge Zeit! Paß nur auf, du wirst dein albernes Fahrrad in die Ecke stellen, ich fahre dich, wohin du willst... zur Schule... zum Ruderklub...«
»Klingt verlockend«, sagte sie nüchtern, »aber selbst wenn du den Führerschein in der Tasche hast, brauchst du ja noch ein Auto. Oder meinst du, daß dein Vater dir seines leiht?«
»Das wäre das letzte, was ich mir wünschen würde! Nein, geh mir weg damit. Wenn ich ewig bitten und danken müßte, wäre es ja kein Spaß mehr. Das Geld für die Karre werde ich mir in den Ferien verdienen. Noch ist meine Regierung natürlich dagegen, wie immer, wenn man mal selbständig was unternehmen will. Aber warte nur, die kriege ich schon herum, diesmal schaffe ich es.«
»Ich wünsch' es dir, Jürgen«, sagte sie.
Ihre Lippen berührten seine Wange. Es war kein Kuß, es war nur ein Hauch, und doch genügte er, um sein Blut schneller kreisen zu lassen. Als ob eine wunderbare Kraft alle seine Muskeln im Körper straffte.

Sie hatte sich längst von ihm gelöst, war weitergegangen. Mit wenigen Schritten war er an ihrer Seite.
»Warte es nur ab«, sagte er, ganz berauscht von der Vorstellung einer glücklichen Zukunft, »wenn ich erst Autobesitzer bin, werden alle – auch du – viel mehr Achtung vor mir haben!«
Sie ließ ihn lächelnd reden und widersprach ihm nicht.

Jürgen kam zehn Minuten zu spät zum Mittagessen.
Als er die Wohnungstür zuschloß, spürte er sofort, daß dicke Luft herrschte. Es war so still, kein Wort wurde gesprochen. Er hörte nichts als die Essensgeräusche: Klappern des Bestecks, Gläserklirren, Knarren eines Stuhls.
Jürgen stand regungslos in der kleinen Diele, überlegte, ob es nicht besser wäre, sich in sein Zimmer zu verziehen und abzuwarten, bis der Vater wieder gegangen wäre. Schon bei dem Gedanken an einen neuen Zusammenstoß krampfte sich sein Magen zusammen.
Er wollte gerade die Türe zu seinem Zimmer öffnen, so lautlos wie möglich, als sein Vater ihn anrief.
»Komm herein, Jürgen! Wir haben auf dich gewartet!«
Jürgen wurde rot, kam sich vor wie ein ertappter Sünder und war froh, daß die anderen ihn jetzt noch nicht sahen. Er holte tief Atem, versuchte, eine ganz ausdruckslose und gelassene Miene aufzusetzen, und trat ein.
»Entschuldigt bitte«, murmelte er und rutschte auf seinen Stuhl.
»Warum machst du denn so ein Schafsgesicht?« fragte Martina.
Er trat sie unter dem Tisch gegen das Schienbein.
Der Hausherr wandte sich an seine Frau. »Ich hoffe, es ist nicht zu viel verlangt, wenn ich dich bitte, deine Kinder wenigstens für einige Minuten zum Schweigen zu bringen«, sagte er schneidend.
Gisela schwieg, starrte in ihren Teller. Auch Martina und Jürgen verstummten daraufhin. Martina rieb sich unter dem Tisch ihr Bein, Jürgen machte sich über die Suppe her, die seine Mutter für ihn geschöpft hatte.
Der Vater räusperte sich. »Ich habe mit euch zu reden...«, begann er, und dann, als niemand ihm eine Frage stellte, fügte er

hinzu: »...bevor eure Mutter sich wieder einmal über mich beklagt!«
»Als wenn sie das je getan hätte!« platzte Martina heraus.
Ihr Vater beugte sich vor. »Bilde dir nicht ein, ich wüßte nicht, was hinter meinem Rücken in dieser Familie gespielt wird!«
Martina hielt seinem Blick ohne mit der Wimper zu zucken stand. »Was denn?« fragte sie.
»Bitte, Martina!« mahnte ihre Mutter.
Er zog sich die Krawatte zurecht. »Tatsache ist«, sagte er, »die Zeiten haben sich geändert, der konjunkturelle Aufschwung hat nachgelassen, es sieht ganz so aus, als wenn wir in eine immer weiter um sich greifende Wirtschaftskrise hineingerieten...«
Martina kicherte hinter der vorgehaltenen Hand.
»Kannst du mir verraten, was es da zu lachen gibt?« fuhr ihr Vater sie an.
»Wahrscheinlich findet sie es komisch, daß du uns einen Vortrag wie ein Fernsehkommentator hältst«, griff seine Frau ein, »du kannst dir das sparen, Helmuth, wir lesen die Zeitung. Komm zur Sache.«
»Es mag sein, daß ihr das tut«, sagte er, »aber ich habe bisher noch nie bemerkt, daß ihr aus dem, was um euch herum geschieht, irgendwelche Konsequenzen gezogen habt.« Er machte eine Pause, schien auf Widerspruch zu warten.
Aber niemand sagte etwas.
»Unsere Existenz ist durchaus nicht so gesichert, wie ihr euch das einzubilden scheint. Bisher habt ihr ziemlich sorglos in den Tag gelebt und es eurem Vater überlassen, Geld herbeizuschaffen. Aber damit muß es nun aus sein, wir müssen sparen.«
»Wieso denn?« fragte Jürgen. »Es heißt doch immer, wir sollen Geld ausgeben, um die Konjunktur zu beleben...«
»Erst muß man das Geld einmal haben, um es ausgeben zu können! Versteht ihr mich nicht oder wollt ihr mich nicht verstehen? Wenn wir jetzt nicht ganz gut aufpassen, kann es passieren, daß wir von einem Tag zum anderen vor dem Nichts stehen.«
»Hast du etwa Angst, daß man dich entläßt?« fragte Martina.
Ihre kugelrunden, aufgerissenen Augen verrieten, daß sie jetzt ernsthaft betroffen war.

»Das ist nicht ausgeschlossen«, sagte Helmuth Molitor und kam sich wie ein elender Lügner und Heuchler vor – und doch, sagte er im Grunde nicht die Wahrheit? Wenn seine Vergangenheit ans Licht kam, würde er ganz gewiß auf die Straße gesetzt werden. Das war das einzige, was stimmte. Aber er konnte sich einfach nicht dazu durchringen, es seiner Familie zu erzählen. So log er krampfhaft, verbissen, mit steigendem Ekel vor sich selbst.
»Ich bin für euch verantwortlich«, sagte er, »ich muß an eure Zukunft denken. Vielleicht hätte ich es euch vorher sagen sollen, aber was versteht ihr schon von solchen Dingen...«
»Vater hat das Geld von meinem persönlichen Konto abgehoben«, sagte seine Frau.
Er war ihr fast dankbar dafür. Das Geständnis unter den Blicken seiner Kinder fiel ihm schwerer, als er sich je vorgestellt hatte. Jetzt sahen sie einander an, schienen noch gar nichts zu begreifen.
Er gab sich einen Ruck. »Nicht nur das«, sagte er, »ich habe auch bereits eure Sparkonten auflösen müssen...«
Martina sprang auf, polternd fiel ihr Stuhl zu Boden. »Was?!« schrie sie.
»Du hast richtig gehört...«
»Aber, Vater«, sagte Jürgen, »das ist doch... das waren... unsere eigenen Ersparnisse...«
»Und von wem hattet ihr das Geld?« hielt ihm sein Vater vor.
»Von mir, nur von mir!« Er klopfte mit der Faust gegen seine Brust.
»Das ist nicht wahr«, schrie Martina, »wir haben das Geld von den Großeltern bekommen, und von Tante Anna... und... und...«
»Ich bin euer Vater, und ich habe das Recht, über euer Geld zu verfügen.«
Jürgen war ganz blaß geworden, seine Nasenflügel bebten. »Und«, fragte er, »was hast du damit gemacht?«
»Ich habe zu unser aller Gunsten darüber disponiert!«
»Möchtest du uns das nicht etwas näher erklären?« fragte seine Frau.
»Ich denke nicht daran!« brüllte er. »Ich bin euch keine Rechenschaft schuldig! Ich lehne es ab, mich von euch verhören zu lassen!«

Martina ließ sich wieder auf ihren Stuhl sinken, es sah aus, als wenn die Knie unter ihr nachgäben. »Vati«, sagte sie, »du hast doch nicht etwa spekuliert?«
»Nein!« sagte ihr Vater.
Martina atmete auf. »Na, Gott sei Dank! Alles andere kann gar nicht so schlimm sein.«
Ihr Vater ballte die Hände zu Fäusten, streckte sie wieder und versuchte mühsam, sich zu beherrschen.
»Wenn ich dich richtig verstanden habe«, sagte seine Frau mit unnatürlicher Ruhe, »sind alle unsere Rücklagen weg?«
»Sie sind im Moment nicht greifbar«, erklärte er gepreßt.
»Das heißt also, wir können dieses Jahr auch nicht verreisen?«
»Na wenn schon?« Er holte tief Atem, um seine Stimme unter Kontrolle zu bekommen, fügte, fast flüsternd, hinzu: »Das wolltet ihr doch so, nicht wahr? Wem von euch lag denn überhaupt an einer gemeinsamen Reise? Jetzt bleiben wir eben zu Hause...«
»Könnte ich nicht mit Senta...?« fragte Martina rasch.
»Nein, das kannst du nicht. Wir können uns keinerlei Extraausgaben leisten, auch nicht die kleinste. Am besten machst du es wie dein Bruder und siehst dich nach einer Ferienarbeit um. Es wird höchste Zeit, daß ihr selber anfangt, Geld zu verdienen. Wer weiß, wie lange ich noch für euch sorgen kann.«
»Na fein«, sagte Martina, »dann werde ich also die Hälfte der Ferien arbeiten, und mit dem Geld werde ich...«
»Nichts dergleichen«, sagte Helmuth Molitor, »falls ihr wirklich fertigbringt, etwas zu verdienen...«
»...sollen wir es wohl auf ein Sparkonto einzahlen«, fiel Jürgen ihm ins Wort, »damit du es dann wieder für deine eigenen Zwecke abheben kannst!«
»Jürgen! Das geht zu weit!« rief seine Mutter.
»Nicht doch, nicht doch«, sagte ihr Mann zynisch, »laß ihn nur aussprechen. Ich habe mich schon lange gefragt, was hinter dieser dumpfen Stirn vor sich gehen mag.«
»Ich lasse mich nicht von dir betrügen«, sagte Jürgen, »einmal hast du uns hereingelegt, das genügt! Und ich denke nicht daran, in meinen Ferien für dich zu arbeiten... wenn ich arbeite, dann für mich selber, und dann gehe ich auch von der Schule ab...«

Der Vater stand auf. »Bitte«, sagte er mit gefährlicher Ruhe, »von mir aus. Geh von der Schule, werde Straßenkehrer. Zu etwas anderes reicht es bei dir doch nicht. Ich werde jedenfalls nicht mehr versuchen, dich an irgend etwas zu hindern. Mir ist es vollkommen gleichgültig, was du tust... verstehst du? Vollkommen gleichgültig!« Er warf seine Serviette auf den Tisch. »Mahlzeit!« sagte er und ging zur Tür.
»Helmuth«, rief seine Frau. Der angefangene Satz erstarb ihr im Munde, als sie die Wohnungstüre hinter ihm zufallen hörte.

Martina, Jürgen und ihre Mutter standen um den Eßtisch herum, starrten einander mit großen Augen in die blassen, verstörten Gesichter.
»Ich verstehe das nicht«, sagte Martina und schlug sich mit der Hand vor die Stirn, »ich verstehe das einfach nicht! Ausgerechnet Vati! Es hat keinen Menschen auf der ganzen Welt gegeben, den ich für korrekter gehalten habe als ihn...«
»Und stiehlt unser ganzes Geld!« sagte Jürgen dumpf.
»All unsere mühsam ersparten Groschen. Verdammt, womit sollen wir denn jetzt unsere Zimmer im neuen Haus einrichten?«
»Wenn daraus überhaupt etwas wird«, sagte Gisela Molitor müde.
Die Kinder fuhren herum.
»Wie meinst du das?« rief Jürgen.
»Das ist doch klar!« antwortete Martina. »Wenn er jeden Pfennig so nötig braucht, wer sagt dir dann, daß er das Bausparkonto nicht genauso aufgelöst hat? Nicht wahr, Mutti, das wolltest du doch sagen!«
Gisela nickte.
»So eine verdammte Schweinerei«, sagte Jürgen tonlos.
»Ich möchte nur wissen, wozu er das Geld wirklich gebraucht hat«, rätselte Martina. »Ob eine Frau dahintersteckt?«
»Aber Martina«, sagte die Mutter schwach.
»Im Ernst!« beharrte das junge Mädchen. »Ich glaube, Vater ist jetzt im gefährlichen Alter. Was meinst du, Jürgen?«
Aber er hatte ihr gar nicht zugehört. »Und ich habe es schon allen in der Klasse erzählt«, murmelte er.
»Was?« fragte Martina, wartete die Antwort aber gar nicht ab,

sondern verfolgte ihren eigenen Gedankengang. »Na, die soll sich nur nicht erwischen lassen, der kratze ich persönlich die Augen aus!«
Gisela Molitor war zu ihrem Sohn getreten, legte ihm die Hand auf den Arm. »Es tut mir so leid, Jürgen!«
Er sah sie böse an, schüttelte ihre Hand ab. »Als wenn mir das was nutzte!« Er stürzte aus dem Zimmer.
»Verrückter Bengel«, sagte Martina, »so, als ob es ihn allein träfe. Als wenn es uns nichts ausmacht, daß Vati unser Geld an sich gerissen hat.«
»Er hat es nicht an sich gerissen, Martina...«
»Ach, Mutti, leg doch nicht jedes Wort auf die Goldwaage! Er hat's für sich genommen, wie man das ausdrückt, ist doch egal. Ich an deiner Stelle würde mir das nicht gefallen lassen. Was wirst du jetzt tun?«
»Ich werde mir eine Arbeit suchen.«
Martina sah ihre Mutter einen Augenblick zweifelnd an. »Gar keine schlechte Idee. Aber vor mir soll er sich in acht nehmen. Ich werde ihm schon auf die Schliche kommen.«

Inzwischen hatte sich Helmuth Molitor an das Steuer seines Wagens gesetzt und war in Richtung Luegplatz losgebraust. Erst unterwegs wurde ihm klar, daß er nicht wußte, wohin er sollte. Inge Körner konnte er in dieser Verfassung nicht überfallen. Sie wußte so wenig über seine eigentlichen Sorgen wie seine Kinder, und wenn er auch sie noch belügen mußte, würde er sich nur noch elender fühlen.
Er trat auf die Bremse.
»Hoppla«, sagte eine Stimme hinter ihm, »ein schlechter Fahrer bist du also auch noch!«
Der Schreck riß ihm fast das Steuer aus der Hand.
»Immer hübsch vorsichtig«, mahnte die Stimme hinter ihm, »wie du inzwischen gemerkt hast, bist du nicht allein.«
Im Rückspiegel tauchte das Gesicht von Hannes Schmitz auf, der ihn unverfroren angrinste.
»Was willst du?« fragte Helmuth Molitor mit versagender Stimme.
»Mich mit dir unterhalten. Ohne daß du mir Fallstricke legst beziehungsweise Tonbänder laufen lassen kannst.«
»Hat dir Babsy das erzählt?«

»Natürlich! Sie arbeitet ja für mich. Oder hattest du geglaubt, sie sei deinem Charme erlegen?«
»Auf Babsy«, sagte Helmuth Molitor, »würde ich mich an deiner Stelle nicht so sehr verlassen.«
»Mir brauchst du keine Lektion in Menschenkenntnis zu erteilen. Sieh du lieber zu, wie du mit deinen eigenen Problemen zurechtkommst...«
»Wohin soll ich fahren?« fragte Molitor.
»Nur einfach so herum. Du hast ja Zeit. Ein günstiger Zufall, daß du heute früher als gewöhnlich heruntergekommen bist.«
»Du spionierst mir nach?«
»Ich lasse dich beschatten«, erklärte der ungebetene Fahrgast dreist, »so nennt man das ja wohl in der Fachsprache. Reg dich nur nicht auf, das hättest du ja erwarten müssen. Du hast es selber heraufbeschworen.«
»Ich verstehe nicht...«
»Oh, du verstehst sehr gut! Babsy hat mir erzählt, daß du daran denkst, deine letzten Reserven flüssig zu machen, Weib und Kind sitzenzulassen und ins Ausland zu verschwinden. Du wirst einsehen, daß ich das nicht zulassen kann.«
»Das war Babsys Idee!«
»Mir hat man es anders erzählt!«
»Schön – du mußt es ja wissen!«
Hannes Schmitz legte ihm von hinten die Hand auf die Schulter. »Streiten wir uns doch nicht«, sagte er, »sei unbesorgt, ich traue Babsy ebensowenig wie dir. Ganz im Gegenteil, du liegst mir sehr viel mehr am Herzen. Ich habe unsere alte Freundschaft nämlich noch nicht vergessen...«
»Dann hör auf, mich unter Druck zu setzen!«
»Genau das habe ich vor«, sagte die zynische Stimme mit fataler Freundlichkeit. »Ich habe mir die Sache überlegt, du hast es wirklich nicht verdient, daß ich dich deiner letzten Pfennige beraube. Das Ganze ist überdies so unrentabel...«
»Was hast du vor?« fragte Helmuth Molitor in dumpfer Vorahnung.
»Ich habe mir einen netten kleinen Plan ausgearbeitet, bei dem du nichts verlieren, sondern nur gewinnen kannst. Du behältst deinen Bausparvertrag, und das, was du mir bisher gegeben hast, bekommst du mit Zins und Zinseszins zurück...«

»So edel zu sein paßt schlecht zu dir!«
»Nein, aber sei gescheit! Du bist mir auf andere Weise viel nützlicher als durch deine dürftigen Sparpfennige.« Schmitz machte eine Pause, lehnte sich, anscheinend entspannt, in die Polster zurück. »Du hast doch einen Schlüssel zum Tresorraum?«
Molitors Miene versteinerte. »Du Lump!« sagte er scharf. Er fuhr das Auto an den Straßenrand und bremste. »Steig aus!«
»O nein«, winkte der andere ab, »nicht so – und nicht mit mir. Ich werde dich verlassen, wann es mir paßt, und keine Sekunde früher.«
»Raus!« brüllte Helmuth Molitor.
»Geh ich dir so auf die Nerven?« fragte sein Freund mit scheinheiliger Besorgnis. »Das sollte mir wirklich leid tun. Dann kann ich dir nur raten: Wende dich an die Polizei! Sieh mal, da vorne steht gerade so ein Bulle. Es ist zwar nur ein Verkehrsschupo, aber er wird bestimmt aufhorchen, wenn ich ihm unsere kleine Geschichte erzähle.«
»Du Schuft«, sagte Molitor, »du hundsgemeiner Lump!« Er kuppelte und scherte wieder in den rollenden Verkehr ein.
»Na also«, sagte sein ungebetener Fahrgast zufrieden. »Früher hast du anders mit mir gesprochen«, fuhr er fort, »wenn ich so daran denke, was wir zusammen für Dinger gedreht haben...«
»Zusammen haben wir überhaupt nichts gedreht, und außerdem waren damals keine normalen Zeiten. Es ging alles drunter und drüber, und wir waren sehr jung, hatten jeden Halt verloren.«
»Sehr gut ausgedrückt! Nur zu schade für dich, daß nicht ich es war, der dem alten Kiesecke eins über den Schädel gehauen hat.«
»Ich habe nicht...«
»Hast du – ich war schließlich dabei und kann es bezeugen. Spar dir also dein Gegreine für den Richter auf oder für deinen Chef. Und vergiß nicht, daß ich bereit bin, jeden Eid auf die Wahrheit zu schwören.«
»Es war lediglich ein Unfall.« Ein schwacher Versuch, sich zu verteidigen.
»Wirklich?« Das Grinsen des anderen wurde noch breiter.

»Warum bist du dann weggelaufen? Warum hast du nicht die Polizei geholt? Und warum hast du...«
Molitor fiel ihm ins Wort.
»Und du? Warum hast du sie nicht geholt? Dadurch hast du dich mindestens mitschuldig gemacht.«
Schmitz legte sein Gesicht in brave Falten. »Hätte ich denn meinen besten Freund anzeigen sollen?« fragte er scheinheilig.
»Was willst du von mir?« stieß Molitor zwischen zusammengepreßten Zähnen hervor.
»Du hast nichts anderes zu tun, als deinen Tresorschlüssel beizusteuern.«
»Kommt nicht in Frage. Schlag dir das aus dem Kopf. Bei so etwas mache ich nicht mit!«
»Du brauchst mir nicht jetzt eine Antwort zu geben. Hör mir nur zu: Du läßt den Tresorschlüssel an einer ganz bestimmten Stelle fallen, jemand von uns nimmt ihn dann auf. Am nächsten Tag gehst du sofort zu deinem Chef und meldest ihm, daß du deinen Schlüsselbund verloren hast. Aber dann ist unsere Arbeit schon getan.«
»Wenn du nur ein bißchen Ahnung vom Bankwesen hättest, würdest du wissen, daß mein Schlüssel allein dir gar nichts nützt. Um den Tresorraum zu öffnen, braucht man zwei Schlüssel, und den anderen hat ein Kollege. Außerdem hat der große Banksafe, an den ihr ja wohl heran wollt, ein Nummernschloß...«
»Ich freue mich, daß du anfängst mitzudenken, alter Junge«, sagte Hannes gelassen, »aber zerbrich dir nur nicht den Kopf über meine Sorgen. Du bist nur ein Rädchen in meinem Plan, und was ich von dir verlange, weißt du. Du brauchst weiter nichts zu tun als deinen Tresorraumschlüssel zu verlieren...«
»Ich habe dir gesagt...«
»Das habe ich zur Kenntnis genommen!« Hannes legte ihm die Hand auf die Schulter. »Stopp! Hier will ich raus! Du hast drei Tage Bedenkzeit. Wenn du zu einem Entschluß gekommen bist, dann nimm Verbindung mit Babsy auf!«
Molitor trat auf die Bremse. »Nie werde ich...«
»Ist es dir lieber, weiterhin zu zahlen?«
Hannes riß die hintere Wagentüre auf, stieg aus. »So long, alter

Junge, ich bin sicher, du wirst zur Vernunft kommen!« Er knallte die Türe zu und war im Nu im Gewimmel verschwunden.
»Nie!« preßte Helmuth Molitor durch die zusammengebissenen Zähne. »Nie!«

12.

Frau Molitor und die Kinder hatten doch noch das Mittagessen beendet. Martina und Jürgen waren so jung, daß kein Schicksalsschlag ihren gesunden Appetit hemmen konnte. Aber die Mahlzeit war stumm verlaufen, niemand schmeckte, was er auf der Zunge hatte, alle drei waren verstört durch das Unverständliche, das ihnen geschehen war.
Kaum daß ihre Mutter in die Küche gegangen, Jürgen sich in sein Zimmer verzogen hatte, griff Martina zum Telefonhörer. Sie wählte Gerd Singers Nummer. Aber als der Freund ihres Bruders sich meldete, legte sie auf, ohne ein Wort gesprochen zu haben. Nein, Gerd war nicht der Richtige, ihr bei dem, was sie vorhatte, zu helfen. Er war zu indiskret und verlangte zuviel.
Sie überlegte, wen sie sonst noch an Autobesitzern kannte, und kam zu dem Schluß, daß kein Junge zur Unterstützung ihres Planes in Frage kam.
Aus der Küche klang das Klappern des Geschirrs.
Martina lief in die kleine Diele, warf einen Blick in den Garderobenspiegel, rief, die Wohnungstüre schon in der Hand:
»Tschüß, Mutti! Ich geh' nur auf einen Sprung zu Senta!«
Frau Molitor schoß aus der Küche, erwischte sie gerade noch.
»Aber daß du mir kein Wort erzählst! Was in unseren vier Wänden passiert, das geht keinen außer uns etwas an, hörst du?«
»Klar, Mutti!« Martina gab ihr einen raschen Kuß auf die Wange. »Was denkst du denn von mir?« Und damit fegte sie hinaus...
Bei Heinzes wurde auf Martinas Klingeln hin die Haustüre von einer der jüngeren Schwestern geöffnet. Martina bat sie, Senta herauszuholen.
Senta erschien wenige Minuten später mit einem Kugelschreiber in der Hand. Sie hatte im Garten Schulaufgaben gemacht.

»Du?« fragte sie erstaunt. »Was ist denn los? Kommst du mit der Mathe nicht zurecht?«
»Ich brauche deine Hilfe«, sagte Martina ernsthaft.
»Kannst du haben«, erklärte Senta großzügig, »deshalb brauchst du doch nicht so ein feierliches Gesicht zu machen. Komm rein, ich erklär's dir!«
»Es geht nicht um die Schule«, sagte Martina, »es ist... etwas viel Wichtigeres!«
Senta hob die schmalen Augenbrauen. »Was denn?«
»Es hat bei uns einen riesigen Familienkrach gegeben.«
Sofort änderte sich der Ausdruck von Sentas braunem, glattem Gesicht, in ihre schwarzen Augen trat echtes Mitgefühl.
»Wegen Jürgen?« fragte sie.
»Nicht unmittelbar«, sagte Martina vorsichtig.
»Also entweder erzählst du es mir... oder nicht. Ich habe keine Lust, den ganzen Nachmittag herumzustehen.«
»Ach, das ist eine komplizierte Geschichte, und sie wird dich auch gar nicht interessieren.« Martina trat von einem Fuß auf den anderen. »Ich wollte dich bloß um einen winzigen Gefallen bitten... kannst du mir dein Fahrrad leihen?«
Senta zögerte, es war ihr anzusehen, wie es hinter ihrer Stirne arbeitete.
»Meines ist kaputt«, erklärte Martina deshalb rasch, »und ich muß dringend...«
Senta legte ihr die Hand auf die Schulter, sah ihr forschend in die Augen. »Hängt es mit James Mann zusammen?«
»Aber nein, mit dem ist es längst aus!«
»Ich leih dir mein Fahrrad«, sagte Senta, »aber ich muß wissen, was du vorhast.«
»Vielleicht wäre es sogar gut, wenn du mich begleiten würdest«, sagte Martina. »Du siehst, ich habe keine Dummheiten im Sinn. Vielleicht könntest du ein zweites Fahrrad loseisen...«
»Gemacht! Also!«
Martina beugte sich vor und flüsterte: »Ich muß wissen, wohin mein Vati abends fährt, verstehst du? Ich rufe dich an, wenn es losgeht, wir treffen uns dann Ecke Luegallee/Markgrafenstraße... im Torweg. Du bringst die Räder mit.«
»Aber Martina...«
Martina hat sich schon wieder abgewandt und sich einige

Schritte entfernt. »Ich erzähle dir alles heute abend... tschau, bis nachher!«
Senta zog die Unterlippe zwischen die Zähne und sah ihr sehr nachdenklich nach.

Martinas Vater verließ, wie immer in letzter Zeit, das Haus gegen acht Uhr. Es war ihm nicht aufgefallen, daß Martina ebenfalls fortgegangen war, und er merkte auch nicht, daß die beiden Mädchen ihm vom Luegplatz an folgten.
Er bog nach links ein, fuhr die Luegallee hinauf, nicht, wie die Freundinnen erwartet hatten, in die Stadt hinein.
»O Boy, was will er da?« rief Martina.
»Vielleicht zur Bank?« nahm Senta an.
Aber Martinas Vater machte keine Anstalten, vor der Bankfiliale, die um diese Zeit ganz im Dunkeln lag, zu halten. Er fuhr bis zum Barbarossaplatz, bog in die Schorlemerstraße ein.
Vor dem Haus Nr. 17 war eine Parklücke. Er rangierte sein Auto hinein.
Die Mädchen konnten nicht mehr rechtzeitig halten. Sie überholten ihn mit geduckten Köpfen, stiegen erst von den Rädern, als sie sicher waren, daß er sie nicht mehr sehen konnte.
»Geh du zurück«, bat Martina, »selbst wenn er dich entdeckt, wird er sich vielleicht nichts dabei denken.«
Senta schlich sich so unauffällig wie möglich, hinter den parkenden Autos Deckung nehmend, so weit zurück, bis sie den Wagen sah. Sie stellte fest, daß er immer noch hinter dem Steuer saß und keine Anstalten machte, auszusteigen.
Tatsächlich hatte er seine Sekretärin aufsuchen wollen. Aber im letzten Moment waren ihm Bedenken gekommen. Er saß ganz still da, rauchte und dachte nach. Immer deutlicher wurde ihm klar, daß ein Zusammensein mit Inge Körner keine Entspannung mehr brachte, es sei denn, er entschlösse sich, ihr seine Sorgen anzuvertrauen. Aber vor niemandem wäre es ihm schwerer geworden, sich derart zu entblößen, als gerade vor ihr. Und wie hätte sie ihm helfen können? Alles, was man vernünftigerweise zu seiner Situation sagen konnte, wußte er selber. Nein, er durfte sie nicht zur Mitwisserin machen. Damit würde er sie nur unnötig belasten.

Er warf den Stummel seiner Zigarette zum Fenster hinaus und ahnte nicht, daß die Freundin seiner Tochter ihn dabei beobachtete. Er ließ den Motor an, scherte aus der Parklücke aus.
Es blieb Senta gerade noch Zeit, zu Martina zu laufen. »Er fährt wieder«, rief sie, »paß auf! Wenn er hier vorbeikommt...«
Aber er wendete, und die Mädchen konnten ungehindert hinter ihm herfahren.
»Was ist passiert?« fragte Martina. »Was war los?«
»Gar nichts. Er hat einfach gehalten. Erst dachte ich, er würde auf jemanden warten. Er hat auch ein paarmal nach oben geschaut. Aber entweder habe ich mich geirrt, oder die Betreffende hat ihn versetzt...«
»...oder er hat uns bemerkt und ist vorsichtig geworden!« sagte Martina.
»Ausgeschlossen«, rief Senta, die vor ihr fuhr, über die Schulter zurück, »er benahm sich ganz und gar unbeobachtet!« Sie sah zwar den Sinn dieser Verfolgungsjagd nicht ein, denn immer noch hatte Martina ihr so gut wie nichts erklärt, aber inzwischen hatte sportlicher Eifer sie gepackt, und sie war nicht bereit, aufzugeben.
Auch Martina dachte nicht daran, wenn auch ihre Gründe anders lagen. Sie war überzeugt, daß hinter dem seltsamen Verhalten ihres Vaters eine andere Frau stecken mußte, und sie wollte und mußte herausbekommen, wer es war. Sie war glühend eifersüchtig, ohne es zu wissen.
Ihr Vater fuhr bis zum Belsenplatz, wendete dort und fuhr auf der anderen Seite der Luegallee wieder zurück und jetzt tatsächlich über die Rheinbrücke in die Stadt.
Die Mädchen hatten keine Mühe, ihm zu folgen, denn selbst wenn sie einmal ein Stück zurückfielen, holten sie das Auto bei jeder roten Ampel wieder ein. Sie gewannen eine gewisse Routine, die es mit sich brachte, daß sie die anfängliche Vorsicht allmählich außer acht ließen.
So kam es, daß er sie im Rückspiegel entdeckte.
Zuerst glaubte er an einen Zufall, dann aber merkte er, daß sie konstant hinter ihm blieben. Es handelte sich also um eine regelrechte Verfolgung.
Der kalte Schweiß brach ihm bei dem Gedanken aus, die Mäd-

chen hätten beobachten können, wie er Inge Körner in ihrer Wohnung besuchte.
Er fuhr über den Graf-Adolf-Platz und in die Adlerstraße hinein. Er hatte mit dem Gedanken gespielt, schon heute die »Prärie-Auster« aufzusuchen und die Bardame Babsy seine Entscheidung wissen zu lassen. Aber dann war ihm klargeworden, wie unklug das war, denn jeder Tag, den er es hinauszögerte, war ein gewonnener Tag für ihn und schenkte ihm die Chance, doch noch einen Ausweg zu finden.
Jetzt, nachdem er die Mädchen entdeckt hatte, dachte er natürlich nicht mehr daran, sie auf diese Spur zu bringen. Er suchte statt dessen nach einer günstigen Gelegenheit, sie zu stellen.
Er hielt unter einer Laterne, und siehe da, Senta und Martina, die er eben noch im Rückspiegel gesehen hatte, blieben verschwunden.
Er stieg rasch aus, ging ein Stück die Straße zurück, den Blick starr auf einen Zigarettenautomaten gerichtet. Er zog sich eine Packung und drehte sich blitzschnell um – schnell genug, um gerade noch Martinas blonden Kopf hinter einem Auto verschwinden zu sehen.
»Hallo, Martina!« rief er so gelassen, wie es ihm gelingen wollte, und zündete sich eine Zigarette an.
Sekundenlang rührte sich nichts.
Dann trat Senta hervor, lang, schlank, in ihrem Straßenanzug aus dunkelbraunem Samt. »Guten Abend, Herr Molitor«, sagte sie.
Er antwortete nicht, wartete, bis auch Martina erschien. Sie trug einen superkurzen Hosenrock, hatte die vollen roten Lippen schmollend vorgeschoben, ihre blauen, runden Augen wirkten in der Dämmerung des Frühsommerabends fast schwarz.
»Ihr seid wohl auf Kriegspfad?« fragte er mit falscher Freundlichkeit.
Die beiden Mädchen schwiegen.
In verändertem Ton herrschte er sie an: »Was fällt euch ein, mir nachzuspionieren?«
»Das haben wir überhaupt nicht getan!« gab Martina zurück.
»Lüg nicht!«
»Wir sind einfach in die Stadt gefahren, ist das ein Verbrechen?«

Er holte tief Luft, um sich zu beherrschen. »Martina«, sagte er scharf, »ich verbitte mir diese Unverschämtheit! Ich habe deutlich beobachtet, wie ihr beide mich verfolgt habt...«
»Das bildest du dir ein, weil du wohl ein schlechtes Gewissen hast!« sagte Martina frech. »Wenn du nichts zu verbergen hättest...«
Sie kam nicht dazu, ihren Satz zu Ende zu sprechen, denn die Hand ihres Vaters klatschte in ihr Gesicht. Sie schrie auf.
Senta sprang vor, stellte sich vor die Freundin. »Das sollten Sie nicht tun, Herr Molitor«, sagte sie empört.
»Sieh mal an, du hast also auch etwas mitzureden?« sagte er. Aber sein Zorn war verraucht. Er fühlte sich durch die kleine Szene mehr gedemütigt als seine Tochter. Er drehte sich um und ging zu seinem Auto zurück.
Martina weinte.
»Pech gehabt«, sagte Senta, »mach dir nichts draus. So was kommt in den besten Familien vor.«
»Er ist gemein«, schluchzte Martina, »so gemein...«
Senta legte ihr den Arm um die Schultern. »Halb so wild. Meinem Vater rutschte auch schon mal die Hand aus.«
»Aber dein Vater«, sagte Martina außer sich, »der würde sich bestimmt nie an euren Sparkonten vergreifen... und das Geld vom Konto eurer Mutter nehmen!«
»Hat er das getan?«
»Ich wollte es dir nicht sagen«, schluchzte Martina. »Versprich mir, daß du es niemand weitererzählst. Versprich es, schwöre es mir!«
»In Ordnung«, sagte Senta, »aber das ist wirklich eine Schweinerei. Dann kriegt Jürgen also seine Fahrstunden doch nicht, auf die er sich so sehr gefreut hat. Er hat mir gerade heute noch erzählt, daß eure Mutter sie ihm bezahlen wollte...«
»Ach so«, sagte Martina und sah auf, »deshalb war er so betroffen. Langsam fange ich an zu begreifen!«

Jürgen hatte versucht, seine Schularbeiten zu machen. Es war ihm nicht gelungen.
Er hatte Radio gehört, um sich zu entspannen. Doch seine Gedanken kreisten unentwegt um den Auftritt, den es mit seinem Vater gegeben hatte. Er konnte ihn nicht verkraften. Daß der Vater nichts von ihm hielt, war nicht neu. Er hatte seit

Jahren in diesem niederschmetternden Bewußtsein gelebt, immer in der vagen Hoffnung, eines Tages doch noch von ihm anerkannt zu werden. Nein, das war es nicht, was ihn so erschütterte.

Daß der Vater so niederträchtig gehandelt hatte, das war es, was ihn umwarf. Ohne daß er sich selbst darüber klargeworden war, hatte er in seinem Vater bisher ein Ideal gesehen, seine ständige Kritik an ihm, dem mißratenen Sohn, unbewußt als berechtigt hingenommen. Unerwartet war das Ideal von seinem Sockel gestürzt.

Das konnte er nicht ertragen. Es war viel schlimmer, als morgen in die Schule gehen und allen erklären zu müssen: »Mit den Fahrstunden hat es leider doch nicht geklappt!« – Wie würden sie triumphieren, diese Idioten, die nicht ahnten, was er durchmachte. Gerd würde es ganz recht sein, wenn er weiter auf ihn angewiesen blieb. Wahrscheinlich würde er es bei einem gewissen leisen Spott bewenden lassen – und doch, welche Blamage!

Könnte er doch die Zeit anhalten! Bei dem Gedanken an den morgigen Tag krampfte sich ihm der Magen zusammen, wurde ihm regelrecht übel.

Aber die Zeiger der Uhr liefen weiter, es wurde Abend, es wurde Nacht, und noch immer sah er keinen Ausweg aus der qualvollen Situation. Nicht einmal die Schulaufgaben wurden fertig.

Senta! Er wollte nicht an sie denken, und doch tat er es unaufhörlich. Natürlich würde sie ihn nicht auslachen wie die anderen. Aber das machte die Sache um keinen Deut besser. Auch wenn sie es nicht zeigte, würde sie ihn doch für einen Angeber, für einen unreifen Prahlhans halten. Wie sollte sie Vertrauen zu ihm haben, an den Ernst und die Aufrichtigkeit seiner Gefühle glauben, wenn sich alles, was er ihr erzählt hatte, als Schwindel herausstellte?

Er konnte ihr nicht mehr unter die Augen treten.

Plötzlich glaubte er, die Lösung seiner Probleme gefunden zu haben. Er würde auf und davon gehen. Warum denn nicht? Viele taten es. Gerade noch heute mittag hatte er eine Gruppe Gammler am Hofgarten gesehen. Und er hatte sie beneidet. Wenn er es auch Senta gegenüber, die die Nase gerümpft hatte, nicht zugab.

Diese Boys waren frei! Niemand zwang sie, etwas zu tun, was sie überhaupt nicht wollten. Sie konnten hingehen, wohin sie wollten, die Welt stand ihnen offen.
Ein Klopfen an der Tür riß ihn aus seinen Träumen. »Ja?« sagte er mürrisch.
»Ich bin's«, sagte die Stimme seiner Mutter.
Die Türklinke bewegte sich.
»Warum hast du abgeschlossen?«
»Hab' zu arbeiten«, knurrte er.
»Jetzt noch?«
Er warf einen Blick auf seine Armbanduhr, es ging auf zehn Uhr. »Ja.«
»Ich wollte dir nur sagen... es kommt nachher noch ein amerikanischer Krimi im Fernsehen.«
»Keine Zeit.«
Eine Weile war es ganz still, und er hoffte schon, daß sie gegangen wäre.
Aber dann hörte er ihre Stimme wieder: »Kann ich irgend etwas für dich tun, Jürgen?«
»Nein«, schrie er plötzlich hinaus, »kapierst du denn nicht, daß ich einmal allein sein will? Laß mich in Ruhe, mehr verlange ich nicht!«
»Entschuldige bitte«, sagte seine Mutter mit müder Stimme, und er hörte ihre Schritte sich entfernen.
Er ballte die Hand zur Faust, biß sich in die Knöchel. Was für ein Idiot ich bin, dachte er, was für ein Spinner! Als wenn sie mich je laufen ließen! Vater würde die Polizei auf mich hetzen, sofort! Sie würden mich wieder einfangen, jede Wette darauf. Und die Blamage würde noch hundertmal größer sein! Verdammt, verdammt, verdammt!
Und er legte seinen Kopf auf die Schreibtischplatte und brach in Tränen aus...

In der Nacht wachte Gisela Molitor aus einem schrecklichen Traum auf. Noch halb im Schlaf wollte sie sich in das andere Bett hinüberrollen, um an der Schulter ihres Mannes Schutz und Trost zu finden, wie sie es früher oft getan hatte. – Sein Bett war leer.
Mit einem Schlag war sie hellwach. Die Wirklichkeit war trostloser als der schlimmste Traum. Ihr Mann hielt sich von

ihr fern. Er hatte ihr Geld von der Bank abgehoben. Die Kinder brauchten sie nicht mehr!
Die Frau starrte in die Dunkelheit und fühlte ihr Herz hämmern. Wie sollte es weitergehen? Scheidung? Wahrscheinlich gab es keine andere Möglichkeit. Bald hatte sie die Mitte des Lebens erreicht, die Jugend lag unwiederbringlich hinter ihr. Sie würde ganz allein sein. Allein und angewiesen auf das, was ihr Mann ihr zukommen ließ.
Bei Tag hatte alles anders ausgesehen. Da hatte sie fest geglaubt, daß sie eine Arbeit finden, sich noch einmal auf eigene Beine stellen könnte. Aber jetzt, in der Dunkelheit der Nacht und der Einsamkeit ihres leeren Schlafzimmers, türmten sich die Probleme vor ihr auf, übermächtig, unlösbar.
Schließlich ertrug sie es nicht länger. Sie knipste ihre Nachttischlampe an, stand auf und huschte auf den Flur hinaus. Das Licht im Bad, das von den Spiegeln reflektiert wurde, blendete schmerzhaft ihre Augen.
Sie öffnete den Arzneischrank, tastete nach dem Röhrchen Schlaftabletten und – fand es nicht. Sie war so sicher, es an einen bestimmten Platz gelegt zu haben, daß sie im ersten Augenblick gar nichts begriff.
Dann begann sie zu suchen. Sie räumte Puder, Salben, Jod, Pflaster und Abführmittel heraus. Die Schlaftabletten blieben verschwunden.
Hatte ihr Mann sie genommen? Aber er hätte höchstens eine oder zwei gebraucht und das Röhrchen wieder an seinen Platz gelegt. Martina? Sie nahm höchstens mal – Jürgen! Die Erkenntnis durchzuckte wie ein Blitz ihr Gehirn.
Sie drehte sich um und rannte in die kleine Diele hinaus, rüttelte an der Klinke zu Jürgens Zimmer, rief den Namen des Jungen. Es kam keine Antwort, aber sie glaubte, ein Stöhnen zu hören. Sie trommelte mit beiden Fäusten gegen die Türe. Nichts!
»Jürgen!« schrie sie, fast hysterisch vor Angst. »Jürgen, bitte, mach auf... bitte, bitte, bitte!«
Martina kam aus ihrem Zimmer, in einem gestreiften Nachthemd, das im Schnitt einem Herrenhemd glich und auch genau so kurz war. Ihre blonden Haare hingen ihr in das runde, so ungeschminkt noch kindlich wirkende Gesicht, sie rieb sich mit den Handballen die Augen.

»Was ist denn los?« murmelte sie.
»Es ist... etwas Schreckliches passiert!«
Ihr Mann erschien vom Wohnzimmer her. »Kann man nicht einmal in der Nacht seine Ruhe haben?«
»Helmuth«, sagte Gisela Molitor und rang, ohne sich selber dessen bewußt zu werden, die Hände, »hast du die Schlaftabletten aus dem Arzneischrank genommen? Oder du, Martina? Sie sind fort! Das ganze Röhrchen! Und Jürgen hat sein Zimmer abgeschlossen! Er... er stöhnt!«
»Dieser dumme Junge!«
»Er stirbt, Helmuth, wir müssen etwas tun... sonst stirbt er!«
Der Vater trat donnernd gegen die Türe. »Aufmachen, Junge! Sofort aufmachen!«
Er trat noch einmal zu, es krachte, aber die Türe gab nicht nach.
Martina gähnte. »Das schaffst du nicht, Vati!«
Er fuhr herum. »Hast du etwa eine bessere Idee?«
»Du wirst lachen, ja!« erklärte sie. »Ich werde über den Küchenbalkon in sein Zimmer klettern!«
»Aber, Martina, das geht doch nicht!« sagte ihre Mutter. »Wir wohnen im dritten Stock... Wenn du nun hinunterfällst.«
»Nur keine Angst«, sagte Martina gelassen, »das ist eine meiner leichtesten Übungen!« Sie lief in die Küche, öffnete die Balkontüre.
Die Eltern folgten ihr.
»Zieh dir wenigstens etwas an«, sagte ihre Mutter.
Sie warf ihr nur einen Blick zu. »Du hast Sorgen!«
Ein dunstiger Mond stand über der nächtlichen Großstadt und beleuchtete die Fassade mit seinem fahlen Licht.
Martina schwang sich auf die steinerne Brüstung des Balkons, richtete sich auf und krallte die Hände in das Mauerwerk. Dann wagte sie einen weiten Spreizschritt auf das Fensterbrett von Jürgens Zimmer hinüber.
Ihre Eltern hielten den Atem an.
Eng an die Mauer gepreßt, zog Martina das linke Bein nach und stand jetzt mit beiden Füßen auf dem Fensterbrett. Sie drückte gegen die Scheibe, und ein Flügel öffnete sich. Martina ließ sich an der Mauer herunter und, Füße voran, in Jürgens Zimmer rutschen.

Die Frau schwankte leicht. Sie preßte die Hände gegen die Brust und mußte gegen eine Schwächeanfall ankämpfen.
Ihr Mann war schon auf der Diele, als Martina die Türe von Jürgens Zimmer von innen her aufschloß.
»Ich glaube, den hat es wirklich erwischt«, sagte sie.
Ihr Vater stürzte ins Zimmer, war Sekunden später wieder zurück und prallte in der Tür mit seiner Frau zusammen. »Ruf Dr. Jonen an, Martina!« sagte er. Er hielt seine Frau zurück. »Nein, komm nicht herein... koch lieber einen starken Kaffee!«
»Aber... ob das richtig ist?!«
»Ganz sicher ist es besser als gar nichts zu tun!«
»Bitte, darf ich nicht zu ihm?«
»Nein, das hat keinen Zweck. Tu, was ich gesagt habe!«
Martina stürzte aus dem Wohnzimmer. »Bei Dr. Jonen meldet sich der Auftragsdienst, heute nacht hat ein Dr. Alberti Dienst, soll ich den anrufen?«
»Natürlich!« rief ihre Mutter.
»Natürlich nicht«, sagt ihr Mann im gleichen Augenblick.
»Also... was soll ich nun?« fragte Martina.
»Geh zu deinem Bruder, versuch ihn wachzukriegen«, ordnete Helmuth Molitor an. »Wahrscheinlich wirst du es nicht schaffen, aber versuch es wenigstens. Und du, Gisela, kochst Kaffee... wenn er nur halbwegs zu sich kommt, versucht, ihm den Kaffee einzugeben, löffelweise, verstanden?«
»Aber wäre es nicht richtiger, diesen Dr. Alberti anzurufen?« rief seine Frau verzweifelt.
»Willst du unbedingt einen Skandal?« fragte er. »Nein? Das habe ich mir gedacht. Es wäre auch Jürgen wenig damit geholfen. Nur bei ihm können wir sicher sein, daß es kein unnötiges Gerede gibt. Oder... bist du dagegen? Bitte, dann mußt du aber auch die Verantwortung übernehmen.«
»Nein«, sagte seine Frau leise.
Martina hatte schon seinen Mantel vom Bügel genommen, hielt ihn ihm hin. »Los, Vati, mach schon!« sagte sie ungeduldig. »Halt keine Reden! Hast du die Autoschlüssel?«
Er klopfte seine Taschen ab. »Ja, danke, alles da!« Er lief zur Türe, sagte, ohne sich umzudrehen: »Macht euch keine unnötigen Sorgen, ich werde sehr bald zurück sein!«
Er ließ sich nicht einmal Zeit, die Türe hinter sich zu schlie-

ßen, rannte die Treppe hinunter. Der Summer ertönte, noch ehe er die Haustüre erreichte, er brauchte den Schlüssel gar nicht erst zu ziehen.
Wenn ich Dr. Jonen erreiche, schwor er sich, wenn Jürgen gerettet wird, soll alles anders werden. Ich werde Gisela die Wahrheit sagen, und gemeinsam können wir dann überlegen... ja, ich werde alles gestehen, ich werde mich sogar stellen, wenn es sein muß...
Er mußte lange an der Haustüre des Arztes klingeln, ehe geöffnet wurde. Es vergingen Minuten, in denen sich seine nervöse Ungeduld so sehr steigerte, daß er die Lippen zusammenpressen mußte, um nicht laut herauszuschreien.
Endlich ging das Licht im Treppenhaus an; und Dr. Jonens Tochter erschien auf der Schwelle, in einem silberglänzenden Cocktailkleid. Aus den oberen Räumen dröhnte Tanzmusik. Sie sah ihn abweisend, nahezu feindlich an.
Er ließ sie gar nicht erst zu Wort kommen. »Ich weiß, daß der Doktor heute keinen Nachtdienst hat«, sagte er rasch, »aber ich muß ihn sprechen, es ist ganz dringend! Nur er kann helfen, verstehen Sie?«
»Ich werde es ihm ausrichten«, sagte das Mädchen und wollte die Türe wieder zuziehen.
Aber er war schneller, drängte sie zurück und an ihr vorbei. »Tut mir leid«, sagte er entschlossen, »aber...«
»Vati!« rief das Mädchen. »Vati!« Es klang ängstlich, wie ein Hilfeschrei.
Dr. Jonen erschien auf dem Treppenabsatz, ein schwerer, rotgesichtiger Mann in einem Smoking. Offensichtlich wurde bei ihnen eine Party gefeiert. »Na, was gibt's denn?« fragte er.
»Dr. Jonen, bitte!« sagte der späte Besucher. »Es ist... etwas Furchtbares geschehen! Bitte, Sie müssen helfen!«
»Ach, Sie sind's, Herr Molitor!« Der Arzt kam die Treppe herunter. »Lauf und hol mir meine Bereitschaftstasche, Steffi, wenn ich bitten darf...«
Das Mädchen warf ihnen einen bösen Blick zu, bevor sie verschwand.
»Sie dürfen ihr das nicht übelnehmen«, sagte Dr. Jonen, »es ist schließlich verständlich, wenn die Kleine ihren Vater auch mal einen Abend zu Hause haben will. Also... was ist passiert?«
Er nahm den Mantel von der Garderobe, zog ihn an.

»Jürgen«, sagte Helmuth Molitor, »er hat... einen Selbstmordversuch unternommen!«
Dr. Jonen blieb gänzlich unbeeindruckt.
»Und wie?«
»Schlaftabletten.«
»Wann? Wieviel?«
»Das wissen wir nicht. Zufällig hat meine Frau mitten in der Nacht Verdacht geschöpft... aber ich nehme sicher an, daß sie vor dem Zubettgehen noch mit ihm gesprochen hat, das tut sie immer. Sie wissen ja, sie hängt an dem Bengel.«
Dr. Jonen warf ihm einen kurzen, forschenden Blick zu. »Tja, verständlich, was? Der einzige Sohn...«
Als Vater hatte er das Gefühl, sich verteidigen zu müssen. »Es war ein furchtbarer Schreck für uns alle! Er ist in einem Zustand... ich habe meine Frau gar nicht hineingelassen...«
»Hat er erbrochen?«
»Ja.«
»Um so besser.« Seine Tochter kam die Treppe herunter, er nahm ihr die schwere Tasche aus der Hand, die sie ihm hinhielt. »Keine Sorge, das kriegen wir schon. Zum Glück nehmen sie selten genug...«
»Sie meinen... er hat das Ganze nur vorgetäuscht?«
»Muß nicht sein. Aber die wenigsten Menschen haben eine Vorstellung, wie groß die Dosis tatsächlich sein muß, um tödlich zu wirken.«
Er streichelte seiner Tochter die Wange. »Danke, Steffi. Ich bin bald wieder zurück.«
»Hoffentlich.«
»Sie sind wohl mit dem Auto da, Herr Molitor?«
»Natürlich. Und ich bringe Sie, so bald es möglich ist, wieder nach Hause!«
Er schickte einen um Verzeihung bittenden Blick zu dem jungen Mädchen. Aber sie reagierte überhaupt nicht, schlug wütend die Tür hinter ihnen zu.

Als sie ankamen, hatte Martina die schmutzigen Laken schon abgezogen und es durch eine grobe, aber wirksame Methode immerhin fertiggebracht, daß Jürgen wenigstens hin und wieder die Augen öffnete und auch einige lallende Worte ausstieß.

Dr. Jonen tätschelte ihr die Schulter. »Wacker, wacker, junge Dame, Sie sollten Krankenschwester werden!«
Martina rümpfte die stumpfe, kleine Nase. »Nee, lieber nicht!« Trotz ihrer Angst um den Bruder wurde es ihr bewußt, daß sie mit nichts als ihrem koketten Shorty angetan vor einem fremden Mann stand.
»Werden Sie ihn retten können, Dr. Jonen?« fragte die Mutter verzweifelt. »Sie müssen...«
»Immer mit der Ruhe, meine Liebe!« Dr. Jonen zählte den Pulsschlag des Jungen, schob das linke Augenlid hoch, prüfte die Reflexe seiner Pupille.
»Ich habe meiner Frau gesagt, sie soll Kaffee kochen«, mischte sich der Vater ein.
»Das ist gut. Aber vielleicht bringe ich ihn vorher noch mal zum Erbrechen. Dann können wir uns nämlich das Magenauspumpen sparen... wo ist die Toilette? Ach ja, ich erinnere mich! Bitte, helfen Sie mir, Herr Molitor, den Burschen auf die Beine zu stellen!«
Gemeinsam gelang es ihnen, Jürgen, der schwer wie ein Sack zwischen ihnen hing, ins Bad zu bringen. Die beiden Frauen blieben zurück.
Die weit aufgerissenen Augen der Frau wirkten wie Löcher in dem geisterhaft blassen Gesicht. Sie stöhnte, preßte die Faust gegen den Mund.
Ob sie sich wohl auch so anstellen würde, wenn ich so was gemacht hätte, fragte sich Martina. Laut sagte sie:
»Komm, Mutti, reg dich nicht so auf. Du weißt doch, Unkraut vergeht nicht so leicht!«
Aber ihre Mutter hörte nicht hin.
Martina schüttelte sie leicht. »Hilf mir, Jürgens Bett frisch zu überziehen... damit hilfst du ihm mehr, als wenn du hier herumstehst und jammerst!«
Sie hörten Jürgen würgen.
»Na siehst du«, sagte Martina, »er bringt alles raus. Du kannst ganz beruhigt sein. Komm jetzt!« Sie packte ihre Mutter beim Arm und zerrte sie mit sich.
Später, als Jürgen zwischen den frisch bezogenen Kissen lag, sah er entschieden besser aus. Sein Gesicht hatte schon wieder etwas Farbe und seine Augen nahmen die Umgebung wahr.
Dr. Jonen ließ sich das leere Röhrchen geben, um festzustel-

len, was er geschluckt hatte, dann gab er Jürgen eine entsprechende Injektion.

»So, das hätten wir«, sagte er und drängte die Familie in die Diele hinaus, »aber es wäre gut, wenn jemand bei ihm bliebe, bis der Krankenwagen kommt...«

»Der... Krankenwagen!?« wiederholte Frau Molitor entsetzt, »er ist also nicht außer Gefahr?«

»Rein körperlich schon«, sagte der Arzt.

»Was soll das heißen?« fragte der Vater. »Befürchten Sie etwa, daß eine Schädigung des Gehirns zurückbleiben könnte?«

»Aber, aber... natürlich nicht!«

»Dann begreife ich einfach nicht, warum Sie ihn fortbringen wollen!«

»Ja«, stimmte Frau Molitor ihrem Mann zu, »ich werde die ganze Nacht bei ihm wachen, wenn es sein muß. Er hat hier jede Pflege, die er braucht, Herr Doktor.«

»Das glaube ich Ihnen ohne weiteres, liebe Frau Molitor.« Dr. Jonen räumte seine Sachen zusammen. »Aber darum geht es gar nicht. Der Junge gehört in psychiatrische Behandlung.«

»Sie wollen doch nicht andeuten, daß er... verrückt ist?« rief Herr Molitor.

»Ach wo, Vati«, mischte sich Martina ein, »verstehst du denn nicht? Jürgen steckt schwer in pubertären Schwierigkeiten, das habe ich schon lange gewußt.«

Dr. Jonen schmunzelte. »Sehr weise beobachtet, kleines Fräulein, genau darum geht es. In der psychiatrischen Abteilung wird man ihm helfen, mit diesen Schwierigkeiten fertig zu werden.«

»Zieh dir gefälligst etwas über, Martina!« sagte ihre Mutter, der plötzlich auffiel, wie knapp das Mädchen noch immer bekleidet war.

Martina verzog das Gesicht zu einer frechen kleinen Grimasse und verschwand.

»Machen Sie sich nichts draus, Frau Molitor, ein alter Doktor wie ich hat schon ganz andere Dinge gesehen!« Dr. Jonen legte die Spritze und die Schachtel mit den restlichen Ampullen in die Bereitschaftstasche zurück. »Kann ich mir bitte die Hände waschen?«

Herr Molitor vertrat ihm den Weg. »Es war eine Kurzschlußhandlung«, sagte er beschwörend, »weiter nichts.«

Der Doktor räusperte sich. »Mag schon sein. Aber wenn Sie einen Kurzschluß in der Leitung haben, dann begnügen Sie sich doch auch nicht damit, eine neue Sicherung einzuschrauben, sondern sie bemühen sich, die Ursache des Kurzschlusses zu beseitigen.«
Darauf fiel dem Vater kein Argument mehr ein, und er schwieg.
Dr. Jonen stieß nach. »Warum sträuben Sie sich eigentlich so dagegen, daß der Junge für ein paar Wochen zur Beobachtung fortkommt?«
»Das geht einfach nicht. Er ist sowieso nicht gut in der Schule, und wenn er jetzt noch so lange fehlt...«
»...wird er sitzenbleiben«, ergänzte Dr. Jonen, »na, wenn schon! Seien Sie doch ehrlich, Herr Molitor, eben noch haben Sie um sein Leben gezittert, da haben Sie keine Sekunde an die Schule gedacht. Das sind doch alles Nebensächlichkeiten. Selbst wenn er ein Jahr verliert... ja, wenn er überhaupt nicht zu einem Abschluß kommt, was besagt das schon? Ich kenne massenhaft Leute, die es auch ohne Abitur im Leben zu etwas gebracht haben...« Er schob den Mann beiseite und ging ins Bad.
Das Ehepaar folgte ihm.
»Vielleicht haben Sie recht«, sagte der Vater unentschlossen.
Seine Frau trat neben ihn. »Nein«, sagte sie, »du weißt ja nicht, was du redest, Helmuth! Stell dir nur vor: Jürgen zur Beobachtung auf der Psychiatrie! Begreifst du denn nicht, was das für ihn bedeuten würde? Bei seinen Kameraden wäre er ein für allemal erledigt. Bei jeder Gelegenheit würden sie es ihm unter die Nase halten, daß er schon mal in der ›Klapsmühle‹ war. Natürlich weiß ich, daß er nicht verrückt ist, aber in den Augen der Leute... sein ganzes Leben würde er dadurch gehandikapt sein!«
Dr. Jonen schäumte seine Hände ein. »Und Sie legen so viel Wert auf das Urteil der Leute?«
Frau Molitor hielt ihm ein sauberes Handtuch hin. »Ja«, sagte sie mit fester Stimme, »ja, das tue ich. Denn niemand lebt allein auf der Welt. Wir alle sind auf unsere Mitmenschen angewiesen... auch Sie, Herr Doktor! Und Sie würden es gewiß nicht leicht nehmen, wenn man Ihnen nachsagen würde, daß Sie nicht mehr ganz richtig im Kopf wären!«

Dr. Jonen trocknete sich die Hände ab, er wirkte plötzlich müde. »Bitte«, sagte er, »die Entscheidung liegt bei Ihnen. Aber machen Sie sich eines klar... wenn Sie sich gegen eine Behandlung sträuben, kann ich Ihnen nicht garantieren, daß es nicht noch einmal zu einer ähnlichen Kurzschlußhandlung kommt.«
Helmuth Molitor sah seine Frau an.
Sie hatte das Kinn vorgeschoben, die Lippen aufeinandergepreßt, ihr Gesicht wirkte hart und gespannt. Er dachte daran, was er sich vorgenommen hatte, und er wußte, daß er es niemals über sich bringen würde, ihr die Wahrheit zu sagen, ihr zu gestehen, daß seine bürgerliche Existenz auf einer Lüge aufgebaut war.
»Kommen Sie, Herr Doktor«, sagte er, »ich bringe Sie nach Hause.«

13.

Frau Molitor fühlte sich einigermaßen beklommen, als sie zwei Tage später vor der Wohnungstür von Dr. Opitz stand. Sie hatte es nach langem Überlegen für richtiger gehalten, Jürgens Klassenlehrer persönlich aufzusuchen, anstatt ihn anzurufen oder ihren Sohn mit einem Brief zu entschuldigen, und hatte sich seine Adresse aus dem Telefonbuch herausgesucht. Aber jetzt, da es so weit war, wurde sie unsicher und wußte nicht mehr, ob sie wirklich richtig gehandelt hatte.
Sie war erleichtert, als die Türe von einer älteren Frau geöffnet wurde, anscheinend der Haushälterin des Studienrats. Oder war er gar verheiratet? Sie hatte ohne weiteres angenommen, daß er Junggeselle sei.
»Sie wünschen?« fragte die Frau und wischte die Hände an ihrer Schürze ab.
»Ich möchte gern Herrn Studienrat sprechen«, sagte Frau Molitor, bemüht, ihrer Stimme Festigkeit zu verleihen, »ich bin die Mutter eines Schülers.«
»Ach so. Na, dann kommen Sie mal herein!« Sie ließ die Besucherin in den Vorraum treten, klopfte an eine der Türen und rief fast gleichzeitig: »Herr Doktor, Besuch für Sie!«
Also doch ein dienstbarer Geist, dachte Frau Molitor und verstand selber nicht, warum sie darüber erleichtert war.
Sie hörte Dr. Opitz von drinnen etwas brummen, konnte aber nicht verstehen, was er sagte. Die Frau öffnete die Türe zu seinem Zimmer, winkte ihr, näher zu treten. »Soll ich einen Kaffee machen?« fragte sie voreilig.
Dr. Opitz begrüßte seine Besucherin überrascht. »Möchten Sie eine Tasse Kaffee trinken, Frau Molitor?« fragte er lächelnd.
Sie errötete unter seinem Blick. »Ja, gern«, sagte sie. Sie reichte ihm die Hand, und er hielt sie fest.
»Also Kaffee, Anna«, sagte er, ohne sie aus den Augen zu lassen.
Die Haushälterin zog sich zurück.

»Welche Freude, Sie zu sehen«, sagte Dr. Opitz, »wenn ich auch fürchte, daß es keine guten Neuigkeiten sind, die Sie zu mir führen.«
»Nein«, sagte Gisela Molitor zaghaft.
Er führte sie zu einem schweren Ledersessel in der Sitzecke, bat sie, Platz zu nehmen. »Ist Jürgen wieder einmal ausgerissen?«
Sie sah zu ihm auf. »Nein!« sagte sie und fühlte, wie sich ihre Augen mit Tränen füllten. »Zu dumm«, sagte sie erstickt und tastete nach ihrem Taschentuch, »immer, wenn ich Sie sehe, bin ich gerade beim Weinen...«
Er lachte verlegen. »Warum sollten Sie sich nicht zu Ihrem Kummer bekennen?« Als er merkte, daß sie zu verstört war, um ihr Taschentuch zu finden, zog er seines hervor, faltete es auseinander und reichte es ihr. Er machte eine Bewegung, als ob er zu ihr treten wollte, verbot es sich aber im letzten Augenblick und setzte sich ihr gegenüber. Er wartete geduldig, bis sie ihre Fassung wiedergewonnen hatte.
Endlich waren ihre Augen klar, und sie konnte sich umsehen. »Wie schön Sie es hier haben«, sagte sie, um Zeit zu gewinnen.
Das große Zimmer war mit viel Geschmack eingerichtet. Antiquitäten standen harmonisch vereint mit modernen Möbeln.
»Mein Heim ist mein Hobby«, sagte er lächelnd, »ich freue mich, wenn es Ihnen gefällt.«
»O ja!« Sie drehte das große Taschentuch zu einem Strick. »Sie können sich denken, Doktor Opitz, daß es um Jürgen geht...«
»Vielleicht reden wir besser erst nach dem Kaffee darüber!«
»Nein, es ist mir lieber, ich bringe es hinter mich.« Sie zwang sich, ihm ins Gesicht zu sehen, sagte mit fester Stimme: »Er hat versucht, sich das Leben zu nehmen!« Und wieder stiegen ihr Tränen auf.
Dr. Opitz sprang auf, neigte sich ihr impulsiv zu. Im letzten Augenblick konnte er seine zärtliche Regung unterdrücken. Er war froh, daß sie es in ihrer Verzweiflung nicht bemerkt hatte, machte eine scharfe Wendung und begann, mit großen Schritten, die Hände auf dem Rücken verschränkt, im Raum auf und ab zu gehen.

Als er sich einigermaßen gefaßt hatte, blieb er vor ihr stehen. »Aber... es ist doch hoffentlich noch einmal gutgegangen?« Seine Stimme klang sehr nüchtern, fast kalt.
Sie zuckte zusammen wie unter einem Schlag, sah mit schwimmenden Augen zu ihm auf. »Ja«, sagte sie, »sonst wäre ich wohl kaum hier.«
»Ich nehme an, er ist im Krankenhaus?«
Sie schüttelte den Kopf. »Nein. Der Arzt... wir haben unseren Hausarzt geholt... er wollte ihn zur Beobachtung auf die Psychiatrie geben. Aber wir... mein Mann und ich... wir waren dagegen.«
»Das war vielleicht ein Fehler.« Er nahm Pfeife und Tabaksbeutel vom Schreibtisch, fragte: »Sie erlauben doch?«
»Natürlich, Sie sind doch zu Hause.« Sie saß da, tupfte sich die Tränen ab, putzte sich die Nase, merkte, daß es noch immer das Taschentuch des Lehrers war, das sie benutzte. »Ich werde es waschen und...«
Er schnitt ihr das Wort ab. »Das ist doch jetzt völlig unwesentlich.« Seine langen Finger stopften den langfaserigen Tabak in den Pfeifenkopf. »Es geht um das Schicksal eines jungen Menschen. Ich glaube, der Arzt hat recht gehabt. Nach allem, was in letzter Zeit passiert ist, wäre es bestimmt gut, wenn der Junge in psychiatrische Behandlung käme. Wenn Sie ihn schon nicht in die Klinik schicken wollen, was ich immerhin verstehen kann, dann sollten Sie mit ihm zu einem Psychiater gehen.«
»Aber nein. Wozu denn? Sie glauben doch nicht, er ist... krank?«
»Er steckt in einer schweren seelischen Krise, soviel ist gewiß. Sonst hätte er doch nicht wegen nichts und wieder nichts...«
»Jürgen hatte Gründe«, sagte sie mit Überwindung.
»Was für ein Grund könnte für einen gesunden jungen Menschen stark genug sein, aus dem Leben scheiden zu wollen?«
Die Frau kämpfte mit sich, aber das Bedürfnis, sich einem wohlmeinenden Menschen anzuvertrauen, war stärker als die Scheu, ihre persönlichsten Sorgen aufzudecken. »Sein Vater«, sagte sie mit bebender Stimme, »mein Mann... er hat die Sparkonten der Kinder aufgelöst... auch meines... er hat... er hat uns das Geld weggenommen!«

Dr. Opitz öffnete den Mund, als wenn er eine heftige Bemerkung machen wollte, holte aber nur tief Atem und stieß die Luft langsam wieder aus. »Wahrscheinlich«, sagte er dann beherrscht, »wird er es notwendig gebraucht haben.«
»Oh, sicher«, sagte sie mit plötzlicher Bitterkeit, »fragt sich nur, wozu. Ich glaube, es war gar nicht so sehr der Verlust an sich, der Jürgen einen solchen Schock versetzt hat, nicht die Enttäuschung darüber, daß er nun nicht die Fahrstunden nehmen kann, die ich ihm versprochen hatte... Es war die Verzweiflung darüber, daß sein Vater so etwas tun konnte. Das Nichtbegreifenkönnen, was dahintersteckt.« Sie beugte sich vor, sah Dr. Opitz beschwörend an. »Glauben Sie nicht, daß das genügen kann, auch einen gesunden Jungen aus dem Gleichgewicht zu werfen?«
Dr. Opitz war erleichtert, daß er diese Frage nicht beantworten mußte, denn die Haushälterin stieß die Türe auf und balancierte ein Kaffeetablett herein. Während sie den kleinen Tisch deckte, brauchte er nicht zu reden, und auch Frau Molitor schwieg.
»Ist es so recht?« fragte die Haushälterin und blickte, Bewunderung heischend, von Dr. Opitz zu seinem Gast.
»Danke, Anna«, sagte er rasch, »das haben Sie sehr gut gemacht...«
Als die Haushälterin gegangen war, versuchte er, den leichteren Ton beizubehalten.
»Sie sollten unbedingt ein Stück von diesem Streuselkuchen versuchen«, sagte er, »es ist eine ihrer Spezialitäten.«
Die Frau zwang sich zu einem Lächeln. »Das glaube ich gerne, er sieht wundervoll aus... aber ich kann nicht.«
Auch Dr. Opitz ließ den Kuchen unberührt und zündete sich seine Pfeife an.
»Wenn Jürgen jetzt auch noch sitzenbleibt«, sagte sie, »verliert er jedes Vertrauen in sich und die Welt. Ich weiß, es ist schrecklich, daß er wieder in der Schule fehlen muß, er ist selber ganz verzweifelt darüber! Aber es muß doch, es muß eine Möglichkeit geben, daß er trotz allem aufsteigt!«
Er wich dem flehenden Blick ihrer vom Weinen geröteten Augen aus. Ihr sorgfältiges Make-up war leicht verschmiert. Sie wirkte auf ihn rührender denn je. »Nun ja«, sagte er, »vielleicht...«

Sie streckte ihre Hand über den Tisch hinweg nach ihm aus, und ihre Berührung traf ihn wie ein elektrischer Schlag.
»Bitte«, sagte sie, »bitte, helfen Sie Jürgen!«
»Hm, vielleicht ginge es, wenn Jürgen sich verpflichten würde, im Herbst eine Nachprüfung anzutreten. Allerdings, er steht, soviel ich weiß, nicht nur bei mir in Mathematik, sondern auch in Latein miserabel, das wären gleich zwei Fächer, in denen er büffeln müßte. Die großen Ferien wären dahin.«
Ihre Augen leuchteten auf. »Aber er käme in die nächste Klasse?«
»Wenn er die Prüfung besteht.«
Sie ließ sich tief in den Sessel zurücksinken, schloß für Sekunden die Lider. »Ich wußte es«, sagte sie, »ich wußte, daß Sie mich ... daß Sie Jürgen nicht im Stich lassen würden! Ich wußte es!«
Er sog an seiner Pfeife, paffte dicke Rauchwolken in die Luft.
»Versprechen«, sagte er, »kann ich Ihnen gar nichts. Es kommt darauf an, ob sein Lateinlehrer bereit ist, ihm ebenfalls diese Chance einzuräumen.«
Doch dadurch war ihr Glaube nicht zu erschüttern. »Wenn Sie sich für ihn einsetzen, Dr. Opitz«, sagte sie, »klappt es bestimmt. Das ist, was Jürgen braucht ... jemand, der ihm überhaupt eine Chance gibt. Er ist nicht dumm, ganz bestimmt nicht ... vielleicht faul. Aber das kommt auch nur daher, daß er in einem Alter ist, wo man zu viele verschiedene Interessen hat.«
Sie nahm einen Schluck Kaffee, lächelte ihn an. »Jetzt ist mir schon wieder so viel besser.«
»Und – was werden Sie selbst unternehmen? Wenn ich Sie richtig verstanden habe, stellt sich ja auch für Sie ein Problem...«, tastete er sich zögernd vor, ohne sie dabei anzusehen. »Ich meine, Sie sollten sich einmal in aller Ruhe mit Ihrem Gatten aussprechen...«
»Sinnlos«, sagte sie, »Sie kennen ihn nicht. Wir haben schon seit vielen Monaten nicht mehr offen miteinander geredet. Er geht jedesmal sofort in die Luft.« Sie schwieg.
Aber er stellte keine Frage.
»Nein«, sagte sie, »mir bleibt nur eines, die Tatsache zur Kenntnis zu nehmen und mich damit abzufinden.« Sie rührte

in ihrer Kaffeetasse. »Ich muß daran denken, mich nach einer Stellung umzusehen.«

Jetzt ließ er die Pfeife sinken und sah sie an. »Sie wollen sich scheiden lassen?«

Sie lächelte gequält. »Es wird wohl dahin kommen, ob ich will oder nicht. Auf alle Fälle möchte ich dann nicht so vollständig abhängig von meinem Mann sein.«

»Diesen Standpunkt kann ich verstehen.«

Ihr Lächeln wurde freier. »Reiner Selbsterhaltungstrieb. Leider habe ich nicht viel gelernt ... ich meine, nichts wirklich Nützliches. Ich habe Musik studiert, bin aber zu keinem Abschluß gekommen. Ich lernte meinen Mann kennen...« Sie machte eine resignierende Geste. »Sie wissen ja, wie das ist. Plötzlich ist die Liebe wichtiger als alles andere.«

»Musik«, sagte er, »nun, das wäre doch immerhin etwas. Vielleicht könnten Sie eine Anstellung als Hilfslehrerin finden. Sie wissen ja, Lehrkräfte sind sehr knapp...«

Sie saß da und malte sich die Möglichkeit aus. »Meinen Sie wirklich, daß da eine Chance besteht? Es wäre schön, eine Arbeit zu haben, die mir liegt...«

»Ich kann mich ja einmal erkundigen«, sagte er, »damit Sie wenigstens Bescheid wissen. Machen Sie sich aber nicht allzu große Hoffnungen«, er zeigte lächelnd seine starken, weißen Zähne. »Bis zum Kultusministerium reicht mein Einfluß leider nicht. Aber ich werde wenigstens erfahren, wohin Sie sich wenden müssen.«

»Das wäre wirklich nett von Ihnen. Und bis wann, glauben Sie, werden Sie das erfahren haben?«

»Sagen wir ... übermorgen? Ganz gleich, welche Auskunft ich Ihnen dann geben kann, sollten wir uns doch einmal eingehend darüber unterhalten.«

»Gern«, sagte sie, »soll ich Sie also übermorgen nochmals aufsuchen?«

Er überlegte. »... am Nachmittag habe ich allerdings eine Konferenz. Vielleicht geht es am Abend?«

»Sicher«, sagte sie, »nur...«, und dann in plötzlichem Entschluß: »Natürlich geht es. Ich bin Ihnen sehr dankbar, Dr. Opitz.«

»Was wollten Sie gerade sagen? Wenn es da irgendeine Schwierigkeit gibt, sollen Sie Vertrauen zu mir haben...«

»Ach, es ist nichts. Ich hatte nur Theaterkarten für übermorgen. Aber das ist nicht wichtig. Ich werde sie eben zurückgeben...« Sie rührte in ihrer Kaffeetasse. »Oder würden Sie mit mir...?«
Als er mit der Antwort zögerte, fügte sie hinzu: »Jürgen hat bestimmt kein Interesse, mich zu begleiten, und seine Schwester erst recht nicht...«
»Ja«, sagte er, »ich komme gerne mit.«
»Gut«, sagte sie, »dann treffen wir uns am besten eine halbe Stunde vor Beginn, damit wir noch reden können. Im Foyer – oder was meinen Sie...?«

»Los, komm rein!« flüsterte Martina und zog Senta an der Hand durch die Wohnungstüre, die sie nur einen knappen Spalt breit geöffnet hatte, »gratuliere, die Luft ist rein!«
Senta sah sie verblüfft an. »Was soll das? Willst du Räuber und Gendarm mit mir spielen?«
Martina grinste. »O Boy, aus dem Alter sind wir doch wohl heraus!«
»Das meine ich auch! Also benimm dich wie ein Mensch!«
Martina stieß sie mit dem Ellenbogen in die Seite. »Kannst du denn keinen Spaß vertragen?«
»Vertragen schon, aber erst muß ich ihn verstehen.«
Martina zuckte die Schultern. »Schon gut. Nächstes Mal schreibe ich dir 'ne Gebrauchsanweisung.« Jetzt erst kam sie dazu, die Freundin richtig anzusehen. »Ein neues Kleid? Aus Papier, was? O Boy, ich werd' verrückt!«
»Klasse, was?« Senta drehte sich vergnügt vor Martinas staunenden Augen. »Wir haben alle eins gekriegt, und ich konnte nicht widerstehen, es gleich anzuziehen. In der Schule kann ich es ja doch nicht tragen.«
Das Papierkleid war ärmellos und minikurz, aus tomatenrot und gelb gestreiftem Material. Die schlanke, braungebrannte Senta sah verwegen und fast elegant darin aus. Sie trug keine Strümpfe, an den schmalen Füßen tomatenrote Sandalen.
»Das ist der Schrei!« sagte Martina beeindruckt.
»Wenn's dir gefällt, kannst du dir ja auch eins von deiner Mutter kaufen lassen. Es gibt sie massenhaft.« Senta ging unbekümmert auf das Wohnzimmer zu. »Ich zeig' es ihr mal.« Sie öffnete die Türe, aber das Wohnzimmer war leer.

»Mutti ist gar nicht zu Hause«, erklärte Martina.
Senta drehte sich zu ihr um, runzelte die Stirne. »Du, das gefällt mir nicht!«
Martina lachte. »Soll sie dich etwa nächstens um Erlaubnis fragen?«
»Ich wollte doch Jürgen besuchen. Er liegt doch sicher noch im Bett.«
»Na und?«
»Ach, stell dich doch nicht blöd. Du weißt genau, was ich meine.«
Martina warf die blonde Mähne zurück, stemmte die Hände in die Seiten. »Das mußt du mir schon etwas genauer erklären...«
»Ich denke ja gar nicht daran.« Senta hielt ihr ein hübsch verpacktes Buch hin. »Hier, das ist für Jürgen. Gib du es ihm, bitte. Und sag ihm, daß ich ein anderes Mal zu ihm kommen werde.«
Martina machte keine Anstalten, das Päckchen entgegenzunehmen. Sie hielt die rechte Hand muschelförmig vor das Ohr. »Du, ich höre wohl nicht recht? Sag mal, in welchem Jahrhundert lebst du eigentlich?«
»Im selben wie du.«
»Kommt mir aber nicht so vor. Daß du ein bißchen altjüngferlich bist, habe ich ja schon immer gewußt, aber daß du so viel Angst vor der eigenen Courage hast, das hätte ich dir doch nicht zugetraut.«
»Angst! Bei dir piepst's wohl!«
»Du bist zu feige, einen harmlosen Krankenbesuch zu machen!«
Senta reckte das feste kleine Kinn vor. »Weil es sich nicht gehört!«
»Du brauchst also 'nen Anstandswauwau? Sag das doch gleich!« Martina machte einen tiefen Hofknicks. »Bitte, ich stehe dir zur Verfügung! Wenn du willst, werde ich vor der Zimmertüre wachen, und sobald du nur einen Pieps tust, stürme ich herein wie... wie der Engel mit dem Flammenschwert persönlich.«
Senta zögerte noch. Martina packte sie am Arm. »Nun mach keinen Blödsinn. Jürgen hat dich bestimmt schon gehört. Er wird schrecklich enttäuscht sein, wenn du nicht zu ihm reinschaust.«

Das gab den Ausschlag. Senta ging auf Jürgens Zimmertüre zu.
»Na schön«, sagte sie und klopfte an. »Und du brauchst nicht draußen zu lauern, daß du es nur weißt...«
Martina lachte frech. »Das kann ich mir denken.«
»Ich fürchte, du denkst wieder mal falsch. Wenn es hart auf hart kommt, kann ich mir selber helfen, das ist alles.«
Sie ging in Jürgens Zimmer.
Martina zog die Türe hinter ihr zu und drehte blitzschnell und lautlos den Schlüssel um. Sie wartete einen Augenblick, ob Senta protestieren würde. Als nichts dergleichen geschah, lächelte sie schadenfroh. In ihren Augen glomm ein böses Feuer. Sie war sicher, daß Senta nichts spannte: »Warum soll es der besser gehen als mir?« preßte sie durch die zusammengebissenen Zähne. »Die hat sich lange genug mit ihrer Unschuld aufgespielt...«
Jürgen drehte den Kopf zur Seite, als Senta an sein Bett trat. Seine Wangen wirkten hohl, die blauen Augen lagen stumpf und glanzlos in den Höhlen, und seine Haut zeigte eine fahle ungesunde Blässe.
Senta fiel es schwer, sich ihren Schrecken nicht anmerken zu lassen. »Hei, Jürgen«, sagte sie mit betonter Unbefangenheit, »na, wie geht's?«
Er schwieg, preßte die blutlosen Lippen zusammen.
»Eben glänzend siehst du nicht aus«, bekannte sie. »Was ist denn? Hast du was gegen mich? Willst du mich nicht wenigstens ansehen?« Sie ergriff seine Hand.
Er entzog sie ihr, sagte immer noch nichts.
»Na schön. Wenn dir mein Besuch unerwünscht ist, kann ich ja wieder gehen.« Sie wandte sich zur Türe, wartete darauf, daß er sie zurückrufen würde.
Aber nichts dergleichen geschah.
Sie warf ihm mit Schwung das Päckchen mit dem Buch zu.
»Da, hast du was zu lesen ... also tschau!«
»Au!« rief er, weil das Buch ihn getroffen hatte.
Sie lachte. »Na endlich! Ich dachte, du wärst stumm!«
Er rieb sich die schmerzhafte Stelle. »Das hat weh getan!«
»Und du hast dich ganz schön blöd benommen! Warum begrüßt du mich denn nicht, wenn ich komme? Tust geradeso, als hätte es dir die Sprache verschlagen?« Sie setzte sich zu ihm auf die Bettkante.

Er wagte nicht sie anzusehen, zerrte an dem Band, mit dem das Päckchen verschnürt war. »Ich habe dich nicht um deinen Besuch gebeten!«
Sie lachte wieder. »Soll das heißen, ich hätte erst eine feierliche Aufforderung abwarten sollen?«
»Mir ist momentan nicht nach Menschen zumute.«
»Kann ich mir vorstellen«, sagte sie verständnisvoll, »aber du wirst dich langsam wieder an menschliche Gesellschaft gewöhnen müssen. Oder hast du vor, für alle Ewigkeit hier im Bett zu bleiben?«
Als er nichts sagte, gab sie sich selber die Antwort. »Natürlich nicht. Also los, hab dich nicht so. Sieh mich an. Erzähl mir was... oder frag mich, was inzwischen in der Welt passiert ist!«
»Interessiert mich überhaupt nicht«, sagte er stur.
Sie wechselte den Ton. »Bitte, Jürgen«, sagte sie ernst, »mach es einem doch nicht so schwer! Ich will dir doch helfen...«
»Ich brauche kein Mitleid!« schrie er.
»Auch keine Freundschaft? Kein Verständnis, gar nichts?«
»Als wenn dir an mir gelegen wäre«, sagte er bitter.
Sie nahm ihm das Päckchen aus der Hand, an dem er immer noch herumfingerte, machte sich daran, den Knoten zu lösen. »Warum«, fragte sie, »würde ich sonst wohl dauernd hinter dir herrennen?«
»Du ... hinter mir? Daß ich nicht lache! Und jetzt, nachdem mir das passiert ist, hast du wahrscheinlich auch noch den letzten Rest Achtung vor mir verloren. Nicht mal dazu war ich ja fähig!«
Sie ließ die Hände sinken und sah ihn aus ihren schwarzen Augen an. »Ist es wirklich das, weshalb du dir Vorwürfe machst? Daß es dir nicht gelungen ist?«
»Na klar! Wie stehe ich denn jetzt da?«
»Aber wenn es geklappt hätte«, sagte sie spöttisch, »dann wärst du jetzt fein heraus, was? Dann lägst du jetzt unter der Erde, die Würmer begännen schon an dir zu knabbern, du brauchtest dir überhaupt keine Mühe mehr zu geben, wärest auch alle Sorgen los...«
»Ja, ja!« schrie er. »Und warum nicht? Dann wäre ich besser dran als jetzt!«
»Ein Versager wärst du und ein Feigling!«

»Sprich nur aus, was du von mir denkst, tu dir keinen Zwang an!« sagte er wild.

»Na schön, wenn du es wissen willst«, gab sie genauso heftig zurück, »für einen ganz großen Idioten halte ich dich! Nur Idioten machen solche Sachen, daß du es nur weißt! Ein richtiger Vollidiot bist du...« Und plötzlich fing sie an zu weinen.

»Aber, Senta«, sagte er erschrocken, »was ist denn? Was hast du?«

»Glaubst du, es ist mir egal, wenn du solche Sachen machst?« schluchzte sie. »Deutlicher konntest du mir ja nicht zeigen, daß ich dir gleichgültiger bin als die Wand ... sonst hättest du mich ja nicht so im Stich gelassen. Ich dachte, du hättest nur deine verrückten fünf Minuten gehabt, es hätte dir gleich darauf selber leid getan ... aber jetzt sagst du mir ins Gesicht, daß du es so gewollt hast und daß du es überhaupt nicht bereust ... du, du Ekel, du...« Sie wischte sich mit dem Handrücken über die Augen.

Er griff unters Kopfkissen und reichte ihr ein Papiertaschentuch. »Da, nimm!«

»Danke«, schluchzte sie und schneuzte sich.

»Natürlich tut es mir leid«, sagte er unvermittelt, »was hattest du denn gedacht?«

»So? Und warum gibst du es dann nicht zu?«

»Weil es mir peinlich ist, kapierst du das denn nicht? Schon vorher war mir die Welt verleidet ... aber wenn ich mir jetzt vorstelle, wie ihr alle über mich lacht...«

Ihre Augen schwammen noch immer in Tränen, und sie erschien ihm schöner denn je. »Ich lache nicht«, versicherte sie.

»Aber die andern, die in meiner Klasse...«

»Die wissen doch gar nichts davon! Martina hat es bestimmt nicht weitererzählt ... nur mir, unter dem Siegel der Verschwiegenheit. Und ich durfte es doch wissen, oder...? Ich habe sie jeden Tag mit Fragen nach dir bombardiert.«

Er ließ sich in die Kissen zurücksinken, packte ihre Hand. »Und du ... du verachtest mich jetzt nicht?«

»Unsinn«, sagte sie, »ich bin heilfroh, daß es noch mal gutgegangen ist.«

Er zog ihre Hand an die Lippen, küßte jeden einzelnen ihrer Finger. »Und ich bin glücklich, daß du hier bei mir bist!«

Sie lächelte unter Tränen. »Das hast du aber bisher sehr gut zu verbergen verstanden.«
Er zog sie zu sich heran, und sie schmiegte, halb sitzend, ihren Kopf an seine Brust. Lange Zeit saßen sie so, schweigsam und eng aneinander geschmiegt.
Dann tastete seine Hand nach ihrer Brust. »Ich liebe dich«, flüsterte er.
»Ich dich auch! Aber laß das...«
»Warum denn?«
»Du weißt, daß ich es nicht mag!«
»Ich könnte jetzt schon tot sein«, flüsterte er, »dann würdest du was drum geben, wenn ich noch...«
»Darum nicht!« widersprach sie und versuchte, sich von ihm loszumachen.
Aber er hielt sie gepackt. »Sei doch nicht so!« bat er. »Ich ... ich habe dich so lieb! Bitte, bitte!«
»Nein!« Ihr Widerstand wurde energischer. »Laß mich sofort los ... bitte, Jürgen! Mein Kleid ist aus Papier ... du darfst nicht...«
Er versuchte, seine freie Hand zwischen ihre Schenkel zu schieben, sie bäumte sich auf, und schon gab es einen Riß.
»Du bist gemein!« schrie sie und boxte auf ihn ein. »Martina! Martina! Hilf mir!«
Für Sekunden horchte er auf, gewärtig, seine Schwester ins Zimmer stürzen zu sehen. Senta nahm die Gelegenheit wahr, sich aus seinem Griff zu befreien. Mit der ganzen Kraft ihres Körpers warf sie sich zurück und landete neben dem Bett auf dem Boden. Mit einem Satz war sie wieder auf den Beinen, stürzte zur Türe und wollte sie aufreißen.
Es dauerte Sekunden, bis sie begriff, daß sie eingesperrt war. Jürgen verkannte die Situation. Er zog sich tiefer in sein Bett zurück, um nicht von seiner Schwester ausgelacht zu werden. Senta trommelte mit beiden Fäusten gegen die Türe. »Martina! Los! Mach auf! Was fällt dir ein! Aufmachen! Aufmachen!«
Als sich nichts rührte, drehte sie sich blitzschnell um, rannte zum Fenster und schwang sich aufs Brett, noch ehe Jürgen sich von seiner Verblüffung erholt hatte.
»Senta!« schrie er. »Was hast du vor?«
»Was denn schon?« gab sie zurück. »Auf den Küchenbalkon hinüber! Keinen Schritt näher, sonst...«

Er stand neben dem Bett, wagte nicht, sich zu rühren. »Senta«, sagte er, »bitte, bleib...«
»Das könnte dir so passen!«
»Senta, ich verspreche dir, ich ... ich rühre dich nicht mehr an! Ganz bestimmt nicht!«
Senta sah an sich herunter. Ihr schickes Papierkleid war völlig zerrissen. So konnte sie sich unmöglich auf die Straße wagen, und wo Martina steckte, mochte der Himmel wissen. »Großes Ehrenwort?« fragte sie zögernd.
»Ich schwöre es dir!«
»Nimm bloß den Mund nicht so voll«, sagte sie, »was von dir zu halten ist, das weiß ich jetzt. Das war das letzte Mal, verlaß dich drauf...«
»Senta!«
»Ach, quatsch keine Opern, gib mir lieber was anzuziehen! Ja, verflixt noch mal, siehst du denn nicht, wie du mich zugerichtet hast? Such mir eine Hose heraus und einen Pullover ... mach schon, ist doch egal, ob es paßt!«
Er lief barfuß durch das Zimmer, in seinen Schlafanzughosen, die ein ganzes Stück zu kurz waren und seine Knöchel freigaben. Sie merkte zu ihrer eigenen Überraschung, daß ihr Zorn auf ihn verflog. Er wirkte so rührend unfertig, wie er da vor der Kommode kauerte und ein Wäscheteil nach dem anderen herauszog und zu Boden feuerte.
»Mach bloß nicht so ein Durcheinander! Wer wird es nachher aufräumen müssen? Doch bloß ich. Gib das her, das scheint mir gut... ja, und den Pullover dazu, und jetzt dreh dich um.« Sie nahm ihm eine hellblaue Leinenhose und einen weißen Tennispullover aus der Hand, wartete, bis er mit dem Gesicht zur Wand stand, riß sich dann die Fetzen des Papierkleides herunter und schlüpfte hinein.
»So, du kannst wieder«, sagte sie, »marsch ins Bett mir dir. Hast du wo einen Spiegel? Deiner Martina werd' ich Bescheid stoßen, die kann sich auf was gefaßt machen!«
Martina stand noch immer draußen in der kleinen Diele. Sie hatte längst begriffen, daß ihr Streich alles andere als lustig, sondern einfach gemein gewesen war, und hätte nichts lieber getan, als jetzt aufzuschließen. Aber sie traute sich Senta nicht unter die Augen, und es fiel ihr kein Witz ein, mit dem sie die Situation hätte überbrücken können.

Einmal versuchte sie ganz leise, den Schlüssel umzudrehen. Aber sofort rief Senta: »Martina!«
Da ließ sie es sein und sah zu, wie die Freundin an der Klinke rüttelte.
Erst in dem Augenblick, als die Mutter hereinkommend die Wohnungstür öffnete, schloß sie ganz rasch auf.
»Was stehst du denn hier herum?« fragte Gisela Molitor, erstaunt, ihre Tochter scheinbar unbeschäftigt in der Diele zu finden.
»Ach, nur so«, sagte Martina und schlenkerte mit den Armen.
»Hast du keine Schularbeiten zu machen?«
»Doch...«
»Na, dann!« Frau Molitor ging, den kleinen Hut noch auf dem Kopf, Handtasche und Handschuhe unter dem Arm, auf Jürgens Zimmer zu.
»Nicht!« sagte Martina und vertrat ihr unwillkürlich den Weg.
»Was soll das?« Ihre Mutter versuchte kopfschüttelnd, sie beiseite zu schieben.
»Bitte, komm du mal eben mit mir...«
»Gleich. Erst möchte ich nach Jürgen sehen.«
In diesem Augenblick wurde die Klinke von innen niedergedrückt – und Senta trat aus dem Zimmer.
»Guten Tag, Frau Molitor!« grüßte sie unbefangen.
Das Gesicht der Frau erstarrte. Sie sah, daß Senta Sachen ihres Sohnes trug. »Möchtest du mir bitte erklären, was das bedeuten soll?«
»Ich habe Jürgen einen Besuch gemacht...«
»Und das?« Gisela Molitor zupfte heftig an Jürgens weißem Tennispullover, der dem Mädchen viel zu groß war. Die Hosenbeine hatte sie aufgekrempelt.
Senta sah Martina an, als überließe sie es ihr zu erklären. Aber die Freundin schlug die Augen nieder und ließ sich zu keiner Erklärung herbei.
»Das war so«, erklärte Senta notgedrungen, »ich hatte nämlich ein Papierkleid an, und damit bin ich ... am Stuhl hängengeblieben, und dabei ist es zerrissen, und weil ich so doch nicht auf die Straße gehen konnte, war Jürgen so freundlich...«
»Freundlich, ja? So nennst du das?«
»Ja«, sagte Senta gedehnt, »freundlich. Keine Sorge, Frau Moli-

tor, ich bringe den Pullover und die Hose gleich morgen zurück ... wenn Sie Wert darauf legen, sogar heute abend noch.«
»Vor allem wäre es mir lieb, wenn du jetzt verschwinden würdest«, sagte Frau Molitor eisig.
»Ja, natürlich, ich...« Senta Heinze schoß einen ihrer dunklen Blicke zu Martina hinüber. »Ich fürchte, ich bin sowieso schon zu lange geblieben. Auf Wiedersehen, Frau Molitor!«
Aber die Frau übersah die Hand, die Senta ihr entgegenstreckte, rauschte an ihr vorbei in Jürgens Zimmer.
Senta drehte sich um. »Das hast du fein gemacht, meine Süße!«
Martina trat von einem Fuß auf den anderen. »Ich weiß, es war idiotisch.«
»Eine Gemeinheit ... das ist das richtige Wort! Spar dir deine Erklärungen, ich habe genug von dir. Von nun an kannst du dir jemanden anderen zum Abschreiben suchen!« Sie ging an ihr vorbei auf die Wohnungstüre zu.
»Senta, ich...«, rief Martina, »bitte, sei nicht böse, es war nicht so gemeint. Ich wollte Jürgen bloß helfen ... und dann, wenn es wirklich hart auf hart gegangen wäre, hätte ich dich schon rausgeholt! Aber es war doch gar nicht nötig!«
Senta Heinze stieß sie beiseite. »Erzähle mir nichts«, sagte sie, riß die Wohnungstüre auf und schmetterte sie Martina vor der Nase zu.
»Jürgen«, sagte Frau Molitor drinnen im Zimmer ihres Sohnes, »bitte, sag du mir wenigstens die Wahrheit...«
Jürgen zuckte die Schultern. »Keine Ahnung, was du von mir hören willst. Es war genauso, wie Senta gesagt hat.«
»Aber ich bitte dich, Junge, das sind doch ... Märchen!« Frau Molitor setzte sich auf Jürgens Bettkante. »Mich brauchst du nicht zu belügen, Liebling, wirklich nicht. Ich werde dir keinen Vorwurf machen...«
Sie nahm ihn in die Arme, zog ihn an ihre Brust. »Erzähl deiner Mutter, was geschehen ist...«
Er hielt sich ganz steif. »Überhaupt nichts ist passiert«, wehrte er ab.
Sie ließ ihn los.
»Ich komme nach Hause und finde ein junges Mädchen in deinem Zimmer ... in deiner Hose und in deinem Pullover, und

da willst du behaupten, daß nichts passiert wäre? Du lügst doch nur, um sie zu decken.«
»Herrgott, Mutter, nein!« Auf Jürgens blassen Wangen brannten rote Flecke. »Ich lüge nicht, und Senta hat es nicht nötig, daß man sie deckt. Die kann sich sehr gut selbst verteidigen, verlaß dich drauf.«
»Ich habe sie bisher immer gern gehabt, das weißt du, aber wie sie sich heute benommen hat... mir scheint, ich habe mich in ihr geirrt. Sie ist ein hinterhältiges, freches Ding...«
Jürgen richtete sich kerzengerade auf. »Das ist nicht wahr, Mama! Du tust ihr unrecht! Was hat sie denn schon getan? Verdammt noch mal, warum kannst du denn nicht objektiv sein?«
»Was sie getan hat, das frage ich dich!«
»Nichts!« schrie Jürgen. »Überhaupt nichts.«
Frau Molitor sah ihren Sohn an, ihren kleinen Jungen, den sie immer bis auf den Grund seiner Seele zu kennen geglaubt hatte. Und nun war er plötzlich so fremd, ein fremder Mann, und bei dem Gedanken, was sich zwischen ihm und diesem Mädchen abgespielt haben mochte, wurde ihr ganz elend.
»Du bleibst also bei deiner Lüge«, sagte sie, »gut, ich kann es nicht ändern. Es würde ja auch wohl nichts nützen, wenn du mir alles erzähltest. Was geschehen ist, läßt sich nicht rückgängig machen...«
»Mutti, bitte, nun mach doch kein Drama daraus!«
Sie trat ans Bett und strich ihrem Sohn über die Haare. »Nur keine Angst, Liebling, dir mache ich ja keine Vorwürfe. Was auch passiert ist, dieses Mädchen ist daran schuld. Sie kommt mir nicht mehr in meine Wohnung... hast du mich verstanden?«
»Aber ja, Mutti, ich bin doch nicht taub«, sagte er mürrisch, »reg dich doch bloß wieder ab. Jede Wette, daß Senta sowieso keinen Wert mehr darauf legt.«
»Wie meinst du das?« fragte Gisela Molitor. »Weil ich sie abgekanzelt habe? Also das tut mir gewiß nicht leid... ein Mädchen wie sie! Eigentlich müßte ich ihre Eltern anrufen...«
»Los, tu es nur!« schrie Jürgen böse. »Wo du so prachtvolle, gut geratene Kinder hast, kannst du dir das bestimmt erlauben!«
»Wie kannst du in diesem Ton...« Sie fühlte sich auf einmal

seltsam entlarvt, und um sich vor ihrem Sohn keine Blöße zu geben, stürzte sie aus dem Zimmer.
Er bohrte seinen Kopf in die Kissen, um das Stöhnen, das in ihm aufstieg, zu ersticken. Er schämte sich, weil er nicht den Mut besessen hatte, die Schuld auf sich zu nehmen und Senta zu verteidigen. Wahrscheinlich hätte es nichts genutzt, seine Mutter hätte es ihm doch nicht geglaubt. Aber das war keine Entschuldigung.

Am nächsten Morgen ging Jürgen zum ersten Mal nach seinem Selbstmordversuch wieder zur Schule. Es kostete ihn ziemliche Überwindung, und beim Frühstück war er mürrischer denn je. Er wünschte sich eine Höhle, in die er sich hätte verkriechen können. Statt dessen mußte er im hellen Frühsommerlicht auf die Straße hinaus. Er fühlte sich preisgegeben, ausgeliefert, nackt. Er war Martina dankbar, daß sie ganz gegen ihre sonstige Gewohnheit mit ihm zusammen das Haus verließ und, obwohl er große Schritte machte, an seiner Seite blieb.
»Bin gespannt, was die Idioten aus deiner Klasse für Augen machen werden, wenn du wieder aufkreuzt«, sagte sie, fast zu beiläufig. »Laß dich nicht ins Bockshorn jagen, wenn sie dumm daherreden. Wissen tun sie gar nichts, da kannst du sicher sein.«
»Wenn du nicht gequatscht hast...«
»Wofür hältst du mich?«
Er blickte auf sie herab. »Willst du das wirklich wissen?«
Sie lachte, warf ihre blonden Haare in den Nacken. »Werd bloß nicht ausfallend, Junge!« Scherzhaft knuffte sie ihn in die Rippen. »Was ich dir sagen wollte; richte dich nach meiner Devise! Man muß den Leuten die Zähne zeigen, dann getrauen sie selber sich nicht zuzubeißen.«
»Sehr weise«, sagte er ironisch.
Sie ließ sich nicht aus der Fassung bringen. »Jedenfalls ich halte mich daran und bin bisher gut damit gefahren...«
Er war nahe daran, sie an ihr mißglücktes Abenteuer mit James Mann zu erinnern, verbiß es sich dann aber doch. Er stand nicht so da, daß er es sich hätte erlauben können, die wenigen Menschen, die zu ihm hielten, vor den Kopf zu stoßen.

Sie waren nicht die einzigen jungen Leute, die um diese Zeit die Markgrafenstraße zum Luegplatz hinauf eilten. Sie wurden gegrüßt und grüßten zurück. Jürgen hätte sich im Mittelpunkt des Interesses gefühlt, wenn nicht Martina an seiner Seite gewesen und sozusagen den Blitzableiter gespielt hätte.
»He, Molitor, von den Toten auferstanden!« rief ein älterer Junge.
Jürgen wollte schon empfindlich reagieren, aber Martina kam ihm mit ihrer Antwort zuvor. »Danke der Nachfrage«, rief sie zurück, »die Würmer lassen grüßen!«
Kurz vor der Ecke überholte Gerd sie im offenen Sportwagen, brachte ihn wenige Meter vor ihnen zum Stehen, drehte sich zu ihnen um, während er auf sie wartete.
»Jürgen, alter Junge, endlich wieder auf den Beinen?« sagte er ehrlich erfreut, als sie nahe herangekommen waren. »Steig ein!« Und mit einer Kopfbewegung zu Martina hin: »Sollen wir die Kleine da mitnehmen?«
Jürgen gelang es mit Mühe, auf den Ton der anderen einzugehen. »Seien wir menschenfreundlich!«
Martina hatte seine Erlaubnis nicht erst abgewartet, sondern ihre Schulmappe schon auf den Hintersitz geworfen und war eingestiegen. »Du könntest dir auch mal 'ne feudalere Karre anschaffen«, witzelte sie, »eine, wo auch 'ne Dame sich drin sehen lassen kann.«
»Wozu denn?« parierte Gerd. »Ich kenne keine Damen.«
»O Boy«, gab Martina unbekümmert zu, »das hat gesessen.«
»Außerdem wirst du ja bald mit deinem Bruder fahren können ... oder etwa nicht?« stichelte er.
Dies war die Gelegenheit, die Dinge klarzustellen. Jürgen fühlte, wie seine geballten Hände feucht wurden, während er sich dazu zwang. »Nein!« gestand er. »Meine Krankheit hat wieder mal alles über den Haufen geworfen...«
»Sei froh darüber, Boy«, sagte Martina und kitzelte Gerd im Nacken, »sonst wäre er ja nicht mehr auf deine Großzügigkeit angewiesen. Ich wette, das wäre ein Tiefschlag für dich.«
Gerd Singer mußte in den sehr lebhaften morgendlichen Verkehr aufpassen. Er konnte sich nicht zu ihr umdrehen, aber er schüttelte mit einer ärgerlichen Kopfbewegung ihre Hand ab. »Was verstehst du schon von Freundschaft«, sagte er.
»Hört doch auf damit«, fuhr Jürgen dazwischen. »Ich bin's

schließlich, der keinen Führerschein machen darf und kein Auto kriegt. Was geht das euch an?«
»Weniger als nichts, du hast vollkommen recht«, sagte Gerd versöhnlich, »also bitte: Thema – Papierkorb. Ich wollte über was ganz anderes mit euch sprechen.«
Martina hatte die Beine angezogen und es sich quer auf dem Hintersitz bequem gemacht, sie ließ ihre langen Haare im Fahrtwind flattern und winkte einer Horde Jungen zu, die die Nasen an den Fenstern einer Straßenbahn plattdrückten, die sie gerade überholten. Sie hörte nicht mehr zu.
»Meine Regierung fährt übers Wochenende ins Sauerland«, sagte Gerd, »erst sollte ich mitgeschleppt werden, aber ich habe mich erfolgreich gedrückt. Die Landluft bekommt mir nicht...«
»Na und?«
»Ich werde meine goldene Freiheit benutzen, um ein Riesenfaß aufzumachen. Ohne dich hätte ich es mir zwar noch überlegt, aber da du ja jetzt wieder mitmachen kannst...«
»Das letzte Mal«, sagte Jürgen, »hast du so viel Wodka in die Cola gemixt, daß ich blau war wie ein Veilchen und drei Tage gebraucht habe, bis ich wieder fit war.«
Gerd lachte. »Das war höchst albern von mir, zugegeben. So was wird auf gar keinen Fall wieder vorkommen, verlaß dich drauf.«
»Außerdem«, sagte Jürgen, »habe ich viel zu viel nachzuholen. Ich werde büffeln müssen wie ein Ochse, wenn ich nur einigermaßen den Abschluß schaffen will.«
»Doch nicht am Samstagabend!«
»Auch am Samstagabend.«
»Du willst also nicht mitmachen?« Gerd gab sich alle Mühe, gelassen zu bleiben, aber in seiner Stimme klang ein Ton mit, der anzeigte, daß er gekränkt war. »Bitte. Von mir aus. Ganz wie du willst. Du glaubst doch wohl nicht, daß ich ausgerechnet auf dich angewiesen bin?«
»Nein, bestimmt nicht. Versuch doch zu verstehen...«
»...daß du eine fade Laus bist, das habe ich bereits kapiert!«
Gerd wendete für den Bruchteil einer Sekunde den Kopf nach hinten und schrie: »He, Martina!«
»Was denn?«
»Willst du auch nicht zu meiner Party kommen?«

Martina stellte die Füße zu Boden und stützte die Unterarme auf die Lehnen der Vordersitze. »Bisher hast du mich ja noch nicht eingeladen. Wann soll sie denn steigen?«
»Nächsten Samstag.«
»Und wer kommt?«
»Jemand, der dich sehr interessieren wird...«
Martina steckte den Kopf zwischen den Jungen durch. »Da bin ich aber mal gespannt ... wer denn?«
»Genau der.«
Martina zögerte, aber sie konnte der Lockung nicht widerstehen, den vertrauten Namen auszusprechen: »James Mann?«
»Genau.«
»Ist das echt? Oder willst du mich nur hochnehmen?«
»Geldecht, Süße. Du kommst also? Du kannst übrigens auch deine Freundin Senta mitbringen!«
»Du, Gerd«, sagte Jürgen, »ich habe es mir überlegt. Vielleicht komme ich doch, das heißt, wenn du mich jetzt noch haben willst.«
Gerd schlug ihm kräftig mit der Hand auf die Schulter. »Klar, alter Junge«, brüllte er, »das wäre ja noch schöner. Dein komisches Gesicht erspart mir 'ne ganze Schau! Also, abgemacht! Und laßt euch nur ja 'nen Hausschlüssel mitgeben, denn das wird eine Nacht der langen Messer werden!«

14.

Helmuth Molitor zergrübelte sich Tag und Nacht den Kopf und fand doch keine Möglichkeit, die Bedrohung, die auf ihm lastete, abzuwenden. Das Geheimnis, das er niemandem anvertrauen konnte, errichtete eine unsichtbare Wand zwischen ihm und den Menschen, die zu ihm gehörten.

Erst jetzt wurde ihm bewußt, daß er in all den Jahren seiner Ehe eigentlich immer allein gewesen war, denn niemals hatte er gewagt, sich seiner Frau rückhaltlos anzuvertrauen. Er hatte mit dem Schatten seiner Vergangenheit gelebt, er hatte sich daran gewöhnt wie an einen Nagel im Schuh, den man nicht herausziehen kann, und doch waren der Schmerz und das Unbehagen permanent gegenwärtig gewesen.

Aber es hatte Momente gegeben, in denen ihm die Vergangenheit wie ein böser Traum erschienen war, und je mehr Jahre seit jener schlimmen Zeit nach dem Kriege verstrichen, desto häufiger hatten sich Augenblicke des Vergessens eingestellt.

Bis dieser Schmitz aufgetaucht war, bis er, der Mitwisser, ihm die Daumenschrauben angelegt hatte. Seitdem konnte er sich nicht mehr vor sich selber verstecken. Er mußte vor sich selbst zugeben, daß es keine Alpträume waren, die ihn verfolgten, sondern eine Wirklichkeit, die noch nicht überwunden war.

Der Schock über Jürgens Tat hatte ihn vorübergehend aus dem Gefängnis seiner Qual herausgerissen. Er hatte gespürt, daß es noch andere Sorgen gab, die wichtig und schmerzvoll waren. Es war ihm sogar so vorgekommen, als wenn das Ende seiner Karriere und die Schande, vor der er sich fürchtete, nicht so wichtig wären wie das Schicksal seines Sohnes.

Aber nachdem Jürgens Leben gerettet war, blieb alles wieder beim alten. Es schien ihm, als wenn seine Familie weiter denn je von ihm abgerückt wäre. Er sah sie nur noch winzig klein wie durch ein umgekehrtes Fernrohr, während seine Angst übergroß und alles beherrschend geworden war.

Die Tage und Stunden verflossen, und näher, immer näher

rückte der allerletzte Termin, den der Erpresser ihm gegeben hatte. Ohne es sich selber einzugestehen, hatte er auf ein Wunder gewartet, das ihn aus seinem Druck erlösen sollte. Aber das Wunder trat nicht ein, und der Abend kam, an dem er die »Prärie-Auster« aufsuchen und mit Babsy sprechen mußte.
Ihm graute davor. Die lackrot geschminkten Lippen und die harten grünen Augen der Bardame hatte ihn bis in seine Träume verfolgt. Würgender Ekel stieg in ihm auf, wenn er nur daran dachte, daß er sich wieder vor ihr demütigen und ihre zynischen Ratschläge über sich ergehen lassen mußte.
Er verließ die Wohnung am frühen Abend, fuhr aber nicht in die Stadt, sondern kehrte in der »Düssel-Schänke« am Luegplatz ein. Er mußte unbedingt etwas trinken. Nüchtern, so glaubte er, würde er diesen schicksalshaften Abend nicht übersehen.
Er trank zwei, drei Gläser. Aber sie blieben ohne Wirkung. Die schmerzhafte Spannung in ihm steigerte sich von Minute zu Minute. Es war ihm, als könne er es nicht länger ertragen. Er sah in die gleichgültigen Mienen der Zecher am Nebentisch, beobachtete ein nicht mehr ganz junges Pärchen, das Hand in Hand saß und sich unentwegt in die Augen blickte, und plötzlich überkam ihn der Wunsch, laut hinauszuschreien, so so lange zu schreien, bis alle auf ihn blickten.
Ich glaube, ich werde wahnsinnig, dachte er erschrocken, zahlte rasch, stand auf und stürzte ins Freie. Er atmetet tief ein, versuchte sich zu beruhigen, aber die unerträgliche Spannung in seinem Inneren löste sich nicht.
Ohne eines klaren Gedankens fähig zu sein, setzte er sich ans Steuer seines Wagens, fuhr die Luegallee hinauf zur Schoremerstraße. Er drückte auf den obersten Klingelknopf an der Haustür Nr. 17, bis endlich der Summer ertönte, der sie öffnete. Er stürmte die Treppe empor.
Inge Körner riß die Tür weit auf, als sie ihn erkannte. In ihre grauen Augen trat ein fremder, dunkler Glanz. »Ich habe dich erwartet«, flüsterte sie.
Sie kam offenbar gerade aus dem Bad, denn sie trug nur einen dünnen Morgenrock. Er nahm sie in die Arme und stieß die Tür hinter sich mit dem Fuß zu. Er spürte ihren Körper durch den feinen Stoff, er war fest und glatt und stark. Da hob er sie

hoch und trug sie in das winzige Schlafzimmer. Sie hielt die Hände hinter seinem Nacken verschränkt, hatte die Augen weit geöffnet, als ihre Lippen sich trafen.
Und dann löste sich die schmerzvolle Spannung der letzten Tage in einem Rausch der Sinne, dessen er sich selber nicht mehr für fähig gehalten hatte. Er vergaß alles, seine Schuld und seine Verpflichtungen, seine Angst und seine Familie, die Tat, die er begangen hatte, und das Gespräch, das ihm bevorstand. Er vergaß, daß es einen Hannes Schmitz überhaupt gab. Er wußte nur eines: daß das Mädchen, das sich ihm hier vorbehaltlos hingab, jung und wunderbar war, und daß es jetzt ganz ihm gehörte.
Später lagen sie nebeneinander auf dem schmalen Bett unter dem schrägen Dach, und mit schwachem Flimmern durchbrachen die Sterne über ihnen den Dunst der Großstadt.
Sie schmiegte sich an ihn. »Ich bin froh, daß du gekommen bist...«
Er schwieg, spielte versonnen in ihrem seidig weichen Haar.
»Sag doch etwas!«
Sie richtete sich auf dem Ellenbogen auf und sah in sein Gesicht.
»Mir fällt nichts ein«, murmelte er mit geschlossenen Augen.
»Sag einfach, daß du glücklich bist! Du bist doch glücklich... oder?«
»Natürlich!«
Sie strich sachte mit dem Zeigefinger über die steile Falte, die von seiner Nasenwurzel aufstieg.
»Du siehst nicht so aus.«
Er versuchte, sie wieder an sich zu ziehen. »Hör auf, mich unter die Lupe zu nehmen«, sagte er mit einem kleinen, verzerrten Lächeln.
»Hast du Gewissensbisse?« fragte sie.
»Ich habe Angst, dich unglücklich zu machen.«
»Das brauchst du nicht. Ich bin jetzt so glücklich, wie ich es noch nie in meinem Leben gewesen bin. Was später kommt ... es ist mir gleichgültig. Wenn du mich nur ein bißchen lieb hast.«
»Ich liebe dich. Sehr.«
Sie seufzte tief. »Dann ist alles gut. Mehr will ich nicht. Du brauchst dir keine Gedanken meinetwegen zu machen, du bist

mir zu nichts verpflichtet ... denk nicht, ich erwarte jetzt, daß du dich meinetwegen scheiden läßt.«
Er schob sie sanft beiseite und richtete sich auf.
»Willst du eine Zigarette?« fragte sie sofort. »Oder wollen wir etwas trinken?«
»Sehr lieb von dir«, sagte er, »aber ich muß gehen.«
Zum ersten Mal verlor sie die Fassung. »Jetzt?« fragte sie verstört.
»Ja, jetzt. Ich habe eine Verabredung.«
»Und die kannst du nicht absagen?«
»Nein.« Er packte sie bei den Schultern. »Inge«, sagte er, »bitte, stell keine Fragen. Mach es mir nicht noch schwerer. Glaub mir, wenn ich könnte, würde ich bei dir bleiben. Am liebsten für immer.«
Sie sah ihn mit ihren klaren grauen Augen an. »Ja«, sagte sie, »ja. Ich habe Vertrauen zu dir, Helmuth.«
Sein Gesicht verdüsterte sich. »Sei vorsichtig, Inge«, warnte er. »Wer weiß, ob ich dein Vertrauen verdiene.«
Sie versuchte die Angst, die plötzlich aufsteigen wollte, mit einem Lachen zu verscheuchen. »Bange machen gilt nicht«, sagte sie – aber in diesem Augenblick wurde ihr bewußt, wie wenig sie von ihm wußte.

Er kam später, als ausgemacht war, in die »Prärie-Auster«. Es ging bereits auf elf Uhr zu, und er blieb einen Augenblick verwirrt im Eingang des Lokals stehen, weil er nicht erwartet hatte, so viele Menschen anzutreffen.
Auf der gläsernen Tanzfläche bewegten sich die Paare. An der Bar saßen einige Herren auf den hohen Hockern, und die meisten Tische waren besetzt. In dem dämmrigen Licht dauerte es einige Zeit, bis er die Frau, die er suchte, unter den vielen Gesichtern erkannte.
Babsy stand hinter der Bar, den rechten Unterarm aufgestützt, so daß sie dem Gast, mit dem sie plauderte, tiefen Einblick in ihren sehr offenherzigen Ausschnitt bot. Sie hielt eine Zigarette in langer Spitze zwischen den Fingern und stieß den Rauch in kleinen Stößen durch ihre gerundeten, glänzend rot geschminkten Lippen.
Sie sah Helmuth Molitor nicht oder tat wenigstens so, als wenn sie seinen Eintritt nicht bemerkt hätte, und es blieb ihm

nichts anderes übrig, als quer durch den Raum auf die Bar zuzugehen. Aber er setzte sich nicht, sondern stand einfach da und wartete. Er zählte und nahm sich vor: Wenn ich bei hundert bin und sie sich immer noch nicht um mich gekümmert hat, dann drehe ich mich und gehe. Dann wird Schmitz ihr Vorwürfe machen und nicht mir!
Und tatsächlich wandte er sich ab, als es soweit war, aber er wußte, daß er auf diese Weise nicht davonkommen würde.
Er war erst wenige Schritte gegangen, als er ihre Hand auf seinem Arm spürte. Ihre überlangen, scharf gefeilten Nägel bohrten sich durch den Stoff des Anzuges in seine Haut. »Hoppla«, sagte sie, »nicht so eilig!«
»Ich dachte, Sie hätten keine Zeit für mich.«
»Sie haben keinen Grund, beleidigt zu sein. Schließlich habe ich noch einen kleinen Nebenberuf.« Sie dirigierte ihn in eine der Nischen. »Sie hätten früher kommen sollen, ich habe Ihnen doch gesagt, daß um diese Zeit bei uns schon Hochbetrieb ist.«
»Auch ich habe noch eine kleine Nebenbeschäftigung«, sagte er.
Sie blickte ihn frech aus ihren kunstvoll ummalten Augen an. »Um diese Zeit?«
Es kam ihm vor, als wüßte sie, woher er käme, und sein Unbehagen stieg an. »Wir brauchen uns nicht zu setzen, ich kann Ihnen gleich sagen...«
»Nur nicht so eilig«, unterbrach sie ihn. »Vielleicht habe auch ich Ihnen was zu eröffnen...« Sie setzte sich, streifte die Asche ihrer Zigarette ab, winkte einem der Kellner zu. »Zwei Whisky pur, Otto.«
Sie streckte die Hand aus, zog ihn in den Sessel neben sich. »Sie sehen schlecht aus, Helmuth«, sagte sie spöttisch, »haben Sie Sorgen?«
»Hören Sie damit auf«, wehrte er ärgerlich ab.
»Wären Sie auf meinen Vorschlag eingegangen, würden Sie sich jetzt besser fühlen.«
Er zwang sich, ihrem herausfordernden Blick standzuhalten. »Wer weiß, ob Sie mich nicht auch dann verraten hätten.«
Sie zeigte lächelnd ihre Raubtierzähne. »Tja, wer weiß. Sie hätten es eben auf einen Versuch ankommen lassen sollen.«
Der Kellner stellte die beiden Whiskys auf den Tisch. Sie

nahm sofort ihr Glas und leerte es in einem Zug. Ihm kam der Gedanke, daß sie sich vielleicht kalten Tee hatte einschenken lassen. Aber es paßte zu ihr, daß sie Alkohol trank.

»Nun«, sagte sie und zündete sich an dem glühenden Stummel eine neue Zigarette an, »was soll ich Schmitz von Ihnen bestellen? Ja oder nein?«

»Nein«, sagte er, »ich mache nicht mit.«

»Damit hat er gerechnet«, sagte sie unbeeindruckt, »also wann wollen Sie zahlen?«

Er nippte an seinem Glas. »Ich bin nicht sicher«, sagte er langsam, »daß ich es überhaupt tun werde.«

In ihren grünen Augen blitzten spöttische Lichter. »Wie interessant«, sagte sie, »haben Sie auch schon eine Vorstellung, wie Sie sich dann aus der Affäre ziehen wollen?«

»Das dürfte doch verhältnismäßig einfach sein. Eine kleine Kugel genügt. Von einem Toten ist nichts mehr zu holen.«

Sie beugte sich zu ihm. »Das ist doch keine Lösung«, sagte sie, »und das wissen Sie selber. Wollen wir nicht wirklich mal zusammen überlegen, wie wir Schmitz hereinlegen können? Sie bilden sich immer noch ein, ich sei seine Helfershelferin. Aber das stimmt nicht! Wenn Sie nur endlich einsehen wollten, daß wir im gleichen Boot sitzen...«

Als Dr. Opitz und Gisela Molitor aus dem Schauspielhaus kamen, fühlten sich beide beschwingt und angeregt. Sie hatten ein sehr pikantes französisches Lustspiel gesehen und festgestellt, daß sie beide viel für diese Art Unterhaltung übrig hatten.

»Das war ein angenehmer Abend«, sagte sie, »ich erinnere mich nicht, wann ich mich zuletzt so ... so sorglos gefühlt hätte.«

Er griff nach ihrem Arm. »Er braucht ja noch nicht zu Ende zu sein ... der Abend, meine ich. Wollen wir nicht noch irgendwo ein Glas Wein zusammen trinken?« Als sie mit der Antwort zögerte, setzte er hinzu: »Oder müssen Sie so rasch nach Hause?«

»Nein«, sagte sie.

»Wunderbar. Dann bleiben wir noch zusammen. Ich weiß hier in der Nähe eine kleine Bar ... es wird Ihnen dort sicher gefallen.«

»Gehen Sie öfter dorthin?« fragte sie.
Er lachte. »Sie sagen das so ... doch, ja. Für einen Junggesellen wie mich ist das nicht so abwegig.«
»Früher ...«, begann Gisela Molitor. Als wir jung verheiratet waren, hatte sie hinzufügen wollen, aber diese Bemerkung schien ihr wenig passend, und so brach sie ab. »In den letzten Jahren bin ich eigentlich kaum noch ausgegangen«, sagte sie statt dessen.
»Aber Sie hätten manchmal Lust gehabt, nicht wahr?«
»O ja. Wenn man viele Jahre verheiratet ist ...«, jetzt hatte sie es also doch ausgesprochen, »... kommt man sich manchmal wie eingesperrt vor«, sagte sie ehrlich.
»Darin habe ich keine Erfahrung«, bekannte er.
Sie las das Neonschild über dem Eingang. »›Prärie-Auster‹ ... was für ein Name!«
»Klingt verruchter, als es ist. Kommen Sie nur, es wird Ihnen sicher gefallen.« Er führte sie in die Garderobe, half ihr, den Mantel ablegen.
Sie betrachtete sich verstohlen im Spiegel. Ihr Haar saß tadellos, und sie war froh, das neue Kleid aus Silberlamé angezogen zu haben. Wahrhaftig, ihre Beine konnten sich sehen lassen, da kam Martina bei all ihrer Jugend nicht mit.
Als der Geschäftsführer den Vorhang beiseite schob und sie eintreten ließ, war sie angenehm überrascht. Die perlende Klaviermusik, die eleganten Paare auf der schimmernden Glasfläche, die Bar selbst mit ihren zahllosen Flaschen, das war ein Rahmen, wie sie ihn liebte.
Sie lächelte zu Dr. Opitz auf. »Nett hier!«
»Ich wußte, es würde Ihnen gefallen!«
Sie folgte dem Geschäftsführer, der sie zu einem freien Tisch führte, aber dann blieb sie so plötzlich stehen, daß ihr Begleiter fast gestolpert wäre.
»Was ist?« fragte er. »Haben Sie etwas vergessen?« Er blickte auf sie hinab und sah, wie blaß sie geworden war.
»Nein«, sagte sie tonlos, »o nein!« Und dann stieß sie hervor: »Mein Mann!«
Dr. Opitz folgte der Richtung ihres Blickes. Er hatte ihren Mann noch nie gesehen, aber er erkannte ihn sofort. So, nur so, mit dem gut geschnittenen humorlosen Gesicht, dem streng gescheitelten, schon ein wenig schütteren Haar, dem

tadellosen unauffälligen Anzug konnte der Haustyrann aussehen, den sie ihm geschildert hatte.
Aber wie kam er in diese Umgebung? Er paßte nicht in die »Prärie-Auster«, noch weniger zu der aufgedonnerten Bardame an seiner Seite. Dr. Opitz konnte sich nicht vorstellen, daß man seine Begleiterin mit einer Frau wie Babsy betrog.
Er schob seine Hand unter ihren Ellenbogen, umklammerte ihr Handgelenk und wollte sie fortziehen. »Kommen Sie! Rasch!« sagte er eindringlich.
Aber sie sträubte sich, ihm zu folgen. »Nein, ich will...«
»Nichts wollen Sie. Machen Sie um Himmels willen keinen Skandal!«
Aber sie setzte sich zur Wehr, und da er sie ja nicht mit Gewalt aus dem Lokal zerren konnte, gab er sie frei. Sie ging entschlossen auf den Tisch in der Nische zu.
Helmuth Molitor erhob sich langsam, wie unter fremdem Zwang. Er war so blaß wie sie, seine braune Haut hatte sich gelblich verfärbt.
Aber er fand als erster die Sprache wieder. »Was machst du hier?« fragte er heiser.
Sie holte tief Luft und sagte mit fester Stimme, obwohl sie am ganzen Leibe zitterte: »Diese Frage brauche ich dir ja nicht erst zu stellen. Was du machst, sehe ich. Hierher bringst du das Geld, das du mir und deinen Kindern weggenommen hast!«
Babsy blinzelte mit schmalen grünen Augen durch den Rauch ihrer Zigarette. »Schön wär's ja«, sagte sie zynisch, »an Pinke-Pinke wäre mir jederzeit gelegen!«
»Sparen Sie sich Ihre dummen Bemerkungen«, sagte Frau Molitor außer sich.
An den Nebentischen wurde man auf die Szene aufmerksam. Der Geschäftsführer gab dem Klavierspieler einen Wink, der mit doppelter Kraft auf die Tasten einzuschlagen begann, sich das Mikrophon nahe an den Mund zog, und: »Strangers in the Night...« dröhnte aus den Lautsprechern.
»Es ist die Frage, ob Sie sich intelligenter aufführen...«, konterte Babsy. Aber diese Bemerkung ging in dem plötzlich losbrechenden Lautsprecherlärm unter.
»Helmuth«, zischte Gisela Molitor, »möchtest du mir nicht wenigstens eine Erklärung geben?«
»Ich bin dir keine Rechenschaft schuldig«, behauptete er stur.

»Sind wir nicht verheiratet?«
»Vielleicht nicht mehr lange!«
»Hallo, Doktor«, sagte Babsy genüßlich, »wollen Sie auch mitspielen?«
Gisela Molitor zuckte zusammen. Dr. Opitz war mit wenigen Schritten an ihrer Seite.
Dr. Opitz beachtete sie mit keinem Blick. »Kommen Sie, Frau Molitor«, sagte er, »bitte, Sie sehen doch selbst ... ich hatte Sie gewarnt...«
Der Geschäftsführer schob sich zwischen sie und den Tisch mit ihrem Mann und der Bardame, versperrte ihr den Blick.
»Wozu wollen Sie sich das antun?« sagte Dr. Opitz beschwörend. Er legte den Arm um ihre Schultern, und endlich gelang es ihm, sie, abgeschirmt durch den Geschäftsführer, in Richtung Garderobe zu drängen.
Helmuth Molitor ließ sich in den Sessel sinken. Er war völlig erschöpft. Kalter Schweiß rann ihm den Rücken hinunter, sein Hemd klebte ihm am Körper.
Babsy schob ihm das Glas zu. »Trinken Sie 'nen Schluck, Süßer!« sagte sie mit scheinbarer Gleichmütigkeit. »Damit Sie wieder Farbe ins Gesicht kriegen! He, Otto, bringen Sie uns noch zwei Gläser!«
»Ich verstehe nicht«, sagte Helmuth Molitor dumpf, »ich verstehe einfach nicht...«
»Was ist daran schon groß zu verstehen? Alles Ihre Schuld, Süßer. Sie hätten eben keine Geheimnisse vor ihrem lieben Frauchen haben sollen. So etwas rächt sich immer.«
»Aber ... wie kam sie plötzlich hierher? Und wer ist dieser Mann?«
»Den kenne ich«, sagte Babsy unbekümmert, »ist ein sehr guter Gast. Die Frage ist bloß, wie und wo sie ihn sich aufgezwickt hat.«
Er starrte sie böse aus seinen dunklen Augen an. »Nehmen Sie sich in acht, Sie sprechen von meiner Frau.«
Sie hob die üppigen Schultern, ließ sie mit einer trägen und gleichzeitig herausfordernden Bewegung wieder fallen. »Na, wenn schon! Was glauben Sie, wie lange die noch bei Ihnen bleibt, wenn sie herauskriegt, was hier gespielt wird. Wer will schon einen Mann mit Vergangenheit? Ohne Geld und ohne Stellung?«

Der Kellner kam, stellte die beiden Whisky auf den Tisch. Babsy nahm auch diesmal sofort ihr Glas und leerte es. Aber Helmuth Molitor beachtete es nicht.
Er stand auf, warf einen Geldschein auf das Tablett. »Sie entschuldigen mich wohl«, murmelte er.
»Aber wieso denn? Wir sind noch lange nicht miteinander fertig. Hiergeblieben!«
»Ich muß...«
»Gar nichts müssen Sie! Bilden Sie sich etwa ein, daß Sie Ihre Frau und den feinen Kavalier noch erreichen? Ausgeschlossen, die sind längst über alle Berge.«
Aber Helmuth Molitor wandte sich ab und strebte dem Ausgang zu.
Es blieb Babsy nichts anderes übrig, als aufzuspringen und hinter ihm herzulaufen. »Aber was soll ich denn Schmitz ausrichten?«
»Sagen Sie ihm von mir aus, was Sie wollen.«
»Ich warne Sie! Er ist ein gefährlicher Bursche, er droht nicht nur ... er schlägt zu, wenn's drauf ankommt!«
Jetzt drehte er sich zu ihr um und sagte mit einem verzerrten Lächeln. »Soll er doch. Was habe ich jetzt noch zu verlieren?«
»Mehr, als Sie denken«, gab sie zurück. Aber sie blieb stehen und ließ ihn gehen.
Er nahm sich nicht einmal die Zeit, seinen Mantel anzuziehen. Dennoch war auf der Straße von seiner Frau und Dr. Opitz keine Spur mehr zu sehen.

Sie saßen im parkierten Auto des Studienrates. Gisela Molitor ließ ihren Kopf hängen und wischte sich mit seinem weißen, großen Taschentuch die Tränen.
»Es ist mir so furchtbar«, schluchzte sie, »daß ich Sie da mit hineingezogen habe...«
»Das spielt jetzt keine Rolle!«
»Das sagen Sie nun! Dabei waren Sie ganz entsetzt ... und ich hab' mich benommen...«
Schluchzen erstickte ihre Stimme.
»Nun, Ihre Erregung war schließlich verständlich«, gab er zu, »und was haben Sie denn schon getan? Wenn Sie Ihren Gatten geohrfeigt hätten, wäre es allerdings recht peinlich gewesen.«

»Ich ... ich hatte die größte Lust dazu«, schluchzte sie, »zum Glück hab' ich mich nicht getraut!«

Er mußte trotz der unbehaglichen Situation lachen. »Sie sind doch wirklich wie ein kleines Mädchen, so verletzlich, daß man Sie vor allen Härten des Lebens schützen müßte.«

Sie putzte sich die Nase, versuchte ihre Tränen zu unterdrücken. »Lachen Sie mich nur aus«, sagte sie, »das ist noch immer besser, als wenn Sie böse mit mir wären!«

»Ich glaube, wir sollten jetzt doch noch irgendwo ein Glas Wein oder einen Cognac trinken.«

Er spürte in der Dunkelheit, wie sie den Kopf schüttelte.

»Es muß ja nicht gerade die ›Prärie-Auster‹ sein«, fügte er hinzu.

»Nein, lieber nicht«, lehnte sie ab. »Ich weiß, Sie meinen es gut, Doktor ... aber ich möchte jetzt nicht unter Menschen.«

Sie setzte sich gerade auf.

»Und wie wäre es, wenn wir zu mir führen?« fragte er mit bewußt gleichgültiger Stimme.

Sie zögerte einen Augenblick mit der Antwort, schluckte und sagte dann fast herausfordernd: »Doch. Warum nicht?«

Während er den Wagen vom Parkplatz fuhr und in den spärlichen nächtlichen Verkehr einordnete, schwiegen beide. Dann, als die Stille sich zwischen ihnen gefährlich aufzuladen begann, zwang er sich zu der Frage:

»Und ... was haben Sie jetzt weiter vor?«

Sie warf ihm einen raschen Seitenblick zu. »Ich werde mich wohl scheiden lassen.«

»Das ist ein sehr ... schwerwiegender Entschluß.«

»O ja, ich weiß. Ich weiß, daß die meisten Leute mich für unvernünftig halten werden, wenn man fast zwanzig Jahre verheiratet ist. Aber hat es einen Sinn, eine Ehe aufrechtzuerhalten, die im Grunde gar keine mehr ist? Oder würden auch Sie mir raten, hiernach noch bei meinem Mann zu bleiben?«

»Nein«, sagte er gedehnt.

»Das klingt nicht gerade überzeugend, und ich kann Ihnen das nicht übelnehmen. Sie haben mir ja gesagt, daß ich kaum eine Chance habe, als Musiklehrerin eine Stellung zu finden. Und was soll ich sonst tun? Was habe ich gelernt? Das sind doch wohl die Fragen, die Sie sich stellen.«

»Nein«, wehrte er ab, »Sie sind eine schlechte Gedankenlese-

rin.« Nach einer kleinen Pause setzte er hinzu: »Ich denke nicht so sehr an die materielle Seite. Sondern daran, was zwanzig Jahre gemeinsamen Lebens bedeuten. Ich denke an die Kinder und daran, daß Sie sich vielleicht selbst betrügen ... daß Sie Ihren Mann trotz allem wahrscheinlich noch immer lieben.«
»Nein«, protestierte sie, »nein! Warum sagen Sie das?«
»Weil Sie, wenn es anders wäre, vorhin nicht so reagiert hätten ... nicht so gefühlsbetont, meine ich.«
Sie fuhren aus der strahlend hell beleuchteten Innenstadt hinaus, und die Frau hatte das Gefühl, der Wirklichkeit weit entrückt zu sein. Noch klang die Erregung des Zusammenstoßes in ihr nach, und doch war es ihr, als sei es nur ein Traum gewesen. Sie wunderte sich über sich selbst, daß sie Dinge aussprechen konnte, an die sie bisher nicht einmal zu denken gewagt hatte.
»Nicht nur Liebe«, sagte sie, »sondern auch Zorn ist ein starkes Gefühl, nicht wahr? Und ich war zornig. Nicht aus enttäuschter Liebe, sondern aus der Erkenntnis heraus, von diesem Mann um mein ganzes Leben betrogen worden zu sein. Wir waren fast zwanzig Jahre verheiratet, das stimmt, und doch kann ich es fast nicht glauben. So fremd ist mir dieser Mann heute vorgekommen. Ich glaube, wir waren niemals richtige Partner.« Sie schwieg, dann sagte sie: »Das klingt alles ein bißchen konfus, nicht wahr?«
»Nein«, erwiderte er, »ich verstehe das sehr gut. Sie scheinen allein schon vom Typ her recht unterschiedliche Naturen zu sein.«
»Ich war einmal sehr verliebt in ihn, aber das ist so lange her, daß ich es mir kaum mehr vorstellen kann. An unserem Hochzeitstag war ich 18 Jahre und furchtbar dumm und sentimental. Finden Sie es danach immer noch falsch, daß ich mich scheiden lassen will, Dr. Opitz?«
»Georg«, sagte er leise, »ich heiße Georg!«
»Glauben Sie mir, das alles ist für mich nicht leicht ... Georg. Und nicht, weil ich Angst vor der Zukunft hätte. Irgendwie werde ich es schaffen.«
Er fuhr das Auto an den Bürgersteig und brachte es zum Stehen. Er legte den Arm über die Lehne ihres Sitzes und sah in dem schwachen Licht der Laterne auf sie herunter.

»Ich danke Ihnen für Ihr Vertrauen, Gisela...«
Ihre Augen waren vom Weinen verschwollen, und ihr Lächeln wirkte mühsam. »Das brauchen Sie nicht. Es hat mir gutgetan, mich auszusprechen.«
»Versprechen Sie mir, daß es nicht das letzte Mal war, daß Sie wieder zu mir kommen werden, wenn Sie etwas auf dem Herzen haben.«
»Ja...«
»Und wenn ... wenn Sie alles hinter sich haben, würde ich gerne eine Frage an Sie stellen...« Er beugte sich über sie, die Wärme ihres Körpers stieg zu ihm auf, ein Hauch des zarten Parfüms, das sie benutzte. »Ich werde immer da sein, wenn Sie mich brauchen, Gisela!«
Sie kroch ein wenig in sich zusammen. »Das ist nett von Ihnen...
»Wenn ich nur wüßte, ob Sie ... was Sie für mich empfinden, Gisela?«
Seine Hand glitt von der Lehne herab auf ihren Nacken.
Es kostete sie Mühe, ihre Stimme in der Gewalt zu behalten. »Sie scheinen auch kein guter Gedankenleser zu sein...«
»Gisela!« Er zog sie an sich und küßte sie, und sie wußte, daß sie auf diesen Kuß gewartet hatte, der so anders war als die seit langem selten gewordenen, gleichgültigen Zärtlichkeiten ihres Mannes. Es war ein Kuß, der Leidenschaft ausdrückte, vielleicht sogar mehr als das – Liebe?
Erst Minuten später brachte sich die Kraft auf, sich von ihm zu lösen. »Bitte«, sagte sie mit gepreßter Stimme, »bitte, fahr mich nach Hause...«
»Aber ich dachte ... du wolltest...«
»Jetzt nicht mehr«, sagte sie. »Ich möchte nicht mit einem schlechten Gewissen belastet gegen meinen Mann auftreten.«
»Du hast recht.«
Er küßte sie noch einmal, jetzt sanft und fast brüderlich. »Ich danke dir. Du hast völlig recht.«

15.

Für Helmuth Molitor begann der Tag mit einer Direktoriumssitzung in der Hauptverwaltung. Er hatte früher solche Gelegenheiten, bei denen er mit seinem scharfen Verstand, seinem Organisationstalent und seiner Genauigkeit brillieren konnte, stets begrüßt. Diesmal hatte er Mühe, sich auch nur so weit auf die Ausführungen seiner Kollegen zu konzentrieren, um wenigstens ihren Sinn zu verstehen. Als er aufgefordert wurde, die Bilanz des letzten Monats zu kommentieren, wäre er fast ins Stottern geraten. Er mußte langsam sprechen, sich jedes Wort genau überlegen. Er hatte Mühe. Nachher war er in kalten Schweiß gebadet. Er hoffte nur, daß keiner der Herren seine Verwirrung bemerkt hatte.
Erst kurz vor Mittag ergab sich eine Gelegenheit, mit Inge Körner allein zu sein. Das Mädchen trug ein kniefreies, quergestreiftes Kleid und hatte sich das aschblonde Haar nicht ganz so streng wie gewöhnlich aus dem Gesicht gebürstet. Es fiel ihr in großzügigen Locken in die Schläfen.
»Du siehst verändert aus, Inge«, sagte er erstaunt.
Sie stand zwei Schritte vor ihm, zögernd, ob sie sich ihm mit einer zärtlichen Geste nähern oder lieber dienstliche Distanz wahren sollte.
»Ich bin glücklich«, sagte sie. Der Glanz ihrer Augen zeigte es deutlich genug.
Er streckte die Hand aus, um sie zu sich zu ziehen. »Und ich bin als Liebhaber, scheint mir, genauso miserabel wie als Ehemann...«
Mit einem Seufzer der Befriedigung lehnte sie sich an ihn. »Ich weiß nicht, was für ein Ehemann du bist«, murmelte sie.
»Ich hätte dir ein Schmuckstück schenken sollen ... oder mindestens Blumen, Rosen oder eine Orchidee ... statt dessen habe ich dir bisher noch keinen Blick geschenkt!«
Sie legte den Kopf in den Nacken und blickte zu ihm auf.
»Was denkst du dir, vergiß nicht, wir sind im Büro!«

»Dennoch«, sagte er, »das ist keine Entschuldigung für mich!«
Sie küßte ihn auf die Nasenspitze. »Du brauchst keine!«
Er löste sich von ihr, wandte sich ab, begann mit unruhigen Schritten auf und ab zu gehen. »Du beschämst mich. Du hättest etwas Besseres als mich verdient.«
Sie strich sich ihr Kleid über den Hüften glatt. »Helmuth«, fragte sie, ernst geworden, »wäre es dir lieber, wenn ich kündige?«
Er blieb stehen und starrte sie an. »Warum?«
»Nun, einfach weil ... es könnte sonst ziemlich schwierig werden. Du bist der Chef, ich bin deine Untergebene. Ich glaube nicht, daß Direktor Malferteiner erfreut wäre, wenn er erführe, daß wir ein Verhältnis miteinander haben.«
Er hob die Augenbrauen. »Hast du vor, es ihm zu erzählen?«
»Natürlich nicht. Ach, tu doch nicht so. Du weißt doch genau, was ich meine. Techtelmechtel im Büro vergiften die Atmosphäre. Sie schaden der Arbeitsmoral.«
Sein Gesicht verdüsterte sich. »Du nennst also das, was uns verbindet, ein Techtelmechtel?«
»Ich nenne es so, wie die anderen es sehen werden. Wie ich zu dir stehe, das weißt du. Aber selbst wenn es mir gelänge, das den anderen hier zu erklären, niemand würde einen Entschuldigungsgrund darin sehen.«
Der klopfte eine Zigarette aus seinem Päckchen, steckte sie zwischen die Lippen, zündete sie an.
»Es geht mir um dich, Helmuth«, beschwor sie ihn, »ich habe nichts zu verlieren. Ich will nur nicht, daß du Ärger bekommst.« Er inhalierte tief, stieß den Rauch langsam aus. »Mach dir darüber keine Gedanken«, sagte er beherrscht, »auf etwas Ärger mehr oder weniger kommt es mir schon nicht mehr an.«
Auf ihrem glatten Gesicht zeigte sich deutlich, was sie empfand: Schreck und Besorgnis. »Sprich nicht so«, bat sie, »ich wollte dich so gerne glücklich machen. Wenn du meinetwegen Ärger hast ... ein Wort von dir, und ich verschwinde von hier und aus deinem Leben.«
»Unsinn«, sagte er, »es geht ja gar nicht um dich.«
»Um was denn?« fragte sie. »Du hast bei Direktor Malferteiner einen dicken Stein im Brett, das weiß ich ganz genau. Man wird dich bei nächster Gelegenheit befördern.«

Er verfolgte mit schmalen Augen den Rauch seiner Zigarette.
»Da bin ich gar nicht so sicher!«
»Aber ich! Direktor Malferteiners Sekretärin hat mir verraten... aber wozu erzähle ich das alles, wenn du mir doch nicht glaubst?« Sie hoffte, daß er sie jetzt mit Fragen bestürmen würde.
Doch er seufzte nur.
Sie konnte sich nicht länger zurückhalten, trat dicht auf ihn zu und legte die Hände auf seine Schultern. »Was bedrückt dich?« fragte sie. »Bitte, sag es mir... bitte! Ich möchte auch deine Sorgen mit dir teilen!«
Er sah ihre klaren Augen dicht vor sich, wußte, sie meinte auch, was sie sagte, und doch brachte er es nicht über sich, sie ins Vertrauen zu ziehen. Er fühlte, ohne daß er es hätte ausdrücken können, daß sie ihn nicht so liebte, wie er wirklich war, sondern daß sie ihn zu einem Ideal gemacht hatte, und er brachte es nicht fertig, ihr dieses Ideal zu zerstören.
Aber es war ihm auch unmöglich, sie zu belügen, und so gestand er ihr eine Wahrheit, die doch nicht den Kern seiner Sorgen betraf.
»Meine Frau will sich scheiden lassen«, sagte er.
Sie ließ die Hände sinken. »Meinetwegen?«
»Von dir weiß sie nichts.«
»Aber warum dann? Warum will sie dich verlassen?«
Er zwang sich zu einem Lächeln. »Wahrscheinlich, weil ich sie enttäuscht habe.«
Ihre Pupillen hatten sich so sehr geweitet, daß ihre Augen jetzt fast schwarz wirkten. »Du liebst sie also noch?« flüsterte sie. »Du willst sie nicht verlieren?«
»Es ist nicht das, sondern... es ist alles so ganz und gar verfahren! Ich kann es dir nicht erklären, bitte, frag mich nicht weiter, bitte nicht!« Er drückte seine Zigarette aus, trat zum Fenster und wandte ihr den Rücken zu, um ihr seine Verzweiflung zu verbergen.
Sie trat von hinten an ihn heran. »Soll ich mit deiner Frau reden?« fragte sie. »Ich tu's, wenn du es haben willst.«
»Das wäre das letzte, was ich dir zumuten würde!« Er legte den Arm um sie, zog ihren Kopf an seine Brust und starrte über sie hinweg in den grauen Hof hinaus.
So standen sie lange, ohne den Trost zu finden, den sie beiein-

ander suchten. Als das Telefon schrillte, war es fast eine Erlösung...

Kurz nach drei Uhr trat Molitor in den Schalterraum hinaus, um einem Kollegen die Unterlagen über das Börsengeschäft eines Kunden zu bringen. Es war um diese Zeit ziemlich leer. Nur zwei Frauen standen außer diesen wichtigen Herren auf der anderen Seite des Schalters, ein Lehrmädchen, das hundert Mark in Wechselgeld umtauschen, und eine ältere Dame, die einen Scheck einlösen wollte.
Molitor lehnte halb hinter seinem Kollegen, der die Papiere vor sich ausgebreitet hatte, erläuterte ihm die Kapitalverschiebungen und zeigte dabei auf die betreffenden Stellen der Aufstellung. Er sah auch nicht auf, als die Eingangstüre sich öffnete und zwei Männer eintraten. Sie trugen beide Regenmäntel, der eine hielt einen Koffer in der Hand.
Der Mann ohne Koffer wies sich als Besitzer eines Safes aus und wurde von dem zuständigen Bankangestellten durch die kleine Schwingtüre in den Hintergrund des Raumes geleitet, von dem aus Türen in die Büros und zum Keller führten. Der Mann verschwand mit dem Bankangestellten durch die Türe zum Keller und kam Sekunden später allein zurück.
Genau in diesem Augenblick rief der Mann vorne im Schalterraum: »Hände hoch! Keine Bewegung, bitte! Dies ist kein Scherz!«
Molitor fuhr hoch. Im ersten Augenblick begriff er den Ernst der Situation nicht. Die Schalter waren nach vorn durch kugelfestes Glas gesichert. Er war überzeugt, daß gar nichts passieren könnte, und machte eine rasche Bewegung mit dem Fuß auf den Alarmknopf zu. Aber ehe er sie noch ausführen konnte, rief eine Stimme hinter ihm sehr scharf: »Stehenbleiben!«
Erst jetzt begriff er, daß einer der Banditen die schützende Glaswand umgangen hatte und im Kassenraum stand. Die Räuber mußten sich sehr gut in der Bank auskennen, da sie die einzige schwache Stelle in ihrem Sicherheitssystem herausgefunden hatten. Er wandte langsam den Kopf und sah direkt in den Lauf einer Pistole. Der Mann, der sie hielt, hatte sich einen Nylonstrumpf über den Kopf gezogen, sein Gesicht war nicht zu erkennen.

Und doch war Molitor in diesem Moment überzeugt, zu wissen, wen er vor sich hatte – die eckigen Schultern, die etwas zu kurzen Beine schienen ihm unverkennbar.
»Nicht!« schrie er. »Laß das! Das darfst du nicht tun!« Und er hob die Faust, um ihm die Pistole aus der Hand zu schlagen. Aber da löste sich der Schuß, dessen Knall Molitor nicht mehr hörte.
Er fühlte auch keinen Schmerz, nur einen heftigen Schlag vor die Brust. Gleichzeitig wurde es dunkel vor seinen Augen.
Das ist das Ende! durchzuckte es ihn, aber da war keine Angst, nur ein großes Staunen und fast so etwas wie Erleichterung.
Der Bandit schoß noch einmal, während der Getroffene schon zu Boden stürzte. Die Kugel ging über ihn hinweg und bohrte sich in den Schreibtisch.
Ein Kunde, der von der Straße her hatte eintreten wollen, lief schreiend davon. Seine Hilferufe drangen überdeutlich in den totenstillen Kassenraum.
Der Bandit, der auf Molitor geschossen hatte, drehte sich um und entkam auf dem gleichen Weg, den er gekommen war. Schon rannte er dem Ausgang zu. Sein Kollege folgte ihm.
Sie hatte noch nicht die Bank verlassen, als eine junge Angestellte den Alarmknopf erreichte, aber es war zu spät. Der Schrecken der letzten Minuten löste sich in Tränen, erregten Worten, hysterischem Gelächter. Alle lärmten durcheinander. Aus den Büros kamen die Angestellten gerannt, an ihrer Spitze Direktor Malferteiner, der trotz seines Gewichtes eine erstaunliche Behendigkeit bewies.
»Was ist los? Wer hat hier geschossen?« brüllte er. »Wie konnte das passieren?«
Er bekam so viele Antworten auf einmal, daß er kein Wort verstehen konnte.
Inge Körner, sehr blaß, mit vor Entsetzen geweiteten Augen, rief: »Herr Molitor... Herr Molitor... Herr Molitor!«
Und dann sah sie ihn auf dem Boden liegen. Auf seiner hellgrauen Weste zeichnete sich ein häßlicher roter Fleck ab, der größer und größer wurde.
Niemand wagte ihn anzurühren, alle wichen unwillkürlich zurück, so daß sie und er allein im Mittelpunkt des Kreises blieben. Sie sank neben ihm in die Knie, faßte seine Hand, die schlaff und leblos neben ihm lag. »Er ist tot« flüsterte sie.

Sie sah auf, blickte mit einem vor Entsetzen fast irren Ausdruck in die Runde und wiederholte laut und seltsam unartikuliert: »Er ist tot!«

Wie elend einem doch zumute ist, wenn man zum Scheidungsanwalt gehen muß!
Frau Molitor stand vor dem großen Spiegel in ihrem Schlafzimmer und betrachtete sich prüfend im Spiegel. Trotz des strahlend schönen Wetters hatte sie das blaue Kostüm an, dessen Rock einige Zentimeter zu lang war.
Wann habe ich es zum letzten Mal getragen? überlegte sie.
Sie war dabei, ihre Handtasche einzuräumen, als an der Wohnungstür geläutet wurde.
»Jürgen!« rief sie hinaus. »Jürgen! Martina! Das ist bestimmt für euch!«
Die Wohnungstüre wurde geöffnet, Stimmen wurden laut, während sie sich mit der Puderquaste über das Gesicht fuhr.
Es war Jürgen, der da sprach, aber die andere Stimme gehörte zweifellos einem Erwachsenen.
Hoffentlich hat er keinen Vertreter eingelassen, dachte sie, der hätte mir gerade noch gefehlt! Sie zog die Kommodenschublade auf, nahm ihre Handschuhe heraus.
Jürgen kam ins Schlafzimmer. Er blickte noch verwirrter als sonst. »Du, Mutti«, sagte er, »da will dich jemand sprechen.«
»Wer?«
»Ich... ich glaube...« Er senkte seine Stimme zu einem Flüstern, »Direktor Malferteiner...«
»Wer?« fragte Gisela Molitor verblüfft. Dann schüttelte sie den Kopf. »Du bist verrückt, Junge, du mußt dich irren!«
»Er kommt mir aber... so bekannt vor.«
Gisela Molitor schob Jürgen beiseite und trat in die kleine Diele. Sie war leer.
»Hier sind wir«, rief Martina aus dem Wohnzimmer. »Ich habe Herrn Direktor Malferteiner hereingebeten.«
Unwillkürlich preßte Gisela Molitor die Hände zusammen. Direktor Malferteiner persönlich bei ihnen, völlig unerwartet und unangemeldet noch dazu. Das konnte nichts Gutes bedeuten! Sie atmete tief, und während sie ins Wohnzimmer trat, schoß es ihr unpassenderweise durch den Kopf: Wie gut, daß ich dezent gekleidet bin.

Direktor Malferteiner wuchtete sich schwerfällig aus einem der kleinen modernen Sessel, die für einen Mann seines Gewichtes nicht berechnet waren. »Frau Molitor, entschuldigen Sie«, sagte er, »ich hoffe nur, ich komme nicht ungelegen...« Er wirkte auf den ersten Blick mit seinem mächtigen Bauch und seiner Glatze wie die Gutmütigkeit in Person, aber seine kleinen Augen, die fast in den Fettwülsten versanken, blickten überlegen und kalt.
»Keineswegs«, sagte Martina statt ihrer Mutter. Sie stand mit ihren nackten braunen Beinen viel fester auf dem Boden der Tatsachen und ließ sich nicht so schnell erschüttern.
Er warf ihr einen wohlwollenden Blick zu, fuhr sich mit der Zunge über die Lippen.
»Bitte, sei nicht vorlaut, Martina«, sagte ihre Mutter verlegen und reichte Dr. Malferteiner die Hand.
»Wieso denn«, maulte das Mädchen, »ich habe doch nur Konversation gemacht.«
Auch Jürgen war, von Neugier getrieben, hereingekommen, blieb aber unsicher an der Türe stehen.
Frau Molitor preßte die Handflächen gegeneinander. »Ist etwas passiert?«
»Meine liebe Frau Molitor...«, begann Direktor Malferteiner salbungsvoll.
»Sagen Sie es schon, bitte, sagen Sie es sofort!« Sie trat noch einen Schritt näher auf ihn zu. »Oder soll ich die Kinder fortschicken?«
»Aber nein, nein, nur...«
Martinas runde blaue Augen wurden riesengroß. »Ist etwas mit Vater?«
»Ja, es ist... bitte, beruhigen Sie sich, liebe Frau Molitor... und auch ihr, Kinder, euer Vater hat sich wie ein Held verhalten.«
»Ist er tot?« schrie Jürgen.
»Nein, das zum Glück nicht«, sagte Direktor Malferteiner, »er lebt, und wir alle hoffen... nun, er ist verwundet, aber er lebt...«
Die Frau fühlte, wie die Knie unter ihr weich wurden, sie sank auf die Kante eines Stuhles. »Ich verstehe nicht...«
»Verwundet?« fragte Martina. »Wieso verwundet? Hat er einen Autounfall gehabt?«

»Nein«, sagte Direktor Malferteiner, »um die Wahrheit zu sagen... er ist angeschossen worden.« Er griff in die Jackentasche, holte ein Zigarettenetui hervor, warf einen bedauernden Blick darauf und steckte es wieder fort. »Ein Banküberfall. Zwei bewaffnete Banditen sind in die Schalterhalle eingedrungen. Euer Vater wollte den einen überwältigen und wurde dabei angeschossen. Die Schüsse erregten die Aufmerksamkeit der Passanten, die Banditen flohen... kurz und gut, unser lieber Kollege hat die Bank vor beträchtlichem Schaden bewahrt.«

Frau Molitor war außerstande, alles wirklich aufzunehmen, was Direktor Malferteiner berichtete. »Aber... wie ist er verwundet worden?« stammelte sie. »Ich meine... wo? Und wo ist er jetzt?«

»Er liegt im Heerdter Krankenhaus!« Direktor Malferteiner warf einen Blick auf seine goldene Armbanduhr. »Und ich möchte annehmen, daß er inzwischen schon operiert ist. Der Arzt sagte, die Kugel sei irgendwo in seinem Brustkorb steckengeblieben...«

Gisela Molitor erhob sich schwankend. »Ich möchte zu ihm. Sofort.«

»Selbstverständlich, Frau Molitor, ich bin ja gekommen, Sie zu ihm zu bringen.«

»Dürfen wir auch mit?« fragte Jürgen.

»Ich denke schon.« Direktor Malferteiner legte ihm die Hand auf die Schulter.

»Du kannst wirklich stolz auf deinen Vater sein.«

Es dauerte lange, bis Helmuth Molitor begriff, wo er war. Er hatte das Gefühl, als wenn er schon im Jenseits gewesen und aus unendlich weiter Ferne zurückgeholt worden wäre.

Aber es war schön zu leben.

Er hatte keine Schmerzen, weil er noch immer unter dem Einfluß der Narkose stand. Es tat ihm gut, in die freundlichen, gleichmütigen Gesichter der Schwestern zu blicken, die sich lautlos um ihn herum bewegten. Das kleine Zimmer, in dem er lag, gefiel ihm, es war so hell und übersichtlich: weiße Wände, ein weißes Bettgestell, das weiße Federbett, ein weißes Lavabo und ein schmaler weißer Schrank. Nur das Kruzifix war aus braunem Holz. Er fühlte sich erschöpft, aber sehr zufrieden. Er hätte gerne die Augen geschlossen und sich in

einen tiefen Schlaf sinken lassen. Aber irgend etwas hielt ihn davon zurück. Es war ihm, als wenn er etwas vergessen hätte, etwas sehr Wichtiges. Aber was nur, was?
Eine Schwester beugte sich über sein Bett, sagte mit sanfter, singender Stimme: »Sie bekommen Besuch, Herr Molitor...«
Unwillkürlich wollte er sich aufrichten. Aber sie legte ihre Hand auf seine Brust, gerade dorthin, wo der dicke Verband aufhörte, und drückte ihn herunter. »Nicht bewegen, Herr Molitor«, sagte sie, »bleiben Sie ganz still liegen. Wenn Sie nicht brav sind, schicken wir den Besuch gleich wieder fort!«
Er wollte etwas sagen.
Sie legte den Finger auf seine Lippen. »Ganz still sein, Herr Molitor. Denken Sie daran, was ich Ihnen gesagt habe!« Dann huschte sie fort.
Direktor Malferteiner schob sich in sein Blickfeld, lächelnd, händereibend, ein Bild täuschender Bonhomie. »Mein lieber, verehrter Molitor«, sagte er, »im Namen unserer Bankgesellschaft...«, er legte einen Strauß gelber Rosen auf das Federbett, »also mein Lieber, Sie haben das großartig gemacht, einzigartig... Wer hätte gedacht, daß ein solcher Held in Ihnen steckt?«
Helmuth Molitor war es, als wenn Direktor Malferteiners rundes Gesicht wie ein riesiger Luftballon näher und näher käme, und langsam und schmerzhaft kam gleichzeitig die Erinnerung an das zurück, was geschehen war. Der Mann mit dem Strumpf im Gesicht – war es Hannes Schmitz gewesen? Oder hatte er sich geirrt? Auf jeden Fall mußte er es Direktor Malferteiner sagen, alles mußte er jetzt gestehen, das Schicksal hatte ihm eine letzte Chance gegeben.
Er öffnete die Lippen, sein Mund war sehr trocken, versuchte, Worte zu formen.
»Sagen Sie nichts, sagen Sie gar nichts, mein Lieber«, salbaderte der Direktor. »Sie brauchen sich keine Gedanken zu machen! Ich kann Ihnen natürlich nichts versprechen, aber es sollte mich nicht wundern, wenn eine ganz schöne Prämie für Sie bei der Sache herausspränge!«
»Herr Direktor...«, krächzte Helmuth Molitor.
»Still, ganz still!« sagte die Schwester, von der er jetzt erst merkte, daß sie an seiner Seite geblieben war.

»Die Schwester hat ganz recht, überlassen Sie jetzt mal das Denken uns. Ich verstehe, Sie machen sich Sorgen wegen der Banditen. Aber die Kerle wird man schneller fassen als Sie sich vorstellen können, die Polizei hat eine ganz heiße Spur... Und bis Sie zu uns zurückkehren, werden wir auch die Sicherheitsvorkehrungen noch mehr verbessert haben.«
Hinter ihm tauchten die Gesichter von Martina und Jürgen auf, stolz und verlegen, mit einem Ausdruck in den Augen, wie ihr Vater ihn noch nie bei ihnen gesehen hatte – oder doch? Hatten Sie ihn nicht früher so angesehen, damals, als sie noch klein waren, und als sie ihn kritiklos bewundert hatten, ihn, den Vater, der sie beschützte, der alles konnte und alles verstand?
»Das war ein tolles Ding, Vati«, stieß Jürgen rauh hervor.
Und Martina sagte: »Wir sind stolz auf dich, Papa. Sag bloß, was ist dir eingefallen, auf einen Mann mit einem Revolver in der Hand loszugehen?«
»Du weißt, daß Vati nicht reden soll, also stell auch keine Fragen, Martina!« sagte ihre Mutter, und ihre Stimme klang ganz nahe. Dann war ihr Gesicht dicht vor seinen Augen, er fühlte den Druck ihrer Hand, sah ihr warmes Lächeln. »Es wird alles wieder gut werden, Liebster«, versprach sie, »sieh nur zu, daß du rasch gesund wirst, dann wird alles...« Ihre Stimme brach. »Ich liebe dich doch!« Und sie wandte sich rasch ab, damit er ihre Tränen nicht sah.
Helmuth Molitor schloß die Augen. Er merkte nicht mehr, daß die Schwester seine Besucher aus dem Zimmer dirigierte.
Er hatte keine Kraft mehr, gegen die große Müdigkeit in sich anzugehen. Es wird alles wieder gut werden, hatte seine Frau gesagt, und er klammerte sich an dieses Wort.
Während sein Bewußtsein verdämmerte, fühlte er sich wie damals als Junge, wenn eine unvorhergesehene Krankheit ihn vor einer schwierigen Klassenarbeit bewahrt hatte. Hier, in dem kleinen weißen Zimmer, war er vor den Stürmen des Lebens geborgen, nichts konnte ihm hier passieren, die draußen sollten sehen, wie sie ohne ihn fertig wurden.
Aber selbst in diesem friedlichsten Augenblick wußte er, daß seine Probleme nicht wirklich gelöst waren, sondern daß das Schicksal ihm nur eine Gnadenfrist geschenkt hatte.

Frau Molitor bat Jürgen und Martina nicht, auf die Party bei Gerd Singer zu verzichten. Es bestand kein Grund, dieses Opfer von ihnen zu fordern, der Vater war ja außer Lebensgefahr.
Tatsächlich war sie froh, an diesem Abend allein zu bleiben. Sie hatte sich mit Dr. Opitz verabredet, und so brauchte sie sich nicht wie ein Dieb aus dem Haus zu schleichen oder sich mit einer Lüge bei ihren Kindern zu entschuldigen.
Es war sehr heiß gewesen, am späten Nachmittag hatte sich der Himmel bewölkt, und jetzt, gegen neun Uhr, begann es in schweren Tropfen zu regnen. Gisela Molitor mußte noch einmal zurücklaufen, um Mantel und Schirm zu holen. Dann eilte sie durch den rauschenden Regen zur Rampe an der Rheinbrücke. Dr. Opitz wartete schon. Sie erkannte ihn von weitem. Er stand beim Zeitungskiosk und betrachtete die Plakate, die sich in der Nässe aufzulösen begannen. Er hatte die Hände in die Taschen seines kurzen, lose gegürteten Regenmantels gesteckt, den Kragen hochgeschlagen, war barhaupt und ohne Schirm.
Gisela Molitor spürte, wie ihr Herz ein paar wilde Sprünge machte. Und sie war doch so sicher gewesen, dieses Kapitel ihres Lebens abgeschlossen zu haben. Kaum wagte sie, ihre Hand auf seinen Arm zu legen.
»Georg«, sagte sie.
Er drehte sich langsam zu ihr herum, und sie las in seinen Augen zärtliche Bewunderung. »Wie hübsch du selbst im Regen aussiehst«, sagte er lächelnd, »du solltest dich so malen lassen.«
Sie blieb ernst. »Georg, ich muß etwas mit dir besprechen...«
»Ja, ich weiß.« Er nahm sehr selbstverständlich und besitzergreifend ihre Hand und zog sie unter seinen Arm. »Dort drüben steht mein Wagen...«
»Nein«, sagte sie, »ich möchte nicht... es dauert nicht lange!«
Er hob die Augenbrauen, und sie hatte das Gefühl, daß er schon jetzt, in dieser Minute, alles verstand.
»Ach so«, sagte er nur.
»Wir können doch... spazierengehen«, schlug sie zaghaft vor.

»Eine blendende Idee!« Er gab ihre Hand frei. »Also komm! Ideales Wetter zum Lustwandeln!«
Tatsächlich boten die dicht ineinander verwachsenen Kronen der Platanen einen gewissen Schutz vor der Heftigkeit des Regenschauers. Es tröpfelte nur ganz sachte durch das Blätterdach. Aber der Regen verbarg wie ein grauer Perlenvorhang die Stadt auf der anderen Seite des Rheins. Nur schwach blitzten die Lichter über das breite Wasser.
»Du hast doch sicher in der Zeitung gelesen«, begann sie unsicher, »von dem Überfall auf die Bankfiliale...«
»O ja«, bestätigte er, »ich bin orientiert. Jürgen redet von nichts anderem mehr. Er ist mächtig stolz auf seinen Vater. Das ist soweit ganz gut, nur fürchte ich, wenn das Vaterbild endgültig von seinem Sockel stürzt...«
Sie ließ ihn nicht ausreden. »Es geht jetzt nicht um Jürgen«, sagte sie, »sondern um uns... um uns beide!«
Er lächelte auf sie herab. »Das hast du hübsch gesagt. Es hört sich fast so an, als wenn wir wirklich eine Einheit wären...«
»Bitte, quäl mich nicht«, brach es aus ihr heraus.
»Tue ich das?« fragte er erstaunt, »das lag nicht in meiner Absicht. Im Gegenteil, ich versuche es dir leicht zu machen.«
Als sie schwieg, fügte er hinzu: »Du warst nicht beim Anwalt, das wolltest du mir doch sagen, nicht wahr?«
»Ja«, bestätigte sie leise.
»Hast du die Sache nur hinausgeschoben oder überhaupt aufgegeben?« Seine Stimme klang so sachlich, daß es sie verletzte.
»Das kann ich doch jetzt nicht entscheiden! Mein Mann liegt im Krankenhaus, ich kann doch unmöglich wissen...«
»Aber du hoffst, daß es zu einer Versöhnung kommt?«
Sie holte tief Atem, zwang sich, ihm in die Augen zu sehen. »Ja«, sagte sie mit Festigkeit. »Es tut mir leid, wenn ich dich damit verletze«, setzte sie hastig hinzu, »aber eine Ehe ist eben doch...«
»Du brauchst mir nicht zu erklären, was eine Ehe ist, Gisela«, sagte er mit einer Ironie, die ihm als Selbstschutz diente, »soweit bin ich durchaus informiert. Sag mir nur eines: Wie ist es zu diesem Umschwung deiner Gefühle gekommen? Weil er verletzt ist? Oder weil er nun als Held dasteht?«
»Weil er mein Mann ist«, antwortete sie beherrscht.

»Bisher hatte ich zwar nicht den Eindruck, daß du das als ein großes Glück empfändest...«
Sie wollte ihn unterbrechen, aber er legte ihr den Finger auf den Mund. »Still, bitte. Wir wollen doch nicht, daß es in einem unwürdigen Streit endet. Du brauchst mir nichts zu erklären, und ich habe nicht das Recht, dir Vorwürfe zu machen. Du hast dich für deinen Mann entschieden, und ich muß das zur Kenntnis nehmen. Basta. Aus.«
»Du bist so... so furchtbar anständig«, stammelte sie.
»Durchaus nicht. Ich will nur, daß du mich... daß du unsere Begegnung in guter Erinnerung behältst.« Er legte ihr beide Hände auf die Schultern und zog sie nahe zu sich heran.
Sekundenlang waren sie ganz allein auf der Welt, eingeschlossen von dem Regen, der auf ihren Schultern klopfte. Sie glaubte, daß er sie noch einmal küssen würde. Aber er ließ sie unvermittelt los und trat einen Schritt von ihr zurück.
»Du weißt, wenn nicht alles so läuft, wie du es dir jetzt vorstellst... ich werde auch dann noch für dich da sein! Lebewohl!« Und er drehte sich um und ging mit großen Schritten davon.
Die Frau blieb allein zurück. Sie war verwirrt. Es war so leicht gewesen, viel leichter, als sie es sich vorgestellt hatte. Fast war sie enttäuscht, daß er sie so ohne weiteres gehen ließ, daß er nicht einmal den Versuch machte, um sie zu kämpfen.
Ihr Herz tat ihr weh, sie wußte selber nicht warum. Erst als er von der Allee abbog und ihren Blicken entschwand, gewann die Erleichterung in ihr die Oberhand.

16.

Gerd Singers Party war als Gartenfest geplant gewesen. Am Nachmittag hatten Jürgen und ein paar andere Jungen aus der Klasse geholfen, große rote Lampions in den Bäumen und Büschen des verwilderten Gartens anzubringen, der Singers Bungalow an der Rheinallee umgab. Die ersten Gäste hatten noch Gelegenheit, das künstlerische Arrangement zu bestaunen. Aber ehe es dunkel genug wurde, um die Kerzen anzuzünden, setzte der Regen ein.
Die jungen Leute flohen ins Haus, die Beherzteren unter ihnen dachten daran, den Tisch mit dem kalten Büffet durch die breite Terrassentüre in die Wohndiele zu verfrachten, andere schleppten Gläser, Bowlenschüsseln und Kästen mit Cola- und Bierflaschen unter Dach und Fach.
Der Regen warf zwar den Festplan um und verwandelte in Sekundenschnelle die prächtigen Lampions in traurige Papierfetzen, aber er konnte der guten Laune dieser Teenager und Twens keinen Abbruch tun. Im Gegenteil, der Zwischenfall brachte die meisten erst richtig in Stimmung.
Alle schrien, lachten, lärmten durcheinander, und Gerd, der Ärger mit den Nachbarn fürchtete, mußte an sich halten, nicht um Ruhe zu bitten. Aber da er auf keinen Fall als spießig gelten wollte, verbiß er es sich und beschränkte sich darauf, den knallharten Beat, der aus den extra aufgestellten Lautsprechern dröhnte, leiser zu stellen. Aber auch damit kam er schlecht an. »Lauter!« wurde ungeduldig geschrien. »Junge, was stellst du dir vor? Wir sind hier doch nicht in Opas Schwofbude!«
Gerd hatte diese Party nicht veranstaltet, um Spaß zu haben oder seinen Freunden Spaß zu machen, sondern um sein Image aufzupulvern. Sie sollte groß, größer, ja bombastisch werden. Deshalb hatte er alle jungen Leute eingeladen, die er kannte, und sie auch noch aufgefordert, ihre Freunde und Freundinnen mitzubringen.

Hätte man im Garten bleiben können, so hätte das auch gar nichts ausgemacht, aber jetzt, da sich alles in dem ebenerdigen, wenn auch geräumigen Haus drängte, bekam die Fülle geradezu etwas Beängstigendes.
Gerd begegnete von Zeit zu Zeit finsteren Gestalten, die ihm anerkennend auf die Schultern klopften. »Ganz groß!« sagten sie, und »Wirklich, 'ne dolle Sache, Boy!« – Und mit Erschrecken wurde ihm bewußt, daß er viele von denen, die ihn so gönnerhaft behandelten, überhaupt nicht kannte. Sie alle schienen auf etwas zu warten, wovon er nichts wußte.
Er war froh, daß die Bowle mehr Limonade als Wein enthielt und die meisten sowieso Cola vorzogen. Sie waren alle jung genug, daß sie noch keinen Alkohol brauchten, um in Stimmung zu kommen. Sie hopsten und verrenkten sich auf der Tanzfläche, die sie sich dadurch geschaffen hatten, indem sie die dicken Teppiche auf die Seite gelegt hatten.
Jürgen stand am Büffet und schnitt sich dicke Scheiben von dem kalten Roastbeef.
»Na, schmeckt's?« fragte Gerd nicht gerade freundlich ziemlich von oben herab.
Jürgen schob sich einen Bissen in den Mund und nickte wohlwollend.
»Schmecken tut's schon«, sagte Senta, die, eine halbe Flasche Cola in der Hand, neben ihm stand. »Aber viel Mühe hast du dir nicht damit gemacht, mein Lieber! Brötchen, Käse, Würste, kalter Braten... bißchen phantasielos, was?«
»Genau!« stimmte Martina zu. »Man sieht, daß die weibliche Hand fehlt. Wenn du nächstes Mal so ein Karussell veranstaltest, Gerd, dann hol dir ein paar Girls zu Hilfe, damit das Ganze ein Gesicht kriegt!«
»Wißt ihr was?« schnaubte der enttäuschte Gastgeber, »ihr könnt mich mal...!« Er streckte die Hand aus, zog Martina mit sich.
»Komm schon, Kleine!«
Martina folgte willig, schnitt aber den andern über die Schulter zurück eine vielsagende Grimasse.
Aus den Lautsprechern dröhnte: »Even the bad times are good...« Und viele sangen, falsch oder richtig, mit.
Martina hatte Erfolg an diesem Abend. Sie trug ein weißes, ärmelloses minikurzes Baumwollkleid, auf das sie eigenhändig

rote Phantasieblumen und grüne Blätter gemalt hatte, dazu Schuhe in genau dem gleichen Rot. Natürlich hatte sie volle Kriegsbemalung angelegt, und was man auch von ihr denken mochte, sie war unter dem reichhaltigen Angebot reizvoller junger Mädchen in schockfarbenen Minikleidern nicht zu übersehen. Dazu kam, daß sie leicht und gut tanzte, jedem Jungen das Gefühl gab, es ihr gleichzutun, und auf jeden Scherz die passende Antwort wußte.
Sie kam kaum zum Verschnaufen, und niemand merkte, daß sie im Grunde ihres Herzens alles andere als glücklich war, sondern gespannt darauf wartete, ob James Mann erscheinen würde. Würde er kommen, obwohl er wissen mußte, daß sie hier war?
Es war schon elf vorbei, als sie ihn tatsächlich entdeckte. Sie wußte nicht, ob er erst jetzt gekommen war, oder ob er ihr nur bewußt aus dem Weg gegangen war. Sie sah ihn durch die Räume schlendern, vorbei an den tanzenden, trinkenden, essenden oder auch schmusenden Pärchen wie ein Tiger, der sich seine Beute aussucht.
Martina hatte es wieder darauf anlegen wollen, ihn eifersüchtig zu machen. Nun, da sie ihn sah, war sie sich ihrer selbst gar nicht mehr so sicher, ob ein solches Spiel mit dem Feuer nicht am Ende sie selbst verbrennen würde.
»He, Kleines«, rief er sie mit einiger Herablassung an.
»So, sieht man dich auch mal wieder«, gab sie schnippisch über die Schulter zurück.
»Ich kann mich nicht erinnern, daß wir verabredet gewesen wären.«
»Hab' ich das gesagt? Ich müßte gerade mal in meiner Agenda nachsehen...«
»Ach, tu doch nicht so.« Er lachte, faßte sie am Arm und wirbelte sie zu sich herum, ungeachtet der Proteste ihres Partners.
Und schon fühlte sie sich schwach werden. Und ausgerechnet mußte »The last Waltz« auf dem Plattenteller liegen, Anlaß genug für ihn, den Arm um sie zu legen. Er tanzte so gut wie kein anderer, und Martina spürte nicht mehr den Boden unter den Füßen, sondern glaubte zu schweben, hatte nur noch den Wunsch, daß dieser Tanz nie, aber auch gar nie enden sollte.
Sie merkte nicht, daß währenddessen seine Augen unter den

dichten dunklen Wimpern hervor aufmerksam jedes Mädchen im Raum abschätzten.
Dann war es vorbei. Ehe noch der letzte Ton verklungen war, dirigierte er sie zum Büffet und ließ sie stehen.
»So long, Kleines«, sagte er, »es war nett, festzustellen, daß du noch immer jederzeit zu haben bist.«
Sie stand da und hatte das Gefühl, daß sich der Boden zu ihren Füßen auftun müsse. In diesem Augenblick hätte sie ihn ermorden können.
Schon hatte er sich vor Senta aufgebaut, die neben Jürgen auf einer Teppichrolle hockte und »Happy together...« vor sich hinsummte.
Er griff nach ihrer Hand, wollte sie zu sich hochziehen.
»He, lassen Sie das«, begehrte Jürgen auf, doch es gelang ihm nicht, schnell genug hochzukommen, um einzugreifen.
»Hast du die Dame gepachtet, Kleiner?« fragte der Ältere spöttisch.
»Sie... sie gehört zu mir«, versuchte Jürgen klarzustellen. Er erinnerte sich plötzlich an die Szene damals in der Wohnung am Brehmplatz, und er sah rot.
»Weiß sie denn schon von ihrem Glück?«
»Natürlich weiß sie... Senta, bitte sage ihm, daß du...«
Auch Senta war aufgestanden. Sie sah blendend aus in einem leuchtend roten Stehkragenkleid mit kurzem Hosenrock. Das schulterlange, blauschwarze Haar hatte sie sich zu einer festlichen Frisur hochgesteckt. »Ich habe nicht die Absicht, mit Ihnen zu tanzen, James«, sagte sie schneidend.
Der aber zuckte nur die breiten Schultern. »Dann nicht, liebe Tante. Wenn du dir lieber am grünen Gemüse den Magen verderben willst...« Er drehte sich verächtlich um.
Mit einem wütenden Sprung war Jürgen hinter ihm her.
»Nicht!« schrie Senta erschrocken.
Aber da hatte Jürgen den anderen schon erreicht. Einen Augenblick sah es so aus, als wenn er ihn zu Boden werfen würde. Aber blitzschnell packte James ihn über sein Handgelenk, bückte sich und schleuderte ihn über seinen Rücken hinweg auf das spiegelnde Parkett.
Eine schreckliche Stille trat ein, in die, ganz und gar unpassend, die Klänge von »Happy together...« dröhnten.
Mühsam rappelte Jürgen sich hoch. Sein blondes Haar war

zerzaust, sein Gesicht gerötet, seine Augen schienen ihm aus den Höhlen zu springen. »Du Schwein«, knurrte er, »du hundsgemeiner Lump, du...«
Er packte das große Bratenmesser, das neben der Holzplatte auf dem Tisch lag, ging damit auf James Mann zu. Aber der wich keinen Zentimeter.
Erst im letzten Moment zuckte sein rechter Unterarm hoch und blockierte den herabsausenden Messerarm. Sein linker Unterarm hakte sich blitzschnell in Jürgens Ellenbogen und bog den Arm nach hinten. Seine linke Hand umspannte das rechte Handgelenk des Jungen, so daß der Messerarm wie in einem Schraubstock steckte.
Dann zog James die Ellenbogen dicht an den Körper, krümmte sich von den Hüften an vorwärts und drückte Jürgen zu Boden. Das Messer entfiel ihm, und Jürgen stürzte hin. Mit einem Tritt beförderte James Mann das Messer unter den Tisch. »Das dürfte genügen«, sagte er kalt, »will sich noch jemand mit mir anlegen?«
Er sah sich drohend in der Runde um, niemand antwortete ihm. »Um so besser«, sagte er, »dies war nur eine kleine Vorprobe. Dem nächsten breche ich die Knochen entzwei.«
Er griff sich das erste beste Mädchen, einige andere folgten seinem Beispiel, und der Tanz ging weiter.
Senta beugte sich erschrocken über Jürgen. »Ist es schlimm?« fragte sie, »hat es dir weh getan?«
»Blöde Frage«, knurrte er und rappelte sich mühsam hoch.
»Wenn du dir einbildest, ich hätte Mitleid mit dir, dann bist du auf dem Holzweg«, sagte sie. »Du hast schließlich diese Keilerei angefangen.«
»Ach so, die Annäherungen dieses Kerls gefallen dir wohl?« hielt er ihr aufgebracht vor.
Sie wandte sich zornig ab. »Mit dir ist ja wieder einmal nicht zu reden.«
Jürgen fühlte sich danach doppelt elend. Nicht nur, daß er von diesem Playboy vor allen blamiert worden war, nicht einmal Senta brachte Verständnis für ihn auf. Er war in dieser Stimmung nicht böse, daß Gerd ihn aufgabelte. Er wußte, daß der Freund auf seinen Partys für Eingeweihte manchmal eine Extratour laufen ließ. Bisher hatte er sich da rausgehalten, jetzt war das etwas anderes. »He, alter Kumpel«, empfing er den

Freund, »könnte direkt eine von deinen Spezialzigaretten gebrauchen.«
»Ich hab' was Besseres für dich«, flüsterte Gerd und sah sich um. »Komm mit.« Er schob Jürgen zu einer Tür.
Martina vertrat ihnen den Weg. »Wo wollt ihr hin?« fragte sie mißtrauisch.
»Nichts für kleine Mädchen!« Gerd versuchte sie aus dem Weg zu drängen.
»He, du, willst du meinen Bruder verführen?« Martina sprach lauter, als es Gerd lieb war. Er ließ einen schnellen Blick über die Tanzenden gleiten.
»Wir wollen nur raus, eine Zigarette rauchen, verstehst du«, sagte Jürgen.
»O Boy, eine Zigarette könnte ich auch gebrauchen«, sagte Martina, denn im Grunde war ihr nach der neuerlichen Abfuhr wirklich elend.
Gerd sah ein, daß sie nicht abzuschütteln war. »Also, dann komm schon mit, sonst spionierst du uns doch nur nach.« Er ging aber nicht, wie Martina erwartete, mit ihnen durch die Hintertür hinaus, sondern führte sie über eine gewundene Treppe in den Keller hinunter. Die einzige Lampe war mit rotem Papier verkleidet und verbreitete ein geheimnisvolles Licht. Auf einem Haufen alter Säcke, aber auch Kisten und umgestürzten Flaschenharassen hockten oder kauerten schon ein paar Jungen und Mädchen. Ein süßlicher, befremdlicher Geruch schwebte in der Luft. »Marihuana?« fragte Martina und tat verächtlich. »Seit wann machst du deshalb so einen Klimbim?«
Gerd hielt seinem Freund ein hölzernes Kästchen hin, in dem einige locker gedrehte Zigaretten lagen.
Einen Moment lang zögerte Jürgen, dann griff er zu.
»Wenn's dir nicht reicht«, sagte Gerd angriffig zu Martina, »ich hab auch noch etwas anderes. Hab's heute erst gekriegt...« Er kramte in einer verborgenen Mauernische, dann hielt er ihr ein Döschen mit kleinen weißen Kügelchen unter die Nase.
»Was ist das?«
»LSD. – Aber du mußt ja nicht. Ich dränge niemanden.«
Martina zuckte zusammen. Mit LSD hatte sie noch nie zu tun gehabt, und bisher hatte es das auch bei Gerd nicht gegeben.

Sie wußten alle, daß er Marihuana und gelegentlich auch Hasch rauchte. Sie selbst hatte es noch nie versucht, aber natürlich wollte sie das vor ihm nicht zugeben. Offen gesagt hatte sie Angst davor, mehr Angst aber noch, von Gerd und den anderen deswegen womöglich ausgelacht zu werden. Man war einfach nicht ›in‹, wenn man nicht mitmachte.
LSD aber war neu. Wo hatte er es her? Und daß er vorher kein Wort davon gesagt hatte. Das war sonst gar nicht seine Art. Gerd ließ sich so bald keine Gelegenheit entgehen, den großen Mann zu spielen. Wenn er eine LSD-Party geplant gehabt hätte, hätte er bestimmt vor Jürgen damit angegeben.
Martina sah sich nach ihrem Bruder um. Er saß auf einer Kiste und rauchte.
»Na, was ist?« fragte Gerd.
Sie zuckte die Schultern und sagte schnippisch: »Du kommst ein bißchen zu spät damit heraus. Ich habe schon zuviel von deinen Cocktails intus. Soll nicht gut sein bei einem anständigen Trip, habe ich mir sagen lassen...«
»Da hast du vielleicht sogar recht«, sagte Gerd nachdenklich, und auf einmal traten Schweißperlen auf seine Oberlippe. Er sah sich um, sah die benommenen Gestalten, sah ihre verrenkten Bewegungen und begann sich zu fragen, wer von denen ebenfalls vorher Cocktails getrunken hatte? Die Drinks waren sehr schwach gemixt, das wußte er bestimmt, aber sie enthielten dennoch Alkohol.
»Oh, dieses Schwein, dieses elende Schwein«, brach es plötzlich aus ihm heraus, »das hat er mir eingebrockt. Wenn was passiert – bringe ich ihn um!«
Martina war, erschrocken über den plötzlichen Ausbruch, beiseite gesprungen. Gerd stürmte an ihr vorüber und jagte die Kellertreppe hinauf. Irgend etwas war schiefgegangen, und sie hatte nur den einen Gedanken: »Weg von hier!« Aber da war Jürgen, und der Junge war high!

Senta hatte schnell gemerkt, daß Jürgen verschwunden war. Sie wäre gerne nach Hause gegangen, denn diese Party war ihr verleidet, aber erst mußte sie Jürgen finden, denn sie konnte sich nicht vorstellen, daß er ohne sie abgehauen war. Sie suchte in sämtlichen Räumen, einschließlich Küche und Bad, schaute in jede finstere Ecke und störte dabei manches Pär-

chen auf, ohne eine Spur von Jürgen zu finden. Allerdings auch von Martina nicht, aber das mußte nicht unbedingt etwas bedeuten.
Als sie in den Gang hinter der Küche treten wollte, vertrat ihr James Mann den Weg. Ironisch grinsend lehnte er an der Türfüllung und ließ sie nicht vorbei. Dem Mädchen wurde auf einmal bewußt, daß er sie schon die ganze Zeit beobachtet haben mußte. Sie versuchte gar nicht erst, ihm etwas vorzumachen.
»Sie wissen, wo Jürgen ist«, sagte sie ihm auf den Kopf zu, »sagen Sie es.«
»Was kriege ich, wenn ich es verrate?«
»Jedenfalls nicht das, was Sie sich vorstellen!«
»Na schön«, sagte er, »dann eben nicht.« Damit drehte er sich lässig um.
Senta packte ihn am Arm. »Finden Sie nicht, daß Sie für heute schon genug Unheil angerichtet haben?«
Er grinste. »Was kann ich dafür, daß ihr ein solcher Kindergarten seid?«
»Und warum suchen Sie sich dann keine andere Gesellschaft, eine, die besser zu Ihnen paßt?«
»Keine schlechte Idee, tatsächlich, aber Sie lassen mich ja nicht gehen.«
Senta dachte nicht daran, ihn loszulassen. »Also – wo ist Jürgen?«
»Na schön, ich sag's Ihnen. Ihr Süßer ist gerade auf einem schönen, langen Trip.«
Senta ließ in unwillkürlicher Abwehr seinen Arm fahren. »Marihuana?« fragte sie und kniff die Augen zusammen.
»Nein, nicht bloß so ein bißchen high. Auf einem Trip, hab' ich gesagt. Ein richtiger Trip. LSD!«
»Wo hat er das her?«
»Vielleicht fragen Sie mal unseren verehrten Gastgeber.«
»Unsinn. Gerd mag ein paar Marihuana-Zigaretten haben, vielleicht auch Hasch, aber kein LSD. Wenn es hier auf dieser Party plötzlich LSD gibt, dann stammt es nicht von Gerd. Dann kann es nur einer mitgebracht haben, und das sind Sie!«
»Nu mal langsam, Puppe. Ich an deiner Stelle würde nicht eine so große Klappe riskieren...«

»Bringen Sie mich sofort zu Jürgen.«
»Wie komme ich denn dazu?«
»Wenn Sie mich nicht augenblicklich zu Jürgen bringen, rufe ich die Polizei und sage, daß Sie die Bande hier mit Rauschgift versorgen!«
»Gar nicht so dumm, Kleine, und am Ende würde man dir sogar noch glauben.«
In diesem Augenblick schoß Gerd aus dem Gang hinter der Tür heraus und sprang James an den Hals. »Du elendes Schwein, komm und sieh, was du angerichtet hast.«
Senta war schon an den beiden vorbeigeschlüpft und gelangte ohne weiteres Suchen zur Kellertreppe. Hier stieß sie auf Martina, die sich verzweifelt bemühte, ihren Bruder über die Treppe nach oben zu bugsieren.
»Was ist mit ihm, LSD?«
»Nein, nur Marihuana, aber ich glaube, er ist high.«
»Da staunst du, was?« lallte Jürgen. »Das hättest du wohl nicht gedacht.«
»Ehrlich gesagt: nein. Ich hätte dich für vernünftiger gehalten.« Sie packte zu und zerrte ihn die Treppe hoch. Martina schubste von hinten. Mit einiger Mühe brachten sie ihn durch die Hintertür in den Garten. Regen schlug ihnen kalt in die erregten Gesichter. Jürgen machte ein paar taumelnde Schritte, dann erbrach er sich mitten auf dem Rasen.
»Na, bravo«, sagte Martina mitleidlos. »Spuck's nur heraus, Kleiner. Ist eben nichts für kleine Babys.«
Ihm war furchtbar elend, aber allmählich sah er wieder etwas klarer. Er genoß den Regen, der ihm über die Haut rann, und fühlte sich, als sei er aus einem Alptraum erwacht.
»Wie konntest du nur«, sagte Senta, als er sich zu ihr umdrehte.
»Was weißt denn du, wie elend mir zumute war?«
»Und hast du geglaubt, es wird dadurch besser?«
»Mir war eben alles egal...«
»Aber mir ist es nicht gleichgültig, was du machst, verstehst du?«
In diesem Augenblick hörten sie in der Ferne die Sirene eines Funkstreifenwagens, die näher kam, dann aber plötzlich verstummte.
»Kommt der hierher?« fragte Jürgen erschrocken.

»Macht ganz den Eindruck«, sagte Senta, und Martina: »Kommt, bloß weg hier. Die Suppe, die sich Gerd da eingebrockt hat, soll er nur auch allein auslöffeln.«
Sie zwängten sich durch eine Zaunlücke, liefen über die Straße. Auf der anderen Seite, im Schutz des Deiches, außerhalb des Lichtkreises der Straßenlaternen warfen sie sich alle drei nebeneinander ins regennasse Gras.
Drüben wurde die Haustür geöffnet, sie hörten es am plötzlich anschwellenden Musiklärm, und wieder geschlossen. Ein Motor sprang an, und aufheulend kurvte ein roter Porsche aus der Einfahrt. Seine Scheinwerfer flammten jedoch erst ein Stück weiter auf.
Kaum war der Porsche verschwunden, hörten sie von der anderen Seite einen Wagen durch die stille Straße heranfahren. Es war wirklich ein Streifenwagen, und er hielt genau vor dem Haus. Sie sahen die beiden Beamten aussteigen und auf die Hintertür zugehen.
»Das ist ein dickes Ei«, sagte Jürgen.
»Gerd ist selber schuld«, hielt seine Schwester ihm entgegen.
»Unsinn. Gerd ist nur dumm, und jetzt ist er der Hereingefallene. Der ihm die Sache eingebrockt hat, macht sich da vorne im Porsche gerade aus dem Staub.«
»James Mann?« fragte Martina. »Blödsinn. James war nicht im Keller.«
»Nein, er hat nur den Stoff angeschleppt – aber das genügt ja wohl.«
Sie warteten nicht ab, was weiter geschehen würde, sondern liefen über die Rheinwiesen davon.

Am Montag zog Jürgen es vor, mit der Straßenbahn zu fahren und nicht auf Gerd zu warten, um von ihm mit dem Auto mitgenommen zu werden. Tatsächlich rechnete er damit, daß der Freund womöglich verhaftet worden sei, und wunderte sich, daß Gerd breit grinsend und selbstsicher wie immer bald nach ihm ins Schulzimmer trat.
Es wurde eine Geschichtsarbeit geschrieben, und die kleine Pause fiel aus. Erst in der großen Pause kamen die beiden dazu, miteinander zu reden.
»Jürgen, was ist los mit dir? Warum hast du nicht auf mich gewartet?« fragte Gerd.

Sie hatten sich miteinander hinter den Geräteschuppen verzogen, wo man eine Zigarette rauchen konnte, ohne von den Lehrern gesehen zu werden. Tatsächlich kannten die meisten diesen Schlupfwinkel, drückten aber beide Augen zu, wenn es sich um größere Jungen handelte, die kleineren trauten sich ohnehin nicht hierher, weil die ›alten Herren‹ sich nicht gerne stören ließen.
Gerd hielt Jürgen ein zerdrücktes Päckchen hin. »Na, nimm schon! Die sind unter Garantie harmlos.«
Jürgen wurde rot und fühlte sich durchschaut. »Ich hab 'ne ganze Zeit gewartet«, behauptete er, »aber du kamst nicht.«
»Habe ich dich je im Stich gelassen?«
»Du hättest ja krank sein können.«
»Bin ich aber nicht.« Gerd blies den Rauch durch die Nase aus. »Bloß müde. Mensch, das war eine Aufräumerei gestern. Du hättest dir bestimmt keine Verzierung abgebrochen, wenn du helfen gekommen wärst.«
»Ich dachte«, sagte Jürgen und rauchte mit vorsichtigen kleinen Zügen, »du wärst nicht auf mich angewiesen. Es waren genügend andere da, die...«
Sein Freund schnippte die Asche seiner Zigarette ab. »Schöne Heinis! Sich auf anderer Leute Kosten vollaufen zu lassen, das können sie. Und dann erst diese elenden Koksbrüder. Von vielen weiß ich nicht einmal, wo die eigentlich herkamen. Einige kannte ich überhaupt nicht, und ein paar blieben bis zum Morgen liegen, die waren nicht wachzukriegen, so high war die Bande.«
»Kann ich mir vorstellen«, sagte Jürgen, ohne den Freund anzusehen.
»Übrigens hatten wir auch noch Besuch von der Polizei, aber da warst du schon weg. Oder hast du es noch mitgekriegt?«
»Wir haben den Funkstreifenwagen kommen gehört«, sagte Jürgen ausweichend und kam sich wie ein Verräter vor, dabei hatte er ja wirklich keine Möglichkeit gehabt, den Freund noch zu warnen.
»Und dann seid ihr abgehauen?« fragte Gerd spöttisch.
»Wir waren schon unterwegs«, antwortete Jürgen wahrheitsgemäß.
»Aber du dachtest, sie hätten mich hops genommen! Oder etwa nicht?«

Jürgen warf seine Zigarette zu Boden, trat sie mit dem Absatz aus. »Na und?« sagte er. »Hätte das etwa nicht passieren können?«
Gerd Singer lachte. »Nicht bei meinen Beziehungen!«
»Gib doch nicht so an. Wenn die dahintergekommen wären, was bei dir los war, hätten dir auch die Beziehungen deines alten Herrn nichts genutzt. Bei so etwas verstehen die keinen Spaß.«
»Ich versuche ja bloß, mir selber den Schrecken aus den Gliedern zu jagen. Das alles hab' ich nur diesem sauberen Heini zu verdanken. Na, und als deine Schwester mich dann auch noch drauf bringt, daß die Jungens wahrscheinlich alle schon ziemlich viel Alkohol intus hatten, du, ich kann dir sagen, da war mir gar nicht mehr so wohl. Ich hab' erst wieder aufgeatmet, als ich gestern morgen die Tür hinter dem letzten habe zumachen können.«
»Wen meinst du mit dem Heini?«
»Na, diesen James Mann, den deine Schwester angeschleppt hat.«
»Du, das ist nicht wahr. Sie hat ihn nicht angeschleppt. Sie kennt ihn, das stimmt, aber eingeladen hast du ihn. Sie ist längst fertig mit ihm.«
»So? – Na, dann kann man ihr nur Glück wünschen, ein feiner Zeitgenosse! Als die Sache brenzlig wurde und die Polizei plötzlich anrückte, hat er sich eiligst aus dem Staub gemacht...«
»Wieso sind die überhaupt so plötzlich aufgetaucht?«
»Weil uns jemand verpfiffen hat!« – Als er den Schrecken auf Jürgens Gesicht sah, mußte er dennoch lachen. »Nicht so, wie du jetzt denkst. Die Nachbarn haben sich beklagt wegen des ruhestörenden Lärms. Da mußten die Polypen eben rumschnüffeln, schon anstandshalber. In den Keller haben sie aber überhaupt nicht hineingesehen. Ich habe Fenster und Türen dichtgemacht, die Stereo-Anlage auf Zimmerlautstärke gestellt, und schon schoben sie zufrieden wieder ab. Meinen Knieschlotter haben sie nicht mitgekriegt.« Er gab Jürgen einen Nasenstüber. »Meine Freunde hätten also gar nicht davonzurennen brauchen«, sagte er mit bitterer Ironie.
Jürgen schlug die Hand des Freundes ärgerlich zurück. »Ich bin nicht davongelaufen, weil ich Angst hatte.«

»Na, so was! Sollte ich mich so geirrt haben?«
»Ich bin gegangen, weil ich die Nase voll hatte«, sagte Jürgen angewidert, »das Gestöhne von diesen Koksbrüdern ging mir einfach auf die Nerven.«
Gerd hob die Augenbrauen. »Ach nee, wer wollte denn unbedingt eine › Spezial ‹. Jedenfalls warst du doch selber high.«
»Schlecht geworden ist mir, wenn du es genau wissen willst.«
Der andere lachte. »Schlecht geworden ist es dem Kleinen?« sagte er voll bissiger Ironie. »...schon von einer kleinen, harmlosen Marihuana ist ihm also schlecht geworden. Dann muß ich wohl in Zukunft für dich Topfschlagen und Pfänderspiele veranstalten.« Es klang, als sei Gerd schon wieder völlig obenauf. Jürgen aber kannte seinen Freund zu gut, um aus der Gehässigkeit nicht die Enttäuschung herauszuhören, in einer brenzligen Situation von seinen Freunden im Stich gelassen worden zu sein.
»Halte die Schnauze«, gab Jürgen wütend zurück, aber er fühlte sich beschämt, weil er wußte, daß er sich wie ein Feigling benommen hatte.
Als die Schule aus war, warteten Senta und Martina auf dem Hof bei Gerds Sportwagen. Martina hatte sich auf den Kühler geschwungen, der kurze Rock war ihr bis weit über die Schenkel hochgerutscht. Sie baumelte unbekümmert mit den Beinen.
Senta lehnte an der Wagentür.
Die beiden Mädchen wirkten in ihrer lässigen Haltung außerordentlich attraktiv, und die Schuljungen, die vorbeikamen, riefen ihnen mehr oder weniger anzügliche Neckereien zu und stießen bezeichnende Pfiffe aus. Die beiden Mädchen taten so, als wenn sie überhaupt nichts bemerkten. Erst als Jürgen und Gerd auftauchten, wurden sie lebhaft.
»Hei!« rief Martina und rutschte vom Kühler. »Bei uns ist die letzte Stunde ausgefallen, und da dachten wir, es wäre 'ne gute Idee, uns mal hier blicken zu lassen.«
»Ich bin hin und her gerissen«, sagte Gerd spöttisch.
»Wir sind nicht deinetwegen gekommen«, fertigte Senta ihn ab und warf mit Schwung ihr schönes blauschwarzes Haar in den Nacken, »wir wollten mit Jürgen reden.«
»Dann nur zu«, sagte Gerd herablassend, »worauf wartet ihr noch?«

Martina stemmte die Hände in die Hüften und baute sich vor ihm auf.
»My Boy, dir ist wohl dein eigener Stoff nicht bekommen? Guck doch mal in den Spiegel, wie miserabel du aussiehst.«
»Ich brauch' dir ja wohl nicht zu gefallen, oder?«
»Nee, ganz bestimmt nicht. Aber da wir gerade so schön beim Thema sind... wenn du mich das nächste Mal vergiften willst, dann nimm gleich Arsen, 'ne tüchtige Prise. Ich möchte nicht erleben, daß mir noch mal so speiübel wird wie auf deiner miesen Party. Da kann man ja von Anfang an gleich in eine Spelunke gehen...«
Gerd schob sie beiseite und setzte sich in sein Auto. »Ein nächstes Mal«, sagte er, »wird es für dich nicht geben. In Zukunft werde ich in der Wahl meiner Gäste ganz gewiß vorsichtiger sein.«
»Die Frage ist nur, ob du überhaupt noch einmal Dumme findest, die zu dir kommen.«
Gerds Gesicht wurde noch eine Nuance blasser, Martinas Bemerkung hatte ihn an seiner empfindlichsten Stelle getroffen.
»Jedenfalls habe ich es nicht nötig, jemandem hinterherzulaufen«, sagte er anzüglich.
»Leider hätte das auch wohl wenig Sinn«, parierte Martina frech, »man kann nicht alles für Geld kriegen...«
»Zankt euch doch nicht«, versuchte Senta zu vermitteln, »was hat es für einen Zweck, wenn ihr euch gegenseitig...«
»Vielen Dank, meine Gnädigste, aber ich brauche deine Vermittlung nicht! Ich kann mich schon selber zur Wehr setzen, wenn ich nur will.« Gerd steckte den Zündschlüssel ein, ließ den Motor an. »Also, kommst du nun, Molitor, oder nicht?«
»Laß ihn sausen, Jürgen«, sagte Martina, »geh ein Stück mit uns zu Fuß.«
»Wir haben dir wirklich was Wichtiges zu sagen«, fügte Senta hinzu.
Jürgen zögerte.
Es zog ihn zu Senta, aber er wollte auch den Freund nicht vor den Kopf stoßen.
»Na, dann nicht, du Schlappschwanz«, rief Gerd verächtlich, »laß dich ruhig von diesen Gänsen bemuttern. Meinen Segen hast du!« Er legte den ersten Gang ein und fuhr aus dem Hof auf die Straße hinaus.

»Ein widerlicher Kerl«, sagte Martina naserümpfend, »hast du wirklich keinen besseren Freund finden können, Jürgen?«
»Willst du mir Vorschriften machen?« fuhr er sie an.
»Nun sei bloß nicht gleich eingeschnappt!«
»Ich mische mich ja auch nicht in deine Angelegenheiten!«
»So? Tust du nicht? Ich erinnere mich aber noch recht gut...«
Senta trat der Freundin nachdrücklich auf die Zehen. »Schluß damit. Streiten könnt ihr euch zu Hause. Hast du vergessen, Martina? Wir wollten Jürgen doch ein Angebot machen!« Sie ergriff Jürgens Arm, sagte beschwörend: »Du, das ist wirklich eine ganz fabelhafte Sache! Gestern habe ich mit Vati gesprochen. Er hat gesagt, er stellt uns in den großen Ferien bei sich ein. Mit einem ganz duften Stundenlohn. Wir sollen in seinen Lagern Inventur machen.« Sie sah Jürgen strahlend von der Seite an, wartete auf seinen Beifall. »Na, wie findest du das?«
»Du wolltest doch immer in den Ferien arbeiten, um dir Geld zu verdienen, Jürgen!« drängte Martina.
»Ach, das sind doch alles olle Kamellen«, sagte Jürgen wegwerfend.
Senta ließ ihn los. »Wieso denn? Jetzt versteh' ich gar nichts mehr!«
»Soll ich dir 'ne Zeichnung dazu machen? Ich weiß ja überhaupt nicht, ob ich versetzt werde, und ob ich mir nicht gleich 'ne Lehrstelle suchen soll...«
»Aber selbst wenn... ich meine, im schlimmsten Fall«, rief Senta eifrig, »dann könnte ich doch auch mit meinem Vater reden! Vielleicht könntest du bei ihm im Sportgeschäft arbeiten. Oder hättest du dazu keine Lust?«
Er blieb stehen und sah sie an. »Senta«, sagte er mühsam.
»Ja?« Ihre schrägen dunklen Augen waren dicht vor seinem Gesicht, und er hatte plötzlich das Gefühl, daß sie inmitten all der Menschen ganz allein auf der Welt wären.
»Wenn ich nicht mitkomme... und wenn ich von der Schule muß... würdest du dann überhaupt noch etwas von mir halten?«
»Esel!« sagte sie und zupfte ihn an den Ohren. »Ich liebe dich doch. Hast du das denn immer noch nicht begriffen!«
Martina sah die beiden an und konnte nicht verhindern, daß ihr wehmütig wurde. Es war schwer, andere so verliebt zu

sehen und selber allein zu sein. James Mann? Sie konnte noch nicht glauben, was Senta von ihm behauptete, obgleich sie ehrlicherweise zugeben mußte...
Sie war wütend auf Gerd, gab ihm die Schuld, wenn auch...
Sie lächelte neidvoll, als Jürgen und Senta sich mitten auf der Straße küßten.
»Achtung!« warnte sie plötzlich. »Dein Pauker!«
Dr. Opitz, der aus der Schule trat, sah eben noch Jürgen und ein schlankes Mädchen in bunt geringeltem Kleid Hand in Hand um die Ecke rennen. Etwas langsamer folgte ihnen ein Mädchen im Minikleid. Das konnte nur Jürgens Schwester sein.
Mit leisem Neid dachte er, daß es schön sein mußte, so jung zu sein – auch wenn die jungen Leute selbst dieses Glück gar nicht zu schätzen wußten.

17.

Als Jürgen und Martina das Haus am Morgen verlassen hatten, wollte sich Frau Molitor gerade noch eine Tasse Kaffee eingießen, als an der Wohnungstür geklingelt wurde. Sie war durch den Überfall verängstigt und machte deshalb nur zögernd auf. Sie erschrak, als sie zwei Männer vor sich sah, und weil sie sofort an die beiden Banditen dachte, wollte sie die Tür gleich wieder schließen.
»Moment, bitte, Frau Molitor«, sagte der ältere der beiden. »Sie sind doch Frau Molitor?«
»Ja. Was wollen Sie von mir?«
»Ich bin Kriminalkommissar Xanter, und das hier ist mein Assistent! Hier, bitte, mein Ausweis!«
Sie wußte nicht, wie ein echter Polizeiausweis aussah, aber das selbstsichere Auftreten der beiden Herren überzeugte sie. Derjenige, der sich als Kriminalkommissar Xanter vorgestellt hatte, sah vertrauenerweckend aus, ein breitschultriger Mann mit einem beherrschten Gesicht. Sie ließ sie eintreten. »Es ist noch nicht aufgeräumt«, sagte sie leicht verlegen.
»Das macht gar nichts. Wir wollen ihnen nur ein paar kurze Fragen stellen.«
»Um was handelt es sich?«
Auf ihre Aufforderung hin trat Kriminalkommissar Xanter an ihr vorbei ins Wohnzimmer. »Um Ihren Mann«, sagte er.
»Um Gottes willen, er ist doch nicht...?«
»Nein, bitte regen Sie sich nicht auf, Frau Molitor, wir waren gerade bei ihm, er ist auf dem Weg der Besserung...«
»Gott sei Dank!« Sie ließ sich in einen Sessel sinken.
Kriminalkommissar Xanter zog sich einen Stuhl heran und setzte sich ihr gegenüber. »Es sind da einige Unklarheiten entstanden«, sagte er.
Sie blickte von dem Kommissar zu seinem Assistenten. Sie verstand gar nichts, aber kalte, würgende Angst schnürte ihr die Kehle zu.

»Ihr Mann«, sagte der Kriminalkommissar und behielt sie dabei in den Augen, um sich keine ihrer Reaktionen entgehen zu lassen, »hat sich bei dem Überfall auf die Bank verdächtig gemacht.«
»Verdächtig gemacht!« stieß die Frau hervor. »Wie können Sie das sagen? Er hat die Gangster in die Flucht gejagt!«
»Nun ja«, gab der Beamte zu, »man könnte es so auffassen. Auch in der Bank ist man dieser Meinung, und das erschwert uns die Nachforschungen.«
»Was wollen Sie von meinem Mann?« Sie sprang ärgerlich auf. »Suchen Sie doch lieber nach den Gangstern!«
»Wir sind dabei«, sagte Kriminalkommissar Xanter, »wir tun nichts anderes...«
»Dann müßten Sie sie doch schon gestellt haben! Schließlich hatte einer von ihnen ein Safe...«
»Stimmt. Aber leider hat er es auf einen Ausweis hin gemietet, der von seinem wirklichen Besitzer seit längerer Zeit vermißt wird. Wir haben diesen Herrn unter die Lupe genommen und festgestellt, daß er zweifellos mit der ganzen Sache nichts zu tun hat.«
Frau Molitor nahm wieder Platz, zwang sich zur Ruhe. »Ja dann...«, sagte sie.
»Die Täter kannten sich erstaunlich gut in der Bank aus«, sagte der Kommissar stirnrunzelnd, »woher könnten sie diese Kenntnisse haben?«
»Sie können sich selber umgesehen oder einen Komplizen vorgeschickt haben.«
Kriminalkommissar Xanter neigte sich vor. »Hatte Ihr Mann in letzter Zeit größere Ausgaben, Frau Molitor? Brauchte er Geld? Befand er sich in finanziellen Schwierigkeiten?«
Sie fühlte, wie sie rot und blaß wurde, aber sie schob ihr Kinn vor, blickte dem Kriminalkommissar gerade in die Augen und erklärte: »Er hat ein gutes Gehalt, und wie Sie sehen... leben wir nicht in übertriebenem Luxus.«
Der Kriminalbeamte seufzte. »Wir hatten gehofft, Sie würden uns helfen...«
Die Frau preßte die Lippen zusammen und sagte kein Wort.
»Dann bleibt mir nichts anderes übrig, als mir mit Hilfe eines richterlichen Befehls Einblick in seine Konten zu verschaffen.«

Kriminalkommissar Xanter stand auf, winkte seinem Assistenten, seinem Beispiel zu folgen.
»Was haben Sie eigentlich gegen meinen Mann?« fragte Frau Molitor mit zitternder Stimme. »Warum verdächtigen Sie ihn? Weil er versucht hat, dem Gangster die Waffe aus der Hand zu schlagen? Weil er sein Leben aufs Spiel gesetzt hat, um die Bank vor Schaden zu bewahren?«
Xanter knöpfte sich den Mantel zu. »So ungefähr«, sagte er.
Gisela Molitor sprang auf. »Aber, erlauben Sie mal, das sind doch keine Verdachtsmomente! Wenn Sie nur deswegen gegen ihn sind... das ist ja glatter Wahnsinn!«
»Nein, das finde ich nicht. Überlegen Sie doch einmal selber: Ihr Mann hat den bewaffneten und maskierten Gangstern gegenüber keine Angst gezeigt! Warum? Ist er wirklich ein so ungewöhnlich mutiger Mann? Der geborene Held? Ist der das, Frau Molitor?«
»Ja. Ich finde, daß er das bewiesen hat.«
»Nein«, sagte der Kriminalkommissar, »es gibt noch eine andere Erklärung. Er hatte keine Angst vor den Gangstern, weil er sie kannte.«
»Das ist absurd!« rief sie, doch sie war sich bewußt, daß ihre Empörung wenig überzeugend klang.
Der Kriminalkommissar lächelte. »Wissen Sie, was er sagte, als er versuchte, dem Gangster die Waffe aus der Hand zu schlagen? – ›Laß das! Das darfst du nicht tun!‹ – Na, spricht man so zu einem gänzlich unbekannten Verbrecher?«
»Das... das weiß ich nicht«, stammelte sie, »aber... können sich die Zeugen nicht auch geirrt haben?« Sie hatte sich wieder in der Gewalt. »Und selbst wenn er die Verbrecher gekannt hätte, so hat er doch nicht mitgemacht! Im Gegenteil, er hat versucht, sie zu entwaffnen!«
»Zweifellos. Aber warum sagt er uns dann nicht wenigstens die Wahrheit?« Der Kriminalkommissar trat einen Schritt auf Gisela Molitor zu, seine Stimme wurde beschwörend. »Wir zweifeln gar nicht daran, daß Ihr Gatte ein Ehrenmann ist, verstehen Sie uns doch nicht falsch. Wir verdächtigen ihn durchaus nicht, an dem versuchten Verbrechen beteiligt gewesen zu sein! Aber wir haben den Eindruck, daß er jetzt, nachträglich, die Verbrecher deckt. Er verschweigt uns etwas sehr Wesentliches, und damit macht er sich strafbar. Er bringt

sich durch sein Schweigen in eine kritische und gefährliche Situation. Wollen nicht wenigstens Sie reden?«

Die Frau krampfte die Hände ineinander. »Aber ich weiß nichts... ich weiß gar nichts.«

»Denken Sie doch einmal nach! Was für Freunde hat Ihr Mann? Ist nicht irgendeiner darunter, den Sie... innerlich abgelehnt haben? Frauen haben doch für so etwas ein sehr feines Gefühl.«

»Nein«, sagte sie, »nein. Es sind alles... sehr anständige Leute.«

»Gibt es in der Familie Ihres Mannes jemanden, sagen wir: ein schwarzes Schaf? Einen Bruder, Vetter, Onkel... vielleicht einen noch entfernteren Verwandten, der nichts taugt?«

Frau Molitor schüttelte den Kopf.

»Sie haben einen halberwachsenen Sohn? Wäre es denkbar, daß er...«

»Nein«, sagte sie bestimmt, »nein. Jürgen würde niemals so etwas tun. Außerdem war er zu Hause... fragen Sie nur Direktor Malferteiner! Jürgen saß über seinen Hausaufgaben, als wir von dem Überfall erfuhren. Er hat nach dem Mittagessen die Wohnung überhaupt nicht verlassen.« Sie hatte das Gefühl, Jürgen ein wenig zu eifrig verteidigt zu haben, stand auf und fügte mit einem Achselzucken hinzu: »Ihre Verdächtigungen sind einfach lächerlich.«

»Wollen wir es hoffen.« Der Kriminalkommissar zückte seine Brieftasche, nahm eine Visitenkarte heraus. »Sehen Sie, hier ist die Nummer des Polizeipräsidiums... der Nebenapparat, über den ich zu erreichen bin! Das hier ist meine private Telefonnummer, die gilt so ungefähr ab abends acht... nur für den Fall, daß Ihnen doch noch etwas einfallen sollte.« Er hob die Hand, als sie protestieren wollte. »Nein, nein, sagen Sie jetzt nichts! Ich lasse Ihnen die Karte da, vielleicht werden Sie meine Hilfe noch brauchen.«

»Nie«, erklärte Gisela Molitor mit Nachdruck – aber sie wünschte, sie hätte sich so sicher gefühlt, wie sie vorgab.

Als die Polizeibeamten gegangen waren, warf sie einen Blick in den Gardenrobenspiegel und erschrak über die geisterhafte Blässe ihres Gesichtes.

Es war zwei Uhr nachmittags, als Frau Molitor die Eingangshalle des Krankenhauses betrat. Besuchszeit. Durch die hellen Gänge eilten Frauen mit Kindern an der Hand, Männer mit besorgten Gesichtern.
Wenigstens würde sie mit ihrem Mann allein sein. Direktor Malferteiner hatte dafür gesorgt, daß er auch jetzt, nachdem es ihm schon wieder besser ging, sein Einzelzimmer behielt.
Sie wollte schon bei ihm eintreten, als sie es sich anders überlegte. Sie ging einige Schritte weiter, öffnete die Türe zum Waschraum, um noch einen Augenblick Zeit zu gewinnen. Ihr Gesicht war nach allen Aufregungen der letzten Wochen etwas schmaler geworden, aber das stand ihr nicht schlecht. Nur daß sich feine Falten um den Mund und um die Augen zeigten, die früher nicht dagewesen waren. Sie beugte sich ganz dicht an den Spiegel heran, fuhr mit dem Zeigefinger über die Mundwinkel. Dann öffnete sie die Handtasche, holte die Puderdose heraus, strich sich mit der Quaste über die Nase, die Wangen, die Stirn.
Mehr war nicht zu tun. Helmuth mußte sie so nehmen, wie sie war. Auch er war in den Jahren ihrer Ehe nicht jünger geworden.
Sie klappte die Handtasche zu, trat auf den Gang hinaus und sah die Sekretärin ihres Mannes, die ihr von der anderen Seite des Ganges entgegenkam. Vor der Türe begegneten sich die beiden Frauen, musterten sich betroffen.
Inge Körner grüßte als erste. »Entschuldigen Sie bitte, Frau Molitor«, murmelte sie, »aber ich habe...«, sie schwenkte ihre Mappe, »...dienstlich mit Herrn Molitor...«
Gisela Molitor fiel ihr lächelnd ins Wort. »Ich mache Ihnen doch gar keinen Vorwurf daraus, daß Sie meinen Mann besuchen wollen.«
Sie hatte nie etwas gegen dieses Mädchen gehabt, abgesehen von dem gewissen Vorurteil, das die meisten Frauen schon deshalb der Sekretärin ihrer Männer gegenüber hegen, weil diese acht Stunden am Tag mit ihnen zusammen sind, ohne daß sie eine Vorstellung davon haben, was in dieser Zeit tatsächlich geschieht. Mißtrauisch wurde Frau Molitor erst durch die offensichtliche Bestürzung des Mädchens, und zum ersten Mal wurde ihr bewußt, daß dieses Fräulein Körner sehr jung und sehr anziehend war.

Die Sekretärin trug das aschblonde Haar mit einem blauen Band im genau gleichen Farbton ihrer Hemdbluse auf der Stirn gebunden. Sie hatte tatsächlich kaum ein Make-up nötig, ihre helle Haut war zart und rein, ihre Lippen ein wenig blaß, aber weich und hübsch geschwungen. Nur ihre klaren grauen Augen hatte sie durch einen Lidstrich und dunkel getuschte Wimpern betont.

»Sie sehen reizend aus«, sagte Gisela Molitor unwillkürlich.

Ein freundliches Lächeln huschte über Inge Körners Gesicht. Sie schlug die Wimpern nieder. »An mir ist doch nichts Besonderes«, sagte sie verlegen.

»Ich finde schon. Aber worauf warten wir noch? Gehen wir doch hinein. Oder stört es Sie, wenn ich dabei bin, während Sie mit meinem Mann Ihr dienstliches Gespräch haben?«

»Nein, natürlich nicht, nur...« Inge Körner hatte ihre Hand auf die Klinke gelegt und machte keine Anstalten, sie hinunterzudrücken.

»Was ist?«

Inge Körner holte tief Atem. »Wenn ich Sie vorher fünf Minuten sprechen dürfte«, platzte sie heraus.

»Mich?« Gisela Molitor war ehrlich erstaunt. »Aber... ich verstehe nicht...«

»Bitte.«

Das Mädchen ging auf eine Nische schräg gegenüber der Zimmertüre zu, in der ein paar abgenutzte Korbsessel standen und eine Zimmerlinde von einem Podest herunter die nüchterne Krankenhausatmosphäre aufzulockern versuchte. Auf dem runden Tisch lag eine verwaschene Decke. Die Sekretärin wartete, bis Frau Molitor sich gesetzt hatte, und nahm dann selber Platz. »Ich mache mir... Sorgen um Herrn Molitor«, sagte sie und zwang sich, der Frau ihres Geliebten offen in die Augen zu sehen. In deren Gesicht zeichnete sich ein Erschrecken ab.

»Geht es ihm schlechter? Haben Sie etwas gehört?«

»Nein, nein, das ist es nicht! Es hat überhaupt nichts mit seiner Verwundung zu tun. Ich habe mir schon früher Sorgen um ihn gemacht... schon lange vorher.«

»Ach«, sagte Frau Molitor nur, lehnte sich in den Sessel zurück und betrachtete das junge Mädchen mit steigendem Interesse.

»Er war in letzter Zeit so... bedrückt«, sagte Inge Körner, »ir-

gend etwas ... lastet auf ihm. Ist Ihnen das nicht aufgefallen?«
»Doch«, bestätigte die Frau nachdenklich, »er war noch schwieriger als sonst.«
Inge Körner richtete sich kerzengerade auf. »Schwierig?«
»Ja. Ich freue mich, daß er das an seinem Arbeitsplatz anscheinend nicht war. Aber zu Hause, mir und den Kindern gegenüber, war er ausgesprochen schwierig. Eine andere Bezeichnung fällt mir nicht ein.«
»Und haben Sie sich nie gefragt ... entschuldigen Sie, vielleicht werden Sie mich jetzt für unverschämt halten, aber ich muß Ihnen das einfach einmal sagen ... haben Sie sich nie gefragt, ob Sie es waren, die ihm das Leben unnötig schwer gemacht hat?«
Gisela Molitor war über diese Frage viel zu betroffen, um sich Rechenschaft abzulegen. »Wie meinen Sie das?«
»Ich war noch nie verheiratet«, sagte dieses Mädchen, »ich habe also keine Erfahrung. Und ich weiß natürlich auch nicht, wie ich mich verhalten würde, wenn ... – Ich kann mir sogar vorstellen, daß man in einem gewissen Alter plötzlich etwas vom Leben haben möchte und ... nun eben ... viel Geld braucht...« Sie geriet immer mehr ins Stottern.
»Nur weiter«, sagte Gisela Molitor, »das alles ist sehr interessant.«
»Nur verstehe ich nicht, wie es einem Spaß machen kann, den eigenen Mann zu ruinieren!« stieß Inge Körner hervor. »Oder hat es Ihnen etwa keinen Spaß gemacht? Haben Sie es einfach so getan, ohne darüber nachzudenken?«
Gisela Molitor sah in das erregte junge Gesicht. »Mein Mann bedeutet Ihnen offenbar sehr viel?«
»Jedenfalls würde ich ihn nie in eine ausweglose Situation hinein hetzen.« Das Mädchen schien alle Hemmungen verloren zu haben.
»Und Sie meinen, daß seine Situation ausweglos ist?«
»Wenn die Polizei herausbekommt, in wie großen finanziellen Schwierigkeiten er steckt, dann wird sich der Verdacht gegen ihn noch verstärken. Bisher habe ich ihn decken können, und die Kollegen müssen schweigen, weil sie sonst das Bankgeheimnis verletzen. Aber wenn Kriminalkommissar Xanter sich einen richterlichen Befehl beschafft...«

»Ja, damit hat er mir auch gedroht«, sagte Frau Molitor, »aber selbst schlimmstenfalls... Sie sollten doch genausogut wie ich wissen, daß mein Mann niemals mit Verbrechern unter einer Decke gesteckt hat. Also, was kann ihm in Wirklichkeit schon passieren?«
»Nichts, gar nichts!« rief Inge Körner und sprang wütend auf. »Sie können ruhig auch weiterhin mit beiden Händen das Geld zum Fenster hinauswerfen!«
Gisela Molitor blickte zu ihr auf. »Nein, meine Liebe, das habe ich nie getan!«
Die geballten Fäuste des Mädchens öffneten sich. »Nicht?«
»Nein. Ich habe selbst keine Ahnung, wozu er das Geld gebraucht hat. Ich weiß nur, daß es fort ist. Um die Wahrheit zu sagen, ich habe geglaubt, daß eine kostspielige Geliebte dahintersteckt.«
»Nein!« sagte Inge Körner impulsiv.
Gisela Molitor sah die blitzenden Augen und verstand. »Ach so«, sagte sie müde, »so ist das also!«
»Sie müssen mir verzeihen, bitte! Ich ... ich habe nichts Böses gewollt. Ich liebe ihn. Und er war so verzweifelt. Da habe ich versucht, ihn zu trösten.«
Gisela Molitor stand auf. »Es geht jetzt nicht um Sie, Fräulein Körner, und es geht auch nicht um mich, sondern um ihn. Ich muß ihm helfen, und das kann ich nur, wenn ich die Wahrheit von ihm erfahre. Ich werde jetzt allein zu ihm gehen.«
»Ich ... natürlich, sicher«, sagte Inge Körner, »das mit dem dienstlichen Gespräch war ohnedies nur ein Vorwand. Damit ich von der Bank fort konnte.«
»Schon gut«, sagte Frau Molitor, »jedenfalls danke ich Ihnen für Ihre Offenheit.«
Sie sah das bekümmerte Gesicht des Mädchens und reichte ihm impulsiv die Hand. »Ich bin Ihnen nicht böse. Wenn in unserer Ehe alles in Ordnung gewesen wäre, hätte vieles nicht zu geschehen brauchen...«

Helmuth Molitor sah noch immer sehr elend aus. Er hatte viel Blut verloren, und trotz einiger Infusionen sah man es ihm an. Das fahle Gelb seiner Haut stach ungut ab von den weißen Kissen, seine dunklen Augen lagen tief in den Höhlen, und sein Hals ragte erschreckend mager aus dem offenen Hemd.

Die Frau wurde verlegen unter seinem brennenden Blick. Sie hatte das Gefühl, einem ganz fremden Mann gegenüberzustehen – und war er ihr nach all den Jahren im Grunde nicht tatsächlich fremd? Was wußte sie eigentlich von ihm?

Das Gespräch quälte sich mühsam dahin. Er bedankte sich für die Aprikosen, die sie ihm mitgebracht hatte, sie stellte die Rosen in eine Vase. Beide bemühten sich, freundlich zueinander zu sein, aber zuviel Unausgesprochenes stand zwischen ihnen und nahm ihnen die Unbefangenheit.

Es wurde der Frau klar, daß diese Schranke schon all die Jahre ihrer Ehe zwischen ihnen gestanden hatte, ohne daß sie es bemerkt hatte. Erst in den letzten Monaten war sie plötzlich unübersehbar geworden.

Lag es daran, daß er noch anderes vor ihr verbarg? – Wenn er sein Geld nicht für eine Geliebte und nicht für seine Familie ausgegeben hatte, was hatte er dann damit gemacht? Hatte er gespielt? Hatte er Schulden? War er in einen Unfall verwickelt? »Helmuth«, sagte sie aus ihren Gedanken heraus, »hast du dir schon überlegt, was du dem Kriminalkommissar sagen willst, wenn er herausgebracht hat, daß du in der letzten Zeit unsere Ersparnisse aufgebraucht hast?«

Sie drehte den Wasserhahn ab, nahm die Vase hoch und blickte ihn über die Blumen hinweg an. Er sagte nichts, preßte die Lippen zusammen. Ihr schien es, als sei er noch um eine Nuance blasser geworden.

»Xanter verdächtigt dich«, sagte sie, »er glaubt, du wüßtest etwas über die Verbrecher.«

»Unsinn«, sagte er rauh.

»Das habe ich ihm auch klarzumachen versucht. Aber er verbeißt sich in diese Ansicht. Wenn er feststellt, daß du tatsächlich in Geldschwierigkeiten steckst, wird das seine Überzeugung erhärten.«

»Er kann mir gar nichts anhaben!«

Gisela Molitor stellte die Vase auf den Tisch, ordnete die Rosen.

»Da würde ich an deiner Stelle nicht so sicher sein. Es ist schon mehr als einmal vorgekommen, daß ein Unschuldiger verurteilt worden ist. Und selbst wenn es dazu gar nicht kommt ... es ist bestimmt auch nicht angenehm, monatelang in Untersuchungshaft zu sitzen.«

»Hat dir das dieser Polizist eingeredet, daß du mir damit kommst?«
Sie trat einen Schritt von den Rosen zurück, betrachtete ihr Werk. »Nein, Helmuth«, sagte sie ruhig, »ich mache mir Sorgen um dich. Und ich fände es gefährlich, wenn du dich über den Ernst deiner Situation täuschen würdest.«
»Danke«, sagte er böse, »sehr liebenswürdig von dir.«
Sie setzte sich auf die Kante seines Bettes. »Das ist alles selbstverständlich, Helmuth«, sagte sie gefaßt, »schließlich bin ich deine Frau.«
Er sah sie nicht an, seine Kiefer mahlten aufeinander.
Sie legte ihre Hand auf seinen Arm. »Du solltest die Wahrheit sagen, Helmuth!«
»Und wenn ... die Wahrheit mich noch mehr belasten würde?« brach es aus ihm heraus.
»Dann sag sie wenigstens mir. Laß uns zusammen überlegen, was wir tun können.«
»Ach, du weißt ja nicht, wie verfahren alles ist!«
»Zu zweien läßt es sich bestimmt leichter tragen. Du kannst das nicht länger ganz allein mit dir herumschleppen. Hab doch Vertrauen zu mir, Helmuth!« Als er nicht antwortete, fragte sie geradezu: »Wirst du erpreßt?«
»Was weißt du?« Er fuhr sich mit der Zunge über die spröden Lippen.
»Ich weiß gar nichts, ich vermute bloß. Und wenn ich das tue, tut es die Polizei schon längst. Also, erzähle!« Sie schmiegte für Sekunden ihre Wange an seine eiskalte Haut. »Was du auch immer getan hast, Helmuth, ich werde deswegen nicht schlechter von dir denken. Bitte, sag es mir!« Sie richtete sich auf, sagte mit dem schwachen Versuch zu scherzen: »Es wird ja wohl kein Mord gewesen sein!«
»Und wenn es einer war?«
Jetzt erschrak sie doch und hatte Mühe, sich zu beherrschen. »Du hast einen Menschen getötet?«
»Ja, das habe ich«, gestand er widerwillig, »aber natürlich nicht mit Absicht.«
Er wollte nicht reden, er hatte nicht vor, seine Frau mit einem Geständnis zu belasten. Aber das Bedürfnis, sich endlich einem Menschen anzuvertrauen, der heiße Wunsch, die schwere Last nicht mehr allein tragen zu müssen, war stärker.

»Es war in der Zeit nach dem Krieg«, begann er, »vor der Währungsreform. Ich hatte eine Stellung als Banklehrling. Du erinnerst dich doch noch, wie es damals war. Das Geld hatte keinen Wert. Ich hätte verhungern müssen, wenn ich mir keine Nebeneinnahmen verschafft hätte. Meine Mutter lebte damals noch, sie hatte auch nichts...«
»Ich habe diese Zeit nicht vergessen, Helmuth«, sagte sie, »ich ging damals mit selbstgebasteltem Spielzeug hausieren.«
»Und ich arbeitete für einen Schwarzhändler. Kniesecke hieß er, Otto Kniesecke. Ein bösartiger, skrupelloser, geldgieriger Kerl. Er lebe im Keller einer ausgebombten Villa, und dort hatte er auch sein Warenlager. Ich mußte für ihn den Laufburschen spielen. Viel bekam ich nicht dafür, gerade genug, um mit meiner Mutter am Leben zu bleiben. Sie wußte nichts davon.«
Er schwieg, holte tief, fast seufzend Atem.
Seine Frau blieb ganz still, wagte nicht, ihn mit einer Frage zu unterbrechen.
»Einmal schickte er mich mit Schmuck los, mit Ringen und Armbanduhren, die er ergaunert hatte. Ich sollte bei den Engländern Zigaretten dafür eintauschen. Ich tat so etwas nicht gerne, hatte immer Angst, erwischt zu werden. Aber was sollte ich machen? Als ich Kniesecke die Zigaretten brachte, acht Stangen waren es, tat er so, als wenn ich eine Stange für mich behalten hätte. Dabei wußte der Gauner genau, daß acht Stangen das Äußerste waren, was man für den Ramsch herausholen konnte. Er wollte mich ganz einfach um meinen Anteil betrügen.«
»Und da hast du zugeschlagen?« fragte seine Frau.
»Ja«, sagte er, »ich ging auf ihn los und boxte ihm gegen den Kopf, direkt auf die Nase. Ich schlug mit aller Kraft zu, aber sehr stark war ich damals nicht. Er fiel schon beim ersten Schlag um, stieß mit dem Hinterkopf gegen seinen Ofen, so ein eisernes Ding, und rührte sich nicht mehr...«
»Da bist du fortgerannt?«
»Nein«, sagte er bitter, »was ich tat, war viel schlimmer. Ich stopfte mir die Taschen voll mit allem, was ich finden konnte ... Sacharin, Geld, eine ganze Speckseite steckte ich unter die Jacke, und die Zigaretten teilte ich mit...« Helmuth Molitor stockte. »Mit einem anderen Jungen, der auch bei

Kniesecke im Keller war. Hannes Schmitz hieß er. Er hat alles mit angesehen.«
»Das ist also der Mann, der dich erpreßt?«
»Ja«, sagte er, erschöpft und zugleich unendlich erleichtert, »Hannes Schmitz. Ich habe ihn all die Jahre nicht wiedergesehen. Bis er vor ein paar Monaten plötzlich bei mir in der Bank auftauchte. Und seitdem ... was hätte ich denn machen sollen?!« Sie zog ein Taschentuch und tupfte ihm behutsam den Schweiß von der Stirne. »Das war ja gar kein Mord«, sagte sie, »nicht einmal ein Totschlag. Im Grunde war es ein Unfall, und wegen Schwarzhandel kannst du doch heute nicht mehr belangt werden. Auch nicht dafür, einen Schwarzhändler bestohlen zu haben.«
Er schloß die Augen. »Darum geht es ja gar nicht«, sagte er müde, »natürlich ist das keine Sache, weshalb man mich nach zwanzig Jahren vor Gericht stellen würde. Aber was würden meine Vorgesetzten dazu sagen? Sie würden mich auf die Straße setzen.«
»Na und?« sagte sie unbeeindruckt. »Dann suchst du dir eben eine andere Arbeit. Einen so gewissenhaften Buchhalter wie dich gibt es doch nicht noch einmal. Du würdest bestimmt etwas anderes finden, wenn es auch vielleicht nicht ganz so gut bezahlt würde.«
»Und die Nachbarn? Unsere Freunde? Wer würde noch mit uns verkehren?«
»Jeder, der uns wirklich gern hat. Auf die anderen pfeifen wir. Im Ernst, Helmuth, wenn das alles ist ... ich verstehe nicht, warum du mir das nicht längst erzählt hast.«
Er sah sie an, mit einem Blick, der zeigte, daß er sie endlich richtig sah: die Frau, die sie wirklich war – seine Frau –, die Frau, die zu ihm hielt. »Hätte ich doch nur den Mut gefunden!«
Sie strich ihm über das Haar. »Es ist noch nicht zu spät! Sag mir noch eines: Stimmt es, daß du den einen der Bankräuber erkannt hast, wie der Kriminalkommissar annimmt?«
»Ich habe es geglaubt«, sagte er, »aber jetzt, nachträglich, kommt es mir ziemlich unwahrscheinlich vor. Plumpe Gewalt ist nicht Schmitzens Stil.«
»Er ist also ein intelligenter Mensch?«
»Ja. Auf eine ziemlich abgefeimte Art.«

»Um so besser.« Sie erhob sich und griff nach ihren Sachen. »Dann wird er seine Erpressungsversuche einstellen, wenn wir ihn überzeugen, daß wir keine Angst vor ihm haben. Wie kann ich ihn erreichen?«
»Du ... du willst?« Er versuchte sich aufzurichten, aber der Schmerz in der Brust zwang ihn in die Kissen zurück.
»Ja. Ich werde ihm sagen, daß er keinen Pfennig mehr von dir zu erwarten hat. Daß du entschlossen bist, reinen Tisch zu machen.« Sie lächelte ihm zu. »Du brauchst keine Angst zu haben. Ich bin nicht das hilflose, unselbständige Baby, als das du mich gesehen hast. Ich bin eine erwachsene Frau.«

18.

Gisela Molitor verstand sich selber nicht mehr. Eigentlich hätte sie doch nach allem, was sie an diesem Nachmittag erfahren hatte, enttäuscht, empört, verzweifelt, vielleicht auch niedergeschlagen sein müssen. Statt dessen empfand sie ein fast rauschhaftes Hochgefühl.
Kam es daher, daß es ihr endlich gelungen war, die Schranke, die sie von ihrem Mann getrennt hatte, zu durchbrechen? Daß sie sein Vertrauen errungen hatte? Oder daß sie nicht mehr tatenlos zusehen mußte, wie das Schicksal seinen Lauf nahm, sondern handeln konnte?
Sie fühlte sich entschlossen, unbesiegbar und voller Tatkraft.
Sie rief, nach Hause gekommen, sofort die »Prärie-Auster« an, verlangte mit solchem Nachdruck Babsys private Telefonnummer, daß man sie ihr gab. Mit dem gleichen Elan rief sie die Bardame an, die, verschlafen und einigermaßen überrumpelt, zusagte, sich mit Hannes Schmitz in Verbindung zu setzen und dann von sich hören zu lassen.
Auch als dann stundenlang nichts geschah und sie mit steigender Spannung auf das Klingeln des Telefons warten mußte, konnte das ihren Optimismus nicht dämpfen. Sie war sicher, Hannes Schmitz würde sich melden, und es würde ihr gelingen, die Sache in Ordnung zu bringen.
Als Babsy dann anrief, war sie zufällig nicht im Zimmer, sondern in der Küche. Es war Jürgen, der den Hörer abnahm und einigermaßen erstaunt zu seiner Mutter sagte: »Du, da will eine Frau dich sprechen!«
»Gib her!« Sie riß ihm den Hörer aus der Hand, sagte atemlos: »Ja, ich verstehe. Gut. Sehr gut. Das werde ich tun. Danke.«
Sie hängte auf, wählte eine Nummer, bestellte ein Taxi.
»Ich muß noch einmal fort«, sagte sie zu Jürgen und Martina.
»Jetzt?« fragte Jürgen erstaunt.
»Es ist schon zehn vorbei«, machte Martina sie aufmerksam.
»Ich weiß, aber es ist wichtig. Ich werde sehen, daß ich so bald

wie möglich zurück bin. Aber ihr braucht nicht zu warten, geht schon zu Bett.«
Sie küßte beide flüchtig, ergriff im Vorbeigehen ihre Handtasche von der Garderobe, verließ die Wohnung und lief die Treppe hinunter. Das Taxi kam gerade an.
Sie ließ sich in die Altstadt fahren, zur Bolkerstraße, wie Babsy sie angewiesen hatte. In dem Haus, das sie suchte, war im Erdgeschoß eine Bierkneipe. Es war leicht zu finden. Sie entlohnte den Fahrer, klingelte im dritten Stock. Es stand kein Name auf dem Türschild.
Dann stellte sie fest, daß die Haustüre sich öffnen ließ, trat in das Treppenhaus, tastete nach dem Schalter für die Beleuchtung. Auch als sie ihn gefunden und betätigt hatte, blieb es noch düster genug. Sie stieg die schmale Treppe hinauf, ohne das Geländer, das ihr nicht sehr sauber schien, zu berühren.
Die Türe im dritten Stock war angelehnt. Sie war sicher, daß Hannes Schmitz ihr Klingeln gehört und schon geöffnet hätte. Sie trat ein.
Aus einer zweiten Türe rechter Hand fiel Licht in den Flur.
»Guten Abend«, sagte Gisela Molitor laut, »kann ich eintreten?« Sie stieß die Türe vollends auf und ging hinein.
Das Zimmer war geschmackvoll und wesentlich besser möbliert, als sie es erwartet hatte. Es wirkte friedlich und ausgesprochen gemütlich. Nur der Mann, der quer über dem Orientteppich lag, das Gesicht nach unten, paßte nicht in dieses Bild.
Gisela Molitor brauchte keinen zweiten Blick, um festzustellen, daß er tot war. Sein Schädel war zertrümmert, und der Fuß der schweren Tischlampe, die neben ihm lag, war mit Blut beschmiert. Ein wilder Schrei des Entsetzens stieg in ihr auf. Sie preßte die Faust vor den Mund, um ihn zurückzuhalten.
Von der Wirtschaft unten im Haus drang Lachen und Gläserklirren herauf in die stille Wohnung. Aus der Wunde am Hinterkopf des erschlagenen Mannes tropfte Blut auf den Orientteppich.
Es war wie ein böser Traum. Gisela Molitor schloß die Augen, hoffte inständig, daß der Spuk verschwinden würde, aber als sie sie wieder aufschlug, hatte sich nichts geändert.
Eine dicke Fliege summte um die Blutlache.

Der Frau wurde übel.
Sie wußte nicht, wer der tote Mann war, wußte nicht, wer ihn erschlagen hatte, nur eines wußte sie, daß sie nicht hier, neben der Leiche, angetroffen werden durfte.
Sie drehte sich auf dem Absatz um und rannte aus der Wohnung.
Die Beleuchtung des Treppenhauses war ausgegangen, graue Finsternis empfing sie. Gisela Molitor stolperte, von unten kam ein kühler, frischer Luftzug, und plötzlich konnte sie wieder klar denken.
Sie ließ die Hand sinken, mit der sie nach dem Lichtschalter getastet hatte, stand ganz still und dachte nach, die Oberlippe zwischen die Zähne gezogen.
Auch wenn sie die Wohnungstüre hinter sich zuschlug, irgendwer würde die Leiche finden. Morgen? Übermorgen? Oder noch in dieser Nacht? Das spielte keine Rolle. Die Polizei hatte Methoden, die Todesstunde ziemlich genau zu bestimmen.
Wann mochte er gestorben sein? Das Blut war noch nicht geronnen, also war er sicher erst vor kurzem überfallen worden. Das bedeutete, daß man sie verdächtigen würde, wenn sich herausstellte, daß sie um diese Zeit hier gewesen war.
Bestand die Gefahr, daß man das feststellen konnte? Sie schauderte zusammen, als ihr, ganz allein im dunklen Treppenhaus, aufging, daß alles auf sie als Mörderin hindeuten würde.
Die Bardame Babsy würde angeben, daß sie eine Verabredung mit Hannes Schmitz gehabt hatte. Martina und Jürgen würden bestimmt nicht für sich behalten, daß sie gegen zehn Uhr einen Anruf erhalten hatte und daraufhin ein Taxi bestellt habe. Und vor allem der Taxifahrer! Er würde aussagen, daß er sie in die Bolkerstraße gefahren hatte, und damit war der Ring um sie geschlossen.
Falls der Tote tatsächlich Hannes Schmitz war, der Erpresser, der ihren Mann in der Hand hatte. Wenn allerdings der Tote, der da drinnen mit zerschmettertem Schädel lag, ein Wildfremder war, jemand, der zu ihrem und dem Leben ihres Mannes keinerlei Beziehung hatte, dann würde man ihr den Mord nicht in die Schuhe schieben können. Sie hatte noch eine Chance. Langsam drehte Gisela Molitor sich um und ging mit zusammengebissenen Zähnen in die Wohnung zurück.

Als sie die wenigen Schritte auf das erleuchtete Zimmer zu machte, war es ihr, als wenn sie ein Geräusch hörte. Sie erschrak so sehr, daß ihr für Sekunden der Atem wegblieb. Am ganzen Leib zitternd blieb sie stehen.
Aber Sekunden, vielleicht auch Minuten, vergingen, und nichts rührte sich. Sie glaubte, sich getäuscht zu haben, und gewann ihre Selbstbeherrschung wieder.
Sie trat in das Zimmer. Nichts hatte sich geändert, nur daß der rostrote Fleck auf dem Teppich größer geworden war, das Blut aufgehört hatte zu tropfen. Die Fliege saß jetzt auf der gräßlichen Wunde.
Mit ungeheurer Selbstüberwindung scheuchte sie sie fort, beugte sich über den Toten, schob ihre Hand unter seine Brust und versuchte, in seine Jackentasche zu greifen. Eiskalter Schweiß stand ihr auf der Stirn, als es ihr endlich gelungen war. Mit seiner Brieftasche in der Hand richtete sie sich langsam wieder auf. Ihr schwindelte.
Die Brieftasche enthielt einen Stoß Geldscheine, ein paar Notizzettel mit Buchstaben und Zahlen, die ihr nichts bedeuteten, und einen Führerschein, der auf Johannes Schmitz ausgestellt war.
Als Gisela es las, wußte sie: Dies und nichts anderes hatte sie erwartet. Ihr Verstand arbeitete präzise, während ihr Herz vor Erregung flatterte.
Flucht war sinnlos geworden. Also was dann?
Sie öffnete ihre Handtasche, kramte darin, fand die Visitenkarte, die Kriminalkommissar Xanter ihr gegeben hatte. Sie stieg über den Toten weg, ging zum Schreibtisch, legte seine Brieftasche auf die Ecke, klemmte sich ihre Handtasche unter den Arm, nahm den Hörer ab und wählte die Nummer, unter der er, wie er gesagt hatte, abends und nachts zu erreichen war.
»Halt!« Der Befehl kam wie ein Pistolenschuß.
Sie blickte auf und sah in das Gesicht einer Frau, die sie aus funkelnden Augen anstarrte. Sie hatte die Bardame nur ein einziges Mal gesehen, damals, als sie mit Georg Opitz in die »Prärie-Auster« gekommen war und ihren Mann an ihrer Seite entdeckt hatte. Aber sie erkannte sie sofort. Das weiße Gesicht mit den gelben Augen unter den dicht getuschten Wimpern hatte sich tief in ihr Gedächtnis geprägt.

Ehe sie sich von ihrer Verwirrung erholt hatte, war Babsy ganz dicht herangetreten. »Ihr Mann kann Ihnen auch nicht mehr helfen«, sagte sie und drückte die Gabel des Telefons nieder. »Was fällt Ihnen ein?«
Babsys rot geschminkte Lippen verzogen sich. »Ich habe mir erlaubt, Ihr Gespräch zu unterbrechen.«
»Sie haben mich gehindert, die Polizei anzurufen!«
»Wirklich? Sie wollten sich stellen? Das finde ich sehr, sehr vernünftig von Ihnen!«
»Ich habe diesen Mann nicht umgebracht!«
»Ach nein! Wer denn sonst?« Babsy zündete sich eine Zigarette an, steckte sie an ihre lange Spitze und begann gierig zu rauchen.
Gisela straffte die Schultern. »Vielleicht können Sie's mir beantworten«, sagte sie.
Babsy schwang sich auf eine Ecke des Schreibtisches. »Ja, das kann ich. Sie waren es. Bitte, glauben Sie nicht, daß ich Ihnen einen Vorwurf daraus mache. Sie hatten allen Grund, ihn umzulegen, und der Lump hatte es bestimmt verdient.«
»Nein, ich war es nicht. Als ich kam, war er schon tot.«
Babsy schüttelte lächelnd den Kopf. »Also wirklich, meine Liebe, da müssen Sie sich schon etwas Besseres ausdenken. Wenn ich Ihnen einen Rat geben darf ... tun Sie so, als wenn er Sie hätte vergewaltigen wollen oder so etwas. Sie haben den ersten besten Gegenstand ergriffen und sich zur Wehr gesetzt. Vielleicht nimmt Ihnen das Gericht das ab, und Sie kriegen mildernde Umstände.«
»Ich habe es nicht getan«, sagte Gisela Molitor, und es war ihr, als wenn sie seit endloser Zeit immer nur dasselbe wiederholte.
»Aber ich habe Sie dabei beobachtet«, behauptete Babsy, »ich war schon in der Wohnung, als Sie kamen. Hannes bat mich, hier herein zu gehen ...« Sie wies auf die halb geöffnete Türe, durch die sie gekommen war. »Ich sollte mit anhören, was Sie ihm zu sagen hatten ... ja, und auf diese Weise bin ich Zeugin geworden ...«
Gisela starrte sie nur an und sagte kein Wort. Ihr Verstand arbeitete fieberhaft, und sie hatte nur die eine Hoffnung, daß sich ihre Gedanken nicht zu deutlich auf ihrem Gesicht spiegelten.

Wenn Babsy etwas zu wissen vorgab, was nie geschehen war, so konnte das nur eines bedeuten: Babsy selber hatte den Mann erschlagen. Sie, Gisela Molitor, stand allein in einer fremden Wohnung einer Mörderin gegenüber.
»Wenn Sie so sicher sind«, sagte sie endlich langsam, »warum lassen Sie mich dann nicht die Polizei anrufen?«
»Das könnte Ihnen so passen!«
»Aber ... ich verstehe nicht...«
Babsy schnippte die Asche von ihrer Zigarette. »Dann will ich es Ihnen erklären. Sie sind eine anständige Frau. Unbescholten, wie man so schön sagt, ohne Vorstrafenregister. Und ich? Wer bin ich?« Sie machte eine Pause, als wenn sie eine Antwort erwartete, und fuhr dann fort: »Na, sehen Sie. Ich habe mehr Vergangenheit, als mir lieb ist, und ich möchte nicht, daß die Polizei darin zu wühlen beginnt. Ganz davon abgesehen, könnte Ihnen ja einfallen, mich als die Mörderin zu bezeichnen. Und wie stehe ich dann da? Ihr Wort gegen mein Wort ... ja, das könnte Ihnen so passen!«
»Na schön«, sagte Gisela und wunderte sich, daß ihre Stimme so gelassen klang, »und wie soll es jetzt weitergehen?«
»Das lassen Sie nur meine Sache sein.« Babsy drückte ihre Zigarette aus, glitt vom Schreibtisch und deutete auf die Nebentüre, durch die sie eingetreten war. »Sie verschwinden jetzt nach nebenan...«
»Warum?« fragte Gisela Molitor – nicht sosehr, weil sie eine Antwort erwartete, sondern weil sie Zeit gewinnen wollte.
»Weil ich hier noch einiges zu erledigen habe. Also hopp! Lassen Sie mich nicht alles dreimal sagen.«
Gisela ging langsam um den Schreibtisch herum. Babsy war einen halben Kopf größer als sie, einige Jahre jünger und sicher auch kräftiger. Sie konnte nur dann hoffen, sie außer Gefecht zu setzen – und dazu war sie fest entschlossen –, wenn ihr eine List einfiel. Sie nahm im Vorbeigehen ihre Handtasche und stellte dabei fest, daß auch Babsy ihre Tasche auf dem Schreibtisch abgelegt hatte.
Mit dem Ellenbogen stieß sie blitzschnell dagegen, die Handtasche rutschte von der Kante, fiel zu Boden, öffnete sich und ergoß ihren Inhalt – Spiegel, Puderdose, Lippenstift, Schlüssel, Tabletten und vieles andere mehr – über den Boden. Ein Döschen rollte sogar zum Sofa.

Babsy stieß einen Fluch aus und bückte sich unwillkürlich, um ihre Utensilien aufzuklauben.
Diese Chance ergriff die andere, um ihr den Läufer unter den Füßen wegzuziehen. Babsy stürzte der Länge nach hin, und fast im gleichen Augenblick war Gisela über ihr, benutzte ihre Benommenheit, um ihr den Kopf einmal und noch einmal heftig auf den Boden zu schlagen.
Sie riß sich den Gürtel ihres Kostüms ab und fesselte Babsys Füße, zog sich einen Strumpf aus, band damit ihre Hände zusammen.
Dann sprang sie auf, rannte zum Telefon und wählte noch einmal Kriminalkommissar Xanters Nummer. Zuerst war eine Frau am Apparat, aber dann kam er selber.
»Herr Kriminalkommissar«, stammelte sie, »es ist etwas Furchtbares passiert. Bitte, kommen Sie sofort in die Bolkerstraße... sofort! Ich bin's, ich rufe an... Frau Molitor...!«
Das Warten schien ihr eine Ewigkeit zu währen, obwohl sie später feststellte, daß kaum zwanzig Minuten zwischen ihrem Anruf und dem Eintreffen des Krimalkommissars vergangen waren. Aber Babsy war längst wieder zu sich gekommen, beschimpfte sie mit den übelsten Ausdrücken und versuchte zwischendurch, die Knoten, mit denen ihre Hände gefesselt waren, mit den Zähnen aufzulösen.
»Lassen Sie das, oder...«, drohte Gisela.
Aber sie wußte nur zu gut, daß es ihr auf die Dauer nicht gelingen würde, Babsy in Schach zu halten. Als der Kriminalkommissar endlich erschien, hätte sie sich am liebsten an seine Brust geworfen.
Er schob den Hut in den Nacken, legte die Stirn in Falten und überschaute mit einem Blick die Situation. »Hui«, sagte er, »das ist allerhand!«
»Herr Kriminalkommissar!« schrie Babsy. »Verhaften Sie diese Frau! Sie hat den Mann umgebracht! Ich hab' es beobachtet! Da hinter der Türe habe ich gestanden und es beobachtet!«
»Das ist nicht wahr«, sagte Frau Molitor, weiß bis in die Lippen, »das ist eine Lüge!« Und dann machte sich die übermenschliche Anspannung der letzten Stunde bemerkbar. Ganz plötzlich wurde ihr schwarz vor den Augen, die Kräfte verließen sie, und sie sank in Ohnmacht.
Als sie wieder zu sich kam, lag sie auf dem Boden. Der Krimi-

nalkommissar hatte Babsy auf einen Sessel gesetzt und war dabei, ihr die Fesseln zu lösen.
Er lächelte ihr zu. »Tolle Knoten haben Sie da gemacht, Frau Molitor.«
»Fischerknoten«, sagte sie schwach, und schon wurde es ihr wieder schwarz vor den Augen. Sie zwang sich, ganz tief durchzuatmen.
»Ich würde Ihnen ja gerne ein Glas Wasser holen«, sagte der Kriminalkommissar, »aber ich fürchte, ich kann es nicht riskieren, Sie beide allein zu lassen. Erinnern Sie sich, was geschehen ist? Ja? Dann erzählen Sie mal, der Reihe nach, hintereinander und so schnell wie möglich...«
»Sie hat ihn umgebracht«, sagte Babsy, »lassen Sie sich doch von der nichts vormachen.«
»Still! Sie kommen auch noch dran! Also los, Frau Molitor...«
Und Gisela erzählte. Sie berichtete rücksichtslos, was ihr ihr Mann gebeichtet und wie sie sich dann entschlossen hatte, selber mit Schmitz zu sprechen und ihm klarzumachen, daß ihr Mann entschlossen war, bei der Bank zu kündigen. Wie sie von Babsy die Adresse erfahren und den Termin der Begegnung angesagt bekommen hatte.
Der Kriminalkommissar unterbrach sie. »Stimmt das?« fragte er Babsy.
»Ich habe in der ›Prärie-Auster‹ angerufen und um ihre Telefonnummer gebeten«, erklärte Frau Molitor rasch, »und mein Sohn Jürgen hat den Hörer abgenommen, als sie gegen zehn Uhr telefonierte...!«
Babsy schwieg.
»Also weiter! Jetzt will ich auch den Rest hören«, sagte Kriminalkommissar Xanter.
Als sie endete, hatte er Babsy von ihren Fesseln befreit.
»Hochinteressant«, sagte er und richtete sich auf. »Es war sehr klug von Ihnen, mich anzurufen... und richtig, Frau Molitor. Ich bin Ihnen sehr dankbar, daß Sie mir alles anvertraut haben. Ich kann Ihnen übrigens eine gute Nachricht bringen: Die beiden Bankräuber sind gefaßt worden, es waren grüne Jungens. Zwischen ihnen und... na, Sie wissen schon... besteht nachweislich nicht die geringste Verbindung.«
»Gott sei Dank!« sagte Gisela Molitor aus tiefem Herzen.
Er sah von einer der beiden Frauen zur anderen. »Ja, dann

wird es wohl das beste sein, Sie gehen jetzt nach Hause, Frau Molitor..."
Ihre blauen Augen wurden riesengroß vor Überraschung.
»Nach Hause!« fragte sie ungläubig.
»Was denn sonst? Ich nehme an, daß Ihre Kinder sich schon wegen Ihres Ausbleibens beunruhigen.«
»Aber ... meine Aussage...«
Er fiel ihr ins Wort. »Die haben Sie mir ja gemacht, und das genügt. Ich werde jetzt die Mordkommission anrufen. Sie können alles weitere ruhig mir überlassen.«
»Aber...« Gisela Molitor blickte zu Babsy hinüber, und jetzt erst fiel ihr auf, daß die Bardame seit einiger Zeit sehr still geworden war.
»Unsere Freundin hier wird auch ohne Ihre Unterstützung gestehen«, sagte der Kriminalkommissar gelassen, »da bin ich ganz sicher. Ich möchte wetten, daß dieser Schreibtisch hier ... oder ein anderes Versteck in der Wohnung genug Belastendes gegen sie enthält...«
»Ich habe ein paar tausend Mark unterschlagen«, sagte Babsy überraschend, »als Zigarettenverkäuferin im ›Breidenbacher Hof‹. Schmitz wußte davon, er hatte Beweise. Wenn es herausgekommen wäre, hätte ich nicht meht in der ›Prärie-Auster‹ arbeiten dürfen, in keinem guten Lokal mehr. Er hatte mich in der Hand.«
»Sie fragen sich, wieso unsere Freundin dazu kommt, jetzt auf einmal so freiwillig zu gestehen, nicht wahr, Frau Molitor? – Das ist ganz einfach. Als Opfer eines Erpressers kann sie hoffen, nachsichtige Richter zu finden. Wenn aber herauskommt, daß sie diesen Kerl mit Vorbedacht ermordete, daß sie es darauf angelegt hat, Ihnen den Mord in die Schuhe zu schieben... sie war ja der einzige Mensch, der wußte, wann Sie hier in die Wohnung kommen würden...«
»Ach so«, sagte Gisela Molitor und schauderte, weil ihr erst jetzt, nachträglich, die Gefahr, in der sie geschwebt hatte, ganz bewußt wurde.
Der Kriminalkommissar reichte ihr den zerrissenen Strumpf.
»Also nehmen Sie Ihre sieben Sachen und verschwinden Sie! Haben Sie hier etwas angefaßt, Spuren verwischt? Sie müssen es mir sagen, damit ich Bescheid weiß.«
Gisela Molitor schüttelte benommen den Kopf. »Ich war nur

am Telefon«, sagte sie. Als sie die Türe erreicht hatte, hörte sie, wie der Kriminalkommissar mit dem Polizeipräsidium telefonierte. Sie wandte sich noch einmal um und sagte zu Babsy: »Ich hoffe, daß es doch noch gut für Sie ausgeht.«
Babsy zog eine Grimasse. »Jeder muß sehen, wo er bleibt. Der eine hat Pech, der andere Glück. Da kann man nichts machen.«
Im Treppenhaus zog sich Gisela Molitor auch den anderen Strumpf aus und stopfte ihn in die Handtasche. Als sie den Taxistand erreichte, hörte sie das Heulen des Martinshorns. Aber das ging sie schon nichts mehr an.
Was sie erlebt hatte, war so ungeheuerlich und paßte so ganz und gar nicht zu dem friedlichen, bürgerlichen Leben, das sie bis zu diesem Tag zu führen geglaubt hatte und unbedingt wieder führen wollte, daß es ihr jetzt schon ganz unwirklich schien.
»Zum Heerdter Krankenhaus«, sagte sie, als der Fahrer sie nach ihrem Ziel fragte.
Sie mußte es ihrem Mann erzählen, jetzt, noch in dieser Nacht. Er sollte wissen, daß er nichts mehr zu fürchten hatte, und wenn sie ihn dazu mitten aus dem tiefsten Schlaf reißen mußte. Keine Sekunde länger als nötig sollte er unter dem Druck stehen, der beinahe sein und ihr aller Leben zerstört hätte...

19.

Unter normalen Umständen wäre es sicher nicht gelungen, nach Mitternacht in das Krankenhaus einzudringen. Aber in dem rauschhaft übersteigerten Zustand, in dem sie sich immer noch befand, gab es keinen Widerstand, den zu überwinden sie sich nicht zugetraut hätte.
Sie vermied es, den Haupteingang zu benutzen und an der Pförtnerloge zu klingeln, ging statt dessen auf den Nebeneingang zu, über dem ein blaues Licht verkündete, daß hier die Notfallstation war. Sie schlüpfte hinein, durch den kahlen Warteraum und die Hintertreppe hinauf in den zweiten Stock.
Bevor sie das Krankenzimmer erreichte, begegnete ihr die Nachtschwester und stellte sich ihr in den Weg. Hastig und beschwörend erklärte Gisela ihr, wie wichtig es für sie war, jetzt noch ihren Mann zu sprechen. Sie trat so energisch auf, so überzeugt, ihr Ziel zu erreichen, daß die Nachtschwester unsicher wurde.
»Ja, ich weiß nicht«, sagte sie, »das ist zwar ganz gegen die Vorschrift ... bitte, ich will einmal nachschauen, aber versprechen kann ich Ihnen nichts. Nur falls der Patient noch nicht schläft ...«
Er lag wach und starrte in die Dunkelheit. Als die Nachtschwester eintrat, bewegte er den Kopf. »Es ist alles in Ordnung, wenn Sie mir vielleicht ein Schlafmittel ...«
»Ihre Frau, Herr Molitor ...«, flüsterte die Schwester, »aber, bitte, seien Sie ganz leise ...«
Er erschrak zutiefst. »Ist etwas passiert?«
Da war seine Frau schon im Zimmer. »Nichts, Helmuth, gar nichts«, sagte sie und mußte beinahe lachen, als ihr bewußt wurde, wie unzutreffend diese Behauptung war.
Mehr als ihre Worte beruhigte ihn ihre Nähe. »Ich habe schon gedacht ...«, sagte er und ließ sich in die Kissen zurücksinken.
Die Nachtschwester zog sich auf Zehenspitzen zurück.

Gisela ergriff die Hand ihres Mannes. »Du brauchst keine Angst mehr zu haben«, sagte sie, »alles ist vorbei. Hannes Schmitz ist tot. Ich mußte zu dir kommen, um es dir zu sagen.«
Seine Finger verkrampften sich um ihre Hand. »Tot? Doch nicht etwa...?«
»Um Gottes willen, nein! Wie wäre ich imstande, einen Menschen...« Sie unterbrach sich, sagte ehrlich: »Ach, wer weiß. Dennoch habe ich nichts damit zu tun. Babsy...! Oh, es war furchtbar!«
Auf einmal übermannte es sie. Sie zog die Jacke ihres Kostüms aus und schlüpfte Trost suchend zu ihm ins Bett. Vorsichtig lehnte sie ihren Kopf an seine gesunde Schulter, und im Dunkeln murmelnd erzählte sie ihm alles, was in dieser Nacht geschehen war, und erst jetzt, nachträglich, begann sie, über ihre eigene Kaltblütigkeit und Entschlossenheit zu staunen.
»Ist das wahr?« fragte er völlig fassungslos.
Sie kuschelte sich noch enger in seinen Arm. »Warum – traust du es mir nicht zu?«
»Nein«, sagte er. Und dann: »Ihr Frauen seid jedenfalls, wenn eine wirkliche Gefahr eintritt, eben doch beherzter als wir Männer ... jedenfalls du warst mutiger als ich. Ich wüßte nicht, was ich in einer solchen Situation getan hätte. Wahrscheinlich hätte ich den Kopf verloren.«
»Nein, Helmuth, das hättest du nicht getan.«
»Doch. Ganz bestimmt. Ich habe mich von diesem Kerl immer wieder ins Bockshorn jagen lassen. Wenn ich denke, was ich mir alles erspart hätte, wenn ich offen mit dir darüber gesprochen hätte...«
Sie küßte ihn zart auf die Wange. »Es hat wohl alles so kommen müssen. Seien wir froh, daß wir es überstanden haben. Aber jetzt muß ich sehen, daß ich nach Hause komme.« Sie wollte aufstehen.
Aber er hatte seinen Arm um ihre Schulter gelegt und hielt sie zurück. »Gisela...«
»Ja?«
»Bevor ... ich meine, willst du dich noch immer scheiden lassen?« Sie lag ganz still, ohne sich zu rühren.
»Du weißt doch jetzt«, sagte er, »das mit Babsy ... es war nichts zwischen uns beiden. Dein Eindruck war ganz falsch.«

»Ja«, sagte sie, »ich weiß.«
»Bitte, Gisela...«
Sie rückte ein Stück, so weit es das schmale Bett zuließ, von ihm ab. »Bist du ganz sicher, daß du mich noch haben willst, Helmuth? Nicht der Kinder wegen und nicht, weil ich dir helfen konnte... mich, als Frau?«
»Was für eine dumme Frage«, sagte er heiser.
»Bitte, weich mir nicht wieder aus, Helmuth. Unsere Ehe ist nur dann zu retten, wenn wir uns entschließen, ehrlich zueinander zu sein.«
Aber er konnte sich auch jetzt noch nicht zum Reden entschließen. Da befreite sie sich aus seinem Griff. »Gute Nacht, Helmuth...«
»Bitte, geh nicht ... bitte, Gisela, bleib! Glaub mir, ich verschweige dir nichts.«
Sie wandte ihm ihr Gesicht zu, das im schwachen Schein des Nachtlichtes wie ein weißes Oval wirkte, in dem die blauen Augen fast schwarz schimmerten. »Und Inge Körner?« fragte sie.
»Das weißt du?«
»Ja. Wir haben miteinander gesprochen. Du darfst ihr keinen Vorwurf machen, sie tat es aus Sorge um dich, Helmuth. Und ich kann auch verstehen, was du in ihr siehst. Sie ist jung, sie ist hübsch, sie ist intelligent ... sie ist ein bezauberndes Mädchen.«
»Du sagst das so, als wenn du mich mit ihr verkuppeln wolltest.«
»Nein, Helmuth. Dazu käme ich ja wohl auch zu spät. Ich möchte dir nur klarmachen, wie gut ich alles verstehe. Wir sind fast zwanzig Jahre verheiratet. Da wird man einander müde. Auch ich war ein ganz klein wenig in einen anderen Mann verliebt, wenn es bei mir auch nicht so weit gegangen ist.«
Er schwieg einen Atemzug lang. Dann sagte er: »Und du willst zu diesem anderen Mann? Deshalb kommt dir dieses Mädchen wohl ganz gelegen?«
Sie seufzte tief.
»O Männer, Männer, Männer! Nach allem, was geschehen ist, hast du dich kein bißchen verändert. Du weißt, daß du mich betrogen hast ... du weißt, daß du der Schuldige bist, aber du

kannst es nicht zugeben. Statt dessen versuchst du, mir die Schuld zuzuschieben.«
»Du hast recht«, sagte er unvermittelt. »Aber wenn du wüßtest, wie schwer es mir fällt... verzeih mir, Gisela, verzeih mir und bleibe bei mir! Ich brauche dich!« Er vergrub sein Gesicht in ihrem weichen Haar.
Eine Weile lagen sie so, eng aneinander geschmiegt, und es war ihnen beiden, als wären sie sich noch nie so nahe gewesen.
»Und ... was wird mit – ihr?« fragte sie endlich, und es kostete sie Überwindung, zu sprechen.
»Ich werde ihr schreiben ... ihr klarmachen, daß alles zu Ende ist.«
»Sie tut mir leid. Sie ist ein gutes Mädchen, und sie liebt dich sehr.«
»Nein«, sagte er, »sie hat immer nur den Helden ihrer Träume in mir gesehen. Sie hat bis heute nicht begriffen, daß ich gar kein Held bin ... weder ein Held noch ein Märtyrer. Du aber kennst mich, wie ich wirklich bin, und liebst mich, obwohl du mich kennst.«
»Weil ich dich kenne«, sagte sie und lächelte ihm in der Dunkelheit zu. »Aber jetzt...«
»Nein, geh nicht! Bleib bei mir!«
»Die Kinder...«
»Sie sollen ruhig einmal auf dich warten. Was bedeutet es schon, wenn sie sich Sorgen machen? Wie oft haben wir uns um sie gesorgt, wenn sie nicht nach Hause kamen.« Er zog sie ganz eng an sich, seine Lippen suchten ihren Mund. »Nichts ist wichtig auf der Welt, nur wir beide...«
»Doch, unsere Ehe, unsere Familie – daß wir alle zusammengehören...«
Als er sie küßte, war es ihr, als sei sie wieder die junge Frau, die sich ihm anvertraute – ihm ihr ganzes Leben anvertraute.

Drei Tage später erschien Inge Körner im Krankenzimmer. Im ersten Augenblick glaubte er, sie hätte seinen Brief durch einen Zufall gar nicht erhalten, aber dann sah er, daß ihre klaren grauen Augen umschattet waren und ihr Lächeln gequält wirkte. Sie trug ein weißes Pikeekleid mit einem runden kleinen Kragen und weitem schwingenden Rock und sah sehr mädchenhaft und jung darin aus.

»Hallo!« sagte er aus lauter Verlegenheit. Auf keinen Fall wollte er es zu einer Szene kommen lassen.
Sie blieb in einigem Abstand von seinem Bett stehen und sagte mit gepreßter Stimme: »Ich bin gekommen, dir auf Wiedersehen zu sagen.«
»Was heißt das...?«
Er war sich bewußt, wie sehr er sie enttäuscht hatte, und diese Erkenntnis quälte ihn.
»Was soll das?« sagte er, »wir werden auch in Zukunft kollegial zusammenarbeiten.«
»Nein«, sagte sie, immer in dem gleichen gepreßten, mühsamen Ton, »das werden wir nicht.«
»Was denn sonst?«
»Nichts weiter. Leb wohl, Helmuth. Du hast dich entschieden. Ich wünsche dir alles Gute für die Zukunft.« Sie wandte sich ab und ging mit seltsam steifen Schritten auf die Türe zu.
»Inge!« rief er. »Warte! So darfst du nicht gehen!«
Sie blieb stehen und wandte ihm langsam den Kopf zu. »Und warum nicht?«
»Weil ... wir haben uns doch sehr viel bedeutet, nicht wahr?«
Sie schüttelte den Kopf. »Nein«, sagte sie, »ich dir nicht.«
»Doch, Inge, du mir auch. Rede dir doch da nichts ein.«
»Ich habe deinen Brief sehr gut verstanden.«
Er streckte die Hand nach ihr aus. »Inge! Können wir nicht trotzdem gute Freunde bleiben?«
Sie sah ihn an, schüttelte den Kopf. »Es geht nicht, Helmuth.«
»Was dann?«
»Ich gehe fort.«
»Inge«, sagte er erschrocken. »Du wirst doch nicht irgendwelche Dummheiten machen?«
Ihr Lächeln tat ihm weh. »Keine Angst!« sagte sie, »ich werde weiterleben, wenn ich mir jetzt auch noch nicht vorstellen kann, wie.« Sie kam einen Schritt näher. »Ich gehe nur aus *deinem* Leben, Helmuth, bitte, tu jetzt nicht so, als wenn dir das leid täte. Ich weiß, es ist eine große Erleichterung für dich.«
»Du siehst das alles ganz falsch...«
»O nein, ich kann mir gut vorstellen, wie es jetzt in dir aussieht. Ich habe dich verloren, das ist schlimm genug. Aber auf

gar keinen Fall könnte ich es ertragen, dir lästig zu fallen.«
Sie stand so nahe bei ihm, daß es nur einer winzigen Bewegung bedurft hätte, sie zu berühren, und die Versuchung war groß. Es war nicht mehr Verliebtheit, was er für sie empfand, eher Dankbarkeit, gemischt mit Mitleid und einem starken Schuldgefühl.
»Das wirst du mir nie«, sagte er heiser.
»Ich möchte es nicht darauf ankommen lassen«, sagte sie, »deswegen habe ich bereits gekündigt.«
»Was?« Schreck und Erleichterung stritten in ihm.
»Ja«, bestätigte sie beherrscht, »das ist erledigt. Aber bis dahin trete ich meinen Urlaub an, die Tage, die mir noch zustehen. Wenn du in die Bank zurückkommst, bin ich jedenfalls nicht mehr dort.«
Dankbarkeit und Bewunderung für ihre Tapferkeit beherrschten ihn. Er hätte etwas darum gegeben, sie noch einmal in die Arme nehmen zu können. Aber er wußte, daß er es ihr damit nicht leichter gemacht, sondern sie nur noch mehr belastet hätte. »Du mußt wissen, was du tust«, sagte er, und seine Stimme klang so nüchtern, daß es ihn selber schmerzte.
»Ja, das weiß ich. Lebwohl, Helmuth.«
»Leb wohl. Und ich wünsche dir für die Zukunft ... etwas Besseres.«
Sie war sehr blaß und sah aus, als wenn sie es nicht über sich brächte, sich loszureißen. Aber sie schaffte es doch. Sie drehte sich auf dem Absatz um und ging aus dem Zimmer.
»Inge!« rief er. »Inge!«
Sie hielt sich draußen die Ohren zu, um sein Rufen nicht zu hören. Aber das sollte er niemals erfahren.

20.

Helmuth Molitor wurde am 1. August aus dem Heerdter Krankenhaus entlassen. Seine Wunde war verheilt, wenn ihn auch bei Witterungsumschwüngen ein ziehender Schmerz an das überstandene Abenteuer erinnerte. Er hatte schon seit ein paar Tagen vormittags auf dem Balkon sitzen dürfen, und seine Wangen hatten wieder Farbe bekommen.
Die ganze Familie holte ihn ab, seine Frau, Martina und Jürgen. Anfangs waren alle noch ein wenig befangen, aber Martinas munteres Geplapper überbrückte die Verlegenheit, und als sie vor dem Haus in der Markgrafenstraße ankamen, redeten alle durcheinander. Sie waren so vergnügt wie seit langem nicht mehr, und er spürte fast staunend, wie sehr er zu ihnen gehörte.
Oben in der Wohnung war der Kaffeetisch gedeckt. Martina präsentierte einen Kuchen, den sie selber gebacken hatte, und konnte es kaum erwarten, bis der Vater endlich probierte.
Helmuth Molitor betrachtete seinen Sohn. Er schien ihm älter geworden und männlicher. »Sieh da«, sagte er, »wenn mich nicht alles täuscht, bist du beim Friseur gewesen.«
Jürgen wurde dunkelrot. »Ja, Vater, dir zuliebe.«
»Jürgen hat noch eine Überraschung!« rief die Mutter aus der Küche.
»Es ist nicht ... so toll«, erklärte Jürgen verlegen, »nur ... ich bin doch nicht hängengeblieben, das heißt, ich bin versetzt worden, allerdings nur bedingt. Ich muß Mathe und Latein über die Sommerferien büffeln und dann noch eine Prüfung ablegen, und wenn ich die schaffe...«
»Aber ganz bestimmt«, sagte sein Vater, »das wäre doch gelacht.« Er war zwar durchaus nicht so überzeugt, aber er merkte zum ersten Mal Jürgens Bemühen, ihm zu gefallen, und wollte ihn nicht verletzen.
»Jedenfalls verspreche ich, daß ich mich dahinterklemmen werde.«

Helmuth Molitor wandte sich an seine Tochter. »Na, und wie ist dein Zeugnis ausgefallen, Martina?«
Sie setzte sich auf die Lehne seines Sessels und legte den Arm um seine Schulter. »Ach, nicht so besonders, Väterchen. Aber da ich in diesem Jahr eine schwere Pubertätskrise durchgemacht habe...«
»Hört, hört!« rief Jürgen.
»...wird es im nächsten Jahr sicher besser werden«, ergänzte Martina, ohne sich unterbrechen zu lassen.
Sie waren sehr glücklich an diesem Nachmittag und ganz überzeugt, das Schicksal bezwungen zu haben. Keiner von ihnen ahnte, daß ihnen das Schlimmste noch bevorstand.
Kurz vor fünf Uhr, sie saßen noch am Kaffeetisch, klingelte es an der Wohnungstüre.
Martina lief um zu öffnen, und wenig später hörten sie ihre helle Stimme: »Jürgen, Gerd ist da!«
Jürgen stand hastig auf.
»Laß doch deinen Freund hereinkommen«, sagte sein Vater.
Der Junge stand zwischen Tür und Tisch. Er zögerte. Er wußte nicht genau warum, aber es schien ihm ganz unpassend, Gerd an den Kaffeetisch zu bitten.
»Warum zögerst du?« sagte seine Mutter ermunternd, »es ist noch genug in der Kanne, und ein Stück von Martinas prächtigem Kuchen ist auch noch da.«
»Wie ihr meint«, sagte Jürgen achselzuckend und ging in die Diele hinaus.
Helmuth Molitor streckte seiner Frau über den Tisch hinweg die Hand hin.
»Wir wollen uns alle Mühe geben, ja?«
Sie schlug ein. »Ich bin so froh, daß du ... Jürgen ist wirklich ein lieber Junge.«
Sie begrüßten Gerd herzlich, und was Jürgen auch immer befürchtet haben mochte, es trat nicht ein. Sein Freund zeigte sich von seiner charmantesten Seite, und als er aufstand, um sich zu verabschieden, tat es der ganzen Familie ehrlich leid.
»Sie wollen schon gehen?« fragte der Vater.
»Tja, eigentlich war ich ja nur gekommen, um Jürgen abzuholen...« Gerd warf seinem Freund einen Seitenblick zu. »Natürlich ... unter diesen Umständen...«
»Was meinen Sie damit?«

»Nun, ich wußte ja nicht, Herr Molitor, daß Sie gerade heute aus dem Krankenhaus entlassen worden sind.«
»Nun, das besagt doch nichts«, versicherte dieser. »Ich bleibe ja erst noch ein paar Tage zu Hause ... lauf nur, Junge!«
»Ich bleibe wirklich genausogern hier.« Jürgen zögerte.
»Nett von dir.« Der Vater stand auf, fuhr dem Jungen mit allen fünf Fingern durch die gestutzte blonde Mähne. »Aber ich möchte nicht, daß du meinetwegen zu Hause bleibst. – Wie ist es mit dir, Martina, willst du die Jungens begleiten?«
Sie schüttelte den Kopf. »Nicht ausgerechnet heute. Natürlich bleibe ich zu Hause«, und mit einem raschen Seitenblick auf ihre Mutter fügte sie rasch hinzu, »ich löse Mutti in der Küche ab.«
Die beiden Jungen verabschiedeten sich.
»Moment mal«, sagte Jürgen, als sie in der kleinen Diele standen.
»Was denn noch?« fragte Gerd ungeduldig.
Aber Jürgen antwortete nicht, sondern ließ ihn stehen und ging in sein Zimmer. Er trat an das Bücherregal, zog die drei Bände seines Lexikons heraus, tastete dahinter und faßte die Pistole.
Einen Augenblick hielt er sie wägend in der Hand. Verdammt, dachte er, was fange ich jetzt damit an?
Als der Vater im Krankenhaus lag, hatte er ein bißchen in dessen Schreibtisch gekramt und dabei – weit hinten und ganz versteckt – die alte Pistole gefunden. Damals war ihm so etwas wie ein freudiger Schreck in die Glieder gefahren. Endlich hatte er auch etwas, womit er Gerd zwar nicht gerade imponieren, aber doch immerhin mit ihm gleichziehen konnte. Aber es hatte sich keine Gelegenheit ergeben, sie zu zeigen, und er hatte das gefährliche Ding fast vergessen.
Hätte ich Idiot die Pistole doch bloß rechtzeitig zurückgelegt, dachte er.
Aber er hatte den Zeitpunkt verpaßt. Jetzt war sein Vater wieder zu Hause. Wenn er seine Pistole vermißte, würde er womöglich die ganze Wohnung auf den Kopf stellen und sie schließlich in seinem Zimmer entdecken. Dann war es schon wieder aus mit dem so mühsam gewonnenen guten Verhältnis.
Verdammt noch mal! dachte er. Wohin jetzt damit?

Aber keines der Verstecke, die ihm im Augenblick einfielen, schien ihm sicher genug.
Kurz entschlossen kippte er seine Schultasche um, ließ Bücher, Hefte, Bleistifte und Radiergummi auf sein Bett rutschen, steckte die Pistole hinein und drückte das Schloß zu.
Dann rannte er hinaus.

Der Freund wartete im Treppenhaus auf ihn.
»Da könnte einem doch direkt übel werden«, sagte er.
»Wieso?« fragte Jürgen und schlug die Wohnungstüre hinter sich zu.
»Na, hör mal, findest du das etwa nicht widerlich, wie Martina mit einemmal das Haustöchterchen spielt? Als wenn sie niemals mit diesem arroganten James Mann ins Bett gekrochen wäre...«
Jürgen wurde rot und war froh, daß er hinter Gerd ging, so daß der Freund es nicht sehen konnte. »Ist doch möglich, daß sie sich wirklich geändert hat.«
»Daß ich nicht lache! Gestern habe ich sie im Beatschuppen beobachtet. Du hättest sehen sollen, wie dein Schwesterchen diese Playboys angehimmelt hat! Daß sie nicht dem nächsten nachgelaufen ist, war direkt ein Wunder. Aber ich wette, selbst dieser James hätte nur mit dem kleinen Finger zu winken brauchen, und sie wäre ihm an den Hals geflogen.«
»Oder auch nicht«, sagte Jürgen stur.
Der Freund drehte sich zu ihm um. »Sag mal, legst du es eigentlich darauf an, mir zu widersprechen?«
Jürgen zuckte die Achseln. »Ich sage bloß, was ich mir denke... darf ich das etwa nicht?«
»Und ich sage dir, daß du auf dem Holzweg bist. Ich kenne die Mädchen besser als du, und ich weiß, wenn es einmal eine so erwischt hat wie Martina...«
Jürgen unterbrach ihn. »Na, und wenn schon?« sagte er ablenkend. »Was geht es dich an? Mich interessiert das jedenfalls überhaupt nicht. Soll sie tun und lassen, was sie will. Ist doch ihre Sache.«
Gerd stieß die Haustüre auf. »Das ist allerdings auch ein Standpunkt«, sagte er hämisch. Ohne sich umzusehen, flankte er auf den Vordersitz seines offenen Sportautos.
Jürgen tat es ihm gleich. »Wo fahren wir hin?« fragte er.

»Nur so in der Gegend herum. Wenn du allerdings keine Lust hast ...«
Fast hätte Jürgen gesagt: Ja, ich bleibe lieber zu Hause. – Aber dann tat er es doch nicht, weil er nicht den Mut hatte, sich Gerds Geringschätzigkeit zuzuziehen. »Na schön«, sagte er, setzte sich bequem und warf die Mappe nach hinten.
Gerd Singer startete den Wagen, und eine ganze Weile sprachen sie kein Wort.
Erst als sie in der Stadt waren, bat Gerd den Freund, ihm eine Zigarette anzuzünden und sich selber eine zu nehmen. Jürgen tat es, und der Fahrtwind riß ihnen den Rauch vom Mund.
Gerd fuhr ganz langsam, pfiff, sobald ein hübsches Mädchen vor ihnen auftauchte, rief auch mal: »He, Kleine, warte doch! Wie wäre es mit einer Fahrt ins Grüne!«
Aber wie verhext, er fand keinen Anklang.
»Hör auf damit«, sagte Jürgen nervös, »du machst dich ja lächerlich.«
»So findest du?«
Jürgen hatte den Freund nicht kränken wollen und beeilte sich, zu beschwichtigen. »Ich meine ja nur ... es beißt ja doch keine an.«
Aber Gerd war nicht so schnell zu versöhnen. »Jetzt will ich dir mal was sagen. Lächerlich machst bloß du dich, daß du es nur weißt.«
Jürgen richtete sich auf. »Und womit?«
»Ach, womit? Das will ich dir sagen!« Gerd Singer trat so heftig auf das Gaspedal, daß das Auto einen wilden Satz voran machte.
»Du mit Senta Heinze! Noch nie habe ich erlebt, daß ein Boy sich so hat an der Nase herumführen lassen wie du von dieser Ziege.«
»Das ist nicht wahr!«
»Ach, red doch nicht. Die ganze Blase lacht ja schon über dich.«
»Das ist mir egal. Jedenfalls, Senta mag mich, daß du es nur weißt.«
Gerd spielte den Überraschten. »Ach, wirklich? Hast du es bei ihr geschafft?«
»Das hat doch mit Liebe nichts zu tun«, sagte Jürgen und mußte es erleben, vom älteren Freund ausgelacht zu werden.

»Anfänger. Solange du es nicht fertigbringst, ein Mädchen aufs Kreuz zu legen, kannst du überhaupt nicht mitreden.«
Jürgen holte tief Atem, sagte mit kalter, beherrschter Stimme: »Was ist eigentlich los mit dir? Hast du mich nur abgeholt, um mich zu beschimpfen? Was versprichst du dir davon?« Nur seine krampfhaft geballten Hände verrieten, wie tief er sich getroffen fühlte.
Der andere schluckte.
»Entschuldige schon«, sagte er in verändertem Ton, »es war nicht so gemeint.«
»Und weshalb dann das Ganze?«
»Es ist nun mal so ... Ich ... habe mich wahnsinnig geärgert. Ich mußte meine Wut irgendwie abreagieren.«
Jürgen entspannte sich. »Na, vielleicht suchst du dir das nächste Mal jemand anderen dafür aus.«
»Ein nächstes Mal wird es nicht mehr geben.«
»Wieso denn? Was soll das heißen?«
»Nichts Besonderes. Hör gar nicht hin. Ich bin einfach ein bißchen durcheinander.«
Sie schwiegen beide.
Erst als sie die Grafenberger Allee hinauffuhren, nahm Gerd das Gespräch wieder auf.
»Zu blöd«, sagte er, »daß ich meine Knarre nicht bei mir habe. Wir hätten ein bißchen schießen können.«
Stolz überkam Jürgen. »Warum nicht?« sagte er und hatte Mühe, seine Stimme so gelassen klingen zu lassen. »Ich habe zufällig eine dabei.«
»Du?« fragte Gerd Singer völlig verblüfft.
»Da staunst du, was? Wozu, glaubst du, hätte ich meine Mappe mitgenommen?«
»Menschenskind, jetzt bin ich platt.«
»Übertreib nicht. Was ist denn schon dabei?«
»Na hör mal! Also alle Achtung, ich muß schon sagen ... alle Achtung!«
Gerd fuhr nun so rasch wie möglich, überschritt ein paar Mal die Geschwindigkeitsgrenze. Obwohl Jürgen das merkte, verlor er kein Wort darüber. Er fühlte sich überlegen. Er hatte überhaupt keine Angst mehr, weder vor einer Kontrolle noch vor sonst etwas.
Sie erreichen den Grafenberger Wald. Jürgen holte die Schul-

mappe vom Hintersitz, öffnete, ließ Gerd Singer einen Blick hinein werfen. Der pfiff anerkennend durch die Zähne.
Sie schlängelten sich tiefer und tiefer durch Unterholz und Gestrüpp bis zu ihrem Schießplatz. Es waren an diesem Ferientag Schulkinder und ganze Familien unterwegs, und es dauerte eine Weile, bis sie sicher waren, daß sich keine Ausflügler mehr in der Nähe befanden.
Sie nahmen sich einen kahlen Ast als Ziel. Die Pistole war tatsächlich geladen.
Zuerst schoß Gerd. Großmütig hatte Jürgen ihm den Vortritt gelassen. Er schoß dreimal, aber er zielte schlechter als sonst, traf nur ein einziges Mal.
Er reichte die Waffe an Jürgen weiter. »Versuch du's mal. Ich glaube, mit dem Ding stimmt was nicht. Vielleicht hast du mehr Glück.«
Jürgen schüttelte den Kopf. »An der Pistole liegt es nicht.«
»Woran denn sonst?«
»An dir. Du bist anders als sonst. Irgend etwas ist dir offenbar schiefgegangen. Los, sag's schon. Ich merke schon, daß du was auf dem Herzen hast.«
Der andere steckte die Hände in die Taschen seines eleganten Sakkos. »Stimmt. Aber das dürfte dich kaum interessieren.«
»Quatsch. Wir sind doch immer Freunde gewesen.«
»Mit der Betonung auf gewesen dürftest du recht haben.«
Aber Jürgen gab nicht auf, er fühlte sich für den Freund verantwortlich.
»Hast du Krach zu Hause gehabt?« fragte er.
»Kann man wohl sagen.«
»Ach, wenn es das ist!« Jürgen zwang sich zu lachen. »Das hast du doch nun schon so oft mitgemacht. Laß doch die Alten streiten, die versöhnen sich auch wieder.«
»Diesmal«, sagte Gerd Singer mit schwerer Stimme, »nicht.«
Er hatte sich vorgenommen, nicht zu reden, aber dann brach es doch aus ihm heraus. »Sie lassen sich scheiden, waren schon beim Anwalt! Alles ist eingeleitet und die Entscheidung endgültig. Bloß mich zu informieren haben sie erst jetzt für nötig gehalten.«
Jürgen hätte gerne etwas Tröstendes gesagt, aber es fiel ihm nichts ein.
»Sie gehen auseinander«, sagte Gerd, »als ›gute Freunde‹, und

sie finden sich dabei noch fabelhaft. Und nur keine Sorgen, sie werden nicht lange allein bleiben. Jeder hat schon seinen neuen Partner in petto.«
»Und was wird mit dir?« fragte Jürgen vorsichtig.
»Wen schert das schon?« Gerd Singer zwang sich zu einem schiefen Lächeln. »Aber ich will nicht undankbar sein, o nein, auch für mich ist bestens gesorgt. Ich soll in ein Internat! Ich, zwanzig Jahre alt, ein erwachsener Mann, soll mich wie ein kleiner Schuljunge abschieben lassen!« – Er äffte eine weibliche Stimme nach: »Es ist ja nur für ein Jahr, Liebling!« Er fiel wieder in seinen normalen Ton zurück. »Ich scheiß' ihnen was auf ihren Liebling und ihr Internat!«
Jürgen war ehrlich erschüttert. »So eine Schweinerei«, sagte er dumpf, »läßt sich da gar nichts machen?«
»O doch, und ich werde was tun. Ich werde mir das auf keinen Fall bieten lassen. Wenn du nicht so ein jämmerlicher Feigling wärst... geh nur nicht gleich in die Luft, das ist mir nur so herausgerutscht, jedenfalls, eigentlich hatte ich gehofft, du würdest mitmachen, aber jetzt...«
»Mitmachen? Wobei?«
»Abhauen natürlich, was denn sonst? Nicht etwa per pedes, sondern in großem Stil mit Auto und genügend Money in der Tasche. Na, wie wäre es? Kann dich das wirklich nicht reizen?«
Jürgen strich über den glänzenden Lauf der Pistole. »Ich weiß nicht, Gerd...«
»Ich sage dir, das wäre die Masche! Stell dir mal vor... wir beide unterwegs! Raus aus dem ganzen bürgerlichen Mist. Wir wären frei und ledig, könnten endlich tun, was uns gefällt. Ich würde dich selbstverständlich auch ans Steuer lassen, wir würden abwechselnd fahren.«
»Klingt sehr verlockend...«
»Also, überlege nicht lange!«
»Gerd«, sagte Jürgen, »tut mir leid, aber ich kann nicht. Da brauch' ich gar nicht erst zu überlegen. Sei mir nicht böse.«
»Na, dann nicht!« sagte der andere wütend. »Bilde dir nur nicht ein, ich sei auf dich angewiesen.«
»Natürlich nicht.« Jürgen hob die Pistole und visierte spielerisch.
»Glaub bloß nicht, daß du mich enttäuschst«, paradierte Gerd,

»von dir habe ich kaum was anderes erwartet. Schon als ich den ollen Opitz so gesalbt auf dich einreden hörte, von dem großen Vertrauen, das er angeblich in dich setzt, und so weiter und so fort... da wußte ich schon, daß du auf seinen Schmus hereinfallen würdest. Und als ich dann deine liebe Familie zusammen antraf, Papa und Mama Hand in Hand...«
Jetzt wurde auch Jürgen wild. »Und warum sollen sie nicht?«
»Weil es dreckig ist!« schrie Gerd. »Hundsgemein und niederträchtig nach allem, was geschehen ist. Ja, Mensch, Molitor, lebst du denn auf dem Mond? Merkst du denn nicht, was um dich herum vorgeht? Glaubst du etwa, du hättest deine bedingte Versetzung deinen eigenen schönen Augen zu verdanken, du Vollidiot du? Deine Mutter ist dafür mit Dr. Opitz ins Bett gegangen!«
»Nein!« schrie Jürgen. Er war kalkweiß geworden.
»Ja, brüll nur! Damit schaffst du es nicht aus der Welt! Deine süße, liebe, hochanständige Mutti hat mit diesem miesen alten Pauker geschlafen.«
Jürgen sah rot.
»Nimm das sofort zurück!« befahl er mit tonloser Stimme.
»Einen Dreck werde ich tun! Warum sollte ich denn, wenn es doch wahr ist! Ich habe ja selber gesehen, wie sie aus seiner Wohnung geschlüpft ist... mit glänzenden Augen, das Haar zerzaust, du, ich sage dir, da ist mir selbst das Wasser im Munde...«
Gerd lachte.
Jürgen hob den Arm und schoß – einmal, zweimal, dreimal. Dann war das Magazin leer.
Gerd stand noch aufrecht da, sah ihn mit großen Augen an, eher erstaunt als entsetzt. Dann schwankte er, drehte sich um sich selber, preßte die Hände vor die Brust, fiel zu Boden.
Jürgen ließ die Pistole fallen und stürzte auf ihn zu. »Gerd, o Gerd!« Er packte ihn bei den Schultern, drehte ihn so, daß er ihm ins Gesicht sehen konnte.
»Das wollte ich nicht«, schluchzte er, »ich schwöre dir, das habe ich nicht gewollt... bitte, mach doch die Augen auf! Sag etwas! Du kannst doch nicht... es ist doch nicht möglich...«
Und Gerd Singer öffnete tatsächlich die Augen und sah ihn an,

mit einem Blick, der aus weiter Ferne zu kommen schien. »Hau ab, du Idiot«, sagte er, fast ohne die Lippen zu bewegen und doch deutlich verständlich, »hau ab, sonst lochen sie dich ein.«
Dann überlief ein Schauer seinen Körper, er stöhnte tief und herzzerreißend, stammelte: »Mutti...«, und sackte in sich zusammen.
Jürgen schüttelte ihn, redete auf ihn ein, öffnete ihm das Hemd, bemühte sich, seinen Kopf höher zu lagern, und es dauerte eine ganze Weile, bis er merkte, daß jede Hilfe für den Freund zu spät kam.
Gerd Singer war tot, und er war ein Mörder.

Senta hatte schon tief geschlafen, als sie durch das Geräusch der Steinchen, die gegen die Fensterscheibe prasselten, aufgeweckt wurde. Sie fuhr hoch und, noch halb im Traum, wußte sie doch sofort, daß es nur Jürgen sein konnte, der sie in den Garten lockte.
Sie war versucht, den Kopf unter die Decke zu stecken und sich die Ohren zuzuhalten, aber dann brachte sie es doch nicht fertig. »Der dumme Kerl«, murmelte sie und rollte sich aus dem Bett.
Sie wartete das nächste Prasseln ab; dann riß sie beide Flügel auf, steckte den Kopf hinaus und verkündete leise: »Ich komme!« Um die jüngere Schwester nicht zu wecken, die mit ihr im Zimmer schlief, verzichtete sie darauf, Licht zu machen, und kletterte am Spalier herab. Sie setzte an, ihm ordentlich die Leviten zu lesen, aber als sie ihn dann im Mondschatten sah, erschrak sie. Er blickte so verstört, wie sie ihn nie gesehen hatte.
»Jürgen«, sagte sie und packte ihn am Arm, wie um sich zu vergewissern, daß er ein Mensch von Fleisch und Blut und kein Gespenst war. »Jürgen, was ist passiert?«
»Du mußt mir helfen, Senta.«
»Ja, natürlich... alles, was du willst! Was kann ich für dich tun?«
»Ich brauche Geld, Senta«, sagte er heiser, »und wenn es irgend geht, ein paar andere Klamotten. Vielleicht von deinem Bruder.«
»Aber wozu, Jürgen?«

»Willst du mir helfen oder nicht? Du hast es mir versprochen!«
Sie ließ sich durch seine zornigen Worte nicht beirren, erkannte am Klang seiner Stimme, daß er am Ende seiner Kräfte war. »Ich habe es dir versprochen, und ich halte es auch«, sagte sie, »aber komm! Erst mußt du mir erzählen, was passiert ist!«
Sie zog ihn mit sich in die Geißblattlaube, wo sie schon einmal – wie lange schien das jetzt zurückzuliegen – in einer warmen Frühlingsnacht beieinander gesessen hatten. Sie zwang ihn neben sich auf die Bank, schlang die Arme um seinen Nacken und zog seinen Kopf an ihre Brust.
»So schlimm wird es schon nicht sein«, sagte sie mütterlich.
»Noch schlimmer«, stieß er gepreßt hervor, »Gerd Singer ist tot. Ich habe ihn erschossen.«
Sie fuhr zusammen, aber sie löste sich nicht von ihm. »Wie kam das?« fragte sie endlich. »Es kann doch nur ein Unglücksfall gewesen sein.«
»Nein. Ich habe es mit Absicht getan.«
Sie blieb so still, daß er glaubte, sie hätte die Sprache verloren, bis sie mit einer Stimme, die so ruhig war, daß sie wie losgelöst klang, sagte: »Dann hat es keinen Sinn zu fliehen. Sie werden dich erwischen.«
»Aber was soll ich sonst tun? Was kann ich tun?«
»Du mußt dich stellen.«
»Nein!« Er stieß sie geradezu von sich.
»Du mußt!« Sie hielt ihn fest. »Begreifst du denn nicht, daß das deine einzige Chance ist? Wenn du jetzt zur Polizei gehst und sagst, was passiert ist, und daß du es bereust, dann wird man wenigstens versuchen, dich zu verstehen. Aber wenn du wegläufst, werden sie dich als Verbrecher ansehen.«
»Ich weiß nicht, ob ich es bereue«, sagte er dumpf, »ich mußte es tun...«
Sie wollte auf ihn einreden, ihn zu überzeugen versuchen, begriff aber plötzlich, daß er unter der Einwirkung eines schweren Schocks stand und gar nicht fähig war, die Tragweite des Geschehens zu übersehen.
»Darauf kommt es nicht an. Hauptsache, daß du sofort zur Polizei gehst«, sagte sie. »Soll ich von hier aus anrufen? Oder soll ich dich begleiten?«

»Du willst mich loswerden.«
»Nein, Jürgen, ich will dich wiederhaben, und zwar so schnell wie möglich. Je eher du jetzt gehst, desto eher bringst du es hinter dich, glaube mir doch.«
Er schwieg.
»Ich werde auf dich warten«, setzte sie beschwörend hinzu.
»Wenn du mich liebtest...«
»Gibt es bei dir wirklich nur eine Möglichkeit, dir das zu beweisen – ist es das einzige, was du im Sinn hast, selbst in dieser Situation?« Sie sprang auf. »Nun gut, du sollst mich haben, wenn du mir nicht anders glaubst. Aber du mußt mir versprechen, daß du dann zur Polizei gehst...« Sie begann an den Knöpfen ihres Schlafanzuges zu nesteln. Ihre glatte braune Haut wurde sichtbar, der Ansatz ihrer kleinen, festen Brüste.
»Nein«, stöhnte Jürgen, »o nein!«
»Du wolltest es doch aber, Jürgen«, sagte sie verzweifelt.
»Nein«, sagte er und umklammerte ihre Handgelenke, »nicht jetzt und nicht so. Ich muß es erst hinter mich bringen.«
Sie ließ den Kopf sinken, und ihr schwarzes, glänzendes Haar fiel wie ein Vorhang herab. »Eines Tages«, flüsterte sie, »werden wir einander unbefangen gehören...«
»Eines Tages...«, wiederholte er leise.
Lange verharrten sie so, unbeweglich, fühlten sich einander sehr nahe.
Jürgen war es, der sich als erster aufraffte, diese kostbaren Minuten abzubrechen. »Ich muß jetzt gehen«, sagte er.
Sie hob den Kopf und blickte zu ihm auf. »Ich komme mit!«
»Nein, laß, ich möchte nicht, daß du da hineingezogen wirst.«
»Aber... darauf kommt es doch nicht an.«
»Nein, ich möchte es nicht.«
»Wie du willst.« Sie erhob sich.
Hand in Hand gingen sie durch den mondbeschienenen Garten. In ihnen brannte die Frage, die sie nicht auszusprechen wagten, um ihren Schmerz nicht noch zu verschärfen: Wann werden wir uns wiedersehen?
Als die Stelle erreicht war, von der er über die Mauer zu klettern pflegte, nahm er sie noch einmal in die Arme. Sie küßten sich lange und spürten dabei das Salz ihrer Tränen.

»Mach dir keine Gedanken«, sagte er, »ich verspreche dir, ich gehe hin...«
»Ich werde auf dich warten«, flüsterte sie, und es war ihr wie ein Schwur...
Sie blieb stehen, wo er sie verlassen hatte, auch als er schon über die Mauer hinweg verschwunden war.

Es ist ganz still im großen Schwurgerichtssaal des Düsseldorfer Landgerichtes, als der Psychiater Professor Goldmann die Vorgeschichte und den Hergang der Tat schilderte.
Gisela Molitor hat vor Erregung ihr Taschentuch zerbissen und zerrt jetzt die Fetzen zwischen den Fingern. Ihr Mann ist sehr blaß. Er hat die Lippen fest aufeinandergepreßt und drückt sich die Hand auf die Brust. Die Wunde hat wieder zu schmerzen begonnen. Martina wirkt ungewöhnlich ernst, alles Teenagerhafte ist von ihr abgefallen, so wie sie dasitzt, könnte sie eine erwachsene junge Frau sein. Senta Heinze hält die schwarzen, glänzenden Augen fest auf den Angeklagten gerichtet. Sie bemüht sich, um ihre Kraft zu übertragen, ihn ihre Liebe spüren zu lassen.
Dr. Opitz streicht sich immer wieder nervös über das lange, glatt rasierte Kinn.
Jürgen Molitor weiß, daß sie alle, die ihm etwas bedeuten, im Schwurgerichtssaal versammelt sind – alle, bis auf den einen: sein Freund, den er getötet hat. Er hält das Gesicht in den Händen verborgen, um nicht die grenzenlose Erschütterung zu zeigen, die ihn überwältigt hat.
»So ist es durchaus glaubhaft«, fährt Professor Goldmann fort, »daß dieser junge Mensch unter einem Zwang gestanden hat, als er die Pistole hob, auf die Brust seines Freundes zielte und abdrückte. Er, ein empfindsamer und labiler Jugendlicher – denn als Jugendlichen müssen wir ihn betrachten, auch wenn er das 18. Lebensjahr zum Zeitpunkt der Tat bereits erreicht hatte –, er, der eine schwere Pubertätskrise gerade erst überwunden hatte und endlich hoffen durfte, einen Platz in der Geborgenheit einer intakten Familie gewonnen zu haben, die Achtung seines Vaters, das Verständnis seines Lehrers – er wird durch die Äußerung seines Freundes nicht etwa nur aufs äußerste gereizt, und er schießt auch nicht, um die Ehre seiner Mutter zu verteidigen...«

Professor Goldmann nimmt die Karaffe, schüttet sich das Glas halb voll Wasser. »Er schießt, weil Gerd Singer durch seine Behauptung all das, was er sich so mühsam errungen hat, wieder in Frage stellt, ihm sozusagen den Boden unter den Füßen wegzieht. Er schießt aus reinem Selbsterhaltungstrieb, denn wenn das stimmt, was der Freund behauptet, so ist die Familienversöhnung eine reine Farce, die verständnisvollen Worte des Lehrers nichts als Heuchelei, so hat sein, Jürgen Molitors Leben, jeden Sinn verloren. Er schießt, um seinem Leben den Sinn zu erhalten.«

Professor Goldmann räuspert sich, blättert in seinen Notizen. »Es steht natürlich auf einem anderen Blatt«, sagte er, »daß es nichts hilft, den Lästerer zu töten, das Geschehen, das er kommentiert, wird dadurch ja nicht ausgelöscht. Das Bild der Tat wird auch nicht dadurch verändert, daß das, was Gerd Singer behauptet, offensichtlich eine Lüge war. Nicht er selber, sondern ein Klassenkamerad hatte Frau Molitor aus der Wohnung des Lehrers kommen sehen und diesen Besuch durchaus für das gehalten, was er wirklich war – eine Besprechung über den Schüler und Sohn Jürgen. Aber das alles ist unwichtig – wichtig ist nur, daß Jürgen durch die hämischen Äußerungen seines Freundes seine ganze Welt zum Einsturz gebracht sah und schoß, um sie zu retten. Uns scheint das eine sehr primitive Reaktion, aber sie ist es nicht. Denken wir doch nur einmal an die alten Griechen, bei denen es gang und gäbe war, den Unglücksboten zu töten.«

Professor Goldmann hebt den Kopf und blickt Gerd Singers Eltern an, die, einen streng gewahrten Abstand zwischen sich, auf der Zeugenbank sitzen. »Wäre noch zu untersuchen, warum Gerd Singer jene Äußerungen tat, von denen er doch wissen mußte, daß sie den Freund im Innersten treffen mußten. Gerd Singer lebt nicht mehr, er hat sich einer psychiatrischen Untersuchung entzogen. Aber ich meine, wir können unterstellen, ohne ihm unrecht zu tun, daß seine Absicht eine zerstörerische war. Er hatte kurz zuvor erfahren, daß die Ehe seiner Eltern endgültig zerbrochen war, und er konnte nicht ertragen, seinen Freund mit der Familie und somit der Umwelt ausgesöhnt zu sehen.« Er räusperte sich. »Nun ja, es würde wohl zu weit führen, den Fall Gerd Singers zu behandeln. Wir stehen nicht hier, um über das Opfer zu urteilen,

sondern über den Täter, und ich hoffe, daß ich über diesen Komplex einigermaßen Klarheit schaffen konnte.«
Er blickt den Richter an, dann den Staatsanwalt: »Haben die Herren noch Fragen?«
Jürgens Verteidiger springt auf. »Nur noch etwas, Herr Professor! Sie haben ausgeführt, daß der Junge aus einer Art Zwang heraus geschossen hat. Habe ich Sie darin richtig verstanden?«
Professor Goldmann hat sich zu ihm umgedreht. »Ja.«
»Hätte er auch anders handeln können? Oder war dieser Zwang so stark, daß er einfach schießen mußte?«
Professor Goldmann lächelt. »Dies ist eine Frage, Herr Verteidiger, die Ihnen kein Psychiater beantworten kann und wird. Sie begeben sich da auf ein Gebiet, für das die Theologen oder die Philosophen zuständig sind. Wie weit ist der Mensch frei? Oder ist er es gar nicht? Wird er von seinen Trieben beherrscht? Vom Schicksal bezwungen?« Professor Goldmann zuckt die Achseln. »Ich maße mir nicht an, das zu entscheiden.«
»Aber die Tat geschah im Affekt?«
»Das ganz gewiß.«
Professor Goldmann wird entlassen. Er setzt sich nicht auf die Zeugenbank, sondern er entschuldigt sich mit anderen, wichtigen Terminen und verläßt den Saal.
Der Verteidiger stützt sich in seinem Plädoyer weitgehend auf die Ausführungen des Psychiaters. Er braucht sehr oft das Wort Pubertätskrise, weist auf die Spannungen zwischen Vater und Sohn hin, prangert die Verständnislosigkeit der Erwachsenen an und auch den schlechten Einfluß, den, seiner Darstellung nach, Gerd Singer von eh und je auf den Angeklagten gehabt hat, kurzum, wenn man ihm zuhört, möchte man glauben, daß Jürgen Molitor selbst völlig frei von Schuld und nichts als ein Opfer ungünstiger Umstände und unpädagogischer Vorbilder geworden ist.
Hier hakt der Staatsanwalt ein. »Der Verteidiger«, sagt er, »will uns weismachen, daß die Tat des Angeklagten nichts weiter als eine durchaus verständliche Reaktion auf eine böswillige Herausforderung gewesen sei. Aber wir wollen doch nicht vergessen, um was es hier wirklich geht: Ein junger Mensch ist eines gewaltsamen Todes gestorben. Ich bin bereit,

einzuräumen, daß es kein Mord war. Der Angeklagte hat glaubhaft darstellen können, daß er die Pistole mitnahm, um sie, die er seinem Vater entwendet hatte, vor einer Entdeckung zu bewahren, daß er sich dann zu ihrem Besitz erkannte, um dem Freund zu imponieren. Er hatte nicht geplant, ihn zu töten, und es fehlt bei der Tat auch jedes Kennzeichen einer Arglist.
Es war kein Mord, und dennoch ist ein junger Mensch gewaltsam getötet worden, ein Junge, für den wir mindestens soviel Sympathien aufbringen sollten wie für den Täter, wenn wir davon absehen, wieviel er durchgemacht hat.
Er hat, selber verzweifelt, dem Freund die äußerste Beleidigung zugefügt, die ihm einfallen konnte – ganz gleich, ob er selber daran glaubte oder nicht. Er hat sie ausgesprochen, um den Freund so tief wie möglich zu verletzen und ihn aus seiner auf ihn aufreizend wirkenden Sicherheit zu reißen.«
Der Staatsanwalt vollführt eine elegante Bewegung, bei der die weiten Ärmel seines Talars zurückfallen. »Hohes Gericht, meine Damen und Herren Geschworenen, denken wir einmal nach: Jeder von uns ist schon einmal durch die Bemerkung eines Mitmenschen zutiefst in seinen Gefühlen und in seiner Ehre verletzt worden... ich möchte wetten, jedem, der hier im Saal sitzt, ist das schon einmal passiert. Aber haben wir deshalb den Beleidiger getötet? Nein, wir haben es nicht getan. Und gerade dieses, sich beherrschen können oder brutal zuschlagen, unterscheidet den anständigen Menschen vom Verbrecher.
Für mich steht es außer Frage: Hier ist ein Verbrechen geschehen, und es ist ein Verbrecher, der es begangen hat.«
Der Staatsanwalt senkt die Stimme. »Aber ich bin bereit, dem Angeklagten zugute zu halten, daß er zum Zeitpunkt der Tat nicht die Reife eines erwachsenen Menschen besaß, daß er sich vor der Tat redlich, wenn auch ohne großen Erfolg, bemüht hat, sich in unsere Gesellschaft einzufügen, und daß die Herausforderung in einem Moment geschah, da er sich endlich einmal ganz gelöst fühlte, das heißt, innerlich ungeschützt war.«
Der Staatsanwalt blättert in seinen Akten. »Ich möchte ihm darüber hinaus zugute halten, daß ihm und auch seinem Freund der Zugang zu den todbringenden Waffen allzu leicht

gemacht worden ist. Nicht umsonst verbieten es unsere Gesetze, jungen, innerlich noch unausgeglichenen Menschen Waffen anzuvertrauen. Für mich besteht kein Zweifel, wäre der Angeklagte im Augenblick der Herausforderung nicht im Besitz einer Waffe gewesen, so hätte er sich mit den Fäusten auf den Freund gestürzt. Es hätte eine Prügelei, vielleicht auch einige Verletzungen gegeben. Aber ein solcher Zweikampf hätte genügt, damit die beiden Jungen ihre aufgestauten Gefühle hätten abreagieren und sich hätten abkühlen können. Auf keinen Fall wäre es zu einem tödlichen Ausgang gekommen.«
Der Staatsanwalt räuspert sich. »In Anbetracht all dieser mildernden Umstände beantrage ich, den Angeklagten als Heranwachsenden zu beurteilen und ihn auf unbestimmte Dauer in eine Jugendstrafanstalt einzuweisen. Die Zuchtstrafe soll nicht ins Strafregister eingetragen werden.«
Senta Heinze ist es, als wenn sie in Ohnmacht fallen würde. Es wird ihr dunkel vor den Augen. Sie beißt sich in die Lippen, und der Schmerz bringt sie zur Besinnung. – Auf unbestimmte Zeit! denkt sie. Also kann es Jahre dauern, bis er zurückkommt. Und dann wird er nicht mehr er selber sein. Sie werden ihn verändert haben, der Umgang mit den jungen Kriminellen wird ihn verändern.
»Angeklagter, Sie haben das letzte Wort«, sagt der Richter.
Jürgen Molitor erhebt sich langsam, schweigt.
»Wollen Sie sich den Ausführungen Ihres Herrn Verteidigers anschließen?« fragt der Richter.
»Nein«, sagt Jürgen gepreßt.
Ein Raunen geht durch den Saal.
»Es stimmt gar nicht, daß alle anderen schuld waren«, sagt Jürgen rauh, »für das, was man tut, ist man doch nur selber verantwortlich. Ich hab's getan, und ich wollte, ich könnte es ungeschehen machen.«
Der Richter steht auf, die Geschworenen folgen seinem Beispiel, das Gericht zieht sich zur Beratung zurück.
Langsam leert sich der Saal.
Senta Heinze will zu Jürgen hinlaufen, aber ein Justizwachtmeister schiebt sich dazwischen, drängt den Angeklagten durch eine Seitentür aus dem Raum.
»Wenn das Urteil wirklich so ausfällt«, sagt Helmuth Molitor

verbissen, »muß der Anwalt Berufung einlegen. Ich lasse nicht zu, daß Jürgens ganzes Leben verpfuscht wird.«
Seine Frau weiß, wieviel Überwindung ihn dieser Entschluß gekostet hat, sie weiß, wie sehr er darunter leidet, daß sein Sohn im Mittelpunkt eines Skandals steht, und wie sehr er sich wünscht, daß endlich alles vorüber sein möge. »Wie konnte er das nur glauben, was dieser Gerd behauptet hat? Warum ist er nicht nach Hause gekommen und hat mich gefragt?«
Er drückt ihren Arm. »Mach dir keine Vorwürfe, Gisela, dich trifft keine Schuld.«
Martina schlendert hinter ihnen her auf den Gang hinaus.
Senta stößt sie in die Seite. »Sieh mal, wer da ist!«
Sie schaut in die Richtung, die Senta ihr weist, und entdeckt James Mann. Groß und elegant, modisch gekleidet und selbstsicher kommt er auf sie zu.
»Hallo, Martina«, sagt er, als ob nichts gewesen wäre.
Sie bleibt stehen, sieht ihn sich ganz genau an. War nicht im Grunde er es, von dem all das Böse ausgegangen ist? Hatte nicht Jürgen eigentlich ihn treffen wollen, als er seinen besten Freund umbrachte? – Sie läßt ihn auf sich zukommen, als er nahe genug ist, daß er nur noch die Hand auszustrecken braucht, geht sie grußlos an ihm vorüber.
»Ich glaube, du hast recht gehabt«, sagt sie nachher zu ihrer Freundin, »James ist ein wirklich anrüchiger Typ. Komisch, daß ich das früher nie bemerkt habe.«
»Weil du in ihn vernarrt warst.«
Martina wirft ihre blonde Mähne in den Nacken. »Spricht nicht gerade für meinen Geschmack«, sagt sie und versucht, ihre Beschämung hinter einem frechen Grinsen zu verbergen. »Auf alle Fälle, ich bin froh, daß ich das hinter mir habe.«
»Kann ich verstehen«, sagt Senta, und sie fragt sich, ob ihre Gefühle für Jürgens eines Tages auch so erlöschen werden. Sie wünscht sich sehnlichst, ihm treu zu bleiben...
Die Pause ist vorbei. Die Türen zum Schwurgerichtssaal werden wieder geöffnet. Das Publikum und auch die Zeugen kehren auf ihre Plätze zurück.
Senta sieht, daß Jürgens Augen rot sind. Er muß geweint haben. Sie verachtet ihn deshalb nicht, sie kann es ihm nur zu gut nachfühlen.
Alle stehen auf, als das Gericht zurückkehrt.

Der Richter setzt sein Barett auf und verkündet stehend: »Im Namen des Volkes ergeht folgendes Urteil: Der Angeklagte Jürgen Molitor wird des Totschlags für schuldig befunden und zu einer Jugendstrafe von einem Jahr verurteilt. Die Untersuchungshaft wird angerechnet, der Rest der Strafe zur Bewährung ausgesetzt, mit der Auflage, daß der Angeklagte jedes zweite Wochenende sich zur freiwilligen Dienstleistung in einem Krankenhaus oder Altersheim meldet. Der Angeklagte wird sofort auf freien Fuß gesetzt.«
Er nimmt Platz. »Das Gericht ist zu diesem milden Urteil gekommen, weil der jugendliche Angeklagte Einsicht in sein schuldhaftes Verhalten zeigt und...«
Mehr hört Senta nicht. Sie muß einen Freudenschrei unterdrücken, und dann fällt sie wirklich in Ohnmacht.
Es ist Dr. Opitz, der das Mädchen beobachtet hat und gerade noch rechtzeitig zuspringen und sie auffangen kann. Er trägt sie hinaus und bringt sie, von einem Justizangestellten begleitet, in einen kleinen Sanitätsraum.
»Ist es wahr?« fragt sie, kaum daß sie die Augen aufschlägt. »Jürgen ist frei?«
»Ja«, sagt Dr. Opitz lächelnd, »und wenn Sie sich beeilen, können Sie ihn sicher noch nach Hause begleiten.«
Es sieht aus, als wenn Senta von ihrer Pritsche springen will, aber dann unterläßt sie es doch. »Nein«, sagt sie, »heute gehört er zu seiner Familie. Ich werde ihn morgen sehen... und übermorgen... und jeden Tag...«
Sie ist noch sehr blaß, aber ihre schwarzen Augen leuchten.

Jürgen ist es gelungen, mit seiner Familie durch eine Hintertür aus dem Gerichtsgebäude zu entkommen. Sie atmen alle auf, als sie im Auto sitzen, Reporter und Neugierige abgeschüttelt haben.
Martina kann es immer noch nicht fassen. »O Boy«, jubelt sie, »was für ein Glück! Nie im Leben hätte ich gedacht, daß es noch so gut ausgehen würde.«
Seine Mutter dreht sich zu ihm um und strahlt ihn an. »Ich bin ja so glücklich, Jürgen. Bitte, lach doch auch ein bißchen!«
»Ich weiß nicht«, sagt Jürgen, »wenn sie mich eingesperrt hätten, wäre alles leichter für mich gewesen. Aber so. Wieder in

die Schule gehen, sich jeden Tag sehen lassen, und alle wissen es und zeigen mit Fingern auf mich...«
»Das ist schwer, Jürgen, ich weiß«, sagt sein Vater, »aber immer noch besser, als wenn niemand es wüßte und du in ständiger Furcht vor Entdeckung leben müßtest und mit einem nagenden schlechten Gewissen. Wenn wir erst zu Hause sind, werde ich dir eine Geschichte aus meiner Jugend erzählen.« Er wehrt den Einspruch seiner Frau ab. »Doch, Gisela, er soll es wissen. Er soll wissen, daß auch ich schwere Fehler gemacht habe...«
»Du verachtest mich also nicht?« fragt Jürgen, atemlos vor Überraschung.
»Nein, Junge, dazu hätte ich kein Recht. Niemand hat ein Recht, seinen Mitmenschen zu verachten, denn niemand kann sicher sein, wie er selber reagieren wird, wenn die Versuchung, die Gefahr oder der Zorn ihn überwältigt...«
Martina schiebt ihre Hand durch Jürgens Arm. »Du schaffst es, Jürgen«, sagt sie, »nur keine Bange!«
»Und wenn dir die Dinge über den Kopf schlagen, dann kommst du zu mir«, sagt sein Vater, »versprichst du mir das?«
»Ja, Vater!«
Jürgen Molitor läßt sich in die Polster zurücksinken und versucht sich zu entspannen. Er weiß, daß er erst am Anfang der Kämpfe steht, aber er ist glücklich. Er fürchtet sich nicht mehr, denn er ist nicht allein. Die Menschen, die er liebt, teilen sein Schicksal, seine Schuld und seine Hoffnungen.